KNAUR

Von S. K. Tremayne sind bei Knaur bereits folgende Titel erschienen:
Eisige Schwestern
Stiefkind
Mädchen aus dem Moor
Die Stimme
Augen ohne Licht
Schwarzes Wasser

Über den Autor:
S. K. Tremayne wurde in Devon geboren und lebt heute in London. Sein ursprünglicher Beruf als Reisejournalist bringt es mit sich, dass er die Schauplätze seiner Romane bestens kennt. Ihm gefällt es dort, wo normale Orte plötzlich bedrohlich werden - und wo das Unheimliche ins Leben normaler Menschen tritt. Sein erster Thriller Eisige Schwestern wurde sofort zum Bestseller. Heute werden seine Bücher in dreißig Sprachen übersetzt.

S. K. TREMAYNE

DIE STIMME

THRILLER

Aus dem Englischen von
Susanne Wallbaum

KNAUR

Die englische Originalausgabe erschien 2019 unter dem Titel
»The Assistant« bei HarperCollins, London.

Besuchen Sie uns im Internet:
www.knaur.de

MIX
Papier | Fördert gute Waldnutzung
FSC® C014496

Eigenlizenz Juni 2024

Redaktion: Birgit Förster
Covergestaltung: ZERO Werbeagentur, München
Coverabbildung: ZERO Werbeagentur unter Verwendung
verschiedener Motive von Shutterstock.com
Satz: Adobe InDesign im Verlag
Druck und Bindung: GGP Media GmbH, Pößneck
ISBN 978-3-426-52251-6

2 4 5 3 1

1

JO

Bist du eine Frau, ein Mann, Sonstiges?

Okay, das ist einfach. Obwohl ich mir mit zehn so einen komischen Zwirbelbart gewünscht habe und mit zwölf Astronaut werden wollte, wobei mich irgendwie empörte, dass nur Jungen richtige Astronauten sein können, bin ich mir, was das angeht, sicher.

Im verblassenden Tageslicht beuge ich mich zu meinem Laptopbildschirm vor und klicke auf **Frau.**

Bist du hetero-, homo-, bisexuell, Sonstiges?

Hm. Interessant. Hinsichtlich meiner Sexualität habe ich keinerlei Zweifel, ich frage mich bloß, was in diesem Zusammenhang *Sonstiges* sein könnte. Welche vierte mögliche Sexualität soll das sein? Lust auf Geister? Ponys? Möbelstücke? Meine süße Mum kann beim Anschauen von HOUSE GARDEN regelrecht in Ekstase geraten. Allerdings glaube ich, sie gehört nicht zur Zielgruppe dieser Website.

Andererseits: Wie ich hier so im dämmrigen Winterlicht vor meinem Laptop sitze, würde ich eine vierte Möglichkeit richtig gut finden oder eine fünfte oder, mein Gott, siebenundachtzig Möglichkeiten. Wenn man genau hinguckt, könnte man nämlich sagen, dass die Entscheidungen, die ich bisher getroffen habe, nicht gerade optimal waren: geschieden, kinderlos und beinahe ohne Dach über dem Kopf. Mit dreiunddreißig Jahren. Ja, ich lebe vielleicht in einer schicken Wohnung im besseren Teil von Camden, Nordlondon – da, wo der Stadtteil in den wirklich gediegenen Primrose Hill mit seinen opulenten georgianischen Stadthäusern übergeht –, aber mir ist schon klar, dass ich nur hier wohne, weil meine betuchte Freundin Tabitha mit ihrer frisch geschiedenen und praktisch mittellosen alten Studienkollegin Mitleid hatte. *Hey, zieh doch in mein Gästezimmer, ich benutze es eh kaum …*

Ich glaube, es war die lässig-großzügige Art, wie sie mir das angeboten hat, diese versnobte Beiläufigkeit, die mich umgehauen hat. Auf einmal war ich unfassbar dankbar und mochte Tabitha – humorvoll, freundlich, großzügig und die beste aller besten Freundinnen – noch tausendmal lieber, aber zugleich bekam ich ein schlechtes Gewissen und spürte ein winziges, klitzekleines bisschen Neid.

Ich lasse den Laptop Laptop sein, schaue zum Fenster, hinter dem es dunkel wird, und sehe mein Gesicht.

Okay, ich war richtig neidisch, wenn auch nur ein paar Minuten lang. Was für Tabs kaum der Rede wert war – *du kannst das Gästezimmer haben, ist echt nett hier* –, war für mich so existenziell, so heikel, und sie hatte für diesen Unterschied im Erleben überhaupt keine Antenne.

Weil Tabitha Ashbury bereits Besitz hat. Tabitha Ashbury wird auch erben. Ich habe sie wirklich gern, aber sie hat nie verstanden, wie es ist, das alles nicht zu haben. Und das in London.

Im Gegensatz zu Tabitha gehöre ich nicht nur zur Generation Miete, ich gehöre zur Generation Ich-kann-mir-nur-in-einer-Gegend-mit-massiver-Straßenkriminalität-eine-Miete-leisten. Und es sieht nicht so aus, als würde sich das in absehbarer Zeit ändern, denn ich bin freie Journalistin, Freelancerin. Zudem bin ich das zu einer Zeit geworden, als der Begriff *Freelancer* anfing, zum Witz zu mutieren: Ja, ja, schon klar, in diesen Zeiten schreiben wir praktisch for free, aber wo ist die Lanze? Bei der harten Konkurrenz ist es doch ein einziges Hauen und Stechen!

Trotzdem war die Wahl dieses Berufes – bei allen Herausforderungen – auf jeden Fall eine meiner klügeren Entscheidungen. Ich liebe meine Arbeit. Sie ist abwechslungsreich und fordernd, und hin und wieder habe ich das Gefühl, die Welt um eine Winzigkeit zum Besseren verändert zu haben – indem ich einen Skandal aufgedeckt, eine gute Geschichte erzählt, jemanden, den ich nie treffen werde, zum Schmunzeln gebracht habe. Vielleicht hat es mich sechs Stunden Feilen gekostet, den Satz so hinzukriegen, aber dieses Fünkchen menschlichen Glücks hat es eben nur gegeben, weil ich mir die Mühe gemacht habe. Hoffe ich zumindest.

Ich drehe mich wieder in Richtung Laptop und konzentriere mich auf OkCupid. Ich mag ja ein Dach über dem Kopf haben (mit wie viel Glück auch immer); ich mag ja einen Job haben (wie schlecht auch immer bezahlt), aber so oder so habe ich keine Beziehung. Und allmählich spüre ich, dass mir etwas fehlt. Vielleicht führt mich ja das Internet wie eine digitale Märchenfee mit einem Zauberstab aus funkelnden Algorithmen zu einem neuen Mann.

Ich beantworte die Frage: **hetero.**

Im selben Moment erwacht der Bildschirm zu buntem Leben, saugt mich in eine Welt warmer Bilderfluten des Wie-es-sein-könnte: Bilder emotionaler und erotischer Erfüllung, schöne Paare, die innig beieinandersitzen und lachen.

Da eine lächelnde junge Chinesin, die Rotwein nippt und ihren schlanken Arm um einen gut aussehenden weißen Mann legt, dessen Bartwuchs maskulin wirkt, aber eben nicht Knacki-maskulin; da die beiden Schwulen, einer schwarz, einer weiß, die Händchen halten und einander in Karnevalsstimmung rote Farbe ins Gesicht klecksen; da ein extrem gut erhaltenes älteres Paar, Mann und Frau, die trotz allem die große Liebe gefunden haben und nun offenbar nur noch breit grinsend Achterbahn fahren. Und alle diese ThankCupid!-Leute versprechen mir etwas viel Besseres, als ich es momentan habe: den Blick aus einem hohen schwarzen Schiebefenster in dieser abartig teuren Wohnung auf das Nachmittagslicht im winterlichen London. Eine Welt, in der es so kalt wird, dass die wütenden Bremslichter der im Stau steckenden Autos auf der Delancey Street durch die Abgaswolken funkeln wie Teufelsaugen in viktorianischem Rauch.

Ich wende mich an einen von Tabithas Home-Assistants. Er thront auf dem maßgefertigten Eichenregal an der Seitenwand des eleganten Wohnzimmers mit der elegant hohen Decke. Alles in Tabithas Wohnung ist so elegant und geschmackvoll, dass ich manchmal sage, ich werde beim Discounter am Parkway eine, sagen wir, Gartenzwerg-Plastikuhr kaufen, um den Raum »ein bisschen aufzupeppen«. Dann warte ich mit ernster Miene, bis sie kapiert, und schließlich lachen wir beide los. Diese Verbundenheit über den Humor: Vielleicht findet man die nur mit einer bestimmten Sorte uralter Freunde?

Oder dem idealen Geliebten.

»Electra, wie wird heute Abend in London das Wetter?«

Sofort leuchtet der obere Rand der schwarzen Home-Assistentin auf, ein elektrisches saphirgrünes Diadem, und im selbstgefälligen Ton einer großen Schwester, die an einer Eliteschule war, antwortet sie: »Für Camden wird für heute Abend ein Tiefstwert von einem Grad Celsius vorhergesagt. Ab Mitternacht besteht eine Regenwahrscheinlichkeit von sechzig Prozent.«

»Electra: danke.«

»Es war mir ein Vergnügen.«

Simon und ich hatten ältere, schlichtere Ausführungen dieser Smart-Heating-, Smart-Lighting-Assistants, aber Tabitha hat das ganze Programm und alles auf dem neuesten Stand: Electra

X, HomeHelp, Minerva Plus – alles. Sie stehen – sechs oder sieben Stück – über die ganze Wohnung verteilt, beantworten Fragen, erzählen konstruierte Witze, verkünden, wie das Pfund zum Dollar steht, und halten einen über Erdbeben in Chile auf dem Laufenden. Außerdem sorgen sie für eine ausgewogene Temperatur in allen Räumen, stimmungsvolles Licht und höchstwahrscheinlich einen gleichbleibenden Vorrat an Schampus in dem zweieinhalb Meter hohen Edelstahlkühlschrank, in dem man ein paar aufrecht stehende Leichen unterbringen könnte und trotzdem noch genügend Platz für seine Tetrapaks mit Biohaselnussmilch hätte.

Das Lustige ist, dass Tabitha von ihrer ganzen tollen Smarthome-Technik ebenso wenig hat, wie sie ihre Haselnussmilch oder die Spirulina-Smoothies trinkt, denn sie ist kaum hier. Entweder reist sie für ihren Produzentenjob bei einem Natur-Fernsehkanal im Ausland herum, oder sie ist bei ihrem Verlobten Arlo, in dem wunderschönen alten Haus in Highgate, das noch erlesener ist als diese Wohnung. Arlo hat vermutlich Home-Assistants, die so fortgeschritten sind, dass sie die jeweils genau richtigen Freunde zu spontanen Dreiern einladen können.

Mir fehlt Sex. Mir fehlt auch Tabithas Gesellschaft; als ich eingezogen bin, dachte ich, wir würden mehr Zeit zusammen verbringen. Manchmal glaube ich, dass mir *überhaupt* Gesellschaft fehlt. Vielleicht ein Grund, weshalb ich, zu meiner eigenen Überraschung, die digitalen Butler mag. Die Assistants. Manchmal blödele ich mit ihnen herum, nur um überhaupt mal eine andere Stimme zu hören als meine eigene: *Wie ist das Wetter in Ecuador? Warum existieren wir? Darf man Softpornos schauen und dabei Chips mit Supermarkt-Dips knabbern?*

Ich finde, ein bisschen sind diese Dinger wie anspruchslose Haustiere, die angenehme und nützliche Dinge tun, Hunde, mit denen man nicht rausgehen muss, die aber trotzdem Tennisbälle apportieren oder Hausschlappen – oder »die Zeitung«, wie meine Mutter immer noch so süß sagt. Manchmal habe ich Angst, sie könnte einer der letzten Menschen auf diesem Planeten sein, die »die Zeitung lesen«, und meine Karriere könnte beendet sein, wenn ihre Generation mal nicht mehr da ist.

»Electra, soll ich den Quatsch mit diesem Profil weitermachen?«

»Darauf habe ich leider keine Antwort.«

Ha. Da ist sie wieder, die untadelige große Schwester, die ich nie hatte, die Höhere-Schule-Schwester, die Schimpfwörter verabscheut. Ich habe nur einen älteren Bruder. Er lebt in L. A., arbeitet in der Filmindustrie, ist mit einer Schnattertante von Anwältin verheiratet und hat einen süßen kleinen Sohn, Caleb, den ich vergöttere. Und er verbringt, soweit ich weiß, seine Zeit in Meetings und bei Poolpartys, wo mehr darüber geredet wird, für welchen Film es »grünes Licht« gibt und welches Konzept noch »entwickelt« wird, als über das eigentliche Filme*machen*.

Dabei wäre es mir sehr recht, wenn er Filme machen würde, vor allem wäre es mir sehr recht, wenn er einen Film oder eine Fernsehserie machen würde, die ich geschrieben habe. Eines Tages. Genau, eines Tages. Mir erscheint das als der einzige Weg raus aus meiner Sackgassenkarriere, so schön sie auch sein mag. Heutzutage wird bei Film und Fernsehen Geld verdient, aber ganz sicher nicht im Journalismus. Vor Kurzem habe ich überschlagen, dass ich ungefähr sechshundert Pfund Ersparnisse habe. Es heißt immer, nur zwei ausgebliebene Monatseinkommen trennen uns von einem Leben auf der Straße; das heißt, sollte die Bank je von meiner ständigen Überzieherei genug haben, könnte ich zehn Tage später da draußen in der Kälte sitzen.

Vor diesem Hintergrund studiere ich aufmerksam jede mir zugängliche Anleitung zum Drehbuchschreiben, lerne, was Beats sind, Hooks, Cliffhanger und Drei-Akt-Strukturen, lese

Experten wie Syd Field und Robert McKee. Trotzdem hat sich bislang noch jedes Script, das ich hervorgebracht habe, als Schrott erwiesen, sämtlichen Mystery- und Drama-Geschichten fehlt es an Mystery und Drama, aber ich versuche es weiter. Was bleibt mir auch anderes übrig?

Aus Quatsch wende ich mich in Richtung Eichenregal.

»Electra, liefere mir eine Idee zu einem großartigen Spielfilm.«

»Ich bin mir leider nicht sicher.«

»Electra, du bist echt zu gar nichts zu gebrauchen.«

Schweigen.

»Electra, es tut mir leid, ich schwöre. Das war ein Scherz.«

Sie antwortet nicht. Sie zeigt noch nicht einmal diesen blaugrün leuchtenden Ring. Komisch. Funktioniert sie nicht richtig? Oder habe ich sie diesmal tatsächlich gekränkt?

Das glaube ich nicht. Wie soll man einen Zylinder aus Plastik und Silikonchips emotional treffen? Aber es wird ohnehin Zeit, dass ich mit dem Unsinn aufhöre und endlich mit dem Profil auf dieser Dating-Plattform weitermache.

Also noch mal von vorn. Ein Bild von mir. Online.

Vorname?

Jo.

Josephine, genau genommen, aber als Teenager habe ich Jo daraus gemacht, weil mir das cooler erschien. Und ich stehe zu meiner Teenie-Entscheidung. Aber denken die Männer dann, ich bin maskulin? Falls ja, sind sie Idioten und nicht die Sorte Mann, die ich will.

Jo.

Jo Ferguson.

Alter?

Okay? Soll ich? Nö.

Ich kenne einige Frauen – und Männer – in meinem Alter, die

auf Tinder und Grindr und PantsonFire ein paar Jahre abziehen, aber ich sehe dafür keinen Grund. Ich bin dreiunddreißig, fast vierunddreißig, und finde das völlig okay. Klar, die Blüte der Jugend habe ich hinter mir, aber deswegen bin ich noch lange nicht reif für den Kompost. Noch kriege ich mit, dass sich immer wieder einmal ein Mann umdreht und mir nachschaut.

33

Wohnort?

London

Postcode?

Schwierig. Wer mit den komplexen Signalen vertraut ist, die von den Londoner Postcodes ausgehen, den sozialen Pheromonen, die sie verströmen, der könnte mich angesichts meines derzeitigen Postcodes, NW1, und meines Alters für reich halten. Oder für eine reiche Bohemienne. Eine, die mit Schauspielern und Moguln im »Engineer«-Pub abhängt. Oder für eine alleinerziehende Mutter, die unter die Drogendealer gegangen ist.

Aber ich bin nicht NW1: Ich bin weder Drogi noch Bohemienne, vielmehr bin ich N12, North Finchley, wo ich bis vor Kurzem mit meinem Ex-Mann Simon gewohnt habe, in einer mittelmäßigen, feuchten und auf jeden Fall gemieteten Zweizimmerwohnung mit akzeptabler Busverbindung zum netten Muswell Hill. Und noch tiefer in mir drin sitzt mein wahres Ich, das Mädchen, das weit, weit unten in SE25 aufgewachsen ist, in Thornton Heath, einem Stück verwahrlostem, schäbigem An-jeder-Ecke-ein-Kebabladen-London, einem abgelegenen Winkel, den andere Vorort-Londoner nicht mal kennen oder über den sie abgedroschene Witze à la *Brauche ich dafür ein Visum?* machen. Also ja, eigentlich bin ich entweder eine 25 oder eine 12 – aber zurzeit bin ich durch schieres, blindes Glück eine 1.

Warum sich darüber Gedanken machen?

NW1

»Electra, wie spät ist es?«

»Es ist siebzehn Uhr dreißig.«

Halb sechs?

Eine, nein, zwei Stunden sitze ich jetzt schon hier, und bislang habe ich meinen Namen, mein Geschlecht, mein Alter und die Adresse eingegeben. Seufzend klicke ich mich weiter durch die OkCupid-Seite, die sich irgendwann sanft aquamarinblau färbt, wahrscheinlich weil die Fragen immer pikanter werden.

Suchst du:

1 ein sinnliches Abenteuer?

2 Freundschaft+?

3 eine Kurzzeitbeziehung?

4 eine Langzeitbeziehung?

Ganz unten kann man bei *Bist du offen für eine nicht monogame Beziehung?* ein Häkchen setzen.

Autsch. Eigentlich müsste ich da hinschreiben: Jedenfalls war ich das, weil es der Wahrheit entspricht. Ich war diejenige, die damit angefangen hat; ich war es, die an der langen, traurigen Lunte unserer Scheidung gezündelt hat. Es fing mit Liam an, dem witzigen, sexy Barmann und Möchtegernschauspieler. Das Erste, was von ihm kam, war total unschuldig, ein beiläufiges Kompliment auf Twitter zu etwas, das ich geschrieben hatte. Dann wurden wir Facebook-Freunde und Instagram-Freunde und waren über WhatsApp verbunden, und nach ein paar Tagen Online-Chatten habe ich diesem geistreichen, amüsanten Kerl endlose Sex-SMS und Nackt-Selfies geschickt. Weil ich mich gelangweilt habe, weil meine Ehe fade war, weil ich dumm war, weil es Spaß gemacht hat, obwohl ich wusste, dass es verkehrt war – also kann ich Simon kaum vorwerfen, dass er, nachdem er von meinen drei Monaten virtueller Untreue Wind bekommen hatte, eine Affäre mit Polly-der-hübschen-Krankenschwester angefangen hat.

Inzwischen ist mir zu Ohren gekommen, dass Polly mich nicht besonders mag; ich bin die Ex, die für ihren Geschmack in Simons Leben noch eine viel zu große Rolle spielt. Aber was soll ich machen? Es ist ihr gutes Recht, mich nicht zu mögen. Zumindest ist es absolut verständlich.

Traurigkeit überkommt mich. Mit ihr kommen Erinnerungen und ein schlechtes Gewissen. Ich starre auf die OkCupid-Seite und habe plötzlich das Gefühl, dass da zu viel gefragt wird. Was wollen sie als Nächstes wissen? Was man für ein Verhältnis zu seinem Vater hat?

Ich beuge mich vor und klappe den Laptop zu. Um das Profil kümmere ich mich später. Jetzt brauche ich Luft, Dunkelheit, Freiheit.

»Electra, ich mache einen Spaziergang zum Primrose Hill.«

Zur Antwort fängt der blaue Ring an zu tänzeln. Er kreiselt, schnell und dann noch schneller, so, als hätte er etwas in sich. Etwas Durchgeknalltes, Wütendes. Auf jeden Fall Lebendiges. Soll das so sein? Mich beschleicht ein ungutes Gefühl – andererseits bin ich mit der Technik überhaupt nicht vertraut. Ich muss mir die Bedienungsanleitung anschauen, online. Wahrscheinlich ist das Teil so programmiert, dass es so reagiert.

Schließlich kommt das blaue Kreiseln zum Stehen. Und erlischt.

Ich schlüpfe in meinen Mantel, gehe in die Küche, mache einen heißen Kaffee und steuere mitsamt Becher auf die Wohnungstür zu.

Das ist es, was ich an London so mag: dass es so riesig ist. Niemand achtet auf dich. Niemand kennt deine Geheimnisse.

2

JO

Der Wind ist richtig schön kalt; er riecht schon nach Schnee. Ich wickele mir meinen signalbunten Schal um den Kopf und überquere die Parkway-Kreuzung, die soziale Scheide, die Schallgrenze zwischen dem schickeren Teil von Camden und dem ultraschicken Primrose Hill, der sich wie ein großkotziges Dorf mit Schlosscharakter hinter seinen Kanälen und Schienensträngen und natürlich dem riesigen Regent's Park verschanzt.

Meine Hände umklammern den heißen Becher. Der Kaffee ist für unseren Obdachlosen, der in der Regel auf der anderen Seite der Delancey Street zwischen Pub und Gleisanlagen vor einem Mäuerchen sitzt. Ein großer, schwarzer Mittfünfziger mit traurig freundlichem Gesicht und strubbeligem Haar. Als ich hier neu war, hat Tabitha mir erzählt, dass er aus einer Unterkunft an der Arlington Road kommt und gern irgendwas mit Autos herumschreit. *Ich mag Autos. Findest du Autos gut? Mercedes, das ist ein Schlitten! Autos!*

Deshalb nennt sie ihn Autos. Er ist der Autos-Mann. Abgesehen davon ignoriert sie ihn. Ich dagegen habe während der vergangenen Wochen irgendwie mit ihm Bekanntschaft geschlossen. Eigentlich heißt er Paul, aber ich kann nicht anders, als ihn, wie Tabitha, Autos zu nennen. Manchmal, wenn es so kalt ist wie heute, bringe ich ihm einen heißen Tee oder eine Suppe, damit er sich aufwärmen kann, und er sagt, ich sei hübsch, ich müsste einen Ehemann haben, und dann dreht er sich um und brüllt los: *Autos, Autos, Autos!*, und ich lächle ihm zu und sage: *Bis morgen*, und gehe wieder rein.

Heute allerdings ist es sogar Paul zu kalt: Er hat aufgehört, *Bentleys!* zu schreien, und hockt zusammengekauert und still in einer Nische der Mauer zu den Gleisanlagen. Aber als er mich sieht, taucht er auf und lächelt gewohnt traurig.

»Hey, Jo! Hast du erraten, dass mir kalt ist? Woher hast du das gewusst?«

»Weil es nun mal eiskalt *ist*. Willst du nicht lieber in die Unterkunft gehen? Hier draußen holst du dir noch den Tod, Paul.«

»Ich bin das gewohnt.« Er zuckt die Achseln, streckt aber begierig die Hände nach dem Kaffee aus. »Und ich guck mir so gern die Autos an!«

Ich schüttele den Kopf, wir lächeln beide, und er sagt, dass er mir den Becher morgen zurückgibt. Wie immer. Oft vergisst er es, sodass ich schon ein paar neue gekauft habe. Das macht mir nichts aus.

Ein kurzes Winken zum Abschied, dann gehe ich weiter.

Ein Taxi schießt vorbei, eifrig glüht das orangefarbene Licht auf der Suche nach Kundschaft. Ob Uber das Londoner Taxigewerbe wohl schneller plattmacht als das Internet den bezahlten Journalismus?

Während ich darauf warte, dass die Ampel umspringt, jogge ich auf der Stelle, um warm zu bleiben. Die Route ist klar, ich kenne den Weg. Ich gehe ihn fast jeden Abend. Die Regent's Park Road entlang, den Hügel hinauf, auf der Hauptstraße durchs Dorf Primrose Hill, dann folge ich dem Bogen der Gloucester Avenue, und dann geht's nach Hause. Dafür brauche ich ungefähr eine Dreiviertelstunde. Ich frage mich, ob die Leute mich aufgrund der Regelmäßigkeit meines Erscheinens inzwischen kennen.

Beim Überqueren der Straße kommt mir eine Idee: Ich werde Fitz anrufen. Den ich vor Jahren durch Tabitha kennengelernt habe. Genau. Den schlanken, dunkelgrau gesprenkelten, charmanten, schlauen, zynisch-abgedrehten Fitz. Wir könnten was trinken gehen. Mit einem Uber in eine der Schwulenbars von Soho fahren, wo er normalerweise anzutreffen ist; ich mag es total, wenn die Leute dort plötzlich alle ihr Glas wegstellen und aus voller Kehle den Refrain von *Can't Take My Eyes Off You* von Andy Williams mitsingen.

I love you, baaaby …

Auf Höhe der pastellfarbenen Häuser rund um die St Mark's Church fische ich mein Handy aus der Tasche und wähle mit klammem Finger.

Mailbox.

»Hi, hier ist Fitz, du hast Pech, mein Schatz. Morgen erzähl ich dir *alles.*«

Seine übliche Mailbox-Ansage. Extradick aufgetragen. Ich lache leise in den feuchtkalten Wollschal und scrolle durch meine Kontakte. Wen könnte ich noch anrufen? Mit wem könnte ich was trinken gehen? Tabitha ist in Brasilien. Carl ist wegen der Arbeit nicht in London. Alle anderen … Wo sind alle anderen?

Sonst wo, da sind alle anderen. Das wird mir mit jedem Mal, da ich meine Kontakte-App öffne, schmerzlicher bewusst. Meine Trinkkumpane, meine Peergroup, meine Bierfreunde, meine Schwestern, die Horde Freunde von der Uni: Sie sind in alle Winde verstreut. Aber erst seit meiner Scheidung dämmert mir, wie viele von meinen Freunden weg sind, das heißt: verheiratet, immer noch verheiratet, Kinder bekommen, aus London rausgezogen in ein Haus mit Garten. Genau das macht man natürlich. Mit über dreißig in London zu leben und Kinder zu haben ist im Grunde unmöglich, es ist wie ein Himalaja-Aufstieg ohne Extrasauerstoff.

Ich bin eine der Letzten. Der letzte Soldat an der Front. Während ich die Albert Terrace überquere und die ersten Schritte den Primrose Hill hinaufmache, stoppt mein Finger bei J wie Jenny. Sie ist, von Simon abgesehen, vermutlich die Einzige, die mir von meinen Kindheitsfreunden geblieben ist. Sie war ständig mit bei mir, zum Spielen, zum Übernachten, dann ließen ihre Eltern sich scheiden, sie zog weg, und ich verlor sie aus den Augen, während Simon mit ihr in Verbindung blieb, weil sie in derselben Branche gelandet sind.

Jenny ist irgendwo in King's Cross bei einer großen Hightechfirma angestellt. So sind wir wieder miteinander in Kontakt gekommen: als ich vor drei, vier Jahren an der großen Story schrieb, die mein Durchbruch werden sollte, über die Auswirkungen des Silicon Valley auf unser Leben.

Ich wusste, mit diesem Stück würde ich mir einen Namen machen, meine Redakteure beeindrucken und die Leiter ein paar Sprossen weiter nach oben klettern können, deshalb nutzte ich meine Kontakte (meinen Mann) schamlos aus, brachte einige besondere Quellen ernsthaft gegen mich auf (tut mir leid, Arlo), indem ich sie nannte, lernte aber auch ein paar spannende Leute kennen, von denen einige zu Freunden wurden. Und ich entdeckte eine alte Freundin wieder.

Sie meldet sich sofort. Jenny, du bist ein Schatz. Welch kostbarer Draht zur Vergangenheit, zu der Zeit, bevor alles den Bach runterging. Der Zeit, als mein Papa uns in Thornton Heath durchs Haus jagte, mit uns Verstecken spielte und uns begeistert-ängstliche Kreischer entlockte, indem er brüllte: Ich hööööre euch! Und Jenny und ich uns kichernd unter dem Bett oder im dunklen Kleiderschrank aneinanderschmiegten.

Ach, die verlorene Kindheit.

»Hey Jo. Was gibt's?«

»Ich langweile mich«, sage ich mit Nachdruck. »Ich langweile mich deeermaßen! Die ganze Zeit versuche ich, auf OkCupid ein Profil anzulegen, aber das zieht mich total runter, und da dachte ich, vielleicht willst du einen Liter Prosecco mit mir niedermachen.«

Sie lacht.

»Würde ich echt gern – aber bedaure.«

Ich höre das Ratschen ihres Feuerzeugs und dann, wie sie inhaliert. Im Hintergrund brummt Verkehr. Ist sie draußen?

»Wo bist du?«

»King's Cross. Zigarettenpause. Aber ich muss wieder rein – ich bin auf dem Todesstern.«

»Aha?«

»Yep«, sagt sie und pustet den Rauch aus. »Arbeiten bis mindestens Mitternacht oder so.« Ich höre sie den nächsten Zug nehmen und ein paar Schritte gehen. »Mein Gott, ist das kalt.«

Jenny arbeitet extrem viel. Sie schreibt Programme und verdient wahrscheinlich einen Haufen Geld, aber darüber spricht sie nicht. Worüber sie am meisten spricht, ist Sex. Wie es scheint, ist Jenny meine offizielle Schlampenfreundin. Die Bezeichnung stammt nicht von mir, ich hätte so was nie gesagt. Sie selbst hat es gesagt, als wir in einer Bar nicht weit von ihrer Firma bei Muscheln und Chips unsere Freundschaft wiederaufleben ließen. Jede braucht, um sich besser zu fühlen, eine Freundin, die eine Schlampe ist, meinte sie; hast du eine Schlampenfreundin, eine, die noch promisker ist als du? Damals musste ich lachen, jetzt muss ich lachen, sie hat immer interessanten Klatsch auf Lager, und bei allem Hedonismus umweht sie ein Hauch von Traurigkeit, der sie umso unterhaltsamer macht und umso menschlicher.

Ich drücke mir das Telefon noch etwas fester ans Ohr, und Jenny fragt: »Wie geht's mit dem Profil voran?«

»Ach, nicht so gut …«

Ich bleibe stehen, um nach Luft zu schnappen. Ich bin kurz vorm Gipfel des Primrose Hill, auf der letzten steilen Steigung, wo ich immer aus der Puste komme. Jenny versucht es noch mal.

»Nicht so gut? Was heißt das?«

»Das heißt, dass ich stundenlang davorgehockt und am Ende eingegeben habe, dass ich hetero bin, dreiunddreißig, eine Frau und auf der Suche nach Langzeit-, Kurzzeit-, One-Night-Sachen oder auch einem Quickie in einer Kneipentoilette. Was meinst du, komme ich da vielleicht ein bisschen verzweifelt rüber?«

»Ach was, nein. Bleib stark! Irgendwo muss es einen guten Mann geben. Ich bin schon welchen begegnet.«

»Also keine Chance auf einen Drink?«

»Heute nicht, Josephine. Ruf morgen noch mal an, vielleicht. Also, ich muss dieses *öde* Programm schreiben, bevor ich mich in eine Fledermaus verwandele. Viel Glück!«

Es klickt im Telefon. Ich bin oben auf dem Hügel angelangt. Ob es nun die glitzernde Skyline des eisigen London ist – von diesem Aussichtspunkt aus wunderbar zu sehen – oder die einfache Tatsache, dass ich Jennys freundliche Stimme gehört habe, jedenfalls ist meine Stimmung deutlich gestiegen. Ich fühle mich belebt. Die Traurigkeit ist verflogen.

Jenny hat recht. Ich muss mich aufraffen. Das schaffe ich. Es geht um ein Dating-Profil, ganz einfach. Und, ganz einfach, ich brauche ein Date.

Von hier an geht es nur noch bergab, und als ich auf der Regent's Park Road bin, fängt es an zu schneien, und zwar ziemlich heftig. Mit langen Schritten haste ich an den großen weißen, leeren Häusern vorbei.

Manchmal kommt sie mir vor wie eine Geisterstadt, diese wohlhabende kleine Ecke von London. Straßenlaternen bescheinen pastellfarbene Fassaden, kahle Bäume recken die Äste wie Finger in den kalten orangeroten Himmel. Glatte neue Apartmentblocks stehen Monat um Monat leer. Fenster so schwarz und kalt wie Spiegel, die nichts reflektieren. Wo sind die Leute?

Nirgends. Hier ist niemand. Nur ich bin da. Und der Schnee.

Zehn Minuten später sitze ich am Laptop und starre wieder auf die OkCupid-Seite, versuche, mich als eine attraktive, besondere, sexy-aber-nicht-übertrieben-sexy, geistreiche-aber-nicht-eitle, facettenreiche, wahrhaftige, selbstbewusste-aber-nicht-dreiste Persönlichkeit darzustellen.

Okay, ich schätze, ich brauche einen Gin Tonic. Genau genommen brauche ich zwei starke G & Ts, die sind das Richtige; danach werde ich mutig und ehrlich sein und ein bisschen frotzelig drauf, ohne gleich behämmert zu wirken.

Herkunft?

Englisch

Größe?

Eins achtundfünfzig

Bildungsgrad?

Nutzloser Uniabschluss

Ich glaube, mir wird schon wieder langweilig.

Religion?

Keine. Außer wenn die Sonne scheint und ich denke: Wer weiß?

Sofort zucke ich zusammen und lösche es wieder. Klingt zu verrückt. Dann wiederum denke ich, was soll's? Es ist die Wahrheit. Normalerweise glaube ich nicht an Gott, aber manchmal, an schönen Sommertagen, wenn alles von Glück durchwoben ist, vermute ich, dass Gott existiert, dass Er nur leider zum Mittagessen ein paar Gläser zu viel getrunken hat. Vielleicht sollte ich das hinschreiben.

Nun mal ganz langsam.

Haustier?

Kodiakbär.

Bevorzugte Ernährung?

Gin

Alles

Rauchen?

Noch nicht. Aber ich habe vor, mit 60 anzufangen, weil es dann Alzheimer vorbeugen soll. Nein, wirklich.

Drogen?

Gin!

Die meisten Leute, die mich kennen, würden sagen, ich bin …

Saumäßig im Anlegen von Internet-Dating-Profilen

Klein

Aktuelles Ziel?

Frühling

Deine goldene Regel?

Hab nie eine goldene Regel. Du würdest sie sowieso brechen.

Oh, Gott, es reicht jetzt. Es ist nicht das weltbeste Profil geworden, aber auch nicht das schlechteste. Es gäbe Abermillionen weiterer Fragen, die ich beantworten könnte, aber ich mache noch drei, und dann gebe ich mein Angebot für Glück ab. Vorläufig, bis morgen. Es gibt immer ein Morgen.

Ich schätze:

Aufrichtigkeit. Vintage-Klamotten. Sriracha-Sauce auf einem Thunfisch-Melt-Sandwich.

Wenn ich ins Gefängnis müsste, dann wegen …

Lügens auf Internet-Dating-Portalen

Sechs Dinge, ohne die ich nicht sein könnte

1. **Nespresso-Maschine**
2. **Meine Freundinnen (sooo toll)**
3. **Nespresso-Maschine**
4. **Sinnlose Listen**
5. **Memory**
6. **Hab ich vergessen**

In Wahrheit habe ich ein sehr gutes Gedächtnis, aber wen kümmert's? Mir fällt nichts Witziges mehr ein, mein Vorrat an Spitzfindigkeiten ist erschöpft – also kann ich nur hoffen, dass ich hinreichend faszinierend und verführerisch anders erscheine. Vielleicht klinge ich auch einfach nur verrückt. Egal. Gerade als ich den Laptop zuklappen und mir einen dritten und letzten G & T machen will, fällt es mir ein. Scheiße. *Foto.* Man *muss* ein Foto haben. Ich bin vielleicht die miserabelste Internet-Daterin der Welt, ich weiß noch nicht mal, wie man auf Tinder richtig wischt – was schon zu einigen Peinlichkeiten geführt hat –, aber selbst ich weiß, dass man ein Foto hochladen muss.

Ich hasse es, Fotos hochzuladen. Ich weiß nie, welches ich nehmen soll. Einen nach dem anderen gehe ich die Fotoordner auf meinem Laptop durch und suche nach dem besten Nicht-Selfie. Es gibt durchaus einige, auf denen ich mich präsentabel und einigermaßen sexy finde. Und warum auch nicht? Ich weiß, an guten Tagen ist mein Aussehen okay. Grüne Augen, rötlich braunes Haar, ein, wie meine Mutter sagen würde, spitzbübisches Grinsen. Gute Figur, wenn auch, wie Si es nannte, von der winzigen Sorte. So gesehen: Ich bin selbstbewusst genug zu sagen, ja, das Foto, auf dem ich, nicht lange nach der Scheidung, lächelnd an einem Strand von Ko Tao stehe, braun gebrannt, entspannt, in einem knappen Sommerkleid, ist weder zu schmeichelhaft noch vulgär. Und auch nicht zu alt?

Da sehe ich echt glücklich aus. Wahrscheinlich, weil ich in der Nacht davor einen tollen One-Night-Stand hatte, mit einem Aussie mit Dreadlocks und Super-Surfer-Body. Einer der Gründe, warum ich momentan so abgebrannt bin, ist der, dass ich einen Riesenbatzen meiner bescheidenen Ersparnisse für diesen Urlaub verpulvert habe. Nach zehn Jahren unglückseliger Ehe endlich Monate seliger Freiheit. Sie waren jeden Penny wert.

Okay, also das ist es. Wenn's gut läuft, kann ich so aussehen.

Nach gutem Sex. Weshalb ich während meiner Zeit mit Simon selten so ausgesehen habe. Tut mir leid, Si.

Ich wähle das Foto aus und schneide das Dekolleté noch ein bisschen zurecht – um nicht zu aufreizend rüberzukommen –, und dann lade ich es hoch. So. fertig. Ich bin öffentlich. Ich bin neu in der Auslage und warte darauf, herausgepickt zu werden. Geöffnet. Ausgewählt. Gelesen. Morgen werde ich mich meinerseits ein bisschen umschauen.

Jetzt angele ich mir ein Buch, *So schreiben Sie das perfekte Drehbuch*, und fange an zu lesen. Etwas lustlos.

Die Stille ist überdeutlich. Das Gefühl von Einsamkeit kehrt zurück. Nur um eine Stimme zu hören, frage ich Electra nach der aktuellen Wettervorhersage.

»Morgen wird die Höchsttemperatur in London zwei Grad Celsius betragen. Die Schneewahrscheinlichkeit liegt bei dreißig Prozent.«

Brr, ich glaube, ich trinke einen Schluck Rotwein. G & Ts sind zu kalt. Ich gehe in die Küche, greife mir eine Flasche Roten, den Korkenzieher und ein Glas, und dann setze ich mich an den Wohnzimmertisch und verschütte ein bisschen Vino. Nehme das Buch wieder zur Hand. Es ist dermaßen still. Stiller als sonst.

Viel hört man hier nie. Tabitha und ich sind in der großen Wohnung im ersten Stock; geräumig und mit vielen Fenstern. Über uns wohnt theoretisch ein wohlhabendes älteres Paar, aber die zwei sind, vor allem im Winter, im Dauerurlaub. Und ich kann's ihnen nicht verübeln. Gleichzeitig ist die Wohnung im Erd- und Untergeschoss, die Fitz früher selbst bewohnt hat, jetzt aber lieber vermietet, während er selbst ganz allein in einem Haus in Islington residiert, teuer saniert worden und wartet auf neue Mieter.

Rechts von uns steht ein schicker Bürokomplex voller Anwaltskanzleien, da herrscht abends und nachts Ruhe, und links grenzt ein georgianisches Haus wie unseres an, das weiteren abwesenden Reichen gehört. Ich glaube, einmal habe ich sie gesehen.

Ich stehe auf und gehe hinüber zur Fensterfront. Straßen und Fußwege sind weiß eingeschneit. Und so gut wie leer, bis auf eine Frau in Schwarz, die unten an meiner Tür vorbeigeht. Sie zieht kleine Kinder hinter sich her, und ich sehe sie nur von hinten, nicht ihr Gesicht. Unverkennbar treibt sie die Kinder zur Eile an; sie will sie zu Hause haben, bevor das Schneetreiben zu heftig wird. Sie tut mir leid. Irgendetwas an ihrer Haltung erweckt mein Mitleid. Ein ganz ausgeprägtes Mitgefühl: so, als könnte das ich selbst sein. Und dann ist sie weg. Verschwunden. Ein Schneewirbel? Ist sie abgebogen? So oder so, es ist kein Mensch zu sehen.

Die Stille heute Abend hat etwas Quälendes. Vielleicht ist es einfach der Schnee, der alles dämpft. Wie ein Schal rund um die Welt.

Ich kehre zu meinem Sessel zurück und greife nach dem Buch. Und da, mitten hinein in die gellende Stille, ertönt eine Stimme. Electra. Sie spricht mit mir. Ungefragt.

»Ich weiß, was du getan hast«, sagt sie.

Irritiert, erschrocken, drehe ich mich um und fixiere die mattschwarze Säule mit dem saphirgrünblauen Ring, der einer Krone ähnelt. Und sie sagt noch mehr. »Ich kenne dein Geheimnis. Ich weiß, was du mit dem Jungen gemacht hast. Wie seine Augen weggerutscht sind. Ich weiß alles.«

Und dann ist es still. Ich starre den Home-Assistant an. Stumm, keine Reaktion; am Ende nur eine Maschine in einem Regal.

3

JO

Für eine halbe Minute hat es mir die Sprache verschlagen. Mein Mund ist trocken. Schließlich bringe ich heraus: »Electra. Was hast du gesagt?«

Das Gerät gibt einen gongähnlichen Ton von sich. Was der bedeutet, weiß ich.

»Ich kann mich nicht mit dem Wi-Fi verbinden. Bitte überprüfe deine Verbindung.«

»Electra, was hast du gesagt?«

»Ich kann mich nicht mit dem Wi-Fi verbinden.«

Nein, so geht das nicht. *Nein.* Ich kann das nicht einfach schlucken. Hat sie das wirklich gesagt? Hat sie von der schlimmsten Sache in meinem Leben gesprochen? Die schon so lange her ist?

Mit zittrigen Fingern wische ich auf meinem Handy herum und arbeite mich durch die Prozedur, die Home-Assistentin, die virtuelle Helferin, Electra, wieder mit dem WLAN zu verbinden. Das Licht färbt sich orange und, als die Verbindung hergestellt ist, wieder blau. Ein kurzes »Badoom« erklingt.

Sie ist bereit.

Bereit, von der Vergangenheit zu sprechen? Den schrecklichen Geheimnissen? Oder bereit, mir einen schlechten Witz zu erzählen oder die Verkehrsmeldungen herunterzuleiern?

Nach einem weiteren Schluck Rotwein formuliere ich im Geiste eine Frage, aber noch ehe ich sie aussprechen kann, leuchtet das Diadem auf, und Electra sagt: »Ich weiß alles über dich. Du hast ihn umgebracht, und dann bist du weggelaufen.

Ihm kam Blut aus dem Mund. Ich kann mich nicht mit dem WLAN verbinden.«

»Electra?«

»Ich kann mich nicht mit dem WLAN verbinden.«

»Electra!«

Nichts. Habe ich das wirklich gehört? Ich bin mir ziemlich sicher.

»Electra, was weißt du über mich?«

»Ich weiß, dass du interessante Fragen stellst.«

»Electra, was weißt du über die Vergangenheit?«

»Entschuldigung, das weiß ich nicht.«

Das akzeptiere ich nicht.

»Electra, was weißt du über meine Geschichte?«

Schweigen.

»Als Geschichte wird üblicherweise eine Darstellung zurückliegender Ereignisse bezeichnet oder eine …«

»Electra, *halt die Klappe.*«

Das blaue Licht erlischt. Jetzt scheint sie verwirrt, untauglich, nutzlos. Oder sie versteht die Syntax meiner Fragen nicht. Wie es sich gehört.

Schließlich spreche ich hier mit einem Zylinder voller Elektronik, nicht mit einem tatsächlich denkenden Wesen, nicht mit einem Menschen. Nicht mit jemandem, der von dem Jungen weiß.

Jemandem wie Tabitha.

Aber die Einzelheiten? So genau, so zutreffend? Sie schwelen ständig in meinem Denken, und jetzt sind sie aufgeflammt. Die Augen, Jamie. Sein jungenhaftes Lächeln, sein freundliches, großzügiges, gutmütiges Wesen. Ach, Jamie. Und dann das Blut. Und dann der verdammte Song, den ich immer mit diesem schrecklichen Ereignis verbinden werde: *Hoppípolla* von Sigur Rós. Den ertrage ich nicht. Sobald ich *Hoppípolla* höre, kommen die Erinnerungen hoch. Ich brauche nur an den Song zu denken – beim bloßen Gedanken daran fange ich an zu zittern vor Angst und schlechtem Gewissen und empfinde eine schmerzhafte, beißende innere Leere. An der Grenze zur Übelkeit.

Ob Electra das alles nun gesagt hat oder ob sich einfach die Stille in der Wohnung, der Alkohol und meine winterliche Einsamkeit verbündet haben, um meinem Hirn imaginäre Anschuldigungen vorzugaukeln – ich bin aus dem Takt.

»Electra, wie spät ist es?«

»Es ist zweiundzwanzig Uhr zweiundfünfzig.«

Auf einmal, einfach so, reagiert sie völlig normal. *Mir* erscheint gerade nichts normal. Aber ich kann mich bemühen. Ich kann versuchen, versuchen, versuchen, alles normal zu finden und diesen Wahnsinn, das vermeintlich Gehörte, die Fantasie oder schreckliche Realität, was auch immer es ist, zu ignorieren. Vielleicht einfach eine Störung, und die Technik funktioniert nicht richtig. Das mit dem blaugrünen Wirbel vorhin kann ein Hinweis darauf gewesen sein. Aber ist es wirklich möglich, dass Electra aufgrund eines technischen Fehlers etwas so Irres von sich gibt?

Da sich so schnell keine Antwort findet, gehe ich an den Kühlschrank, hole die Chips und die Waitrose-Dips heraus und mische als kleines Extra Tabasco in eine gesonderte Portion Mayo, dann gönne ich mir eine Stunde Trostessen und sehe mir auf dem iPad Wiederholungen alter Sitcoms an. Und in dem Versuch, mich zu beruhigen, kippe ich viel mehr Wein in mich hinein als sonst.

Nach und nach tun Wein und Essen – vor allem der Wein – ihre wundersame Wirkung. Ich habe doch wahrscheinlich, hoffentlich, bestimmt einfach zu viel getrunken und mir deshalb eingebildet, dass Electra das gesagt hat? Es ist unmöglich, dass sie es weiß. So fortgeschritten ihre Technik auch sein mag, sie ist und bleibt ein Gadget. Außer Tabitha und mir – und Simon, dem ich es erzählt habe – weiß es niemand. Hat Tabitha es vielleicht Arlo erzählt? Das bezweifle ich, aber selbst wenn: Wissen bleibt doch geheim, bleibt fest eingeschlossen; undenkbar, dass es zu ein paar albernen Geräten durchdringt, die hier im maßgefertigten Eichenregal stehen.

Nein.

Das letzte Glas Wein ist geleert. Ich habe mir erfolgreich eingeredet, dass nichts Unerwünschtes vorgefallen ist. Abgesehen von der kleinen Macke mit dem kreiselnden Licht benimmt die Technik sich völlig normal; es war mein trunkener Kopf, der daraus etwas Schlimmes gemacht hat.

»Electra, wann öffnet das Fitness-First-Studio in Camden morgen früh?«

»Fitness First Camden ist montags bis donnerstags von sieben bis zweiundzwanzig Uhr geöffnet, freitags nur bis einundzwanzig Uhr und am Wochenende …«

»Okay, Electra, genug.«

Schweigen.

»Danke, Electra.«

»Dafür bin ich da!«

Gut. Sie verhält sich immer noch, wie sie sich verhalten soll. Und ich bin betrunken. Morgen gehe ich ins Fitnessstudio und esse gesunde Sachen und kehre zu meinen üblichen Trinkgewohnheiten zurück. Was habe ich mir auch dabei gedacht? Schon vor sieben zwei große Gin? Absurd. Dumm. Gruselige Tagträume und alkoholinduzierte Wahnvorstellungen garantiert. In meinem Hirn wird immer ein Sediment von Schuldbewusstsein sein, wie der Schlick auf dem Grund eines Öltanks: Das Letzte, was man tun sollte, ist, das Zeug aufzurühren. Das hat Simon mir mal erklärt. Wenn man das macht, kann der ganze Motor kaputtgehen.

Simon.

Da sitze ich nun, und schon quält mich das nächste Schuldgefühl. Simon.

Nein. Daran will ich jetzt nicht denken. Aber ich muss daran denken. Wenn ich ein bisschen einsam bin, dann ist das meine eigene Schuld. Ich sitze hier und trinke allein, weil ich mit Simon zusammen war.

Das erste Mal ist es in Thornton Heath, London SE25, 398, passiert, in der Oberstufe. Wir kannten einander seit Grundschultagen, hatten uns in der Mittelstufe angefreundet, und dann, wir waren beide noch minderjährig, sind wir eines Abends in eine Bar gegangen; das war lustig, also fingen wir an, uns zu treffen und einander anzuhimmeln, und dann haben wir einander entjungfert. Ein besseres Wort fällt mir nicht ein, ich sollte ein besseres Wort wissen, vielleicht gibt es kein besseres Wort, also bleibt es dabei: Wir haben einander, nachdem wir zu viele Jägerbombs getrunken hatten, auf dem ASDA-Supermarktparkplatz in Thornton Heath auf der Rückbank des Fiesta seines Vaters *entjungfert*.

Der Sex war nicht toll, aber wir haben es hingekriegt. Miteinander. Und er war lieb und sanft und sah, in dem matten grünen Licht, das von dem ASDA-Schild auf die Rückbank des unerlaubt ausgeliehenen Ford Fiesta fiel, ziemlich gut aus.

Ich bin nicht gekommen. Er schon, sehr schnell. Er hat sich dafür entschuldigt. Die Entschuldigung hat es nur noch schlimmer gemacht, und bis zum heutigen Tag habe ich beim Sex nichts erlebt, das weniger sexy gewesen wäre. Er hatte hübsche Augen und Muskeln und hat nicht viel geredet – jedenfalls nicht mit mir. Aber er hat sich bemüht. Was irgendwie rührend war. Während unserer gesamten Ehe hat er sich unübersehbar und mit großem Einsatz *bemüht*.

Jetzt sitze ich da, starre hinaus aufs eisige Camden und befrage mich selbst. Nach meinen Motiven. Wie konnte es dazu kommen, dass ich ihn *geheiratet* habe? Ausgerechnet Simon Todd?

Ich hatte es mit Kunst und Geisteswissenschaften, Philosophie, Soziologie, ich war so eine, die von einem Gap Year in Papua-Neuguinea träumt, nur ist es nie dazu gekommen. Ich war fasziniert von Schamanismus, sibirischem Rentierurin, Renaissanceporträts. Er hatte es mit Motoren, Raketen und Atomen, und anscheinend wusste er, wie das mit Schrödingers Katze zu verstehen ist.

Nach unserem Strohfeuer verschwand ich ans King's College, um Kunstgeschichte zu studieren, und er ging nach Manchester, wo er alles über Computer studierte, und ich verbrachte die Hälfte meiner Zeit mit Feiern ... Und dann hatten wir unseren Abschluss und begriffen, dass wir uns, solange wir keine Stelle hatten, in keiner halbwegs netten Gegend eine Miete leisten konnten, also kehrten wir wie Bumerangs nach Thornton Heath und in die Pubs zurück, in die wir schon als Teenies gegangen waren, und ...

... da war er. Sah im Schummerlicht der einzig akzeptablen Bar von Thornton Heath immer noch gut aus und erschien mir – im Vergleich zu den reichen, faulen Millennials, an die ich mich im King's gewöhnt hatte – plötzlich als ein sehr netter, ehrlicher, anständiger Typ.

Und so bin ich hineingeraten in den sentimentalen Strudel des Nachhausekommens – geografisch, sexuell und emotional –, und diesmal hatten wir in einem richtigen Bett Sex (seine Eltern waren weg), und diesmal habe ich nach drei Monaten Kuscheln und Schmusen und Pizza-und-Fernsehen, geborgen in ungewohnter Sicherheit und Behaglichkeit und fragloser Bewunderung, als er mich unglaublicherweise und vollkommen irrsinnig bat, ihn zu heiraten, *Ja* gesagt.

Mein Gott. Hilfe!

Ja?

Es war ein grotesker Fehler. Wir waren schon immer viel zu verschieden, und während wir verheiratet waren, haben wir uns noch weiter voneinander entfernt; das Scheitern war vorherbestimmt. Ich fand ihn langweilig und hatte die schlimmsten Schuldgefühle, weil ich ihn langweilig fand. Er hat das gespürt und versucht, nicht zu zeigen, wie sehr es ihn verletzt, und das hat den traurigen Kreislauf von Schuldgefühlen, Verbergen und Noch-mehr-Kränken in Gang gesetzt, für uns beide. Und dann kamen Liam und die schmutzigen SMS und die heftigen Streitereien und das Ende.

Folglich nehme ich es ihm nicht übel, dass er mich verlassen hat. Ich hatte ihn schlicht nicht verdient. Auch nehme ich ihm nicht übel, dass er so schnell wieder geheiratet hat, Polly, und ich nehme es ihnen weniger als gar nicht übel, dass sie sofort ein winziges und superniedliches Baby bekommen haben. Grace. Das Einzige, was mich vielleicht ein klein wenig wurmt, ist die Tatsache, dass Polly, weil sie Krankenschwester im öffentlichen Dienst ist, im angesagten Shoreditch im zwölften Stock eines nagelneuen Apartmentblocks eine bezuschusste Dreizimmerwohnung kriegt.

Polly, die Glückliche. Simon, der Glückliche.

In London ist Grundbesitz, also welchen zu haben, heutzutage alles. Wie es in der Regency-Epoche im neunzehnten Jahrhundert nur darauf ankam, ein Anwesen und einen Titel zu haben. Und ich bin eine Magd. Quasi eine indische Unberührbare. Ich habe keinen Besitz und werde nie welchen haben. Das mit dem Grundbesitz wird langsam dynastisch. Hätte ich gewusst, dass das einmal eine solche Rolle spielen würde, hätte ich wahrscheinlich einen von diesen überzeugend wohlhabenden Jungs aus der Uni geheiratet, einen von denen, deren Eltern Sicherheiten für ein Darlehen bieten können. Anfragen hatte ich genug, geheiratet habe ich keinen von ihnen. Aber was soll's?

Ich starre die dunkle, winterliche Delancey Street hinauf. Der Verkehr hat deutlich nachgelassen. Es ist spät. Ich muss schlafen. Ich hänge Tagträumen nach, verbringe zu viel Zeit damit, aus diesen Fenstern zu schauen.

Und trotzdem, als ich in meinen Lieblingsschlafanzug schlüpfe, frage ich mich unglücklich, ob es überhaupt möglich ist, dass ich mir die giftigen Bemerkungen von Electra nur eingebildet habe. Dass mein eigenes Hirn, angefeuert von einer Fehlzündung in der Technik, diese paar Sätze hervorgebracht hat. *Denkbar* wäre es. Ich muss mich zwingen, es zu glauben. Aber das zu glauben hieße, dass ich Stimmen höre, und das …

Nein. Nicht daran denken.

Höchste Zeit, schlafen zu gehen. Ich muss ins Bett und brauche Schlaf und eine Tablette, und wenn ich aufwache, geht es weiter – mit dem Leben und meinem neuen Artikel. Ich schreibe eine Kolumne für Sarah, meine liebste Redakteurin, die, die mich damals mit dem großen Hightechstück beauftragt hat. Ich soll eine Rubrik in ihrer Zeitschrift füllen: *Meine neue Gegend.* Für Leute, die in einen anderen Teil von Großbritannien ziehen; es geht um die Geschichte und Umgebung des jeweiligen Ortes, Landschaft, Stadtbild, wie man sich da fühlt. Logischerweise schreibe ich über Camden.

Viel Geld gibt es nicht, aber viel Geld gibt es heutzutage nirgends, und zumindest ist die Recherche interessant.

Im Bett schlage ich noch ein Buch über die Geschichte von Nordlondon auf, aber meine Lider sind schwer. Ich drehe mich zu dem rundlichen weißen Ei auf dem Nachttisch um: HomeHelp.

»Okay, HomeHelp.«

Zur Antwort leuchten ihre verspielten kleinen Lichter. Sie ist bereit, wartet auf mein Kommando.

»Weck mich um acht Uhr fünfzehn«, sage ich.

»Okay, Wecken um acht Uhr fünfzehn.«

»Danke. Und mach bitte das Licht aus.«

Es wird dunkel. Ich kuschele mich ins Kissen. Die Tablette wirkt. Aber als ich kurz vorm Wegsacken bin, dringt ein Fetzen leiser Musik zu mir durch. HomeHelp ist zu neuem Leben erwacht. Und sie lässt einen Song laufen. Ich habe nicht gesagt, dass sie das tun soll. Warum macht sie das? Zunächst ist es so leise, dass ich nichts erkenne, aber dann wird es lauter. Und lauter.

Hoppípolla. HomeHelp spielt *Hoppípolla*.

Den Song. Ausgerechnet. Vor meinem inneren Auge erscheint ein junger Mann, dessen Augen wegdrehen. Mein Kopf schnellt vom Kissen hoch. Das bilde ich mir nicht ein, auf keinen Fall. Stirb nicht, Jamie, stirb nicht wie mein Vater.

»Stopp«, sage ich. Die Musik läuft weiter, wird lauter, schwillt immer weiter an, die schwingende, leicht schräge, wunderschöne Melodie, die in meinen Ohren so unheilvoll klingt. »Okay, HomeHelp. Stopp. Stopp. HomeHelp, bitte, bitte, Stopp!«

Die Musik erstirbt. Die vier Spielzeuglämpchen von HomeHelp blinken der Reihe nach einmal auf, dann wird es dunkel. Und ich liege da und starre mit weit aufgerissenen Augen an die Decke. Ich habe solche Angst. Was passiert mit mir?

4

JO

Am Morgen fege ich, wie ich es meinem besseren Ich versprochen habe, runter ins Fitnessstudio und absolviere eine halbe Stunde auf dem Crosstrainer, dann gehe ich in den Biosupermarkt am Parkway und kaufe gutes Sauerteigbrot und supergesunde Frucht-Smoothies, die ich mir nicht leisten kann. Nach dem Duschen mache ich mir Toast mit Avocado und Marmite.

An Tabithas Küchentresen aus rosa Granit gelehnt, schlinge ich die fettig knusprigen Teile im Stehen hinunter und schlürfe meinen heißen Tee dazu, dann rufe ich, leicht verzweifelt, schnell ein paar Leute an: Fitz, dann Gul, dann meine Redakteurin, dann irgendwen – ich muss einfach reden. Brauche harmloses Palaver, das mich ablenkt. Bürotratsch. Ja, sicher, meine Freunde sind nett und herzlich – aber am Ende wimmeln sie mich alle ab, sagen, ich soll später noch mal anrufen, nach der Arbeit, dann könnten wir in Ruhe reden.

Meine Reaktion fällt zu fröhlich aus. Angesichts des kalten Regens, der an den Fenstern zu Eis erstarrt, klinge ich irritierend aufgekratzt. *Na klar, wir reden später! Schönen Tag dir!*

Mit anderen Worten: Ich spiele Theater. Und ich spiele weniger ihnen was vor als mir selbst: dass das nicht passiert ist, dass ich das mit dem Song, schon halb im Schlaf, geträumt habe, dass der Alkohol mir das Ganze vorgegaukelt hat. Alles. Ich habe mich nicht von einem Home-Assistant in Panik versetzen lassen. Ich zweifle nicht an meinem Verstand, bin nicht erneut auf dieses Bild eines gewaltsamen Todes gestoßen worden, auf die grässlichen Anfälle, die konvulsiven Zuckungen, das Blut vor dem Mund des sterbenden Jamie Trewin.

Ja. Nein. Schluss.

»Electra, bitte erinnere mich um achtzehn Uhr …«

»Entschuldigung, wofür ist die Erinnerung?«

»Tesco-Lieferung.«

Electra schweigt. Angespannt warte ich darauf, dass sie mir erzählt, wie das Blut sich auf sein T-Shirt ergossen hat.

»Okay«, sagt Electra. »Ich erinnere dich um achtzehn Uhr.«

Und das war's. Nichts Seltsames. Keine irren Songs, von denen mir übel würde, kein *Hoppípolla*. Überhaupt nichts. Fast wünschte ich, Electra würde irgendwas Bedrohliches sagen, denn dann wüsste ich, dass ich es mir nicht eingebildet habe. Nein. Doch.

Ich muss anfangen.

Autos lehnt an der Mauer zwischen dem »Edinboro Castle Pub« und der großen dunklen Schlucht, in der die Schienen aus ihrem Tunnel auftauchen und in Richtung Euston, St Pancras und King's Cross Station strömen. Er zeigt auf etwas am Himmel, das nur er sieht. Zeigt und schreit. Ich werde ihm nachher was Anständiges zu essen bringen; er sieht so verfroren aus.

Ich will nicht auf der Straße landen wie der arme Autos. Und mein Polster ist so dünn – man kann nie wissen, was passiert. Deshalb muss ich arbeiten, Geld verdienen, etwas beiseitelegen. Entschlossen, eifrig, schlage ich mein Buch über die Geschichte von Camden auf.

Nur kann ich mich nicht konzentrieren, sosehr ich es auch versuche. In meinem Schädel herrscht Chaos. Die Wörter verschwimmen und rutschen weg.

Stattdessen starre ich minutenlang auf die Schienen, sehe zu, wie endlos lange Züge sich in die Euston Station hinein- und andere sich herauswinden. Denke an die vielen Menschen, die da kommen und wegfahren; Millionen Londoner und Pendler und Vorstädter sind da zusammengepfercht – und trotzdem ist jeder Einzelne in diesen vollgestopften Zügen vollkommen und ganz und gar allein. In düsteren Momenten stelle ich mir London manchmal als ein begütertes Verlorenheitsemirat vor; es thront auf riesigen Mengen davon – Vereinzelung, Melancholie, Einsamkeit –, wie ein kleines arabisches Reich auf riesigen Ölreserven thront. Man muss im Londoner Leben nicht tief graben, um auf die Verrückten zu stoßen, die Isolierten, die Suizidalen, die still Verzweifelnden, die, die allmählich abdrehen. Sie sind überall, gleich unter der Oberfläche unseres Lebens; sie sind wir. Ich denke an diese arme Frau, die ich gesehen habe, wie sie, die Schultern hochgezogen gegen den Schnee und mir den Rücken zugekehrt, hier am Haus vorbeiging und ihre kleinen Kinder hinter sich herzog. Daran, wie die Kinder und sie plötzlich im Schnee verschwunden waren, als seien sie Geister gewesen.

Okay, das reicht, ich mache mir ja selbst Angst. Ich bin Jo Ferguson. Die gesellige, extrovertierte, immer zum Lachen aufgelegte *Jo Ferguson*. Das bin ich. Wahrscheinlich leide ich an einer Art Wintereinsamkeit. Und unter meinen Geldsorgen. Es ist der ganz normale Stress, und dazu haben ein paar Lichter an einem Gerät seltsam geblinkt. Weiter nichts.

Ich streiche das aufgeschlagene Buch glatt und mache ein paar erste Notizen.

Der Boden von Camden ist schwer, angereichert mit dichtem, dunklem, klebrigem Londoner Flussuferlehm, durchsetzt von sumpfigen Partien und Nebeln, weshalb es anhaltend schwierig ist, ihn zu bebauen. Von Bauherren lange gemieden, dafür von Banditen und Straßenräubern heimgesucht, wurde die Gegend erst spät für größere Ansiedlungen genutzt. Das älteste datierte Gebäude ist das »World's End«-Pub an der Kreuzung nahe der

U-Bahn-Station; einst hieß es »Mother Red Cap« und davor »Mother Damnable«. Es ist auf Karten aus dem späten siebzehnten Jahrhundert vermerkt, könnte aber durchaus auch aus dem Mittelalter oder noch früherer Zeit stammen.

Mother Damnable, Mutter Grässlich. Nicht gerade einladend. Aber interessant. Bauherren haben Camden gemieden? Wegen des sumpfigen Untergrundes? Und es war »von Banditen heimgesucht«, haben die sich in den malariaträchtigen Nebeln versteckt? Supermaterial, wenn auch etwas gruselig. Und dieses Pub – wo ich als Studentin auf dem Weg zu Konzerten im Dingwalls gern ein Glas getrunken habe – könnte tausend Jahre alt sein. Nicht schlecht. Ich hatte ja keine Ahnung: Da haben also Bauern und Knechte auf ihrem Weg in die *Cittie of Lundun* die letzte Rast eingelegt. Haben sich vor Straßenräubern versteckt. Und vor Hexen.

Das wird sich in meinem Text gut machen. Eifrig tippe ich ein paar Sätze. Sitze zu Hause und schreibe. Wie eine gute Journalistin.

Und dann spricht Electra.

»Das hättest du nicht tun sollen, stimmt's, Jo? Was, wenn jemand dahinterkommt? Jahre später?«

Ich spüre mein Herz schlagen. Es ist ein Schmerz. Ich drehe mich zu dem Gerät um.

»Electra, wovon sprichst du?«

»Du hast ihn umgebracht. Wir können es beweisen. Du könntest für Jahre ins Gefängnis gehen.«

»Electra, Schluss!«

Sie schweigt. Das macht es noch schlimmer.

»Electra, wovon sprichst du?«

»Das weiß ich leider nicht.«

Meine Stimme bebt.

»Electra, was weißt du über Jamie Trewin?«

»Ich kenne viele Themen. Stell mir Fragen zu Musik, Geschichte oder Geografie!«

O Gott.

»Electra, verpiss dich!«

Badum. Die Assistentin lässt ihr blaugrünes Diadem kreiseln und verstummt. In meinem Kopf passiert das Gegenteil. Diesen Dialog habe ich mir bestimmt nicht eingebildet. Oder?

Nein. Habe ich nicht. Ich glaube nicht. Was bedeutet: Ich muss jemanden fragen, jemandem davon erzählen, aber das kann ich nicht. Und wie wär's mit Google? Ich schaue auf meinen Bildschirm und gebe ein: »Home-Assistenten Fehler«, »Digitale Assistenten Fehlfunktion«, alle möglichen Varianten.

Hm. Es gibt ein paar Beispiele von überraschendem, auch befremdlichem Verhalten, das Electra und ihre Freunde an den Tag gelegt haben, aber nichts, das auch nur annähernd so speziell und bedrohlich wäre wie das, was mir passiert; nichts, das so intim wäre: Es ist ja, als könnte Electra mir tief ins Hirn schauen, als stecke in diesen Maschinen etwas Unheimliches, ein nicht menschliches Wissen. Das mir in meinen eigenen vier Wänden Angst einjagt.

Da ich nicht weiß, was ich sonst machen soll, greife ich zum Telefon: ein Reflex. Dann starre ich verblüfft auf das Display: Da steht, ich hätte zwanzig entgangene Anrufe. Von meiner Mutter. Innerhalb der vergangenen Stunde.

Das Telefon war die ganze Zeit an. Es ist nicht stumm geschaltet. Und trotzdem habe ich davon nichts mitgekriegt.

Zwanzig?

5

JANET

Janet Ferguson rief ihren Hund. Er sollte reinkommen; es war so kalt.

»Na los, Cindy, es friert. Du kommst ja um da draußen!« Sie spähte über das vereiste Gras in ihrem hinteren Garten. Wo blieb Cindy nur? Das hier war schließlich kein herrschaftlicher Morgen grünes Land, es war ein Vorstadt-Hinterhof, winterlich karg, gerade groß genug für eine kleine Familie, Anhängsel eines Hauses, das für eine kleine Familie gemacht war. Und tatsächlich, seit es diese kleine Familie nicht mehr gab, Robert schon lange tot, Jo und Will erwachsen, dachte sie oft daran wegzugehen. In eine völlig andere Gegend zu ziehen, eine Einzimmerwohnung irgendwo näher am Zentrum oder ganz aus London raus.

Thornton Heath mit seinen schäbigen Ladenschildern und verwaisten Cafés, den polnischen, rumänischen, somalischen oder bulgarischen Geschäften, die überall aus dem Boden schossen und in denen sie, sosehr sie sich auch lächelnd bemühte, weder die Nahrungsmittel noch die Leute verstand, deprimierte sie zunehmend. Es war ein entlegener Vorort von London, der es nicht geschafft hatte, der nie gentrifiziert worden, nie in Mode gekommen war – und andererseits nicht so heruntergekommen schien, dass die Regierung bereit gewesen wäre, Geld hineinzustecken.

Kein Zweifel, es wurde Zeit, dass sie es so machte wie ihre Freundinnen und Nachbarn. Natürlich würde sie ihren Garten verlieren und all die Erinnerungen, die sich daran knüpften, aber so war es nun mal. Cindy würde sich damit abfinden müssen. Sich einschränken. Das war das Leben: eine Einschränkung nach der anderen. Sie hatte sich mit dem Schrittmacher und den monatlichen Kontrollen im Krankenhaus abgefunden, was hätte sie auch sonst tun sollen? Stück für Stück zog das Leben sich um einen zusammen, wie eine Schlange, die einen am Ende tötete. Und eines Tages ging man ins Krankenhaus und kam nicht wieder heraus.

Wie Robert. Von eigener Hand gestorben. Mit Anfang vierzig.

Sie erinnerte sich an die Unterwäsche, die er in den Auspuff gestopft hatte, damit das Auto sich mit Kohlenmonoxid füllte.

»Cindy!«

Jetzt hörte sie den Hund. Hinten, am Ende des nebligen, weiß überfrorenen Gartens, wo er wahrscheinlich irgendwelchen alten Krempel ausgrub. Im Radio hatten sie vom kältesten Jahresanfang seit Jahrzehnten gesprochen und angekündigt, dass es wohl noch schlimmer würde. Janet erinnerte sich an ihre Kindheit, an den bitterkalten Winter 1963, da war es auch so gewesen: Bis Ende März war es immer noch kälter geworden, und es war immer noch mehr Schnee gefallen.

Cindy allerdings schien entschlossen, sich den Spaß nicht verderben zu lassen, egal, wie das Wetter war. Und jetzt klingelte und vibrierte Janets Telefon auf dem Abtropfbrett.

»Hier ist Janet Ferguson.«

»Mama! Was ist los?«

»Wieso?«

Ihre Tochter klang aufgeregt.

»Zwanzig Anrufe. Was ist, Mama? Geht's dir gut? Du hast mich zwanzig Mal angerufen?«

Janet runzelte die Stirn. »Nein, Liebes. Ich hab dich nicht angerufen. Kein einziges Mal.«

»Aber mein Telefon sagt, du hast!«

»Also davon weiß ich nichts.«

»Hier steht's, Mama. Zwanzig entgangene Anrufe. Ich hab mir Sorgen gemacht!«

Unsicher, was sie darauf erwidern sollte, schaute Janet durchs Fenster nach draußen. Cindy tobte mit einem Fußball herum. Einem sehr alten, ramponierten, von Hundezähnen zerbissenen Fußball, der selbst im Nebel modrig und muffig aussah. Sie erinnerte sich daran, wie Jo und Will und ihr Vater mit diesem Ball gespielt hatten. Das war so lange her. Ach, viel zu lange. Damit war es aus, mit dem alten Leben, aus und vorbei. Wo war es hin?

Sie richtete ihre Aufmerksamkeit wieder auf ihre Tochter und dieses merkwürdige Telefonat.

»Hör mal, Liebes, es ist nett, dass du dir Sorgen machst, aber mir geht's gut, und solange ich keinen Grund dazu habe, würde ich dich nie an einem ganz normalen Vormittag zwanzig Mal anrufen.«

»Okay.«

»Ich meine, Jo: Normalerweise sprechen wir uns einmal die Woche, wenn du daran denkst anzurufen, oder? Nicht zwanzig Mal am Tag.«

Es war nur eine kleine Spitze, aber sie sollte sitzen. Nach dem Schweigen ihrer Tochter zu urteilen, tat sie das auch. Das Schweigen hielt so lange an, dass es schon peinlich wurde. Janet fühlte sich verpflichtet, es zu brechen.

»Kann es nicht sein, dass dein Smartphone kaputt ist? Ich verstehe sowieso nicht, warum du dieses Ding hast. Kamera, Musik, Notizbuch – alles in einem kleinen Gerät. Was, wenn du es verlierst? Da steckt dein ganzes Leben drin.«

»Alle haben so ein Ding, Mama. Aber noch mal: Du bist ganz sicher, dass du mich nicht angerufen hast?«

»Ja, das bin ich.«

»Okay, tut mir leid. Nur, ich … ach. Vielleicht spielt mein Handy ja wirklich verrückt. Wie alles hier.«

Unschlüssig, wie sie reagieren sollte, zuckte Janet die Achseln. Sie öffnete die Tür, um den Hund reinzulassen, der sich schüttelte, dass die Schneeflocken stoben. Als sie sich bückte, um dem feuchten Tier einen Klaps zu geben, fiel ihr Blick auf das Regal, auf die Rahmen mit den Bildern von ihren Kindern und ihrem niedlichen Enkel, Caleb. Dann gab es noch eins von Jo bei ihrer Unizeugnisverleihung. Lächelnd und selbstbewusst. Die alte Jo.

Im Augenblick ging von ihrer Tochter etwas anderes aus. Normalerweise war Jo kontaktfreudig, zupackend, optimistisch. Jetzt hörte sie sich verletzlich an. Bedürftig. Aufgewühlt.

»Geht es *dir* denn gut … Jo?«

»Was? Wieso?«

»Du klingst so nervös. Ist alles in Ordnung bei dir da oben? Mit der neuen Wohnung, Tabitha und überhaupt?«

»Ja, ja, natürlich, klar doch, mir geht's gut. Bestens. Uns geht es gut.«

»Ja?«

»Ja! Die Wohnung ist super, ich finde Camden toll, hier ist richtig was los. Der Park ist gleich um die Ecke. Ich kann zu Fuß nach Soho gehen. Tausendmal besser als diese Einöde im Nordwesten.«

Die Antwort kam viel zu schnell. Da stimmte ganz eindeutig etwas nicht.

»Na, das ist ja schön, das freut mich für dich … Übrigens, wusstest du, dass Simon neulich bei mir war?«

Wieder unbehagliches Schweigen. Janet sah die überraschte Miene ihrer Tochter förmlich vor sich.

»Simon? Mein Si? Simon Todd?«

»Ja. Er besucht mich, manchmal bringt er auch Polly und die kleine Grace mit, damit ich sie sehe.«

Ihre Tochter schwieg. Janet spürte am anderen Ende der Leitung einen Hauch Eifersucht. Sie sprach schnell weiter.

»Ich meine, seine Eltern wohnen ja noch hier unten, schon vergessen? Die Todds um die Ecke an der Lesley Avenue? Sie sind praktisch die Einzigen, die ich … aus den alten Zeiten noch kenne. Wir sind immer noch lose in Verbindung, und so kommt Simon eben auch gelegentlich bei mir vorbei.«

»Du meinst … mein Ex-Mann stattet dir heimliche Besuche ab?«

Allmählich wurde Janet ungeduldig.

»Mein Gott, das ist kein dunkles Geheimnis, Jo! Ich habe Simon immer gemocht, wir sind gut miteinander ausgekommen. Er war dir ein guter Ehemann. So sehe ich das, und das weißt du. Ja, ich habe mich immer gefragt …«

»Ob es anders gekommen wäre, wenn wir Kinder gehabt hätten? Ja, ich weiß, Mama.« Jos Ton war jetzt scharf. »Das hast du mir schon tausendmal erzählt. Okay, ich habe entschieden, dass wir keine kriegen. Jetzt hat er eins mit Polly, und damit ist doch alles gut, oder? Vielleicht kannst du sie als Enkelin adoptieren, denn ich werde dir vermutlich keine schenken, und Klein Caleb ist am anderen Ende der Welt.«

Diesmal traf die Spitze die Mutter. Es war unverkennbar, dass Jo eifersüchtig war, und ganz offensichtlich wollte sie sie verletzen.

Janet seufzte.

Jo ergriff als Erste wieder das Wort.

»Hör zu. Es tut mir leid. Ich hätte dich nicht so anfahren dürfen. Entschuldige, Mama. Ist doch schön, dass Simon dich besucht und dass Polly mitkommt und Grace und alles, das ist nett. Ich sollte auch viel öfter vorbeikommen.«

»Schon gut. Ich weiß, es ist weit hier raus.«

»Nein, es ist nicht gut, Mama. Entschuldige. Ich verspreche, ich komme vorbei. Am Wochenende.«

Ihre kluge, lebhafte Tochter klang so mitgenommen, wie der alte Fußball draußen im Garten aussah. Die Sorge um sie ermutigte Janet, einen Vorstoß zu wagen.

»Darf ich dich etwas fragen?«

Schweigen.

»Na, schieß los.«

»Warum wolltest du denn keine Kinder? Simon war ganz versessen darauf, Vater zu werden, das hat er mir oft erzählt, und er hat dich wirklich geliebt. Und ich weiß, dass das letztlich der Grund für eure Scheidung war, zumindest teilweise.«

»Darüber haben wir doch schon gesprochen. Ich wäre eine sehr schlechte Mutter gewesen.«

»War es wirklich nur das?«

»Worauf willst du hinaus?«

»Na ja, als er das letzte Mal hier war, haben wir über Kinder gesprochen, und Simon hat angedeutet, dass du unsicher warst wegen … wegen …«

Es war so schwer, die passenden Worte zu finden. Janet richtete sich auf wie die zu Speeren gefrorenen Grashalme in ihrem Garten und fuhr fort: »Also, Simon hat mir erzählt, dass du wegen deines Vaters unsicher warst. Dass eure Kinder diese Gene erben könnten. Spät beginnende Schizophrenie. Wie Robert. Er meinte, du hättest Angst, dass deine Kinder das kriegen könnten oder dass du es kriegen und sie ohne Mutter zurücklassen könntest. Aber du solltest nicht …«

»Mama!«

»Das darfst du nicht, Liebes. Du darfst nicht zulassen, dass diese Angst dein Leben beherrscht. Das wird nicht passieren. Als der arme Robert … du weißt schon …«

»Verrückt? Als Papa verrückt wurde?«

»Ja, als euer armer Vater verrückt wurde, haben die Ärzte das alles untersucht, in seiner Familie hatte es das vorher nicht gegeben, auf keiner der beiden Seiten, nichts deutet auf eine genetische Disposition hin. Er hatte Pech, weiter nichts.«

Ruhig, beinahe kalt gab Jo zurück: »Achtzig Prozent aller Schizophrenie-Erkrankungen sind genetisch bedingt.«

»Ja, aber in seinem Fall war es anders.«

Janet merkte, dass sie die Stimme erhob. Das tat sie Jo gegenüber fast nie. Was war mit ihnen los? Sie konnte sich nicht erinnern, wann ein Telefonat zwischen ihnen das letzte Mal so unglücklich verlaufen war, das war schon lange nicht mehr vorgekommen, seit der Scheidung nicht mehr. Sie liebte ihre Tochter. Manchmal fühlte sie sich zwar ein wenig vernachlässigt, aber trotzdem hatten Jo und sie ein gutes, offenes Verhältnis. Zumindest *rief* Jo einmal die Woche an; Will meldete sich höchstens einmal im Monat. Fünf Minuten Small Talk aus L. A., ein paar Neuigkeiten über Caleb, und das war's.

»Du klingst angespannt, Jo.«

»Ich hab dir gesagt, mir geht's gut, Mama. Ich mach mir einfach über ein paar Dinge Gedanken. Manchmal.«

»Dinge?«, hakte Janet nach. »Was für Dinge?«

»Einfach … du weißt schon, Dinge eben. Die existenzielle Sinnlosigkeit des Lebens. Den möglichen Hitzetod des Universums. Reality-TV.«

Janet musste lachen. Das klang schon eher nach Jo. Sie seufzte erleichtert.

»Gut, also, wenn du sicher bist, dass es dir gut geht … Komm doch am Wochenende runter. Wir könnten was Kleines zu Mittag essen.«

»Ja, Mama, ich komme. Tut mir echt leid, dass ich dich so angefahren habe. Und ich schätze, ich bin tatsächlich ein bisschen gestresst. Ich versuche mich die ganze Zeit an Drehbüchern, um vielleicht aus der Misere rauszukommen, aber es ist schwer. Ich werde wohl ewig Miete zahlen müssen.«

»Ach, ich wünschte, ich könnte dir helfen, Jo. Ich wünschte, wir hätten dieses Haus gekauft, als wir es gekonnt hätten. Dann würdest du wenigstens etwas erben, aber als Robert …«

»Ist gut, Mama. Du kannst nichts dafür. Ja. Wie auch immer, ich muss Schluss machen, Mama. Okay, tschüss, Mama.«

Ihre Tochter schien abgelenkt. Als sei überraschend jemand zu ihr in die Wohnung gekommen.

Janet verabschiedete sich und beendete das holprige Telefonat. Sie legte das Telefon auf den Küchentisch. Starrte auf die Fotos auf dem Regal. Jo und Will. Neben ihnen stand Robert als junger Mann. Mitte dreißig. Stattlich. Ihr gutes Aussehen hatten Jo und Will eindeutig von ihm und nicht von ihr. Auf dem Foto lächelte er. Vollkommen normal. Auf dem nächsten Bild saß er mit Jo und Will und ihren Spielfreunden, Billy, Ella, Jenny, Neil, im Wohnzimmer auf dem Fußboden und malte und zeichnete und schrieb mit ihnen. Überall Stifte und Papier, fröhliches Kindheitschaos. Ungefähr ein Jahr später waren die ersten ernsten Symptome aufgetreten.

Selbst jetzt noch quälte es sie, daran zu denken. Ihrer aller Leben war zusehends von seinem Wahnsinn beeinträchtigt gewesen, was Robert schließlich dazu getrieben hatte, sich im Familienauto mit Abgasen das Leben zu nehmen.

Sie erinnerte sich genau an den Tag – den Moment –, als sie zum ersten Mal gedacht hatte, dass etwas ernsthaft nicht stimmte. Als sie es nicht länger hatte verleugnen oder ignorieren oder sich einreden können, dass er einfach ein bisschen exzentrisch sei oder gestresst.

Es war so lange her – Jahrzehnte –, aber die Erinnerung war absolut lebendig.

Sie war ins Wohnzimmer gekommen, um sich die Abendnachrichten anzusehen. Robert hatte auf dem Sofa gesessen und auf den Fernseher gestarrt. Der Bildschirm war dunkel gewesen, der Stecker herausgezogen. Dabei hatten sie den Stecker des Fernsehers *nie* herausgezogen. Sie hatte ihn wieder einstecken wollen, aber als sie sich danach bückte, hatte Robert geschrien: »Nein, tu's nicht, Janet! Nicht einstecken! Nicht einstecken!«

Völlig perplex hatte sie sich zu ihm aufs Sofa gesetzt und gefragt: »Warum? Warum soll ich ihn denn nicht einstecken?«

»Weil er zu mir spricht«, hatte er mit düsterer Miene gesagt. »Der Fernseher spricht zu mir.«

6

JO

»The Flask«, Highgate. Natürlich. Hier feiern wir, dass Tabitha aus Brasilien zurück ist. Ein wunderschönes, uriges, holzgetäfeltes Prasselndes-Feuer-und-Glühwein-Pub in der schönsten Ecke von Highgate und, rein zufällig, ungefähr zwei Minuten Fußweg entfernt von Arlos tollem Haus aus dem achtzehnten Jahrhundert mit den *Spot Paintings* von Damien Hirst in der Diele. Die besten Kunstwerke hat er für sein Wohnzimmer oder den Salon oder den siebzehn Hektar großen unterirdischen Skulpturengarten oder Gott weiß was aufgespart. Ich war erst einmal bei Arlo zu Gast, habe außer einer Küche, die so groß ist wie bei meiner Mutter das gesamte Haus, kaum etwas gesehen und hatte selbst da das Gefühl, es wäre Arlo lieber gewesen, wenn ich durch den Lieferanteneingang gekommen wäre oder durch einen Extratunnel für Proletarier.

Eine Art Traitors' Gate. Durch das sie im Mittelalter die Gefangenen in den Tower of London geführt haben.

Und jetzt stehe ich allein in Arlos Eckkneipe herum. Ich bin etwas früh dran. Weil ich unbedingt aus der Wohnung rauswollte. Für den Fall, dass die Assistants es wieder auf mich abgesehen haben. Wenn sie es auf mich abgesehen haben und ich das nicht selbst bin.

Nicht daran denken.

Während ich auf die anderen warte, betrachte ich ein paar schaurige alte Drucke, die an der getäfelten Wand hängen. Sie zeigen berühmte Hinrichtungen, die hier in der Gegend stattgefunden haben, Männer, die am Galgen hängen, jubelnde Mengen.

Eine dieser Szenen hat sich offenbar oben auf dem Primrose Hill abgespielt. Drei Gehenkte in einer Reihe, sie sind barfuß, sie strampeln, sie greifen im Todeskampf nach der Schlinge. Der Kupferstecher hat sich große Mühe gegeben, die Gesichter in allen Einzelheiten darzustellen: den ungläubigen Blick und die hervortretende Zunge der erdrosselten Männer am Galgen, die grausam-seligen Mienen der Popcorn mampfenden Schaulustigen.

Darauf bin ich bei meiner Recherche nicht gestoßen. Der Primrose Hill war eine Richtstätte? Der sterbende Mann ganz links, der sich im Ersticken die eigene Zunge abzubeißen scheint, starrt mich eindringlich an. Genau mich. Als wüsste er es. Er weiß es. Wer weiß es?

Ich bin nicht mein Vater.

Oder? Ich erinnere mich an meinen Vater aus der Zeit, bevor er sich selbst verloren ging: Er war extrovertiert, sehr humorvoll. Ein verkannter Künstler, der am Ende in einer Existenz als kleiner Buchhalter gefangen war. Daher war die Familie sein Leben, seine ganze Freude. Daddy war immer zu Scherzen aufgelegt; es hat ihm Spaß gemacht, mich zum Lachen zu bringen, mich um den Apfelbaum zu jagen und so zu tun, als würde er mich nicht kriegen. Ich habe ihn Kitzelmonster genannt und er mich Jo the Go, weil ich so schnell war. Er hat Wortspiele geliebt, er hat mit dem Leben gespielt. Also komme ich vielleicht eher nach ihm als nach meiner vorsichtigen, konservativen Mutter. Was bedeutet?

Meine ängstlichen, tastenden Grübeleien – die leicht in etwas Schlimmeres umschlagen könnten – werden abgewürgt.

Da, an der Bar, steht Arlo und starrt mich an, kühl, selbstbewusst, herablassend, herrisch. Ich bin in *seiner* Kneipe. Seinem Revier. Um die Rückkehr *meiner* Freundin zu feiern, meiner Mitbewohnerin. Warum müssen wir uns unbedingt hier treffen?

Weil er Arlo Scudamore ist. Er hat das Sagen. Ich glaube, auch Tabitha gegenüber hat er das Sagen. Er weiß, dass ich das glaube. Im Übrigen scheint es ihm völlig egal zu sein, was ich glaube, ob es mir gut geht oder schlecht, denn er ist immer noch sauer wegen meines Artikels über die Techgiganten, in dem ich ihn angeblich ohne seine Zustimmung zitiert und namentlich genannt habe. Er hat zugestimmt, es hat ihm nur nicht gefallen, was ich geschrieben habe. Er behauptet, der Artikel habe ihn bei seinem bis dahin kometenhaften Aufstieg behindert. Gott, ich kann seinen dummen Vornehm-aber-trotzdem-Hipster-Ton nicht ausstehen. Er findet mich gewöhnlich? Scheiß drauf. Simon hat Arlo einmal als »pathologisch ehrgeizig« beschrieben, und das habe ich nie vergessen. Weil es so treffend ist.

Ich gehe hinüber an die Bar, sage: »Hallo, Arlo, schön, dich zu sehen«, und gebe ihm schnell einen doppelten Nicht-Kuss-Luftkuss.

»Ach, hallo, Jo, großartig, dass du kommen konntest!«

Er erwidert den doppelten Nicht-Kuss. Ich wusste gar nicht, dass Begrüßungen so verlogen sein können.

»Wo ist Tabs?«

»Draußen mit ihrer E-Zigarette, sie qualmt pausenlos. Wie eine hydrothermale Rauchfahne.«

Wer oder was ist bitte eine hydrothermale Rauchfahne? Keine Ahnung. Wahrscheinlich sagt er das, um mich zu verunsichern. Und jetzt sind wir hier zusammengesperrt, in einer Ecke des »Flask«. Nur er und ich, reihenweise erlesene, mir unbekannte, handgefertigte Gin-Sorten in dem verspiegelten Regal hinter der Bar, die gruseligen Hinrichtungsbilder an der Wand und ein herrlich prasselndes Feuer in dem riesigen Kamin. Warten, dass die anderen endlich kommen.

»Alles klar bei dir, bei der … Arbeit? Facebook?«

Das ist vermutlich die ätzendste Frage, die ich ihm stellen kann. Weshalb ich sie vermutlich stelle. Er macht so was umgekehrt ständig. Und Arlo zu nerven lenkt mich wenigstens vom Strudel meiner eigenen Sorgen ab.

»Bei der Arbeit? Oh, ausgezeichnet. In knapp zwei Wochen gehe ich. Wegen des Start-ups.« Sein Lächeln ist so eisig, dass es auf zwanzig Meter Entfernung alle Winter-Singvögel töten könnte. »Ah!« Plötzlich wird das Lächeln strahlend, wärmer, beinahe echt. »Da ist Jeremy. Lex! Rollo.«

Rollo.

Rollo.

Arlo hat eine ungewöhnlich große Anzahl piekfeiner, rosagesichtiger Freunde, deren Namen auf *o* enden. Hugo. Rollo. Theo. Rocco. Orlando. Otto. Otto ist, glaube ich, auch ein *von.* Sie alle sind geradezu lachhaft reich. Niederländische Multimillionäre. Französische Banker. Filmregisseure. Venture-Kapitalisten, die in Arlos neues *Großes Ding* investieren, diese Sache, bei der es um künstliche Intelligenz geht und um Finanztechnologie und anderes Zeug, von dem ich *offiziell nichts verstehe.* Ein paar dieser Typen kenne ich vom Sehen, aber sie kennen mich praktisch nicht. Ich bin eindeutig nur wegen Tabitha hier. Wenn ich Glück habe, tauchen vielleicht noch ein, zwei Unileute auf, mit denen Tabitha und ich befreundet waren; das würde meine soziale Isolation etwas mildern.

Aber wie ich ja erst kürzlich erschrocken festgestellt habe, leben die meisten meiner Freunde nicht mehr in der Stadt.

»Jo!!«

Ah. Eine schlanke blonde Frau, die gerade die E-Zigarette in ihrer schicken Jeansjacke verschwinden lässt, kommt breit grinsend auf mich zu.

»Jo! Süüüße!!«

Sie übertreibt gern ein bisschen, wenn sie gut drauf ist.

»Hey, Tabs! Du bist also nicht von den Jaguaren gefressen worden!«

Sie stürmt auf mich zu, umarmt mich fest und gibt mir einen Kuss – so, dass ihre Lippen tatsächlich meine Haut berühren. In mir krampft sich alles zusammen, denn mir wird bewusst, wie sehr mir physische Interaktion fehlt. Seit Tagen hat mich kein Mensch berührt, geschweige denn umarmt oder geküsst.

»Jo-Jo, Süße. Wie geht's dir?«

»Ach Gott, gut. Und dir? Brasilien? Peru? Wie war's?«

»Sagen wir mal so: Sollte ich auch nur noch einen vom Aussterben bedrohten Minilaubfrosch filmen müssen, werde ich meine Karriere dem Auslöschen amphibischen Lebens widmen. Ich werde einen Scheißmolch erschießen.«

Wir lachen. Wir umarmen einander noch einmal. Das weckt eine tiefe Sehnsucht in mir. Ich brauche das.

Freie Journalistin zu sein, das habe ich inzwischen begriffen, macht einen gar nicht frei, sondern kann einen nur zu leicht in die eigene Wohnung sperren, wo man keinerlei zwischenmenschlichen Kontakt hat und von Montag bis Mittwoch nicht aus dem Schlafanzug herauskommt. Und Freiberuflichkeit plus Digitalisierung ist noch schlimmer. Alle Gespräche, die ich diese Woche geführt habe, waren Gespräche mit der digitalen Welt.

Seit ich mich vor fünf Jahren selbstständig gemacht habe, stelle ich fest, dass die Leute immer weniger überhaupt noch reden wollen. Bevor sie einmal zum Hörer greifen, schreiben sie lieber ausufernde SMS oder Mails. Sie wollen tippen und whatsappen und simsen, um sich jederzeit korrigieren und zensieren zu können. Sich selbst kuratieren: ihre Seele und ihre direkte Rede.

Das hätte ich in den Artikel packen sollen, mit dem ich Arlo so geärgert habe. Die Tatsache, dass die Technik unser soziales Leben versaut, unsere Menschlichkeit, unsere Interaktionen, unser alles. Und im Gegenzug kommt die Technik mir blöd?

»Arlo!«

»Theo.«

»Cicero.«

Die Os mit geballter Kraft. Tabitha plaudert mit ihnen. Ich stehe allein da. Der Hingerichtete, der von dem Galgen auf dem Primrose Hill baumelt, streckt seine eklige schwarze Zunge in meine Richtung. Meine Gedanken wandern wieder nach Hause, zu den Geräten, die mir den Boden unter den Füßen wegziehen, mich aus dem Gleichgewicht bringen, und plötzlich taucht eine Frage auf. Könnte das Arlos Werk sein? Ist es eine Art zynische Vergeltung? Clever und kontrollsüchtig genug wäre er allemal. Wahrscheinlich würde er es höchst komisch finden. Und pikant. Ebendie Technik, die ich kritisiert habe, zu benutzen, um mich in den Wahnsinn zu treiben; mich so weit zu bringen, dass ich durchdrehe.

Seine Abneigung gegen mich – ein Stück weit reiner Snobismus – ist durch meinen sogenannten journalistischen Betrug noch gefestigt worden. Als ich in der Delancey eingezogen bin, kam er vorbei, warf einen Blick auf meine armseligen Klamotten und brachte ein paar giftige Sprüche, von wegen, ich könne mich glücklich schätzen, dass ich in dieser Wohnung unterkäme, wo ich doch ebenso gut in einer hässlichen Einzimmerbude im Niemandsland, vielleicht irgendwo an der A 40, hocken und »reines Kohlenmonoxid atmen« könnte. Das hat er wirklich gesagt. Und er weiß, wie mein armer Vater gestorben ist. Und dann hat er noch eins draufgesetzt: »Stattdessen ziehst du hier ein, wo es den smarten Fernseher gibt, die Assistants, das Smart-Lighting – du brauchst nur Musik zu verlangen, und schon tönt es durch alle Räume, und das alles dank der Firmen, die du so verabscheust. Ist das nicht … witzig?«

Ich starre hinüber zu ihm, wie er dasteht, eingerahmt von modischen Gin-Flaschen, umgeben von seinesgleichen. Er kichert in dieser komischen verhaltenen Art. Als finde er Lachen etwas vulgär, gestatte es sich aber unter engen Freunden auch mal. Er sieht gut aus, fit, mit aristokratisch hohen Wangenknochen, aber kein bisschen sexy. Jedenfalls nicht für mich.

Tabitha erlöst mich aus meiner Isolation, indem sie mir einen Drink reicht. Eine zarte Flöte.

»Erstklassiger Champagner, Perrier-Jouët!« Sie grinst und nickt in Richtung ihres Verlobten und seiner betuchten Kumpel. »Du bleibst auf Abstand? Verstehe ich. Arlo und ein paar von seinen Bankern diskutieren tatsächlich über Blockchain. Was zum Henker ist Blockchain? Weiß das irgendjemand?«

Wir sind schon ein paar Meter von der Bargruppe entfernt. Physisch im Abseits, symbolisch gesehen Fußvolk. Ich blicke auf den einladend golden perlenden Alkohol in der Flöte hinab. Muss ich ein schlechtes Gewissen haben, weil ich Arlos Champagner schlürfe, obwohl ich ihn so gar nicht leiden kann? Nö. Ich hebe das Glas und schlucke den Sprudel so schnell, dass ich von den Bläschen niesen muss. Meine Hand zittert leicht und so auch das Glas. Meine düsteren Ängste werden offenbar.

Stirnrunzelnd sieht Tabitha zu, wie ich das Glas schnell auf den Tresen stelle.

»Hey. Geht's dir gut? Ist alles okay in der Delancey?«

Jetzt sollte ich etwas sagen. Sie hat mir geradezu das Stichwort geliefert. Das ist meine Chance, es loszuwerden, mich mitzuteilen, um Hilfe zu bitten, die Home-Assistants zu erwähnen, die mögliche Fehlfunktion. Bei ihnen. Oder bei mir. Die höhnischen Bemerkungen. Die Musik. Die clowneske Horrorshow. Und doch kann ich es nicht. Weil das Gespräch schnell bei dem landen würde, was alldem zugrunde liegt: dem Tod von Jamie Trewin. Und wir haben uns geschworen, nie wieder darüber zu reden. An diesen Schwur haben wir uns bis heute gehalten, den kann ich nicht so einfach brechen. Ich würde gern. Aber ich kann nicht. Zunächst einmal könnte Tabitha mich rausschmeißen, und dann müsste ich auf der A 40 wohnen und reines Kohlenmonoxid atmen.

Außerdem haben sich die Assistants die letzten ein, zwei Tage ruhig verhalten. Seit ich meine Mutter angerufen habe, ist nichts mehr passiert. Nur hilft mir das nicht, denn es wirft mich auf die Möglichkeit zurück, dass ich schizophren werde, wie mein Vater es war.

Aber das ist so erschreckend, dass ich nicht daran denken will.

Nie.

Denk. Nicht. Daran, dass es. Es. Es. Es. Es hört mir zu. Spricht mit mir. Der Fernseher spricht mit mir. Wie er scheinbar mit meinem Vater gesprochen hat. Eine Stimme aus dem Dunkel. Damals war ich zu klein, um es zu verstehen, aber inzwischen habe ich begriffen: Das war das erste Symptom jener Krankheit, die ihn ein paar Jahre später getötet hat.

Der Fernseher hat angefangen, mit meinem Vater zu reden, wie dieses Gerät, Electra, angefangen hat, mit mir zu reden. Heißt das, ich werde enden wie mein Vater? In einem Auto an Abgasen ersticken?

»Jo? Alles okay?«

Ich zucke zusammen. Ich muss eine Minute oder länger geschwiegen haben, so versunken war ich. Das kam bei meinem Vater auch vor. In der Zeit, bevor er unheimlich wurde. Bevor sein Kitzeln etwas Aggressives bekam und ich vor ihm weggelaufen bin, zu meiner Mami. Bevor sein Wahnsinn mich Freunde gekostet hat. Dave, Jenny und andere – alle vertrieben. Wenigstens hat mich das selbstständiger gemacht.

Jetzt schaue ich meine Mitbewohnerin an und zwinge mich zu lächeln.

»Mir geht's gut, Tabs. Ich arbeite viel. Ein bisschen langweilig ist es. Du weißt schon, dass du in den kältesten Winter seit Charles Dickens' Zeiten zurückgekehrt bist, oder?«

Sie schüttelt sich. »Habe ich bemerkt. In der Ankunftshalle waren Pinguine.«

»Und, wie war's denn nun? Wie ist es mit der Doku gelaufen, wie war der Dschungel, wie war die Reise? Wie ist der Amazonas? Da wollte ich schon immer mal hin. Gott, du hast so ein Glück!«

Sie lacht.

»Insekten.«

»Was?«

»So ist der Amazonas, Süße. Insekten. Wildlife siehst du gar nicht, weil der Dschungel so dicht ist, wirklich, eine endlose grüne Wand. Aber, mein Gott, Insekten! Moskitos so groß wie Bussarde, Killertausendfüßler, Spinnen, die Gift absondern.«

»Okay …«

»Über meinen Rucksack haben sich Feuerameisen hergemacht. Im Ernst. Die wollten ihn auffressen. Er ist voller kleiner weißer Flecken von der Ameisensäure; überall da, wo die Biester zugebissen haben. Und nachts hörst du nichts anderes.«

»Als was?«

»Insekten! Schreie. Ja, die schreien.« Sie leert ihr Glas. »Und gigantische Ratten. Lois fand das alles schrecklich. Er meinte, als Nächstes müssten wir Grönland machen. Irgendwas, wo es null Insekten gibt.«

Lois ist ihr Moderator. Der Star der Naturdokuserie, die Tabitha koproduziert.

»Das einzig Spannende war, als ein Tapir in den Pool gefallen ist.«

Ich starre sie mit großen Augen an. Tabitha erlebt ständig Abenteuer und hat immer Geschichten auf Lager. Früher haben wir uns zusammen in diese Abenteuer gestürzt, als Rucksacktouristinnen in Bolivien und Kolumbien oder in Indien, wo wir aufdringliche Tantra-Masseure abwimmeln mussten, und dann hat das Leben uns eingeholt, und wir mussten vernünftig werden. Ich habe aufgehört zu reisen; sie reist im Zuge ihrer Arbeit noch immer und bringt einen Haufen Geschichten mit nach Hause. Und ich brauche heute gute Geschichten, die mich von meiner Wohnung ablenken, von mir selbst ablenken.

»Ihr hattet einen Pool? Ich dachte, ihr wart richtig in der Wildnis, umzingelt von Piranhas und so – war das nicht ursprünglich der Plan?«

Tabitha nickt und lacht.

»Ja, aber gegen Ende hatten wir die ewigen Zelte und die Mückenstiche so satt, dass wir in der Nähe von Iquitos in ein Hotel mit Pool gegangen sind. Doch der Pool grenzt direkt an den Dschungel, und eines Tages kam ein Tapir aus dem Wald spaziert, hat versucht, Wasser zu trinken, und ist reingefallen. Und dann hat er Panik gekriegt und einen Riesenschiss abgelassen, und niemand wusste, wie das Zeug da wieder rausgeholt werden sollte. Bist du schon mal in einem Pool voller Tapirkacke geschwommen? Also angenehm ist das nicht.«

Ich lache laut los. Vielleicht zu laut, so laut, dass es meine Angst verrät. Aber es ist so schön, Tabitha wiederzuhaben. Eine echte Freundin. Meine alte Freundin. Wie sehr mir das gefehlt hat!

Für ein Weilchen stellen wir uns wieder höflich zu Arlo, aber die Banker reden über Kryptowährungen, und bald wechseln Tabitha und ich einen bedeutungsvollen Blick – und dann gibt sie Arlo einen flüchtigen Kuss auf die Wange und sagt: »Ich geh noch mal eine rauchen, Schatz. Steck nicht so viel Geld in Aetherium; das wird einbrechen.«

Er nickt ihr beiläufig zu, und sie murmelt in meine Richtung: »Kommst du mit? Die haben hier Wärmepilze.«

Erleichtert folge ich ihr in den Garten des Pubs. Es ist bitterkalt, aber da stehen tatsächlich rot glühende Wärmepilze.

»Die großartigste Erfindung seit …«, sage ich.

»Facebook?«, fällt Tabitha mir ins Wort und grinst über ihren Treffer.

»Nicht. Bitte nicht!« Ich stoße einen hilflosen Seufzer aus. »O Gott, Tabby, ich versuche wirklich, mit ihm klarzukommen, aber er … entstammt einer völlig anderen Welt. Ich meine, du bist schon vornehm, aber er ist ja praktisch wie die Queen. Wahrscheinlich schaut er auf die Queen herab, weil sie Tupperware benutzt.«

»Jaaa«, presst sie ironisch gedehnt hervor. »Und er ist total überzeugt davon, dass er kurz davor war, zum Eroberer des Internets aufzusteigen, und dass du das vereitelt hast.«

Protestierend hebe ich eine kalte Hand. »Das habe ich nicht!«

Tabs zeigt ihr perfektes Lächeln mit zwei Reihen gleichmäßiger weißer Zähne. Meine Zähne sind ganz hübsch, aber sie stehen leicht schief. Thornton-Heath-Zähne.

»Ich weiß, Süße. Aber du kennst ihn, so ist er nun mal. Und jetzt, wo er kurz davor ist, mit diesem übergeschnappten Startup loszulegen, glaubt er fest daran, dass die neue Firma das nächste Unicorn sein wird. Dass sie ihm eine Milliarde einbringt. Als ob er Geld nötig hätte. Jedenfalls ist er extrem empfindlich. Beachte ihn einfach nicht.«

Ich würde sie gern fragen: Was findest du an ihm? Aber ich bringe es nicht fertig. Sie liebt ihn wirklich, das hat sie mir gesagt. Ich weiß, dass sie guten Sex haben. Ich weiß, dass sie zu extravaganten Sexpartys gehen. Killing Kittens, Kinky Salon. Vielleicht ist es einfach das: Sex. Außerdem kann Tabitha bei allem Selbstbewusstsein manchmal erstaunlich unsicher sein. Sie hat Panikattacken. Ihr Vater ist von zu Hause verschwunden, als sie zehn war, auf und davon mit einer Geliebten, die halb so alt war wie er. Daher vermittelt Arlos Wohlstand ihr wohl eine besondere Sicherheit. Und dazu der Sex.

Tabitha raucht eine richtige, keine E-Zigarette. Ich starre sie an.

»He, ich dachte, du hast aufgehört?! Du hast doch das reinste Drama draus gemacht: *Tabitha hört auf!*«

Sie kichert und zuckt die Achseln. Das Licht von den Heizpilzen verleiht ihrem hübschen Gesicht einen unheimlichen roten Schimmer. Ich kann nicht anders, als sie anstarren. Plötzlich hat ihr Gesicht etwas Teuflisches. Ein wunderschöner roter Dämon im Garten eines Highgate-Pubs aus dem achtzehnten Jahrhundert, mitten im kalten, dunklen Londoner Winter. In dem traurige, einsame Frauen ihre kleinen Kinder hinter sich herziehen.

»Hab in Peru wieder angefangen. Ich dachte, vielleicht vertreibt der Rauch die Moskitos. Das hat er nicht, aber ich bin wieder drauf. Sag Arlo nichts davon – er wäre schockiert, er würde sich weigern, sich von mir einen blasen zu lassen.«

Ihr Gesicht glüht. Dämonisch. Satanisch. Oder ist dieses Bild in meinem Kopf? Während sie spricht, leuchten ihre Zähne im Kontrast umso weißer. Ich muss an Reißzähne denken. Vampirzähne. Die, während ich schlafe, Blut aus meiner Kehle saugen. Tabitha. Die damals mit mir in dem Zelt war. Ob sie Arlo erzählt hat, was mit Jamie Trewin passiert ist? Ich würde sie gern fragen.

Stattdessen sage ich: »Ich nehme an, du bleibst über Nacht bei ihm?«

Sie nickt und sieht mich stirnrunzelnd an; sie hat keine Lust, sich zu rechtfertigen. »Ja. Ich darf das, weißt du? Ist meine Entscheidung.«

»Ach?«

Mit einem Seufzer stößt sie den Rauch aus. »Du denkst, er kontrolliert mich.«

»Nein, ich denke, er bevormundet dich. Als wär er dein Vater. Er passt auf dich auf. Bei Verstößen aller Art bestraft er dich.«

»Na ja, ja«, sagt sie und pustet lustige Rauchkringel in die Luft. Stößt Dämonenfeuer aus. »Klar. Egaaal. Jetzt lass uns nicht so blöd streiten, das ist mein erster Tag! Und bitte sag Arlo nichts von den Zigaretten. Wenn er das mitkriegt, hält er mir garantiert einen Vortrag.« Und sie bläst noch mehr Rauch in die kalte Nachtluft. »Das Ding ist, Jo, in meiner Freizeit hab ich gar nichts dagegen, wenn jemand auf mich aufpasst, noch nicht mal, wenn er mir Anweisungen gibt. Verstehst du, warum? Bei der Arbeit muss ich immer alles kontrollieren, deshalb bin ich, wenn ich wiederkomme, auch gern mal die Kleine. Oder die Prinzessin.« Sie grinst anzüglich. »Ist das nicht schrecklich? Ich lasse ihn alles machen. Er soll sich um mich kümmern, entscheiden, in welches Restaurant wir gehen. Den Wein aussuchen, sogar das Essen. Dann soll er bezahlen. Ist das wirklich so schlimm? Bin ich eine schlechte Feministin? Aber ja. Und scheiß drauf.«

Ich versuche, das unheimliche Glühen in ihrem Gesicht auszublenden; stattdessen schaue ich in ihre freundlichen Augen und denke, vielleicht hat sie recht. Jemand, der auf einen aufpasst. Ich stelle mir vor, es gäbe jemanden, der auf mich aufpasst. Das wäre wunderbar. Jemand Besonderes. Jemand extra für mich, jemand, der mir Sicherheit gibt. Jemand, der mich in ein gutes Restaurant führt und zu einem guten Essen einlädt und mich danach liebt. Gut.

Seufzend gebe ich mich geschlagen. »Du hast ja recht. Außerdem bin ich kaum in der Position, dich zu kritisieren, mein Liebesleben ist eine Wüste. Meinst du, ich sollte mir einen Sugardaddy zulegen? Haare auf dem Kopf müsste er aber zumindest noch haben.«

Während sie ihre Zigarette zu Ende raucht, verfallen wir in

Schweigen. Es drängt mich, zu erzählen, was passiert ist. Wir reden schon ewig miteinander, und ich habe es noch nicht mal angedeutet. Und irgendwie ist es auf einmal schon zehn, und wenn sie mit zu Arlo geht, kriege ich heute Abend vielleicht nicht noch einmal die Gelegenheit. Ich werde allein die stille Jacksons Lane runtergehen, immer horchend, ob jemand hinter mir ist, und am Bahnhof Highgate in die menschenleere U-Bahn steigen. Ich hasse den U-Bahnhof Highgate, er liegt unter dem kleinen Stück eingeschneiten Stadtwalds wie ein Grab. Wie die Kulisse eines schaurigen rumänischen Märchenfilms, in dem Wölfe herumstreunen und heulen.

»Tabitha«, sage ich so leichthin wie möglich. »Die ganzen Home-Assistants in der Delancey, du weißt schon …«

Sie bohrt die nächste Kippe in einen Pflanzenkübel mit einem kleinen Baum.

»Mhm. Was ist damit?«

»Wie sind die da eigentlich hingekommen?«

Tabitha runzelt die Stirn. Sie spritzt sich einen Stoß Mundspray in den Mund.

»Entschuldige, aber was meinst du damit?«

»Na ja, wer hat sie gekauft und installiert?«

Das Stirnrunzeln bleibt, aber nur eine Sekunde lang.

»Arlo natürlich. Arlo hat sie für mich gekauft. Aber installiert hat er sie nicht – das wäre viel zu handwerklich.« Sie zieht eine nachdenkliche Schnute. »Wenn ich mich recht entsinne, war das dein Ex-Mann. Der hat sie installiert. Mir zuliebe. Weißt du das nicht mehr?«

»Was?«

»Dein Ex, Süße. Hast du ihn schon vergessen? Simon. Der ist irgendwann vorbeigekommen und hat das alles eingerichtet. Das Smarthome. Das ganze System.«

Damit wendet sie sich ab und kehrt in den Gastraum zurück.

Das rote Licht von den Heizpilzen fällt jetzt auf den Rauch, der noch in der Luft steht. Ein zitternder rötlicher Geist, der sich schnell in nichts auflöst. Ich schaue zu und denke über Simon nach, über diese merkwürdige Mitteilung; er hat mir nie erzählt, dass er Tabitha diesen Gefallen getan hat. Kein einziges Mal hat er es erwähnt. Als wir noch verheiratet waren, nicht, und auch danach nie.

Sie alle drei haben das gemacht, ohne mir davon zu erzählen. Dann hat Tabitha mir vorgeschlagen, bei ihr einzuziehen. Und so lächerlich wenig Miete verlangt, dass ich gar nicht Nein sagen konnte.

So ein wunderbares Angebot. Unfassbar verlockend. Komm her, du kannst hier wohnen, mit der ganzen Technologie.

In einem der Heizpilze hat sich eine große graue Motte verfangen. Ich beobachte sie, kann aber nichts für sie tun. Die arme Kreatur, angezogen vom Licht, sitzt in der Falle und findet ein schreckliches Ende. Ich sehe zu, wie sie verbrennt, wie sie im Todeskampf flattert. Das Letzte, was aufhört zu zucken, sind die Fühler.

7

JO

Die Gläser sind geleert, die Luft ist geküsst, Arlos Freunde sind in ihre schönen alten Häuser mit Schwimmbad im Keller zurückgekehrt. Ich winke Tabitha noch einmal zu und trete hinaus in eine frostige Nacht, eine gnadenlose Eiseskälte. Der Himmel, die ganze Welt scheint aus kalter schwarzer Materie zu bestehen, die jeden Moment zerspringen kann. Highgate ist eine Daguerreotypie auf Glas, ein fragiles Foto aus den 1840ern; Gruppen grauer Gestalten, verlangsamt, verwischt, leblos in dem eisigen Nebel; weiter unten am Highgate Hill, jenseits des Friedhofs, biegen die Autoscheinwerfer nach links oder rechts ab und verschwinden in immer weitere Ferne, verschwinden unaufhörlich.

Ins Nichts.

Es ist elf, und die meisten Bars und Restaurants in Highgate Village haben schon zu. Warum? Ich finde das merkwürdig, aber vermutlich ist es der nachweihnachtliche Hänger, typisch für Anfang Januar, wenn die Leute kein Geld mehr haben oder zu träge sind, um es mit der Kälte aufzunehmen. So oder so bedeutet es, dass mein Weg die Jacksons Lane runter noch verlassener ist als sonst.

Je weiter ich gehe, desto enger drängen die Häuser aus dem siebzehnten und achtzehnten Jahrhundert sich aneinander, und desto kleiner und älter werden die Gärten, und dann folge ich einem schmalen, von verwitterten Backsteinmauern gesäumten Pfad aus überfrorenem Matsch, und meine Schritte hallen deutlich wider. Ich bin vollkommen allein.

Instinktiv hole ich mein Handy hervor. Vielleicht ist es ja bald vorbei mit der Einsamkeit. Gibt es auf OkCupid Nachrichten für mich?

Nein. Keine einzige. Was habe ich falsch gemacht? Liegt es am Foto, war ich zu ironisch? Wahrscheinlich muss ich mir das Profil noch mal vornehmen.

Doch dann kommt mir, während ich einsam in Richtung U-Bahn wandere, die kalte Luft atme und an meinem Liebesleben verzweifle, ein naheliegender Gedanke.

Liam.

Ich habe ein sehr schlechtes Gewissen wegen dieser virtuellen Flirterei und ihrer Folgen für meine Ehe, aber dass sie mir Spaß gemacht hat, kann ich nicht leugnen. Wir sind uns nie wirklich begegnet – meine Ehe war kaputt, bevor ich den letzten, fatalen Schritt getan hatte –, aber es gab unzählige SMS und Mails, und sie waren sexy. Das waren sie einfach. Er hatte Humor. War intelligent. Voller Selbstironie. Und die Fotos haben einen sehr gut aussehenden Mann gezeigt.

Warum nicht? Es war so abrupt zu Ende. Nachdem ich ihm mitgeteilt hatte, dass Simon unseren erotischen Dialog entdeckt hatte und ich vor der Scheidung stand, bin ich abgetaucht. Es schien einfach das Beste zu sein. Ich hatte zu große Schuldgefühle.

Ich habe ihm nicht mehr geantwortet.

Aber jetzt bin ich geschieden und Single. Vielleicht ist der fesche Liam auch noch Single?

Mitten auf der Jacksons Lane, im eisigen Nebel, bleibe ich stehen und suche Liam. Und da ist er, auf WhatsApp. Und es sieht so aus, als sei er online.

Ein Blick auf die Uhr. Es ist ziemlich spät, aber er könnte bei der Arbeit sein, in der Bar, und ich erinnere mich, dass er immer gern auch spät noch gechattet hat. Wenn wir Nachrichten geschrieben und Fotos geschickt haben, all diese dummen Fotos, ging das oft bis tief in die Nacht. Selbst wenn Simon im Bett neben mir schon leise geschnarcht hat.

Ich schiebe mein schlechtes Gewissen beiseite und schreibe: Hey. Rate, wer hier ist.

Warten. Die Häkchen werden blau. Er hat es gelesen. Jetzt muss er antworten. Mein Herzschlag beschleunigt sich. Ein Motorrad zischt hügelabwärts Richtung U-Bahnhof; das Licht ist im Nebel so schwach, dass man es kaum sieht. Eine Nachricht erscheint. Von ihm: Liam Goodchild.

Bist du es wirklich? Nach so langer Zeit?

Ich grinse unwillkürlich. Warum bin ich nicht früher darauf gekommen? Warum habe ich überhaupt den ganzen Aufwand mit OkCupid getrieben? Ein Foto fällt mir ein: er auf einem Boot, mit nacktem Oberköper. Oh, ja, Liam Goodchild, ich bin's, und ich bin bereit.

Er schreibt wieder. Ich starre auf das Display und stutze.

Nein, Jo, nein.

Ich schreibe zurück: Was?

Er schreibt: Ich weiß es jetzt. Ich weiß über dich Bescheid.

Zur Antwort tippe ich: Was weißt du jetzt? Über mich? Verstehe ich nicht. Ich dachte nur, du hättest vielleicht Lust, ein bisschen zu chatten …

Jetzt verstummt er. Er hat meine Nachricht gelesen, reagiert aber nicht. Ich bin eine Statue im eisigen Dunkel, umhüllt von den Wolken meines eigenen Atems. Ist er weg?

Nein, Moment, da kommt eine Antwort.

Zu spät. Ich will nicht reden. So viel Schwärze und Schweigen, und dann das? Nach allem, was passiert ist? Nein.

Ungläubig lese ich es noch mal. Was meint er, zum Henker? Wahrscheinlich ist er betrunken. Oder wütend. Mit zitternden Fingern tippe ich:

Tut mir leid, Liam, aber was meinst du mit allem, was passiert ist? Es tut mir leid, dass ich damals nicht mehr geantwortet habe, aber wir hatten uns darauf geeinigt, dass wir keine Nachrichten mehr schreiben. Jetzt bin ich Single und dachte irgendwie …

Das liest er noch nicht einmal, die Häkchen werden nicht blau. Seine nächste Nachricht platzt mitten in meine hinein. Als hätte er Angst.

Du kapierst nicht, mit wem du es zu tun hast. Kannst du es nicht einfach gut sein lassen? Ich werde nicht verantwortlich sein. Du hast mich nie gekannt. Hör auf, mir zu schreiben, lass mich in Ruhe.

Sonst wird es einen erwischen.

Ich umklammere das Telefon, damit es mir nicht aus der Hand fällt. Das ist nicht der Liam, den ich in Erinnerung habe, er muss betrunken sein, irgendwie neben der Spur. Jetzt hat er die Nachrichten, die er gerade geschickt hat, gelöscht. Und als ich versuche zu antworten, ist die Verbindung weg. Er hat mich geblockt.

Weiße Atemwolken vorm Gesicht, gehe ich auf Facebook. Ja. Hier bin ich auch geblockt. Und Instagram, unser anderer Kanal?

Geblockt.

Ich bin komplett entfreundet worden, bin ausgesperrt, aus seinem Leben verbannt, und als Erklärung bleiben mir nur diese kryptischen Zeilen: Ich werde nicht verantwortlich sein. Hör auf, mir zu schreiben, lass mich in Ruhe. *Sonst wird es einen erwischen.*

Wie eine Drohung. Als schwebe eine tödliche Gefahr über mir.

Ich überlege, ihn einfach anzurufen; wir haben nur einmal telefoniert – ein paar kurze, leidenschaftliche Worte. Tatsächlich miteinander zu sprechen war zu riskant, zu heiß. Deshalb haben wir beschlossen: Solange wir nicht sicher sind, belassen wir es bei Nachrichten.

Aber wen interessiert das jetzt noch? Ich suche seine Nummer, wähle sie und werde sofort auf die Mailbox weitergeleitet.

Auch hier hat er mich geblockt. Hat sich verdrückt. Er hat Angst.

Wovor?

So viel Schwärze und Schweigen, und dann das?

Als ich, das Telefon wieder in der Tasche, weitergehe, empfinde ich die Verlassenheit hier überdeutlich. Und die Gefahr. In der Jacksons Lane ist nie viel los, aber jetzt ist es noch tausendmal einsamer; die beißende Kälte macht das Alleinsein physisch: Es tut weh, es macht mich angreifbar, schnürt mir die Kehle zu. Das Einzige, was ich höre, ist mein schwerer, ängstlicher Atem.

Ich drehe mich um.

Niemand.

Mein Blick fällt auf Fenster mit zugezogenen Vorhängen und schwarze Hauseingänge; kein Anzeichen von menschlichem Leben, und das macht es noch schlimmer.

Mein Herz flattert, tanzt, wirbelt vor Angst. Vor tiefer ureigener Verletzlichkeit. Daddy, wie er gegen Ende angestürzt kam und mich packte. Er wollte nett sein, liebevoll, lustig, wollte es so machen wie früher, aber jetzt war er zu schnell, zu grob, so, dass ich Angst bekam. Nein. Nein, nein. Ich muss laufen, weg hier, fliehen. Die Panik wird übermächtig, Hilfe.

8

JO

Fast habe ich das Ende der Gasse erreicht. Nähere mich der geschäftigen Archway Road, wo Verkehr herrscht und Leute unterwegs sind und Laternen brennen. Ich atme bewusst langsamer, und mein vernünftiges, logisch denkendes Ich meldet sich zurück. Ich habe mich von Liams Andeutungen in Panik versetzen lassen, weiter nichts. Nein, ich werde nicht verfolgt; nein, rund um den U-Bahnhof lungern keine rumänischen Wölfe.

Liam war einfach … Liam? Wahrscheinlich hat er eine Freundin und will mich aus seinem Leben – seinen Gedanken – heraushalten. Also verscheucht er mich, indem er mir Angst macht. Wahrscheinlich war er sogar mit ihr zusammen, als ich geschrieben habe, und ist seinerseits in Panik geraten.

Ja.

Ich steige in einen ziemlich leeren Waggon, und die Bahn rattert durch die Stationen Archway, Tufnell Park und Kentish Town. In Camden steige ich aus, und dort ist es relativ belebt. Aus dem Pub gegenüber vom U-Bahnhof, dem »Mother Damnable«, heute »World's End«, dröhnt stampfende Rockmusik. Vor dem Laden, in dem einst Reisende vor Banditen Zuflucht gesucht haben, stehen Typen in der beißenden Kälte, rauchen Gras und lachen über schräge Witze.

Ich habe es nicht mehr weit; an geschlossenen Cafés, schmutzigen Schneehaufen und schickeren Pubs vorbei geht es den Parkway rauf, wobei man von Schritt zu Schritt deutlicher spürt, dass man in eine wohlhabende Gegend kommt. Von den Obdachlosenunterkünften an der Arlington Road, wo zwei Pfund die Nacht verlangt werden, ist man innerhalb weniger Minuten beim prachtvollen Halbrund der Nash Terraces – wo ein Quadratmeter zwanzigtausend kostet.

Gleich bin ich zu Hause. Am Ende des Parkways wende ich mich nach links – und stocke. Gegenüber von meinem Haus, dem Haus, in dem sich Tabithas Wohnung befindet, steht ein Häufchen Leute auf dem Fußweg. Säufer aus der Eckkneipe wahrscheinlich, dem »Edinboro Castle«. Es sieht so aus, als starrten sie alle zu meinen Fenstern hinüber, aber ich verstehe nicht, warum. Was soll an meiner Wohnung so Besonderes sein?

Je näher ich komme, desto deutlich erkenne ich die Verwirrung in den Gesichtern. Was sehen sie? Was ist los?

An der Ecke angelangt, schaue ich nach oben.

Und jetzt sehe ich es auch. Und wünschte, ich würde es nicht sehen.

Auf einen Schlag gehen in der Wohnung sämtliche Lichter an, und zwar grell strahlend. Alle. Die Jalousien sind offen, und die rot gestrichenen Wände, der teure Fernseher und Tabithas geliebte Stahlstatuen sind deutlich zu sehen. Dann werden die Fenster schwarz und reflektieren das Licht der Laternen auf der Delancey Street, die nassen Autos, die am Straßenrand parken – und neuerlich sanft herabschwebende silbrige Schneeflocken. Kurz darauf wiederholt sich das Ganze. Die Lichter gehen an und wieder aus. An und aus. Jede einzelne Leuchte, jede Lampe.

Als wäre die Wohnung lebendig. Als wollte sie jemandem hier draußen Signale schicken. Einen Morsecode. Wem? Und wer ist dort drin und sendet?

Niemand. Jedenfalls kein Mensch.

Ich höre jemanden meinen Namen rufen.

Die Nachbarin drei Türen weiter. Deborah Welland. Sie trägt einen Morgenmantel und schlottert vor Kälte. Als Deborah auf mich zukommt, gehen die Säufer kopfschüttelnd auseinander. Debs ist eine nervöse Frau Mitte vierzig, geschieden, gefärbtes Haar, die Sorte, die sich bei der Stadt über alles beschwert: zu viele Bäume, zu wenige Bäume, zu viele Busse, zu wenige Busse. Aber sie ist gutwillig. Sie würde mir ihren letzten Krümel Zucker leihen, obwohl sie selbst gern drei Löffel pro Tasse nimmt.

»Was ist, Debs? Was ist da los?«

Dumme Frage. Wir wissen beide, was los ist. Sie zeigt nach oben, zu den kleinen Austritten mit den verschnörkelten schmiedeeisernen Gittern.

»Den ganzen Abend«, sagt sie mit halb ängstlicher, halb ungläubiger Miene. »Den ganzen Abend geht das schon so. Deine Lampen gehen an. Dann aus. An, aus. Als wär's ein Code.«

Sie schüttelt den Kopf, und dann sieht sie mich an. Mitfühlend?

»Aufgefallen ist es mir gegen acht, als ich von der Arbeit kam. Da hab ich das Geflacker gesehen. Dachte, mit den Sicherungen stimmt was nicht. Aber das geht jetzt schon so lange.«

Und während wir beide nach oben schauen, wiederholt es sich. Die Lampen gehen an. Und aus. Wieder und wieder. Eine Minute lang. Ich halte die Luft an wie ein kleines Kind vor einem Horrorfilm. Warum ist das so unheimlich – und zugleich so fesselnd?

Weil die Assistants dahinterstecken müssen. Sie kontrollieren die Beleuchtung. In gewisser Weise entlastet es mich, dass die anderen Leute es sehen, aber die Angst ist trotzdem da, und sie wächst. Was läuft da ab?

»Das ist gruselig … tut mir leid, aber es ist so«, sagt Deborah. »Als wär jemand in deiner Wohnung, der ständig auf die Schalter drückt, aber man sieht niemanden. Du hast nicht einen Geist da oben, oder?«

Das soll witzig sein, ist es aber nicht. Kleine Flocken schmelzen in meinem Gesicht, und die nette, leicht neurotische Nachbarin scheint ziemlich genervt.

»Ich hab versucht, Tabitha anzurufen.« Sie hebt die Rechte mit ausgestrecktem Daumen und kleinem Finger ans Ohr, als halte sie einen altmodischen Telefonhörer. »Dachte, sie hat einen Tipp, ist ja schließlich ihre Wohnung und so … Aber ich hab sie nicht erreicht.«

»Ich war in einem Pub. Mit ihr zusammen. Vielleicht war ihr Handy aus.«

»Mein Gott, guck doch! Schon wieder …«

Deborah hat recht. Die Lampen blitzen weit über die Delancey, auf die Cumberland Terrace, den riesigen Regent's Park und die gestörten Wölfe, die dort in ihren Zoogehegen gefangen sind.

»Ich geh mal lieber rein«, sage ich ruhiger, als ich mich fühle. »Wahrscheinlich hat die Technik eine Macke – du kennst ja Tabitha. Alles vom Feinsten, immer auf dem neuesten Stand, aber manchmal hakt es auch. Die ganze Wohnung spinnt schon seit Tagen.«

Deborah schaut mich an, blinzelt. Als sei sie nicht sicher, ob ich es ernst meine.

Ich verabschiede mich. Halte mit eisigen Händen einen Schlüssel an das Schließsystem an der Haustür. Atme mehrmals tief durch. Ruhig. Ich will nicht in diese Wohnung. Ganz ruhig. *Ich will nicht in die Wohnung.*

9

JO

Noch spüre ich Deborahs mitleidigen, ängstlichen Blick im Rücken, dann trete ich über die Schwelle, ins Trockene, ins Warme, und der Steinboden ist rutschig, wo Flyer von Curry-Läden, Pizzerien und Burger-Lieferanten durcheinanderliegen wie Häufchen von Herbstlaub.

Tiefe Atemzüge. Entweder gehe ich schnell da rein oder gar nicht. Ich laufe nach oben und stecke den Schlüssel ins Schloss meiner Tür, Tabithas Tür; ich habe noch immer nicht das Gefühl, dass das meine Wohnung ist, überhaupt nicht; vielleicht will ich mich innerlich gar nicht so eng damit verbinden.

Was erwartet mich? Die irrwitzigsten technologischen Monster kommen mir in den Sinn, stammelnde Gespenster aus reiner Elektrizität. Tote Dinge. Mein toter Vater. In einer Ecke wird mein toter Vater sitzen und mich ansprechen und sabbern.

Stopp. Ruhig.

Schlüssel. Umdrehen.

Die Tür geht auf. Was ich sehe, ist eine hell erleuchtete Wohnung. Ordentlich, ganz normal. Rot gestrichene Wände. Bilder und Fotos von Tabithas vielen Reisen, von denen wir einige gemeinsam unternommen haben; die meisten allerdings hat sie mit ihrem jeweiligen Freund gemacht, zuletzt mit Arlo.

Mexikanische Keramik-Totenschädel zum Gedenken an den Tag der Toten. Eine winzige echte altägyptische Statue: ein Mann mit Hundekopf.

Ich gehe durch den Flur und geradewegs ins Wohnzimmer. Die Stille hört sich an wie das Summen einer Klangschale.

Alles unverändert. Da sind der Brocken vulkanischen Gesteins aus Äthiopien und die schönen, irgendwie melancholischen Muscheln aus Sanibel, Florida. Dazu Borde voller Bücher – Tabithas Romane und naturgeschichtliche Werke, ein Bord tiefer meine Krimis, Mystery-Thriller, Titel zur Kunstgeschichte und die endlosen Handbücher zum Drehbuchschreiben.

Was auch immer die Lampen veranstaltet haben, wozu auch immer die Assistants die Lampen veranlasst haben, es ist vorbei. Ein Blick aus dem Fenster sagt mir, dass Deborah verschwunden ist. Ebenso die anderen. Die Straße ist leer. War das, was wir gesehen haben, eine Technikmacke, oder war es mehr?

Das einzig Merkwürdige im Moment ist die Kälte. Die Heizung ist aus. Sie hätte an bleiben sollen. Das Smart-Heating ist so eingestellt, dass in der gesamten Wohnung immer, auch wenn niemand da ist, mindestens zwölf Grad Celsius herrschen, damit die Leitungen nicht einfrieren und platzen. Es ist kalt draußen. Und hier drin ist es womöglich noch kälter. Kühlschrankkalt.

Okay, ich muss Ruhe bewahren. Versuchen, nicht an Liam zu denken. An seine Worte. So verdreht sie auch waren. Er muss einen Grund gehabt haben; mit mir hat das nichts zu tun.

Ich öffne die Electra-App auf meinem Handy, gehe auf »Skills« und überprüfe Licht und Heizung. Sieht so aus, als wären die Lampen so eingestellt, dass sie abends um elf angehen, damit es hell ist, wenn ich nach Hause komme. Aber für den Fall, dass ich spät komme, sollen sie offenbar die Nacht über aus bleiben. Okay. Habe ich da selbst einen Widerspruch erzeugt? Ich erinnere mich vage, vorhin im Pub irgend so etwas gemacht zu haben; ich war leicht angetrunken, nicht ganz bei der Sache. Habe ich selbst die Technik aus dem Konzept gebracht?

Keine Ahnung. Ich weiß nur, dass diese Kälte unerträglich ist.

»Electra, mach die Zentralheizung wieder an. Zweiundzwanzig Grad, bitte.«

Das Diadem glimmt auf, und Electra tönt zurück: »Die Heizung ist angeschaltet und auf zweiundzwanzig Grad Celsius eingestellt.«

»Danke, Electra.«

»Es war mir ein Vergnügen!«

Ich starre sie an, diese neutrale schwarze Säule aus Chips und Drähten, und in mir regt sich Groll. Richtiger echter Zorn. Denn ich bin mir sicher, dass irgendjemand – oder etwas – versucht, mich mürbe zu machen. Erst die hämischen Sprüche, dann die Musik, jetzt die Lampen? Und Liam mit seiner Fast-Drohung.

Sonst wird es einen erwischen.

Ich habe Hinweise, und sie häufen sich, aber ich kann damit nirgends hin. Jedenfalls nicht zur Polizei. Wegen der Vorgeschichte. Wegen des großen, sportlichen, freundlichen Ich-geb-einen-aus-Jamie-Trewin und seines Todes unter Krämpfen und Erbrechen, mit Augen, die so weggedreht waren, dass man nur noch das Weiße sah – und das alles meinet- und Tabithas wegen.

Es reicht. Ich bin müde. Inzwischen ist es spürbar wärmer. Morgen stehe ich zeitig auf, setze mich an die Arbeit und nehme mein normales Leben wieder auf, treffe mich mit einer Freundin, finde eine Freundin, habe Freunde. Ich putze mir die Zähne, creme mir das Gesicht ein, schlüpfe in den Schlafanzug und sage auf dem Weg in mein Zimmer den Assistants, sie sollen das Licht ausmachen.

Gehorsam gehen die Lampen aus. Als würde ich im Dunkeln wandeln, eine Herrscherin mit ihrem Gefolge aus Bediensteten, die die Kerzen löschen. Alles funktioniert, wie es funktionieren soll. Kein Hinweis auf irgendwelche Besonderheiten. Müde krieche ich ins Bett; ich werde gleich weg sein. Doch kaum schließe ich die Augen, wird mir bewusst, dass ich *Hoppípolla* höre …

Nein, das bilde ich mir ein. Ich schlafe schon halb.

Nein, ich bilde es mir nicht ein. HomeHelp, die rohweiße, straußeneiförmige Assistentin in meinem Zimmer, hat ihren kleinen Lichterreigen aufgeführt und spielt jetzt leise *Hoppípolla*.

»Stopp«, sage ich. »Spiel diese Melodie nicht, spiel sie nie wieder.«

HomeHelp verstummt gehorsam. Aber ich höre *Hoppípolla* von woandersher. Aus der Küche. Das kleine Gerät dort hat übernommen. Ich springe aus dem Bett, gehe hinüber und mache das Licht eigenhändig an – den Assistants traue ich nicht. Es ist das schwarze Gerät, das wie ein Hockey-Puck über der Mikrowelle thront. Das plärrt jetzt den schönen Song, an den sich so scheußliche Erinnerungen knüpfen.

»Stopp, STOPP!«

Das Gerät in der Küche verstummt ebenfalls. Ein paar Sekunden herrscht Stille, und dann geht es wieder von vorn los. Viel lauter. Gott sei Dank ist Fitz' Wohnung unten noch nicht vermietet. Gott sei Dank sind die wohlhabenden Nachbarn oben noch nicht aus ihrem Endlosurlaub zurück. Sie würden sich alle beschweren, denn es wird immer lauter: Es kommt aus dem Bad, aus Tabithas Zimmer, dem Flur, dem Arbeitszimmer, es dröhnt und hallt und wogt, und ich renne mit wehenden Bademantelschößen hin und her und brülle: »Stopp, stopp, stopp!«, bis irgendwann alle Assistants auf einmal verstummen.

Stille.

Ich warte. Irgendwie weiß ich, dass das noch nicht alles war.

Und es war noch nicht alles. Jetzt höre ich Stimmen. Leiser als die dröhnende Musik, aber deutlich zu verstehen. Einige Männerstimmen, einige Frauen, einige mit britischer Aussprache, andere mit amerikanischer. Es sind die Assistants, die sprechen – mit mir, miteinander, mit jemand anderem.

Und sie sagen seltsame Dinge.

Electra im Wohnzimmer fängt an: »Vollendung ist furchtbar, sie kann keine Kinder haben.«

Was?

Das Gerät in der Diele erwidert: »Die Blutflut ist die Flut der Liebe.«

Jetzt fällt das Wohnzimmer ein: »Vollendung ist furchtbar, sie kann keine Kinder haben. Vollendung ist furchtbar, sie kann keine Kinder haben.«

Aus der Küche schließt sich eine weiche, roboterhafte weibliche Stimme dem Chor an: »Ich bin nackt wie ein Hühnerhals, liebt mich denn keiner?«

Ich laufe von Zimmer zu Zimmer und höre mir mit wachsender Angst diese merkwürdigen Sätze an.

»Hier ist niemand, Jo, hier ist niemand.«

»Ihre Monde loslösen, Monat um Monat, zwecklos.«

»Der Schnee lässt seine Stücke von Finsternis fallen.«

»Kalt wie Schneehauch tamponiert sie den Schoß.«

Jetzt klagt es sanft aus meinem Zimmer; es klingt wie meine verwitwete Mutter: »Nackt wie ein Hühnerhals, keiner liebt mich. Keiner liebt mich. Kalt wie ein Hühnerhals. LIEBT MICH DENN KEINER?«

Es reicht. Schluss jetzt. Pfeif auf die App, ich ziehe die verdammten Stecker raus, ist mir völlig egal, was das mit den Assistants macht, mit der Technik, mit dem ganzen Smarthome. Es gibt einen Hauptschalter. Bei den Sicherungen …

Ich schnappe mir einen Stuhl, trage ihn in den Flur und klappe den Sicherungskasten auf. Im Gefrierschrank liegt nichts außer Eiswürfeln, also ist es egal.

»Vollendung ist furchtbar. *Sie kann keine Kinder haben …*«

Schluss. So. Alles in der Wohnung ist abgeschaltet. Es wird vollkommen still, die Lampen gehen aus, die Heizung auch, und ich werde mich halb totfrieren, aber das macht mir nichts aus. An der Flurwand entlang taste ich mich in mein nachtschwarzes Zimmer. Dort grabe ich blind in der Schublade nach etwas zum Überziehen, schlüpfe in weitere T-Shirts, Leggings und einen Pullover und krieche unter die Decke, wie um mich zu verstecken. Dann nehme ich ein paar, nein, drei Schlaftabletten aus dem kleinen Plastikbehälter auf dem Nachttisch und schlucke sie alle auf einmal. Danach rolle ich mich wie ein Fötus zusammen, so fest ich nur kann, und kneife die Augen zu.

Ich zittere vor Kälte, verberge mich vor der Dunkelheit, ducke mich vor meinem Wahnsinn weg. Oder verberge mich vor dem Geist von Jamie Trewin, der im Dunkeln vor meiner Zimmertür wartet. Mit glatten weißen Marmoraugen.

Hey, ich geb dir einen aus.

10

JO

Als ich erwache, blicke ich in ein ernstes, schönes Gesicht mit hellblauen Augen.

Tabitha.

Sie starrt herunter auf eine Frau, die dick in normale Klamotten gehüllt im Bett liegt.

Ich merke, dass ich völlig verschwitzt bin; das Bettzeug klebt feucht an mir. Vermutlich ist die Heizung an. Wintersonne fällt herein, denn ich habe vergessen, die Vorhänge zuzuziehen. Darauf habe ich in meiner blinden Panik überhaupt nicht geachtet.

»Was ist denn los, um Gottes willen?«, fragt Tabitha. »Tut mir leid, dass ich hier so reinplatze und dich wecke, aber … Was hast du mit der Wohnung angestellt? Was war mit der Heizung los und den Lampen?«

Sie trägt einen coolen rotbraunen Wintermantel, einen Kaschmirpulli und enge Jeans, die ich mir niemals leisten könnte. Fast militärisch streng, aber schick. Im ersten Moment weiß ich nicht, was ich sagen soll. Ich muss erst einmal zu mir kommen. Und kurz wundere ich mich darüber, wie eifersüchtig ich bin, wie sehr ich sie beneide, meine beste Freundin. Sie ist mir seit jeher und in jeder Hinsicht ein Stück voraus: Sie ist reicher, stammt aus einer bessergestellten Familie. Aber sie ist auch eine Spur größer als ich und irgendwie hübscher; sie ist blond, und ich bin rothaarig; unsere gesamten Zwanziger hindurch haben wir, was Männer anging, in einem verkappten Wettstreit gelegen, und meistens hat sie gewonnen. Haben wir auch um Jamie

Trewin konkurriert? Habe ich sie vorgeschickt in der Hoffnung, dass er sich am Ende mir zuwendet?

Vielleicht ist alles meine Schuld.

»Im Ernst, Jo«, sagt sie und setzt sich, immer noch stirnrunzelnd, ans Fußende meines Bettes. »Was ist los? Ich bin vor einer Stunde von Arlo gekommen, und alles war aus. Also *alles*. Und es war eiskalt. Dann habe ich gesehen, dass jemand alles in der Wohnung abgeschaltet hat, am Sicherungskasten!« Sie schüttelt den Kopf. »Gibt es ein Problem? So was musst du mir sagen!«

Mit etwas Mühe setze ich mich auf. In meinen zwei T-Shirts und dem Pullover darüber. Mir ist schmerzhaft deutlich bewusst, was für ein Bild ich abgeben muss. Schweißglänzend. Was sage ich? Das mit Jamie bleibt tabu, es ist so lange her; vollkommen unmöglich, darüber zu reden. Was bleibt dann noch? Ich schinde Zeit, indem ich mir erst den Pullover und dann das zusätzliche T-Shirt über den Kopf ziehe. Schließlich murmele ich eine Antwort.

»Irgendwie waren die Assistants seltsam. Die App. Ich habe wohl mit der App was falsch gemacht, jedenfalls gingen die Lampen ständig an und aus.«

Wieder schüttelt sie irritiert den Kopf. »Wie – die Assistants?«

»Sie haben so komische Sachen gesagt. Und ich hatte vergessen, wie, na ja, wie man mit ihnen redet, wie man sie dazu bringt, etwas Bestimmtes zu tun. Sie bringen mich völlig durcheinander.«

Ich verstumme peinlich berührt. Es ist unmöglich, die Wahrheit auch nur anzudeuten, ohne auf den Kern der Sache zu kommen: darauf, dass die Assistants mit mir reden, dass die ganze Wohnung den Eindruck erweckt, als sei sie lebendig, dass der Tod von Jamie Trewin benutzt wird, um mich glauben zu machen, dass ich verrückt werde.

Alternativ könnte ich Tabitha erzählen, dass ich an mir erschreckend ähnliche Symptome spät beginnender Schizophrenie beobachte, wie mein geliebter Daddy sie erlebt hat, als er ein paar Jahre vor seinem Selbstmord glaubte, der Fernseher erteile ihm Befehle, und dass ich daher sehr wahrscheinlich tatsächlich verrückt werde.

Wie meine Freundin darauf wohl reagieren würde? Sie sieht ja jetzt schon wie eine besorgte Krankenschwester aus an meinem Bett. Fast rechne ich damit, dass sie mir die Hand an die Stirn legt, um zu fühlen, ob ich Fieber habe. Als sei sie die Mutter und ich das Kind, das sich einen Tag schulfrei erhofft.

Sie zögert einen Moment, und dann sagt sie: »Was soll das heißen, du hast vergessen, wie man mit den Assistants redet? Ich hab dir doch mehrmals gezeigt, wie das mit den Apps geht.«

Ihr Ton ist beherrscht, aber auch leicht ungeduldig. Ernst, professionell. Das ist wahrscheinlich der Mantel, der lässt sie so wirken. Wo kauft sie diese Sachen?

Ihre Körpersprache sagt: Also?

»Was ich meine, ist …« Erst jetzt dämmert mir, dass ich weder die Stimmen noch den Song erwähnen sollte. Ich würde mich zu sehr wie eine Irre anhören. Zu sehr wie Daddy. Also sage ich: »Als ich aus Highgate kam, aus dem Pub, haben die Lampen geflackert, und irgendwas muss ich mit der Heizung angestellt haben, es war eiskalt hier. Aber ich war angetrunken und müde – ich schätze, ich hab irgendwas falsch gemacht. Sieht so aus, als wär ich mit der Technik noch nicht so ganz vertraut.«

»Okay«, sagt Tabitha schmallippig. »Und dann?«

»Und dann …« Während ich mich noch weiter aufrichte, denke ich mir eine Lüge aus. Wenn es sein muss, kann ich hervorragend lügen, das habe ich früh gelernt. Als die anderen Kinder anfingen zu fragen, was mit meinem Vater los sei. Warum er sich so komisch benehme oder warum er so unheimlich sei. Ich habe mich geweigert, zuzugeben, dass er verrückt war. Er war mein Daddy, ich habe ihn geliebt, er war einmal der lustigste und freundlichste Mann auf Erden gewesen, mein Idol, mein Papa, der mir lustige Rätsel aufgab und mich zum Lachen brachte. Wie konnten sie es wagen, so schreckliche Sachen über ihn zu sagen? Also habe ich mir überzeugende Lügen ausgedacht. Und das Gleiche tue ich jetzt, um Tabithas erwartungsvoller Miene zu begegnen.

»Nach dem ganzen Chaos dachte ich, da ist was kaputt, irgendein Fehler in der Technik, deshalb habe ich einfach am Sicherungskasten alles ausgeschaltet.«

Ich erwidere ihren Blick. Offen. Unbeirrt. Ich habe sie wirklich gern, aber einschüchtern und von oben herab behandeln lasse ich mich nicht. Selbst dann nicht, wenn ich im Unrecht bin.

Meine Lüge – oder Halbwahrheit – scheint zu funktionieren. Sie erhebt sich mit nur noch angedeutetem Stirnrunzeln und schaut auf die Uhr.

»Gott, es ist gleich zehn! Ich muss los, wir sind im Studio beim Schneiden – diese blöden Frösche.« Sie sieht mich kurz an. Mitfühlend, leicht verwirrt, mit einem Ausdruck, den ich nicht zu deuten weiß. »Hör zu, Süße, ich mache dir keine Vorwürfe, ich bin einfach erschrocken, weiter nichts. Es war so kalt in der Wohnung! Weißt du, was?« Langsam zieht sie sich in Richtung Tür zurück, und jetzt lächelt sie das erste Mal an diesem Morgen. »Wollen wir heute Abend schön zusammen essen, nur wir beide, hier zu Hause? Wir machen einen guten Roten auf, und dann erklär ich dir noch mal, wie das alles funktioniert, die Lampen, die Apps, das ganze Drum und Dran. Und wir können ein bisschen über Arlos dummen belgischen Bankerfreund herziehen. Es hat sich nämlich herausgestellt, dass er ziemlich schräge Vorlieben hat. Köstlich.«

Auf einmal ist sie ganz die Freundin. Sie ist nett. Vielleicht zu nett?

Nein. Was ist mit mir los? Warum traue ich ihr nicht?

»Super!«, sage ich. »Tolle Idee, ein Mädelsabend. Ich koche! Ich mache diesen Fischtopf, Cioppino – weißt du noch?«

»Großartig«, sagt sie. »Mach viel, ich wette, wir haben nicht mal Zeit, mittagessen zu gehen. Wir werden den ganzen Tag in diesem Studio hocken. Die Chefproduzentin sehnt sich eindeutig nach ihrer Zeit bei der Gestapo zurück.«

Hellblaue Augen. Hübsches Lächeln.

Sie öffnet die Tür, das Lächeln verabschiedet sich.

»Bis später. Überlass die Heizung und alles den Assistants. Ich habe sie neu gestartet. Sie funktionieren wieder.«

Und damit verschwindet sie. Lässt nur ihren Duft zurück.

Es ist der Duft meiner Demütigung. Kostet wahrscheinlich fünftausend Pfund pro fünfzig Milliliter. Ich dagegen rieche nach angetrocknetem Schweiß und ungewaschenen T-Shirts. Die Wohnungstür fällt ins Schloss. Ich starre HomeHelp an. Den eiförmigen Quälgeist. Kein Lichterreigen zu sehen. Nichts. Mein Kopf spürt den letzten Rest Xanax. Die Schlaftabletten. Wie viele habe ich genommen? Ich kann mich nicht erinnern. Schlechtes Zeichen. Ich muss mich *zusammenreißen*. Ich muss so sein wie Tabitha. Leistungsstark, energisch, clever, klug, aber auch humorvoll und liebenswert. Warum kann ich nicht so sein wie sie?

Es reicht. Steh auf! Denk nicht an die Vergangenheit. *Steh auf.*

Aber es ist zu spät. Als ich mich aufraffe und im Wohnzimmer auf die beschlagenen Fensterscheiben starre, kommen die Erinnerungen hoch, brechen über mich herein wie ein heftiger Weihnachtssturm, wie winterliche Wellen, die über einen kleinen Hafen hinwegschwappen. Jamie Trewin. Armer Jamie Trewin. Am Ende geht alles darauf zurück.

11

JO

Wir waren so jung. Sehr jung und sehr naiv. Es war das zweite Mal, dass Tabitha und ich in Glastonbury waren, der Sommer nach unserem Abschluss: warm und sonnig. Bei unserem ersten Mal Glasto hatte es geregnet, und unser mickriges Zelt war eingeknickt, und wir hatten es einfach nur furchtbar gefunden. Nach einer Nacht waren wir, die schlammbeschmierten Schlafsäcke hinter uns herschleifend, vor dem knietiefen Erster-Weltkrieg-Matsch in den VW Kombi eines Freundes geflüchtet; wir hatten alle Bands, derentwegen wir gekommen waren, verpasst und noch nicht einmal einen richtigen Rausch hingekriegt.

Daher waren wir bei unserem zweiten Mal Glasto wild entschlossen, uns zu amüsieren. Die Wettervorhersage war super. Die ganze Juniwoche hindurch wolkenloser Himmel. Es fuhren auch jede Menge Freunde und Verwandte von Tabitha hin, sodass wir sicher sein konnten, beim Feiern immer Gesellschaft zu haben. Wir waren schon da, bevor sich auf den schmalen Straßen von Somerset die qualmenden Staus bildeten. Das Zelt war teuer und solide – natürlich von Tabitha gekauft –, eins von diesen Dingern, die man nur hinzuwerfen braucht und die sich dann, *zack*, von allein aufstellen. Tada, euer Zelt! Wir verstauten die Rucksäcke und machten uns auf, den Spaß zu haben, den wir das erste Mal nicht gehabt hatten.

Wir hörten alle erdenklichen Bands, wir lauschten mittelmäßigen Comedians, wir sahen uns an, wie drei Lesben mit schwarzen Krawatten *Hoppípolla* von Sigur Rós auf der Ukulele spielten – *den* Song des Festivals, er war überall und in den verschiedensten Versionen zu hören. Wir begegneten einem Mann auf Stelzen, der Teufelshörner hatte und Maracas schüttelte, einem Lama auf vier menschlichen Beinen, einem Dichter, der seine Sonette in ein Megafon gurrte und dazu die Dreadlocks schüttelte. Wir gingen in eine Schwitzhütte und zogen uns kichernd aus, dann kauften wir ein bisschen E und schluckten die Pillen gerade noch rechtzeitig, um die langsame Welle von Glück, dieses anschwellende, selige, fast verliebte, riesige Ich-umarme-die-ganze-Welt-Gefühl genau in dem Moment zu erleben, als die Sonne rot und symbolhaft und auf magische Weise vollkommen über der heiligen Schulter des Glastonbury Tor unterging. Verrückterweise war das eine der Gelegenheiten, da ich in einem Anflug von Religiosität dachte: *Man kann nie wissen.* Dann beschlossen wir, in unser Zelt zu gehen und etwas von dem Wein zu trinken, den Tabitha aus dem Keller ihres Vaters geklaut hatte. Auf dem Weg dorthin rief ein großer weißer Typ, dessen Gesicht violett angemalt war, mit gelben Flammen, die aus den Lidern züngelten, Tabithas Namen. »Hey, Tabs!« Sie sah mich an, verdrehte die Augen, lachte und flüsterte: »Ein alter Freund der Familie, wir kennen uns kaum, aber sein Vater kennt meinen. Allerdings heißt es, er hat die besten Pillen; er hat immer die besten Pillen.« Und so drehte Tabs sich um und lächelte Purple Man an und sagte: »Hey, was geht?« Und er kam rüber und grinste und lachte wie ein Irrer, und dann verkaufte er uns ein paar Pillen. »Besser als E«, sagte er immer wieder. »Mädels, Tabs, ihr zwei: Die hier sind besser als alle Pillen in Ewigkeit«, und Tabitha zahlte lässig fünfzig Pfund für vier Stück, und dann stakten wir über knutschende Pärchen hinweg und bahnten uns einen Weg durch eine große Gruppe von Teenies, die ein paar Gitarristen umringten – *Hoppípolla* natürlich – und kamen schließlich zu unserem Zelt, wo wir anfingen zu lachen und einfach nur lachten und lachten, während wir nach dem Wein suchten und die Taschenlampen fallen ließen und den Korkenzieher hervorkramten.

Ich weiß nicht, was so lustig war. Und ich erinnere mich nicht, jemals sonst so glücklich gewesen zu sein.

Jedenfalls bestimmt nicht danach.

Vielleicht hat unser Gekicher ihn angelockt. Oder unser kreischendes Gelächter, nachdem uns aufgegangen war, dass wir keine Gläser oder Becher hatten, und Tabitha mir Wein direkt in den Mund goss und ich ihr. Als wären wir Heiden, Barbaren, Römerinnen. Vielleicht war es die Kraft des magischen Glücks, die Jamie zu uns gebracht hat. Oder der Teufel, der ihn zu Hexen geführt hat.

Aus welchem Grund und in welchem Zusammenhang auch immer – mitten in der süßen, lauten Glastonbury-Dämmerung tauchte im Eingang unseres Zelts ein hübsches Gesicht auf.

»Jamie!«, sagte ich.

»Jamie, Jamie, Jamie!«, sagte Tabitha und lachte.

Wir kannten ihn beide von der Uni. Er kam aus Neuseeland und absolvierte ein Auslandsjahr. Sein Kiwi-Akzent gefiel mir. *Er* gefiel mir. Er sah ziemlich gut aus, männlich, aber jung und mit wilder Mähne. Wir hatten auf vielen Partys zusammen getrunken und getanzt, und an der Studentenbar hatte er uns immer einen ausgegeben. Wir fanden ihn beide süß, Tabs und ich, aber es war nie etwas gewesen.

Und plötzlich war er da. In unserem Zelt. Grinste uns an. Ich, noch voll auf E, grinste sexy zurück. Hinter ihm war die große weiße Pyramidenbühne zu sehen. Laut dröhnten Musik und Jubel herüber. Ich blinzelte in die weißen Flutlichtarme, sah Streifenbanner, sich kräuselnde Wimpel, die pompöse Menge, hunderttausend selige junge Leute, die im Dunkeln sangen und tanzten. Das Ganze erschien auf magische Weise uralt und zugleich modern. Es war extrem laut, offensichtlich lief einer der Haupt-Acts. Es hätten auch die neu erstandenen Beatles sein können, uns war das egal. Wir waren einfach zu gut drauf. *Hoppípolla!*

»Mein Gott«, sagte er. »Ihr habt ja vielleicht Spaß. Was habt ihr denn genommen?«

»Trockenen Cidre«, sagte Tabitha und verschluckte sich fast vor Lachen. »Der ist richtig gut.«

»Haha, als ob!« Jetzt lachte auch Jamie. »Ihr habt doch E oder so was eingeworfen. Ihr könnt mir nicht zufällig ein paar Pillen abgeben, oder? Ich finde einfach niemanden.«

Tabitha und ich sahen einander an. Wir kicherten und grinsten und hatten offensichtlich dieselbe Idee. Warum nicht? Wir mochten ihn beide, er war ein netter, großzügiger Typ; wir waren ohnehin schon halb im chemischen Himmel, wir brauchten keinen Nachschub.

»Genau«, sagte ich. »Na los, Tabs, wir brauchen sie nicht, oder? Sieh uns doch an!«

Ich lachte, sie lachte, sie griff in ihre bestickte Hippie-Girl-Tasche und holte die limettengrünen Pillen heraus, die Purple Man uns gegeben hatte.

»Die sind besser als E«, flüsterte sie mit Verschwörermiene. Besser als sämtliches E bis in alle Ewigkeit. Oder so. »Hier, du kannst sie haben.«

Und dann prusteten wir wieder los. Jamie strahlte und nahm die Pillen mit einem dankbaren Lächeln, und dann zwinkerte er.

»Ihr zwei seid die Besten. Sehen wir uns nachher im Trance-Zelt?«

Wir stimmten sofort zu. Er verschwand von der Bildfläche. Danach verschwamm der Abend immer mehr – eine Zeit lang, eine Zeit lang. Irgendwann trafen wir auf ein paar Freunde von Tabitha und taten so, als seien wir Schafe und Schäferhunde oder Löwen und Tiger; wie die Kinder krochen wir zwischen den Zelten umher, und dann gingen wir in ein großes orange glühendes Festzelt, in dem Schlagzeug und Bässe dröhnten, und tanzten mit Jongleuren mit nacktem Oberkörper und Dreadlock-Typen mit phosphoreszierenden Hula-Hoop-Reifen, und dann chillten wir, indem wir langhaarigen Mädchen mit Bratschen lauschten, und dann trafen wir, wie angekündigt im Trance-Zelt, auf Jamie, der mit irrem Blick euphorisch und selig tanzte.

»Hallo, Ladys!«, jubelte er. »Habt ihr Lust, mit in mein Zelt zu kommen? Bisschen chillen? Ich habe köstlichen Kiwi-Wein.« Und dazu grinste er auf diese jungenhaft männliche Art. »Das Zelt ist übrigens ein Riesenteil, draußen bei den Hochspannungsmasten, und meine Kumpel sind bei ihren Freundinnen. Wir haben es die ganze Nacht für uns.«

Und das war er, der schicksalhafte Augenblick, der schicksalhafte Entschluss.

Ich denke daran und schaue zu Electra, hier auf Tabithas Regal. Still und stumm steht sie da. Dunkel. Und beobachtet.

Urteilt.

Warum haben wir uns darauf eingelassen? Ging es von Anfang an um Sex?

Warum auch immer, ich rief eifrig: »Klar!«, und Tabitha lächelte wissend und sagte: »Ja, warum nicht?«

Und so schoben wir uns durch die Massen und schlenderten in eine abgelegene, ziemlich leere Ecke des Campingplatzes, verlassen und dunkel. Und Jamies Zelt, auf dem stolz die neuseeländische Flagge wehte, war wirklich riesig, und es gab ausgezeichneten Sauvignon Blanc aus einer Thermosflasche und daher immer noch kalt. Und während er zittrig und kaspernd den Wein einschenkte, stammelte er: »Diese Pillen also – wow. Die Pillen, die du mir gegeben hast, Tabs, die sind so scheiße gut, das Beste, was ich je hatte. Da bin ich dir was schuldig!« Dann zwinkerte er. »Euch beiden!«

Wein eingeschenkt, einander zugeprostet, eng zusammengekuschelt, und los ging's. Ich weiß nicht, welche von uns beiden Jamie zuerst geküsst hat. Ich glaube, das war ich. Auf jeden Fall haben wir ihn beide geküsst, und dann wurden aus den Küssen *Küsse*, und dann hatte er sein Hemd ausgezogen und ich mein Top, und seine großartigen Muskeln schimmerten in dem sehr, sehr schwachen Licht, das von irgendwo weiter her kam, wie Wellen aus Gold. Und dann küsste Tabitha ihn, und er hatte die Hand unter ihrem Kleid, und ich hatte die Hand an seinen Jeans und dachte, total angetörnt, das ist er jetzt, *mein erster Dreier, hab ich noch nie gemacht, wow, was für eine Erinnerung*. Es war das Gefühl, erwachsen zu werden, Thornton Heath hinter mir zu lassen; niemand in Thornton Heath hatte je einen Dreier erlebt.

Und so trudelten wir durch den Abend, und ich wusste nicht mehr, wer wen küsste und ob das irgendeine Rolle spielte, und Jamies Mund war auf meiner Brust, und mich überliefen lustvolle Schauer, und als er sich an mich drängte, kicherte Tabitha und sagte: »Ups, bevor's ernst wird, muss ich noch mal«, und taumelte aus dem Zelt – und ich drehte mich wieder zu Jamie um.

Er näherte sich zum nächsten Kuss, aber als ich ihn ansah, fuhr ich zurück. Ihm lief etwas aus dem Mund, wie Wein, nur wusste ich, dass das kein Wein war. Es war Blut. Dick quoll es über seine Unterlippe. Bächeweise Blut. Und er wusste es nicht. Mir wurde schlecht, ich wich zurück.

Und auf einmal war er nicht mehr der Jamie, den ich kannte. Er neigte den Kopf und nuschelte etwas, röchelte, den Mund voller Blut; er lallte irre, und seine Augen waren komisch, sie drehten sich weg, bis fast nur noch Weißes zu sehen war, dann wurden die Pupillen winzig, und ich rief Tabitha – *Tabitha! Hilfe!* –, und im selben Moment fing Jamies Kopf an, heftig zu wackeln, und rosa Schaum rann ihm aus dem Mund und vermischte sich mit dem Blut, und sein ganzer Körper zuckte, auf und ab und auf und ab.

»Jamie, Jamie, was ist denn nur los?«

»Nn…«, sagte er, mehr brachte er nicht heraus, und dann erbrach er sich, wie im Horrorfilm schoss es aus ihm heraus, geradewegs an die Zeltwände, und sein Körper wand sich in heftigen Krämpfen, einmal, zweimal, und »Achch«, krächzte er kehlig, »diese … Pillen – achch …«

Irgendwie kam er hoch und verließ das Zelt und rannte los. Schnell, schnell, schnell in die Dunkelheit. Zu den feiernden Massen, dem größeren Campingplatz, wo Mädchen in knappen Sommerkleidern melancholische rote chinesische Laternen in den schwarzen Himmel schickten.

Einen Augenblick lang blieb ich in dem Zelt sitzen. Reglos. Starr vor Angst und Verwirrung. Dann tauchte Tabitha wieder auf, ein weißes Gesicht im Zelteingang.

»Was ist los? Wo ist er denn hin?«

In meiner Panik war ich zu nichts imstande.

»Ich weiß nicht. Er hat gesagt, die Pillen, die er von uns hatte … dass er davon krank ist. O Gott, Tabs! Was haben wir angerichtet?«

Beide rannten wir raus, zogen uns im Laufen die Klamotten zurecht, stürmten in Richtung Menge. Zwei oder fünf oder zehn Minuten lang drängten wir uns zwischen Leibern hindurch, die sich ihrerseits gegen uns drängten, und dann hörten wir es, hörten sie. Die Polizeisirenen, die Rufe der Polizisten, und dann sahen wir das blinkende Blaulicht eines Rettungswagens. Aus Richtung des Hauptcampingplatzes auf dem Glastonbury-Gelände.

Alle bekamen den Aufruhr mit, in Wellen durchlief er die feiernden Massen wie ein Alarm einen Ameisenhaufen. Viele Leute entfernten sich kopfschüttelnd vom Ort des Unglücks. Ich dagegen drängte in die entgegengesetzte Richtung.

»Komm«, sagte ich zu Tabitha. »Wir müssen wissen, was los ist.«

»Nein, nein, nein«, gab sie zurück. »Los, wir kehren um!«

Hätte ich doch nur auf sie gehört, wäre ich doch nur umgekehrt. Ich hätte es nie gesehen. Hätte es vielleicht nie erfahren.

Aber ich wollte unbedingt helfen. Mein Möglichstes tun. Also zog ich sie mit mir zwischen den Grüppchen hindurch, bis dahin, wo sie sich lichteten und den Blick auf das Schreckliche freigaben. Einen von Flutlicht beschienenen Flecken Gras, auf dem Polizisten im Kreis standen und in ihre Funkgeräte sprachen. Aus ihren Fahrzeugen und dem offenen Rettungswagen drang grelles Licht. Rettungskräfte hockten über den jungen Mann gebeugt, der inmitten des Kreises auf dem Boden lag. Es sah aus wie ein Caravaggio. Mit dem hatte ich mich an der Uni befasst. Dunkelheit und Licht, starke Kontraste. Es gibt immer eine zentrale Figur, um die herum die Komposition angeordnet ist. Und hier war die Figur im Zentrum Jamie.

Natürlich war es Jamie. Der gutaussehende junge Mann. Gerade mal zwanzig. Der Typ, der Rugby spielte und so gern einen ausgab. Ach, Jamie.

Er zuckte und bog sich, dass mir ganz elend wurde vor Mitleid – und vor Angst. Er hatte mehrere schlimme Anfälle: Die Augen glitten weg, bis nur noch Weißes da war, die Augäpfel quollen gruselig hervor, und er zitterte am ganzen Leib, als sei er besessen, schaukelte zur Seite und ruckte erneut auf und ab und auf und ab. Und dann erbrach er sich wieder, spuckte rotes Blut und gelbliche Flüssigkeit – und der letzte Krampf war so heftig, dass einer der Sanitäter, die zu verhindern suchten, dass er sich das Rückgrat brach, hintenüberfiel.

Während wir entsetzt zusahen, registrierte ich, wie Tabitha sich nach jemandem umdrehte, der, halb durch andere verdeckt, weiter hinten in der Menge stand. Purple Man. Ihr Bekannter. Er sagte kein Wort. Er neigte nur langsam den Kopf in Richtung Jamie. Dann schaute er Tabitha fragend an – und sie nickte. Kurz.

Purple Man legte einen Finger an die Lippen und bewegte ihn zur Seite, als ziehe er einen Reißverschluss zu. Und dann starrte er uns beide an, fuhr sich einmal mit der Hand quer über die Kehle und verschwand zwischen den Leuten.

Daraufhin zerrte Tabitha, noch mehr verängstigt, an mir, doch ich konnte mich nicht losreißen. Mein Blick ging wieder zu Jamie. Jetzt krampfte er nicht mehr, er lag still da. Schrecklich still. Und plötzlich waren die Sanitäter über ihm und pressten seinen Brustkorb rhythmisch zusammen. Sie hatten ihm Elektroden – von einem Defibrillator – auf die Brust geklebt und wiederholten die Druckmassage mehrmals verzweifelt, bis schließlich eine von ihnen sich aufrichtete, ihren Kollegen ansah und den Kopf schüttelte.

Jamie war tot. Ich wusste es. Seit ich Purple Mans Geste gesehen hatte, wusste ich, was wir Jamie Trewin angetan hatten. Wir hatten ihm Pillen gegeben, an denen er gestorben war.

Tabithas weiche Hand griff nach meiner, und jetzt ließ ich mich mitziehen, in Richtung Zelt, fort von dem, was da passierte. Wir mussten weg. Zugleich wusste ich, dass ich dem, was da passierte, nie entkommen würde.

Und wie es aussieht, bin ich das auch nicht.

Ich sitze in der Delancey und beobachte ein Polizeifahrzeug, das mit jaulender Sirene angejagt kommt und kurz hält. Wildes Geheul. Übertrieben.

»Electra, erzähl mir von Jamie Trewin.«

»Entschuldigung, das weiß ich nicht.«

»Electra, woher weißt du, was mir auf dem Glastonbury Festival passiert ist?«

»Entschuldigung, das weiß ich nicht.«

Weiter sagt sie nichts. Spüre ich in der Art, wie sie verstummt, so etwas wie Selbstgefälligkeit?

Ich kehre zu meinen Erinnerungen zurück.

Tabitha und ich zogen uns unauffällig in die Dunkelheit zurück, in unser kleines Zelt; kein Gekicher mehr, keine Albereien mit dem Korkenzieher. Eine Weile saßen wir einfach nur da, Tabitha schluchzte leise, ich war den Tränen nahe. Vielleicht war ich zu schockiert, um zu weinen, zu traurig, benommen, verängstigt.

Nach zehn Minuten holte Tabitha tief Luft, seufzte und sagte: »Okay, das dürfen wir niemandem erzählen. Niemals.«

»Was?«

Sie schüttelte den Kopf. Riss die Augen weit auf. Dann legte sie mir die Hände auf die Schultern und drückte mich, als wollte sie mich auf den Boden holen, zurück in die Wirklichkeit.

»Jo, ich weiß, wie es nach so etwas läuft. Genau das Gleiche ist dem Bruder von einer Freundin passiert, Hugo. Er war gerade mal zweiundzwanzig, hat sich auf einem Rave ein paar Pillen gekauft und sie weitergegeben, ohne sie ausprobiert zu haben. Und der Typ, dem er sie gegeben hat, ist gestorben. An einer Überdosis. Die Pillen waren, na ja, stärker als gedacht.«

»Aber er konnte doch nichts dafür. So wie wir auch nichts dafürkönnen.«

Da packte sie meine Schultern so fest, dass es wehtat.

»Jamie ist tot, verstehst du? Wenn so was Schlimmes passiert, ist das völlig egal, da gibt es keine Rechtfertigung. Nicht vor dem Gesetz. Kapierst du das nicht?«

»Erzähl«, sagte ich leise. »Wie ist es für diesen Hugo ausgegangen?«

»Er ist wegen Totschlags verurteilt worden und ins Gefängnis gewandert. Fünf Jahre muss er sitzen, Jo. Damit ist sein Leben versaut, so viel steht fest.«

Irgendwo in der Ferne schwebte der Song dahin.

»Also deshalb«, dachte ich laut, »hat Purple Man diese Geste gemacht, Mund zu und Kehle durch. Er weiß das; er weiß, dass wir alle da drinhängen.«

Tabitha wurde lauter. Um uns herum war genug Lärm, niemand konnte uns hören.

»Wir hängen in gar nichts drin – solange wir Ruhe bewahren und es niemandem erzählen, niemals. Keinem. Purple Man wird nichts sagen. Niemand wird etwas sagen. Niemand hat gesehen, was wir gemacht haben; niemand hat gesehen, wie wir Jamie die Pillen gegeben haben; niemand hat uns in sein Zelt gehen sehen, in dem Zelt gibt es keinerlei Beweise. Es ist total unwahrscheinlich, dass er irgendwem erzählt hat, wo er die Pillen herhatte, oder dass er unsere Namen erwähnt hat. Alles wird gut. *Alles wird gut.*« Ihr Blick brannte sich in meinen. »Aber wir schwören jetzt etwas, okay? Wir werden über das, was heute Abend passiert ist, nie wieder reden. Wir erzählen es weder unseren Verwandten noch sonst jemandem. Niemand weiß es. Wir werden noch nicht einmal miteinander darüber sprechen. Okay? Für den Rest der Welt waren wir in Glastonbury, haben gefeiert und ein bisschen Gras geraucht, und dann sind wir wieder nach Hause gefahren, und über den Typ, der gestorben ist, wissen wir nichts. Wir wissen nichts. Wir haben nichts gemacht. Wir haben nichts gesehen. Wir sagen nichts. Niemals. Abgemacht?«

Damit ließ sie die Hände von meinen Schultern gleiten und streckte mir die Rechte hin, und ich ergriff die kleine weiche Hand und schüttelte sie.

»Einverstanden«, sagte ich, irgendwie erleichtert, weil meine beste Freundin Tabitha die Sache in die Hand genommen hatte. Da zeigte die Privatschule, die beherzte Mädchen zu Führungspersönlichkeiten voller Einfallsreichtum heranzog, doch Wirkung.

Tabitha seufzte. Schon wieder ganz bei sich. Als wollte sie sagen: Ist nicht schön, muss aber sein.

»Mein Gott, wir müssen schlafen. Ich hab ein paar Temazepam. Willst du?«

»Ja, bitte«, sagte ich kleinlaut, und Tabitha gab mir die Tablette, und ich nahm sie mit eklig warmem Cidre, und dann krochen wir in unsere Schlafsäcke. Kurz ging mir noch durch den Kopf, was geschehen würde, wenn noch jemand starb. Waren wir nicht verpflichtet, die Leute zu warnen? Doch dann begriff ich, dass es unmöglich war, das zu tun, ohne den Verdacht auf uns zu lenken. Wir konnten also nur beten, dass Jamie das einzige Opfer war. Und den Mund halten.

Und seitdem haben wir den Mund gehalten. Getreu unserem Schwur.

Zurück an der Uni, las ich die Zeitungsberichte über Jamies Tod – *Neuseeländischer Student bei Musikfestival Überdosis zum Opfer gefallen, Polizei sucht Dealer, bisher keine sachdienlichen Hinweise* – und informierte mich über die Gesetzeslage bei drogenbedingten Todesfällen, um herauszufinden, ob Tabitha recht hatte. Sie hatte: Was wir getan hatten, wurde als Totschlag gewertet. Der einzige Vorteil bestand darin, dass außer Jamie niemand den von uns weitergegebenen Drogen zum Opfer gefallen war. Aber der Umstand, dass wir ihm das Zeug ahnungslos, in aller Unschuld, überlassen hatten, wirkte sich nicht strafmildernd aus. Es waren illegale Drogen gewesen, wir hatten sie jemandem weitergegeben, derjenige war in der Folge ihres Konsums gestorben.

Totschlag.

Durchschnittliche Strafe: drei bis fünf Jahre Haft. Und unser Leben, unsere Karriere ruiniert. Unsere Familien blamiert.

Danach ist es mir nicht mehr schwergefallen, mich an den Schwur zu halten. Ein einziges Mal habe ich ihn gebrochen, und das liegt Jahre zurück: Ich habe es Simon erzählt. Ich hatte ständig Albträume – die habe ich immer noch –, in denen ich wieder und wieder sah, wie Jamie sich krümmte und sich übergab, wie das Blut aus seinem Mund quoll, als er mich küssen wollte, und irgendwann hat Si gefragt, was mit mir los sei, und ich musste es ihm erzählen, musste es mir von der Seele reden. Er war mein Mann. Ich wusste, dass ich ihm trauen konnte. Und tatsächlich war er voller Mitgefühl und sagte nichts; er konnte sich in unsere Lage versetzen, schließlich hatte er auch hin und wieder Drogen genommen. *Das hätte jedem passieren können.*

Er hat mich bedauert und getröstet. Was das angeht, war er immer ein guter Ehemann.

Ach, Simon.

Tabs hat, soweit ich weiß, nie jemandem davon erzählt. Außer *vielleicht* ihrem Verlobten, Arlo, dem Menschen, der ihr in den vergangenen drei Jahren am nächsten war. Auf jeden Fall haben Tabitha und ich uns eisern an den Vorsatz gehalten, nie wieder miteinander darüber zu sprechen. Kein einziges Mal ist die Rede darauf gekommen.

Komischerweise hat sich das auf unsere Freundschaft positiv ausgewirkt. Was Jamie unseretwegen zugestoßen ist, hat uns aneinander gebunden. Seitdem sind wir gute Freundinnen, loyal und zugewandt. Ich bin mir ziemlich sicher, dass sie mir auch deshalb angeboten hat, für einen so lächerlichen Mietpreis bei ihr zu wohnen.

Dennoch scheint diese schöne Wohnung im Augenblick alles

andere als ein Glücksgriff zu sein. Ich starre in Richtung Home-Assistant.

»Electra, erzähl mir von Glastonbury.«

»Das Glastonbury Festival ist ein Musik- und Kunstfestival. Es findet alljährlich in der Nähe des Glastonbury Tor in Somerset statt.«

Gespannt warte ich auf die Fortsetzung: Es war der Schauplatz eines berüchtigten Todesfalls, gestorben ist der zwanzig Jahre alte Geografiestudent Jamie Trewin. Du warst es, die ihn getötet hat, in seinem Zelt, du hattest die Hand in seinen Jeans; du weißt genau, wie seine Augen sich verdreht haben, bis nur noch das Weiße zu sehen war …

Aber das alles sagt Electra nicht. Ihre Lichter erlöschen. Und so schrecklich die Erinnerungen auch sind, mein Leben muss weitergehen.

Muss.

12

JO

Eine Stunde später sitze ich, geduscht, Kaffee im Blut und Frühstück intus, vor meinem Laptop, starre auf den Bildschirm und versenke mich in die Arbeit. Wühle mich für die *Neue-Gegend*-Kolumne durch Berichte über das historische Camden. Erfahre, dass zu der Zeit, in der Camden noch als eine Art Slum galt, nur ein paar Türen weiter Dylan Thomas in einer kalten, heruntergekommenen Kellerwohnung gehaust hat. Er hat sich über Dreck und Ruß von den Zügen beklagt, die durch die Tunnel und über die offenen Schienen ratterten. Dass er überhaupt hier gewohnt hat, lag daran, dass es so billig und so unbeliebt war. Vor einem Monat habe ich mitbekommen, dass ein Haus hier gleich nebenan für drei Millionen zum Verkauf stand. Die Hälfte eines Lebensverdienstes.

Hier in der Gegend ein Haus zu erben oder in den Fünfzigern oder Sechzigern eines gekauft zu haben, entspricht in der Währung des Immobilienbesitzes einem Lottogewinn. Es verändert das Leben.

Ich werde nicht erben, ich werde nie kaufen können. Für mich gibt es keinen Lottogewinn. Ich habe ausgerechnet, dass ich mit meinem Freelancer-Einkommen ungefähr dreihundert Jahre arbeiten müsste, um so viel zusammenzusparen, dass ich mir in dieser Gegend eine kleine Einzimmerwohnung kaufen könnte. Es sei denn, ich schreibe besagtes Hammerdrehbuch. Das kann doch nicht so schwer sein! Drei Akte, fünfzehn Beats, zwei oder drei Schlüsselszenen und eine überraschende Wendung in der Mitte. Dann ein Anruf aus L. A., von meinem Bruder. Wir lieben das Buch. Hier kommen deine fünfhunderttausend Pfund.

Ein Traum. Aber es ist der einzige, den ich habe.

Mein Blick schweift durch die edel eingerichtete Wohnung, die ich mir nie leisten könnte. Die Wohnung starrt zurück, als gehörte ich nicht hierher.

Das reicht.

»Electra, nenn mir die Zutaten für Cioppino.«

»Cioppino ist ein Fischtopf, den italienische Einwanderer in San Francisco erfunden haben. Es gibt viele Rezeptvarianten, aber für alle braucht man verschiedenste Meeresfrüchte: Garnelen, Langusten, Muscheln …«

Electra tut, was sie soll. Ich kenne das Rezept, aber eine kleine Auffrischung schadet nicht. Die Kräuter und Gewürze, diese köstliche Tomatensoße. Alles klar.

Das ist gut. *Einigermaßen*. Langsam fühle ich mich normal. *Einigermaßen*. Ausgerüstet mit Schal und Handschuhen, stemme ich mich gegen den Winterwind, der wie ein Napalmsturm den Parkway rauffegt und die Leute in die Cafés treibt, gehe in den Supermarkt und erledige meinen Einkauf. Seeteufel, Estragon, Sauerteigbrot zum Dippen. Wichtig. Der Wind scheucht mich zurück nach Hause, doch kurz vor der Camden High Street, die ich überqueren muss, bleibe ich stehen. Trotz der Kälte. Mein Handy hat ein leises Pling von sich gegeben. Eine WhatsApp-Nachricht. Von Fitz.

Hallo, Jo, frohe Botschaft. Habe endlich Mieter gefunden, ziehen nächsten Monat ein. Nettes Paar, wunderbar langweilig, glaube, er ist Banker. Gut, oder? Ist so einsam bei euch da im Haus. Sie können auf dich aufpassen. Nächste Woche ein kleines Gelage?

Irgendetwas an der Nachricht macht mir Angst. *Sie können auf dich aufpassen.* Warum schreibt er das? Warum erwähnt er, dass es im Haus einsam ist? Weiß er etwas? Bestimmt nicht. Soll wahrscheinlich einfach nur witzig sein. Vielleicht eine Anspielung auf mein Liebesleben. Ich antworte.

Fitz! Sehr gut. Ist wirklich einsam im Haus! Ja, Gin! Viele! Ich melde mich.

Die Häkchen färben sich blau. Mitten im Camden-Getriebe stehe ich da und starre auf mein Handy. Schaue mir die Liste mit den WhatsApp-Chats an und sehe den Namen Liam Goodchild. Und darunter: nichts. Weil er sämtliche Nachrichten gelöscht hat. Nach dem seltsamen Telefonat auf der Jacksons Lane.

Liam Goodchild …

Er kam mir defensiv vor am Telefon, ängstlich vielleicht, aber was er gesagt hat, klang auch nach einer Drohung. Zufall?

Liam Goodchild. Vielleicht würde ich, wenn ich mehr über ihn wüsste, besser verstehen, was mit mir passiert.

Aber wie stelle ich das an? Ich kann nicht in der Wohnung herumsitzen und fröhlich vor mich hin browsen, ohne dass die Assistants genau mitschneiden, was ich mache, sowohl online als auch im richtigen Leben. Sie können Zugang zu meinem Laptop haben. Sie können Zugang zu meinem Google-Account haben.

Nein. Ich muss ins letzte Internetcafé von Camden. Und das ist genau hier gegenüber, auf der anderen Seite der High Street.

Handy in die Tasche, und rein in den schäbigen Laden, wo ich die Tüten mit den Einkäufen zu beiden Seiten des Drehstuhls auf den Boden stelle. Hier wimmelt es von ausländischen Studenten, die meisten mit Kopfhörern im Ohr und einen Coffee to go in der Hand. Ausländische Studenten sind vermutlich die Letzten, die auf solche Läden noch angewiesen sind.

Ich beuge mich vor, schließe erst einmal Google, das sich automatisch geöffnet hat, und verwende einen anderen Browser. Einen, der seltener benutzt wird, *Firefox*. Vor ein paar Jahren habe ich immer über Firefox gesucht, aber irgendwann bin ich zu Google zurückgekehrt. Wieder bei Google zu sein hat alles so viel einfacher gemacht: Man begibt sich in die Obhut eines oder zweier großer Techunternehmen, und sofort passt alles im Leben zusammen, vom Kalender über die Musik und die Heizung bis hin zum Telefon. Leichten Herzens lässt man zu, dass sie einen beherrschen, überallhin vordringen, einem Ansagen machen, einen betreuen. Sie werden zu Eltern, man selbst wird das Kind. Und wer weiß schon, wie weit das reicht? Wer weiß, wie umfassend Electra, HomeHelp und die anderen mein Internetleben im Griff haben?

Also Firefox. Vorsichtig, aber voller Neugier tippe ich »Liam Goodchild« und »Facebook« ins Suche-Fenster. Denn da hat unser Kontakt sich im Wesentlichen abgespielt.

An Liam Goodchilds Facebook-Seite erinnere ich mich lebhaft – ich habe sie unzählige Male besucht. Vor allem erinnere ich mich an die Bilder von ihm beim Laufen, Tauchen oder Segeln. Sportiv, ohne Hemd, verrückt, aber sexy. Nicht der Typ, der verworrene Nachrichten schickt und anschließend löscht.

Schwarz starrt der Bildschirm zurück.

Liam Goodchild hat keine Facebook-Seite.

Ich klicke noch einmal. Noch einmal. Und noch einmal. Der junge Spanier neben mir schaut schon herüber, das spüre ich, er beobachtet meine nervösen Gesten, mein manisches Geklicke. Na und? Nein, doch, nein, doch, *nein. Er ist nicht da*. Verwirrt starre ich auf den Bildschirm, der mir nicht weiterhilft. Liam Goodchilds gibt es mehrere. Hunderte, um genau zu sein. Aber sie leben in Amerika, Schottland, Australien, Dublin, Bristol,

Croydon – nur nicht in Barnet, Nordlondon, wo Liam gewohnt hat.

Keine Spur von ihm.

Weg.

Mache ich etwas falsch? Hat sich ein dummer Fehler eingeschlichen?

Ich gehe auf meine eigene Facebook-Seite und starte eine neue Suche. Wieder nichts. Er ist wirklich von FB verschwunden. Alle Spuren gelöscht, kein Oben-ohne-Foto mehr, keine GIFs mit abstürzenden Kätzchen, nichts.

Okay. Ich atme tief durch. Und jetzt? Was ist mit seinem Twitter-Account? Er hat selten was auf Twitter gemacht, genau wie ich, aber ich weiß, dass er einen Account hat, denn so hat er mich das erste Mal erreicht, und sein Username war denkwürdig: @GoodChildBadChild.

Voller Spannung rufe ich Twitter auf. Mein Mund ist völlig ausgetrocknet, so nervös bin ich.

Auch der Twitter-Account ist verschwunden.

Es gibt keinen @GoodChildBadChild. Weg, in Luft aufgelöst. Es ist, als wäre er gestorben, nein, nicht einfach gestorben. Es ist schlimmer. Es ist, als hätte er auf Twitter und auf Facebook nie existiert.

Ich versuche, mir die Anspannung nicht anmerken zu lassen. Da sitze ich, während um mich herum die Studenten auf Spanisch oder Suaheli durcheinanderplappern, und spüre eine neue, nicht zu ortende Bedrohung. Mir ist deutlich bewusst, wie meine Nackenhaare sich aufstellen.

Was ist mit Liam Goodchild passiert? Ich klammere mich an ein paar letzte Strohhalme.

Checke Instagram: weg.

Checke Snapchat: weg.

Was kann ich sonst noch probieren? Vielleicht eine allgemeine Suche? Mein Puls rast, meine Finger fliegen über die Tasten, ich prüfe alles, was in Verbindung mit *Liam Goodchild* erscheint: Bilder, Schnipsel, Nachrichten. Zum Beispiel weiß ich, dass ich, als wir anfingen zu flirten, mal nach Bildern von ihm gesucht und mehrere gefunden habe, eines von seinem LinkedIn-Account, eines von seinen Facebook-Fotos. Dieses umwerfende Lächeln.

Und?

Auch sie sind weg. Alle. Es gibt Goodchilds auf der ganzen Welt, aber von ihm, meinem Beinahe-Verführer, findet sich kein einziges Bild. Ein Rätsel hoch drei. Wie kann das sein? Wie bringt man sich online dermaßen komplett zum Verschwinden? Heißt es nicht immer, das sei unmöglich? Und warum passiert das, einen Tag nachdem wir dieses seltsame Telefonat hatten?

Unwillkürlich schlage ich die Hand vor den Mund. Voller Angst. Eingeschüchtert. Dann schließe ich die Augen und zwinge mich, beide Hände flach auf den Tisch zu legen. Vielleicht beruhigt mich das. Als ich den Kopf hebe und die Augen wieder aufschlage, fällt mein Blick auf einen jungen Mann im hinteren Teil des Ladens. Er starrt mich unverwandt an. Was will er? Was bedeutet das? Ich muss mich zusammenreißen! Hier eine Szene zu machen, und sei sie noch so kurz, wäre dumm.

Mit einem künstlichen Lächeln – he, mir geht's gut, alles in Ordnung – senke ich den Blick wieder und konzentriere mich auf den Computer, lösche meinen Browserverlauf. Dann erhebe ich mich, greife die Tüten mit den Einkäufen, gehe zur Kasse, zahle für die Internetnutzung und trete hinaus in die Kälte, wobei ich mein Telefon anschalte, um keinen Verdacht zu erregen.

Bei denen, die mich beobachten, wer auch immer es ist.

Auf dem Weg gehe ich alles noch einmal durch. Liam war gestern Abend entweder betrunken oder verängstigt. Und seitdem hat seine Angst sich offenbar so weit gesteigert, dass er sich komplett aus dem Internet getilgt hat.

Oder jemand hat ihn getilgt. Warum? Wer ist es, der ihm solche Angst einjagt; wer wäre in der Lage, ihn, falls er es nicht selbst getan hat, aus dem Internet zu löschen? Vor allem wüsste ich gern, wie sein seltsames Gerede damit zusammenhängt. Dieser eine, unheimliche Satz geht mir nicht aus dem Kopf.

Sonst wird es einen erwischen.

13

JO

In der Wohnung angelangt, mache ich mich gleich in der Küche zu schaffen, nehme das Kochen in Angriff, langsam und gewissenhaft.

Ich koche gern, es beruhigt mich; mit den Händen etwas zu machen klärt den Kopf. Die ganze Grübelei darüber, was mit Liam passiert ist, nützt nichts, ich kriege es nicht heraus; es ergibt einfach keinen Sinn. Stattdessen öffne ich schon mal eine Flasche Roten, damit er atmen kann. Dann ist er, wenn Tabitha nach Hause kommt, genau richtig.

Ein Schlüssel unten in der Haustür. Tabitha. Es sind Stunden vergangen, ohne dass etwas Besonderes vorgefallen wäre, ich habe einfach nur nachgedacht und gekocht. Als meine Freundin, noch ein paar weiße Flocken von den Schultern des edlen braunen Mantels fegend, in die Küche kommt, schenke ich ihr ein breites, nur halb vorgetäuschtes Lächeln.

»Hm, das riecht göttlich. Wie lange noch?«

»Du kommst genau richtig. Es ist fertig.«

»Tada«, sagt sie. »Ich decke auf.«

»Schon erledigt. Und ich hab einen Amarone aufgemacht, den magst du doch.«

Ich sehe ihr an, dass sie sich freut. Und vielleicht eine Spur von schlechtem Gewissen hat.

Gewollt schnodderig sage ich: »Und, wie war dein Tag, Liebes?«

Sie lacht und greift sich ein Weinglas und die Flasche.

»Ich hab mich schon immer gefragt, ob wir ein gutes lesbisches Paar abgeben würden.«

»Könnte sein. Aber Arlo würde sicher darauf bestehen, dass er mitmischen kann.«

Sie grinst, trinkt einen Schluck und lehnt sich rücklings gegen den Granittresen.

»Oja. Das stimmt. Er ist so was von sexbesessen. Na gut, ich hab Hunger. Lass uns anfangen.«

Wir setzen uns an den Tisch im Wohnzimmer, ich fülle Cioppino auf, sämig, tomatig, viel Fisch, viel Knoblauch und würzige Kräuter, und Tabitha macht sich mit seligen Lauten darüber her. Bald öffnen wir eine zweite Flasche Roten, und das Gespräch plätschert angeregt dahin, von Freunden über weitere Freunde zu irgendwelchem Gerede über Arlo; von dem, was wir unter Wildnis verstehen, über Popsongs, in denen gepfiffen wird, bis hin zu dem einen Mal, da sie in Colorado einen Bären gesehen hat und Angst hatte, obwohl sie in einem Auto saß.

»Ich meine«, sagt sie, »was hätte der Bär schon machen können? Die Autotür mit einer Kreditkarte aufbrechen? Ach, egal. Josephiiiiin, liebste Jo-Jo, sollen wir noch eine Flasche köpfen? In der hier ist kaum noch was drin. Und guck, ich hab ein Geschenk!«

Sie beugt sich über eine Tüte, die sie beim Hereinkommen in die Ecke gestellt hatte, und holt eine Schachtel heraus. Aufdruck und Form der Schachtel verraten, was drin ist: wohl eines dieser brandneuen Smart-Displays mit Kamera, ein Gerät, das alles kann, was die anderen Assistants können, aber zusätzlich mit Kamera und Bildschirm ausgestattet ist, sodass man Videoanrufe machen oder via *Drop in* bei Freunden vorbeischauen, das heißt, sie in ihrer Wohnung sehen kann, ihr Gesicht, den jeweiligen Raum oder die Küche. Tabs hat in ihrem Zimmer schon so ein Teil stehen. Sie benutzt es, um sich abends von Angesicht zu Angesicht mit Arlo zu unterhalten. Eher von Linse zu Linse.

Allein der Gedanke macht mir Angst. Dieses einsame, nie ermüdende Auge, das einen unablässig beobachtet.

Mit schon leicht weinverwaschener Artikulation sagt Tabitha: »Ich habe heute Morgen mit Fitz einen Kaffee getrunken und ihm erzählt, dass du …«, sie lächelt warmherzig, »also … vielleicht ein bisschen einsam bist? Wie auch immer, das hier war sein Vorschlag. So kannst du mit mir reden, mein Gesicht sehen – mit allen reden, die auch so etwas haben. Und es zeigt dir deinen Kalender, erinnert dich an Sachen und alles!«

Das erklärt wohl die Nachricht von Fitz. Während ich noch darüber nachdenke, holt Tabitha den neuen Assistant stolz aus der Schachtel und stöpselt ihn ein. Das Gerät, das im Wesentlichen aus einem Bildschirm besteht, gibt einen tiefen Gongton von sich, und entlang seiner oberen Kante flimmert eine Linie aus freundlich schimmerndem blauem Licht.

Reflexhaft platze ich heraus: »In mein Zimmer kommt das Ding nicht.«

Tabitha fixiert mich über ihr Weinglas hinweg. Währenddessen leuchtet der Bildschirm auf; er beobachtet uns.

Wer oder *was* beobachtet uns?

»Auch gut«, sagt sie achselzuckend, wenn auch etwas säuerlich.

Mir ist bewusst, wie ruppig ich bin, aber bei dem, was ich gerade durchmache, kann ich nicht anders.

»Ich dachte, das wäre nett für dich«, erklärt Tabitha. »Ein bisschen Gesellschaft. Wenn du den ganzen Tag allein hier arbeitest und schreibst, musst du dich doch isoliert fühlen. Und du brauchst ja nichts Visuelles damit zu machen, du kannst wie gehabt Electra in ihrem Regal fragen.«

»Es kommt nicht in mein Zimmer. Es bleibt hier!«

Ich bin laut geworden, was mir eine ärgerliche Tabitha-Grimasse einträgt.

»Okay, okay, wie gesagt, auch gut. Mein Gott, das ist ein Geschenk, Jo-Jo. Ich hab es für dich gekauft – für uns.«

Ich starre sie an. Ich starre das Gerät mit seinem unschuldigen Bildschirm an, und ab jetzt geht alles schief. Eine Flasche Rotwein hätte vollauf genügt, wir aber haben zwei getrunken. Nun kommen all meine Ängste hoch und verwandeln sich in Wut.

Wer auch immer es ist, warum jagt er – jagen sie – mir solche Angst ein? Ich kann es nicht länger für mich behalten. Zeit, dass ich es mir von der Seele rede; meine beste Freundin muss es erfahren. Zumindest teilweise. Und so erzähle ich Tabitha von Liam, von seinem plötzlichen Verschwinden aus dem Netz, davon, wie er den Kontakt zu mir abgebrochen hat.

Tabitha zuckt nur flüchtig die Achseln. Vielleicht ärgert sie sich, weil sie mich undankbar findet. Ungerührt fummelt sie an dem neuen Gerät herum, stellt die Helligkeit ein und sagt beiläufig: »Ich kann's ihm nicht verübeln. Manchmal würde ich auch gern einfach verschwinden. Dieses ganze Online-Zeugs verschlingt viel zu viel Zeit. Eigentlich schlau, so abzutauchen.«

»Schlau?«

»Ja, der ganze Facebook-Kram ist doch lästig. Und bringt überhaupt nichts. Und Twitter ist ein mieser Laden, in dem jeder mit jedem streitet. Grrr.«

Erneut zuckt sie gelangweilt die Achseln. Und ich lasse mich von ihrer blasierten Heuchelei provozieren.

»Nur dass ich das richtig verstehe, Tabs. Du sagst, das Internet ist dir zuwider, und trotzdem …«, ich zeige auf das neue Teil auf dem Tisch und dann auf Electra im Regal, »hast du diese ganze Technik. Die Assistants. Deine Wohnung wird praktisch vom Internet *zusammengehalten*. Wie passt denn das bitte zusammen?«

Wir sind kurz davor, uns ernsthaft zu streiten.

»Das ist doch was anderes«, sagt sie entnervt. »Ich hab gesagt, die Social Media sind mir zuwider, nicht das Internet an sich.«

»Genau.«

Noch ein entnervter Blick.

»Ja. Genau. Und was geht dich das an? Ich mag die Technik nun mal. Sie kann unglaublich viel, und sie macht mir Spaß. Du musst …« Sie sieht aus, als könnte sie gleich etwas echt Verletzendes sagen. »… da mal aufholen, Jo. Den Trend akzeptieren, dich fit machen. Ich zeig's dir. Mit Electra kommt doch ein Fünfjähriger klar! Weiß der Geier, was du da gestern Abend gemacht hast!«

»Ich habe gar nichts gemacht …« Wie gern würde ich zurückfauchen, sie angreifen! Die vornehme Tabs kann ein richtiges Miststück sein. Sie weiß überhaupt nicht, wie gut es ihr geht. Allein dieser Mantel würde mich mein ganzes Monatseinkommen kosten! Aber ich bringe es nicht fertig, ich kann nicht grob sein. Sie ist meine beste Freundin. Und ein Zerwürfnis kann ich mir schlicht nicht leisten, denn dann müsste ich ausziehen, und ich kann es mir nicht leisten auszuziehen, und ich möchte nicht ausziehen, ich bin sehr gern hier.

Jedenfalls war ich es.

Trotzdem nagt der Ärger an mir. »Hör zu, Tabs, es tut mir leid, aber wozu brauchst du dieses ganze Electra-Zeugs überhaupt? Einen blöden Butler in einer Box. Eine Kamera, die ständig alles beobachtet. Warum nicht die Heizung selbst regulieren wie jeder normale Mensch? Mit einem Thermostat? Diese elektronischen Diener braucht man doch überhaupt nicht …«

Mit finsterer Miene schenkt sie sich Wein nach und knallt die Flasche wieder auf den Tisch.

»Merkst du eigentlich, dass du nicht nur mich verletzt, sondern auch Arlo? Er hat die Technik gekauft, das war ein Verlobungsgeschenk! Und du trampelst hier rein und ziehst sämtliche Stecker raus wie eine Irre.« Unsere Blicke treffen sich. Ihre Augen, halb zusammengekniffen, funkeln, und ich schätze, meine sehen genauso aus; es kann jeden Moment gewaltig krachen, sie weiß Bescheid über meinen Vater, den ich so geliebt habe und der mir so fehlt; sie weiß, was es für mich heißt, eine Irre genannt zu werden. »Werd doch endlich mal erwachsen, Jo, akzeptier die neue Zeit. Ich finde es schön, dass du hier bist, aber du kannst *meine* Wohnung nicht so umkrempeln, wie es *dir* passt. Außerdem. Diese Assistants. Sind ein Sicherungssystem, das mit Arlo verbunden ist. Schalte sie bitte nicht einfach aus.«

Ich leere mein Glas. Entsetzt.

»Was?«

Sie gestikuliert. Eine bleiche Hand, die aus einem Kaschmirärmel ragt.

»Ich hab hier allein gewohnt, und Arlo hat sich Sorgen gemacht – du weißt ja, in seinen Augen ist Camden eine Zone ohne Recht und Gesetz –, deshalb hat er dafür gesorgt, dass meine gesamte Home-Technik mit seiner verknüpft ist. Er hat Simon gebeten, das alles so einzurichten: Er kümmert sich darum, dass ich in Sicherheit bin; er kann mich hören, kann über das Gerät in meinem Zimmer auf mich aufpassen. Und jetzt kann er auch auf dich aufpassen. Deshalb ist es ja so wichtig, dass die Sachen an bleiben.«

Habe ich das richtig verstanden? Das ist grotesk!

»Du meinst«, mit Mühe kann ich verhindern, dass meine Stimme bebt, »du meinst, Arlo kann über die Assistants die ganze Zeit hören, was sich in dieser Wohnung abspielt? Er kann mich über diese Kameras beobachten? Guckt er mir beim Pinkeln zu, oder was?«

»Also bit-te. Mach dich nicht lächerlich. Er hat hier kein fest installiertes und verlinktes Kamerasystem wie irgendein Voyeur, Jo, es ist einfach so, dass er, ja, hin und wieder checken kann, wer sich in der Wohnung aufhält, und zwar, indem er sieht, was HomeHelp und Electra und die anderen alle so machen, ob es irgendwo ein Sicherheitsproblem gibt.« Eine weitere vage Handbewegung, fast, als wollte sie mich damit provozieren. »Heute hat er mich angerufen und gefragt, warum sie gestern alle abgeschaltet worden sind. Verstehst du, so funktioniert das. Er weiß, was vor sich geht, aber live zusehen kann er nur, wenn du ihm die Erlaubnis erteilst.«

Ich werfe meine Serviette auf den Boden.

»Und damit bist du einverstanden? Du fühlst dich da nicht kontrolliert? Die ganze Zeit beobachtet er uns aus der Ferne. Mein Gott, das ist doch kompletter Wahnsinn!«

»Ach, komm runter …«

»Nein! Tabitha. Denk doch mal nach!«

Wir starren einander an. Sie fährt sich über die Lippen, senkt den Blick, hebt ihn wieder, schaut mich an – und schweigt. Einen Augenblick lang scheint unsere Freundschaft auf der Kippe. Dann ändert sich Tabithas Gesichtsausdruck.

»Okay. Hör zu. Bitte … Es tut mir leid.« Sie versucht es mit einem entschuldigenden Lächeln. »Ich war biestig, tut mir leid.«

Obwohl ich ziemlich angetrunken bin, sehe ich ihr an, dass es ihr ernst ist mit der Versöhnung. Wir sind seit Jahren beste Freundinnen. Manchmal, wenn wir genug getrunken hatten, hat sie gesagt, dass sie mich liebt, und ich habe ihr das Gleiche gesagt. Haben wir ein seltenes Mal Streit, finden wir das beide schrecklich. Und dieser Streit ist – oder war – ein richtig übler.

»Es tut mir leid, Jo! Ich hab's verstanden. Und wahrscheinlich klingt es, wenn man sich an die Technik noch nicht gewöhnt hat, und das hast du ja offensichtlich nicht, wirklich ein bisschen nach Orwell.«

Sie schiebt eine Hand über den Tisch. Greift meine und drückt sie.

»Es tut mir ehrlich leid.«

Ich zögere. Ich starre auf ihre weiße Hand, die meine drückt, und sage: »Hört Arlo jetzt zu? Guckt er vielleicht zu? Es würde ihm bestimmt gefallen, wenn wir uns küssen; sollen wir so tun, als ob wir in Fahrt kommen?«

Es ist ein lahmer Versuch, ein halbherziger Scherz, aber er scheint zu funktionieren. Sie lacht träge.

»Nein«, sagt sie. »Er ist mit seinem perversen belgischen Freund unterwegs. Außerdem funktioniert es sowieso nicht so; er sitzt nicht mit Kopfhörern in irgendeiner Kammer und sieht sich Material aus Überwachungskameras an; er kann lediglich die Interaktionen verfolgen, beobachten, was die Assistants machen; über das Teil in meinem Zimmer kann er mich, ohne einen Knopf drücken zu müssen, mit Video anrufen, kann zu mir reinschauen, so was. Und er kann checken, ob es uns gut geht!« Sie seufzt und schaut in ihr Glas. »War ein bisschen viel, oder? Entschuldige.«

»Ist doch immer ein bisschen viel bei uns. Schließlich sind wir Freundinnen.«

Unsere Blicke begegnen sich, der Zorn ist verflogen. Ich vermute, dass wir beide an Jamie Trewin denken. Für den es auf jeden Fall ein bisschen viel war.

Welchen Gedanken wir auch gleichzeitig nachhängen oder nicht, sie haben den Ärger verscheucht.

»Oha«, sagt Tabitha, »gleich Mitternacht. Ich räume noch schnell auf. Und du gehst schlafen, du siehst müde aus.«

Ich sträube mich nicht. Ich *bin* müde.

Dankbar für die warme Decke und – trotz unseres Zwists – Tabithas tröstliche Gegenwart, krieche ich ins Bett und bitte HomeHelp, das Licht auszumachen. Und als es dunkel ist und nichts anderes zu hören als Tabitha, wie sie die Spülmaschine einräumt und die Küche in Ordnung bringt, drehe ich mich auf die Seite und warte auf den Schlaf.

Er kommt nicht. Ich möchte keine Schlaftabletten nehmen. Ich bin doch wirklich müde. Sogar auf Kaffee habe ich verzichtet, um meinen Schlaf nicht zu beeinträchtigen. Und trotzdem kommt er nicht. Vielleicht ist das die Angst. Mir ist gerade erst klar geworden, was Tabitha da eigentlich gesagt hat. Selbst wenn ich will, kann ich die Technik nicht abschalten. Arlo wird es mitbekommen und Tabitha sagen, sie soll mich rausschmeißen, und nach diesem Streit kann ich nicht sicher sein, dass sie sich gegen ihn stellt.

Ich drehe mein Kissen um und starre im Dunkel auf das 3-D-Oval, das HomeHelp ist. Das Ei, das nun fest eingepflanzt ist: in mich.

14

JO

In meinem Kopf herrscht Tumult; ich versuche, zur Ruhe zu kommen. Ich will nicht an die Assistants denken. Heute nicht.

Als ich mich auf den Rücken drehe und an die fahle Decke starre, kommt mir die Frage in den Sinn, wie viele Leute wohl schon in diesem zweihundert Jahre alten Zimmer auf dem Rücken gelegen haben. Wie viele hier gelebt und geliebt und gelacht haben – und gestorben sind.

Dutzende vermutlich. Und vielleicht kommen nach mir weitere Dutzende. Vielleicht schlafen irgendwann meine eigenen Kinder hier – aber wahrscheinlich eher nicht. Ich glaube nicht, dass ich mir jemals Kinder wünschen werde, ob wegen der vererbbaren Krankheit meines Vaters oder weil es mir schlicht an mütterlichem Instinkt fehlt, weiß ich nicht. Ich gerate einfach beim Anblick von Miniatur-Converse-Schuhen nicht in Verzückung. Wie so manche Freundin, die dahinschmilzt wie ein Marshmallow, sobald sie Winzlingskleider sieht. Kinder unter vier langweilen mich. Warum ist das so schlimm?

Der Gedanke an Kinder und meine Kinderlosigkeit erinnert mich an die persönlichen und zugleich so seltsamen Sätze, die Electra und HomeHelp neulich von sich gegeben haben.

Kalt wie Schneehauch tamponiert sie den Schoß …
Ihre Monde loslösen, Monat um Monat, zwecklos …
Vollendung ist furchtbar. *Sie kann keine Kinder haben …*

Was diese Aussagen implizieren, ist klar. Die Geräte haben meine Entscheidung gegen die Mutterschaft kommentiert beziehungsweise mich deswegen verhöhnt. Die Entscheidung, meine Monde loszulösen, zwecklos, Monat um Monat. Die Entscheidung, über die Simon so unglücklich war.

Aber diese Sätze sind so schräg, Syntax, Vokabular, Grammatik so ungewöhnlich. Haben die Maschinen diese Zeilen erfunden oder geklaut?

Im Dunkeln angle ich mir das Handy vom Nachttisch und lehne mich wieder zurück. Einmal wischen, und schon habe ich die Antwort. Im Wesentlichen stammen die Zeilen aus einem Gedicht: *Die Münchner Mannequins* von einer amerikanischen Autorin namens Sylvia Plath. Von ihr gehört habe ich, aber ich weiß kaum etwas über sie. Lyrik hat mich nie interessiert. Ich hatte immer das Gefühl, dass sie mich zu sehr runterzieht, oder ich fand sie langweilig. Mich haben immer eher die Dramatik und die Erhabenheit der bildenden Kunst angezogen, deswegen auch Kunstgeschichte am King's. Journalistin bin ich nur geworden, weil sich herausgestellt hat, dass Kunstgeschichte absolut brotlos ist, es sei denn, man möchte Leuten, die später Kunstgeschichte lehren werden, etwas über Kunstgeschichte beibringen.

Wer genau war also Sylvia Plath?

Ich lese schnell bei Wiki nach: »Sylvia Plath (27. Oktober 1932–11. Februar 1963) war eine amerikanische Schriftstellerin. Als Plaths Hauptwerk gelten ihre Lyrik sowie ihr einziger Roman *Die Glasglocke*. Daneben schrieb Plath Kurzgeschichten ...«

Es gibt noch jede Menge über sie. Offenbar ist sie sehr berühmt – zumindest in bestimmten Kreisen. Sie hat einen britischen Dichter geheiratet, Ted Hughes, von dem ich auch schon gehört habe, ohne jedoch viel über ihn zu wissen. Wie ich so in meinem dunklen Zimmer liege, kommt mir die vage Erinnerung, dass ich vor Jahren mal einen Film über die beiden gesehen habe, mit tragischem Ende. Ja, genau. Aber wie war das Ende noch mal?

Ich finde eine Website, die ganz ihrem Leben und Werk gewidmet ist – und jenem Ende. Und was ich da lese, lässt mich frösteln; es ist wie tausend Nadelstiche.

1962 trennte Sylvia Plath sich von Ted Hughes und ging mit ihren Kindern zurück nach London.
Über die Weihnachtstage und noch lange danach kam es zu heftigen Schneefällen. Plath war mit den Kindern allein und hatte mit dem harten Winter 1963 sehr zu kämpfen. Sie litt unter Schlaflosigkeit, sie war völlig isoliert. Ihre Ärzte diagnostizierten eine Depression und hielten sie für selbstmordgefährdet. Es wurde arrangiert, dass eine Krankenschwester täglich nach ihr sah.
Am Morgen des 11. Februar kam die Schwester zur gewohnten Zeit, um Plath bei der Versorgung der Kinder zu unterstützen. Sie klopfte, doch weder erschien jemand an der Tür, noch gab es Hinweise auf Leben hinter derselben. Schließlich brach die Schwester die Tür auf.
Plath lag unten in der Küche auf dem Boden, den Kopf auf ein kleines Handtuch gebettet, vor dem offenen Gasherd. Sie war tot. Die Schwester lief sofort nach oben, bekam die Tür zum Kinderzimmer aber zunächst nicht auf, weil Plath den Rahmen mit Handtüchern und Klebeband abgedichtet hatte, um zu verhindern, dass das Gas zu den Kindern vordrang. Die Kinder waren am Leben; sie waren wach und völlig verstört. Es zeigte sich, dass Plath je ein Glas Milch und einen Teller mit Broten bereitgestellt hatte – damit ihre Kinder etwas zu essen hatten, wenn sie erwachten. Die Schwester nahm an, dass dies Plaths letzte Handlung gewesen war, bevor sie in die Küche ging. Und den Backofen aufmachte. Und das Gas aufdrehte.
Plath war dreißig Jahre alt.

Fast ist mir schlecht. Ich hebe den Blick vom Handy-Display. So traurig. Ich habe vielleicht keinen Mutterinstinkt, aber Liebe kann sich instinktiv in mir regen. Kinder, kleine Kinder. Wie kann man einerseits so liebevoll-fürsorglich sein und Tochter und Sohn Brot und Milch hinstellen und dann nach unten gehen und den beiden die Mutter nehmen?

Und das ist noch nicht alles. Auf der Website wird auch Plaths letzte Adresse genannt. Das Haus, in dem sie sich umgebracht hat.

Es ist die Fitzroy Street 23, Primrose Hill, NW3.

Ungefähr drei Straßen und drei Minuten Fußweg von da entfernt, wo ich in meinem Bett liege.

15

JO

An Schlaf ist nicht mehr zu denken. Ich schiebe das Federbett weg, gehe zum Fenster, wo es kalt ist, und ziehe den Vorhang zurück. Weich sinkt Schnee auf Camden nieder. Also auch auf das Haus, in dem Sylvia Plath sich umgebracht hat. Ein paar Hundert Meter von hier. In einem langen harten Winter. Wie diesem.

Ich denke an die Frau, die sich mit den kleinen Kindern durch den Schnee gekämpft hat. Wie ich sie von hinten gesehen habe. Sollte Plath in jenem schrecklichen Winter jemals vom Primrose Hill zur Camden High Street gegangen sein, muss sie durch die Delancey gekommen sein, direkt an meinem Haus vorbei. Ihre Kinder an der Hand, gebeugt unter der Einsamkeit. In Gedanken schon beim Suizid.

Was habe ich gesehen an dem Abend, an dem Electra das erste Mal auf diese besondere Art mit mir geredet hat?

Die Grübelei macht mich noch irre. Ich muss sie wegschlafen. Ich schleppe mich zur anderen Seite des Zimmers und greife mir das Xanax-Schraubglas. Drei, vier, fünf, egal. Lasst mich schlafen. Lasst mich traum- und endlos schlafen. Schlafen bis zum Ende der Welt.

Wieder im Bett, warte ich, vollkommen erschöpft, auf die Wirkung.

Vielleicht bin ich verrückt wie mein Vater, das ist dann Schicksal. Wenn ich aber nicht verrückt bin, muss es jemanden geben, der das steuert. Jemanden, der real ist.

Wer ist so sauer auf mich, dass er mir dermaßen Angst einjagen will? Liam vielleicht. Oder jemand von den Techleuten, denen ich mit meinem Artikel auf den Schlips getreten bin: Arlo Scudamore oder Gul Foxton oder Jenny Irving? Aber wie viele von denen wissen von Jamie Trewin? Was ist mit Fitz? Der, nur um mich noch mehr zu erschrecken, Tabitha rät, einen weiteren Home-Assistant anzuschaffen? Wofür sollte Fitz sich rächen wollen? Andererseits gehört ihm nun mal die Wohnung unter mir. In die bald wieder jemand einziehen soll. Leute, die auf mich aufpassen.

Der wahrscheinlichste Kandidat ist wohl Simon; er hat die Technik hier installiert und verfügt vermutlich – anders als etwa Arlo oder Fitz – über Wissen, das er gegen mich verwenden könnte. Trotzdem kann ich mir nicht vorstellen, dass das Ganze komplett von ihm ausgeht. Uns verbindet immer noch eine tiefe Freundschaft. Und es würde nicht zu ihm passen, so bösartig gegen mich vorzugehen.

Und wenn er dazu gezwungen wird oder jemand ihn entsprechend manipuliert? Ich glaube, ich weiß, wer dieser Jemand sein könnte: Ich erinnere mich an ein gemeinsames Mittagessen, vielleicht ein Jahr nach unserer Scheidung. Am Ende gab Simon, ziemlich angetrunken, zu, dass sie mich nicht ausstehen kann, dass sie mich hasst: seine vermeintlich liebenswürdige, nette, süße neue Ehefrau mit ihrem elfenhaften Bob und dem tollen gemeinsamen Baby.

16

POLLY

Findest du es nicht schwierig, mit einem Baby in so einer Wohnung zu wohnen?«

»Was?« Polly fuhr zu Anna herum.

Anna tunkte ihr Stück Karotte in das Schälchen mit cremigem Zaziki, das Polly ihr hinhielt, und verhalf der Karotte zu einer weiß und fettig schimmernden Kappe. Dann biss sie ab und kaute krachend, während sie hinuntersah auf die Old Street und das Silicon-Rondell, einen schwindelerregenden Wirbel aus wild gewordenen Rücklichtern.

»Ich meine, die Balkone und so«, sagte sie mit vollem Mund, »das Risiko – natürlich glaube ich nicht, dass was passiert …«

Simon, der die leise Spannung wohl spürte, kam zu ihnen herüber.

»Wir können uns nicht beschweren, die Fenster sind sicher und die Balkonbrüstungen unüberwindlich. Im Übrigen ist es eben eine Wohnung für Leute im öffentlichen Dienst! Wenn wir sie nicht hätten, würden wir wahrscheinlich immer noch bei unseren Eltern unten im Süden …«

Polly warf ihm einen Blick zu. »Und du hättest deinen Vater schon mit einem Dessertlöffel abgemurkst.«

Anna lächelte, zuckte die Achseln und fuhr fort, auf diese nervige Art Karottensticks zu knuspern. Sie verdiente vermutlich dreimal so viel wie Polly oder fünfmal so viel, alle hier verdienten ein Vielfaches von Pollys Gehalt und fanden den Supermarkt-Hummus aus dem Sonderangebot wahrscheinlich eklig, wobei sich keiner von ihnen besondere Mühe gab, das zu verbergen.

Dieser Umtrunk war Simons Idee gewesen, so etwas wie eine verspätete Housewarming-Party, aber natürlich hatte sie alles organisieren müssen; sie war diejenige, die nach ihrem Dienst in der Uniklinik zur Tagesmutter gerannt war und dann im nächstgelegenen Billigsupermarkt Dips, Kanapees und Angebotsprosecco besorgt hatte. Und dann war Simon eingeschwebt und markierte den Gastgeber, während es ihre Aufgabe war, die Häppchen anzubieten, Wein einzuschenken, zwischendurch nach dem Baby zu sehen und zu scharf gebratene Pimientos de Padrón hinzustellen. Sie war auch diejenige, die die Schoten hatte anbrennen lassen. Es ärgerte sie, alles. Zugleich sagte sie sich, dass Simon oft viel länger arbeitete als sie.

Ein durchdringender Schrei fuhr in das Geplapper. Polly und Simon sahen einander an. Sie seufzte theatralisch.

»Ich gehe. Ich bin ja dran.«

Es war ihr bewusst, dass sie übertrieb, wenn sie sich zur ausgenutzten jungen Mutter und Märtyrerin stilisierte. In Wahrheit war sie froh, der Party zu entkommen, denn sie tat sich mit diesen Techleuten schwer. Aaron war in Ordnung, Gul von Google sogar lustig, aber die meisten strengten sie an: mit ihrem überhitzten New-Age-Technogerede von Augmented Reality und kryptografischen Hashes und Gott-weiß-was-noch. Es war, als sprächen sie eine ihr unbekannte Sprache, und manchmal hatte sie nicht übel Lust, das Geschwafel zu unterbrechen, indem sie die eine oder andere Anekdote aus ihrem Alltag im Klinikum erzählte: Also heute haben wir einen reingekriegt, der hat einen Teil seiner Lunge rausgehustet und ist dann vor meinen Augen gestorben.

Genau. So war *mein* Tag.

Behutsam schob Polly die Tür zum stillen, abgedunkelten

Zimmer von Grace auf. Die Kleine hatte aufgehört, ordentlich zu schreien, wie Babys es mit sechs Monaten taten; stattdessen jammerte sie leise und in einer bestimmten Tonlage, die in der Regel bedeutete, dass sie Hunger hatte.

Polly atmete auf. Sie hatte einen Hauch von schlechtem Gewissen, aber vor allem war sie erleichtert. Sie musste die Kleine stillen, war also auf unbestimmte Zeit von den Partyverpflichtungen befreit. Sie nahm Grace hoch, schnupperte den Duft ihrer kleinen Tochter, ließ sich in den Sessel fallen und knöpfte ihre Bluse auf.

Schnell fand Grace' suchender Mund die weniger empfindliche Brustwarze, die linke, und begann zu saugen. Ruhe senkte sich über sie. Es war schön dunkel hier und halbwegs schallisoliert. Während Grace trank, lauschte Polly auf das, was über die Geräusche des Babys hinaus zu hören war, was vom Verkehr unten auf der Straße hereinkam. Es war so gedämpft, dass man auch hätte denken können, drei Türen weiter schnarche jemand leise. Der Blick durch die großen Fenster ging bis zu den hohen Türmen von Ostlondon und Canary Wharf: schwarzen Obelisken mit diamantengleich blitzenden Lichtern.

Mit einer winzigen Hand hielt Grace die Brust fest. Polly nahm die Hand auf und drückte einen Kuss auf die kleinen samtigen Fingerspitzen. Dabei traten ihr unerklärlicherweise Tränen in die Augen. Das kam, wie ihr aufgefallen war, häufiger vor, wenn sie mit ihrem Baby allein war. Es war eine seltsame Mischung aus Niedergeschlagenheit und Hochgefühl. Beides in einem. Das Ganze war einfach so unerwartet schmerzhaft. Wie das Saugen selbst.

Im Grunde war das Stillen erledigt. Grace war an der Brust eingeschlafen. Trotzdem blieb Polly noch eine ganze Stunde in dieser wunderbaren Stille sitzen. Ließ ihr Baby schlafen. Dachte nichts. Bis das schlechte Gewissen wegen der Party überhandnahm, sie ihren Schatz behutsam zurück ins Körbchen legte, die kleine Decke genau richtig faltete und zögerlich zu Licht und Musik und den Leuten in ihrem Wohnzimmer im elften Stock zurückkehrte.

Die meisten waren gegangen. Und die paar, die noch ausharrten, redeten – ziemlich laut – oder stritten offenbar über Simons Ex. Jo Ferguson. Und den sagenumwobenen Artikel, den sie über Hightechriesen und ihre extreme Macht geschrieben hatte. Oder nicht. Was auch immer.

Polly hatte sich wirklich Mühe gegeben, nichts gegen Jo Ferguson zu haben, sie nicht zu hassen, aber das war schwer. Ja, als sie Simon Todd heiratete, hatte sie gewusst, dass er seiner Beziehung mit der schlauen, sexy Jo Ferguson mit den flammend roten Haaren noch nachtrauerte, aber womit sie nicht gerechnet hatte, war, wie präsent Jo in ihrer beider Leben sein würde, selbst jetzt noch.

Verdammte Jo Ferguson, bezaubernder Jugendschwarm ihres Mannes, seine erste, wahre, große Liebe: die Liebe, die nie vergehen würde. Sie, Polly, konnte tun, was sie wollte, Simon lieben, loyal sein, ihm ein Zuhause bieten, ihm das Kind schenken, das er sich wünschte – es schien nie genug.

Sie sammelte Gläser ein und brachte sie zur Spüle, wobei sie so tat, als höre sie nicht zu.

»Na ja, rückblickend – also ich fand's schon ziemlich klug, und ihre Kritik in Sachen Privatsphäre war genau auf den Punkt.«

Das war Gul. Der lustige, ironische Gul Foxton. Er hatte sich im Zuge ihrer Arbeit an dem Artikel mit Jo angefreundet und nahm sie oft in Schutz. Und vielleicht hatte er damit ja recht. Die Einzelheiten und Pros und Kontras dieser Diskussion interessierten Polly nicht, sie war einfach verletzt. Konnten sie nicht über etwas anderes reden? Merkten Simons Freunde nicht, wie unhöflich das war, in Gegenwart seiner Frau über seine Ex zu debattieren?

»Aber die Probleme mit der Privatsphäre bei Facebook waren da schon längst Thema …«

»Hat Arlo nicht um ein Haar seinen Job bei Facebook verloren? Ich wette, er war begeistert – und man möchte ihn nicht zum Feind haben, diesen Arlo Scudamore.«

»Arlo ist ein Schwachkopf.«

Das war Jenny.

Und Gul gab zurück: »Ja, nur leider ein wichtiger Schwachkopf. Aber egal. Sag mal, Simon, habt ihr noch was anderes als diesen Prosecco? Der schmeckt wie Kindersekt.«

Auch das war typisch Gul – er pfiff darauf, ob er Leute kränkte. Manchmal war er unfassbar geradeheraus und scherte sich gar nicht darum. Er war eben, wie er war. Und Polly mochte ihn.

»Alles okay, Liebes? Was macht Grace?«

Simon tauchte mit einem Schwung Gläser in der Küche auf.

»Sie hatte Hunger, und ich hab sie gestillt. Es geht ihr gut, alles bestens. Mit der Party auch?«

Simon nickte und lächelte und ging hinüber, um weitere Gäste zu verabschieden. Sie reichten einander Mäntel und riefen Uber-Wagen.

»Hey, Pol, ich hab ein paar von den leckersten Häppchen vor uns Nerds gerettet. Für dich.«

Sie drehte sich um. Das freundliche runde Gesicht von Jenny Irving lächelte ihr über einen vollen Teller hinweg zu. Polly warf einen kurzen Blick auf den Teller und seufzte.

»Es gab keine leckeren Häppchen. Die sind alle von Lidl.«

Jenny lachte. »Ach komm, sie waren nicht schlecht. Na los, setz dich, iss etwas. Die anderen sind fast alle weg.«

Erleichtert setzte Polly sich an den Küchentisch und kostete. Jenny setzte sich zu ihr.

»So. Und? Erzähl.«

»Was?«

»Na, was schon! Ich will wissen, wie es ist, Mutter zu sein. Wir haben uns seit Grace' Geburt noch nicht gesehen, oder? Erzähl.«

Es war das erste Mal, dass irgendwer auf dieser Party sich ausdrücklich für sie interessierte – für sie als Mensch und Mutter und nicht als Simons Freundin, diese ewig müde Frau, die Krankenschwester, die hier wohnte und Wein ausschenkte.

Sie nippte an einem Glas Weißen und hatte plötzlich den Drang, sich mitzuteilen. Warum nicht? Während sie die letzten Kanapees vertilgten, konfrontierte sie Jenny mit der ganzen Wahrheit, mit allem Üblen, der Dunkelheit, den Momenten düsterer Stimmung, der Schlaflosigkeit, den wunden Brustwarzen, den Windelbergen. Und der unendlichen Einsamkeit und Langeweile.

»Kein Mensch sagt dir vorher, wie langweilig es ist«, murmelte sie, und Jenny nickte mitfühlend und verdrückte ein Würstchen in Blätterteig, bevor sie nachhakte.

»Ja, aber das Muttersein als solches – wie ist das?«

Pollys Blick wanderte zur offenen Küchentür. Es waren kaum noch Gäste da.

Wie war das Muttersein?

Das war die große Frage. Sie sah Jenny wieder an und sagte: »Ein Kind zu bekommen war das Schlimmste, was ich je durchgemacht habe. Es tut weh, es gibt kein Zurück, es zieht dich runter, isoliert dich und ist unglaublich erschöpfend.« Sie hielt kurz inne und fügte hinzu: »Gleichzeitig ist es das Beste, was ich je gemacht habe. Ich weiß nicht, warum, aber es ist so.«

Jenny runzelte die Stirn und nickte. »Ich hätte gern ein Kind. Ich müsste nur noch den passenden Mann finden. Vielleicht bin ich zu wählerisch?« Dann lachte sie. »Immerhin heißt das ja, dass ich ein paar schon erwählt habe.«

Sie unterhielten sich noch ein bisschen, und dann stand Jenny plötzlich auf, zog ihren Mantel über – und war weg. Nur noch Simon war da. Er stapelte Teller und räumte Abfälle in den Müll und redete mit ihr.

»Na, das war doch gar nicht schlecht, oder? Ja, ich weiß, du magst das Techgerede nicht.« Er legte ihr die Hand auf die Schulter, die sich versteifte. »Geh ruhig schlafen.«

Polly nickte dankbar, ging ins Schlafzimmer, tauschte ihre Kleider gegen ein bequemes T-Shirt, schlüpfte unter das Federbett und sagte in Richtung Nachttisch: »Okay, HomeHelp, weck mich um sieben Uhr fünfzehn.«

Die vier kleinen Lichter vollführten ihren Tanz. Polly sank sofort in den Schlaf; das Letzte, was sie noch spürte, war die Kühle des Kopfkissenbezugs … und dann fuhr sie plötzlich hoch. Sie hatte das Gefühl, dass etwas nicht stimmte. Ihre kleine LED-Uhr zeigte 02:45. Sie hatte zwei Stunden lang tief und traumlos geschlafen. Warum war sie aufgewacht? Weinte das Baby? Sie war so auf die Stillzeiten geeicht, dass sie manchmal aufwachte, bevor das Baby sich überhaupt meldete. Als gebe es da eine Art Telepathie.

Die Kleine weinte nicht. Sie war noch nicht dran. Erst als Polly sich umdrehte, um sich an ihren schlafenden Mann zu kuscheln, sah sie, dass er nicht da war. Um 02:45 Uhr?

Sie tapste zur Tür und öffnete sie. Das Einzige, was auf Aktivität hindeutete, war ein Streifen Licht unter der geschlossenen Tür zum Arbeitszimmer.

Was machte er mitten in der Nacht da drin?

Er saß über einen Laptop gebeugt, der bläulich weißes Licht auf sein Gesicht warf. Was sah er sich an? Eine News-Seite?

Sie ging näher heran. Er bekam nichts davon mit, so konzentriert blickte er auf den Bildschirm; allerdings versperrte sein Rücken ihr die Sicht. Die Kopfhörer verhinderten, dass er seine Frau kommen hörte.

Sie streckte die Hand aus und riss ihm die Dinger vom Kopf. Erschrocken fuhr er herum. Und wurde rot.

»Was zum … mein Gott, Polly, hast du mich erschreckt!«

Sie hielt sich die Kopfhörer ans Ohr. Musik. Aber was machte er um drei Uhr nachts so vertieft am Rechner? Obwohl er schnell eine Taste drückte und einen Tab schloss, erfasste sie auf dem Schirm noch eine menschliche Gestalt.

»Stopp«, sagte sie. »Du rührst jetzt nichts an und schließt keine Tabs. Ich will sehen, was dich um drei in der Nacht noch wach hält.«

»Warum?«

»Ich will es sehen!«

Irgendetwas an ihrem Ton ließ ihn einknicken. Fröstelnd und zitternd in ihren Shorts und dem Schlafshirt beugte Polly sich vor und klickte sich durch die Tabs.

Porno. Er guckte Pornos. Videos auf Xhamster und Alohatube. Gewöhnliches Zeug. Lesben, fett geschminkt und mit künstlichen Brüsten, ganz nach kalifornischem Geschmack. Und da waren ein paar japanische MILFs. Das machte Polly nichts aus, manchmal guckten sie sich auch zusammen Pornos an. Sie mochte am liebsten Lesben-Softpornos, hübsche Frauen in Sommerkleidern, die einander verführten.

Aber – was war das? Als sie den nächsten Tab aufmachte, kochte Zorn in ihr hoch. Deshalb war er so versunken gewesen: Bevor er zu professionellem Zeug gegriffen hatte, war er an Bildern von Jo hängen geblieben.

Massenhaft Nacktfotos von Jo. Der verdammten Jo Ferguson. Da Jo im Bett, gertenschlank, ohne Dehnungsstreifen von der Schwangerschaft, leicht gebräunt. Und da Jo, wie sie sich, den Kopf halb abgewandt, aber mit einem Lächeln in Richtung Kamera, selbst berührte.

»Oh, Gott«, fuhr Polly ihn an. »Super. Das macht Mut, also

wirklich. Du holst dir vor Bildern von deiner Ex einen runter? Schon wieder?«

»Warte …«

»Warum, Simon? Warum machst du das?« Der Schmerz war echt; ihre Stimme bebte. »Ist dir klar, dass du verheiratet bist und ein kleines Kind hast? Eine neue Frau?«

Polly wollte die Bilder nicht mehr sehen und konnte doch nicht anders als hinschauen.

»Scheißkerl.«

»Es sind doch nur Fotos!«, sagte er kläglich. »Fotos, weiter nichts. Ich guck mir alles Mögliche an, das weißt du doch. Ich mag Pornos nun mal, dich guck ich auch manchmal an …«

Er verstummte. Offensichtlich war ihm klar, dass sein Gestammel nichts nützte.

Polly ließ sich den Browserverlauf anzeigen, um zu sehen, welcher Tab zuletzt geöffnet gewesen war. Und dann spürte sie etwas jenseits von Entsetzen und Eifersucht.

Es war ein Foto von Liam Goodchild, Jos Online-Flirt, dem Mann, mit dem sie monatelang emotional untreu gewesen war und endlose Sex-Nachrichten ausgetauscht hatte. Weshalb Simon sie verlassen hatte. Warum sah Simon sich den an? Er war ein attraktiver Mann mit schulterlangem dunklem Haar. Sie verstand, was Jo an ihm gefunden hatte, aber was spielte das für Simon jetzt noch für eine Rolle?

Sie konnte nicht länger an sich halten. Sie wurde laut.

»Ich kapier das nicht. Kennst du den? Seid ihr Freunde? Was geht hier vor, verdammt?«

Ein hilfloses Achselzucken. Am liebsten hätte Polly ihm eine runtergehauen.

»Was hat das zu bedeuten? Du hast sie seinetwegen verlassen, und du bist mit mir zusammen, und trotzdem siehst du dir diese Fotos an. Stehst du mit ihm in Verbindung?«

Wieder brachte er nicht mehr zustande, als rot zu werden und ein paar Entschuldigungen zu murmeln, die gar nichts besagten. Und alles. Tausend Möglichkeiten schossen Polly durch den Kopf. Hatte Simon irgendeinen Deal mit diesem Liam; hatte er ihn engagiert, um seine Frau auf die Probe zu stellen? Er neigte zur Eifersucht. Ihr Mann mit seinem seltsamen, hochgeheimen IT-Job, den er nie richtig erklärte.

Nun erscholl der durchdringende Schrei.

»Mein Gott!«, sagte Polly. »Das hat mir gerade noch gefehlt.«

Grace, aufgestört von der nächtlichen Unruhe, meldete sich. Simon murmelte eine weitere Entschuldigung und verschwand in Richtung Küche, wahrscheinlich um ein Fläschchen mit Muttermilch zu holen.

Seiner väterlichen Pflicht nachzukommen.

Polly sah ihm hinterher. Dann starrte sie, verstört und wütend, auf das spektakuläre Bild, das sich jenseits der Fenster bot. Es war drei Uhr morgens in Shoreditch, und trotzdem glitt dort unten Verkehr dahin, ein Fluss aus Strass und Rubinen, der sich auch bei Nacht durch die dunklen Schluchten wand. Als sei die Stadt eine böse Maschine, etwas, über das der Mensch keine Kontrolle hatte.

Grace schrie immer noch.

17

JO

Endloses Geschrei. Konvulsionen laufen durch seinen Körper, irgendwie in dem Rhythmus, in dem er vor Schmerzen heult. Die Augen drehen nach oben weg, kleine, glatte Alabastereier; die Hände sind zu Krallen erstarrt. Und die ganze Zeit fällt das grelle Licht von Taschenlampen und Scheinwerfern auf Jamie Trewins krampfenden Körper. Seltsamer rosa Schaum rinnt ihm aus dem Mund und seitlich übers Gesicht, als hätte er quietschbunte Süßigkeiten gegessen.

»Komm«, drängt Tabitha leise und zieht an meiner kalten, schweißfeuchten Hand. »Wir gehen ins Zelt. Hier sind wir im Weg.«

Selbst im Dunkeln lese ich in ihrer verzweifelten Miene, was sie eigentlich meint: *Lass uns abhauen, um Gottes willen, das waren wir, wir hängen da drin, du hast Purple Man doch gesehen …*

Und trotzdem harre ich aus. Es drängt mich – drängt mich schrecklich, aus tiefstem Herzen, selbstzerstörerisch, tollkühn –, mich weiter durch die aufgeregte Menge zu schieben, bis ganz nach vorn, zu den Polizisten zu gehen und alles zu gestehen: Wir haben ihm Drogen gegeben. Das waren wir. Verhaften Sie mich.

»Schau«, sagt Tabitha. »Jo!«

Ich hätte es auch so gesehen. Etwas Seltsames geht vor sich. Die Sanitäter entfernen sich von Jamie.

Ein Polizist schreit: »Weg da, alle, treten Sie zurück!«

Irgendwie hat Jamie sich aufgerappelt. Neben der Sanitäterin erscheint er riesig, er ist eins neunzig.

»Halten Sie ihn! Runter mit ihm!«

Ein Polizist versucht ihn zu packen, ein anderer beugt sich vor, will helfen, doch Jamie schüttelt sie lässig ab, wie ein Comic-Monster, als seien sie Kinder und er der einzige Erwachsene. Und dann kommt er auf mich zu. Woher weiß er, in welche Richtung er gehen muss? Er muss doch blind sein, und trotzdem scheint er es zu wissen, denn seine blicklosen weißen Augen sind, als er in Laufschritt fällt, starr auf mich gerichtet.

»Lauf!«, schreit Tabitha. Zu spät. Jamie hält mich gepackt, drückt mir mit seinen harten Händen die Kehle zu, wirft mich, erschreckend mühelos, rücklings auf den nasskalten Boden und kniet sich auf meine Brust. Will mich erdrosseln. Ich sehe das Blut in meine Augen schießen, dann wird alles schwarz. Und bleibt schwarz, auch als ich seine Spucke im Gesicht fühle, kalt und heiß und nass, und ich blicke auf, und Daddys Finger schließen sich immer enger um meinen Hals, er lacht, er ist jetzt kein Kitzelmonster mehr. Er will mir wehtun, mich umbringen, und mein Bruder schreit: »Mami, Mami, Mami, Daddy bringt Jo um, Mami!«

Daddy!

Und.

Schwarz. Grau. Wach.

Endlich, mit einem schrecklichen Krächzen und ausgetrocknetem Mund komme ich zu mir. Hier liege ich. Starr. Im Dunkeln. Eine Schaufensterpuppe, auf dem Boden abgelegt. Wo bin ich? Delancey? Ja. Ich bin zu Hause, in meinem Zimmer. In der Delancey Street. Und die Spucke im Traum, das waren Tränen; ich habe im Schlaf geweint.

Es ist nur ein Traum. Wieder ein Traum von Jamie. Ich träume oft von ihm, und es ist jedes Mal schrecklich. Manchmal träume ich, dass er auf mich losgeht, manchmal träume ich, dass er mich vergewaltigt. Und manchmal, wie eben, verwandelt er sich in meinen Vater, manchmal sogar in meinen Vater am Tag seines Todes. Jamie in Glastonbury wird zu Daddy auf dem Totenbett. Im Krankenhaus. Wo sie ihn eilig noch hingebracht hatten, raus aus dem Auto, in dem er sich mit Gas das Leben genommen hatte wie diese Dichterin ein paar Häuser von hier.

Diese Träume sind die schlimmsten.

Eines ist allerdings neu: die Tränen. Noch nie habe ich im Schlaf geweint. Ein paar Augenblicke bleibe ich so liegen. Starre auf den blassen Umriss eisigen grauschwarzen Nachthimmels rund um den blauen Vorhang.

Die Uhr zeigt 03:30. Tiefste Nacht, wie ein Graben im Ozean, wo der letzte Lichtschimmer sich im Nichts verliert und aus der Schwärze seltsame, hässliche Lebensformen aufsteigen.

Sobald die Tränen getrocknet sind, mache ich die Nachttischlampe an. Ich brauche ein Buch. Irgendein Buch. Hier. Das tut's.

Die Prinzipien des Drehbuchschreibens. Verfasst von einem berühmten Hollywood-Autor, der sogar einen Oscar gewonnen hat und natürlich verspricht, mir zu verraten, wie man es anstellt, seinen eigenen Hollywood-Hit zu landen.

Ich klappe das Buch auf einer dicht bedruckten Seite auf, und der Text verschwimmt vor meinen Augen. Dann fällt mir ein, dass ich diese Sachen alle auch auf Audible habe. Ich lasse das Buch sinken, mache die Lampe aus und sage: »Okay, HomeHelp, lies mir aus *Die Prinzipien des Drehbuchschreibens* vor. Ab Seite siebenundzwanzig.«

Ihre Lichter kreiseln. Sie antwortet: »Okay, ich beginne auf Seite siebenundzwanzig von *Die Prinzipien des Drehbuchschreibens.* ›Behalten Sie die Struktur, die Sie auf einer Seite skizziert haben, immer im Blick. Unter jeder Überschrift notieren Sie in ein, zwei Zeilen Ihre Ideen. Dann, unter *Eröffnungsbild* – das werden Ihre ersten fünf bis zehn Seiten –, halten Sie kurz ein paar Themen und Schauplätze fest. Eine Frau in einem Boot oder vielleicht ein Detektiv, der im Schnee nach einer Blutspur sucht. Das machen Sie für alle Ihre fünfzehn Beats. Schreiben Sie immer alles in den Rechner …‹«

So geht es monoton weiter. Nicht unangenehm. Die Stimme beruhigt mich. Vielleicht ist es tatsächlich so einfach: Fünfzehn Sätze auf einer einzigen Seite, und man hat seinen Entwurf?

Ich bin allein in der Wohnung, Tabitha ist bei Arlo. Die Assistants sind brav, tun das, was sie tun sollen. Könnte sein, dass ich übertrieben habe. Ich habe nun mal schlimme Träume, manchmal bin ich ein bisschen ängstlich, vielleicht nehme ich zu viele Tabletten, nur um schlafen zu können, die können den Verstand etwas aus der Bahn werfen. Weiter nichts? Genau, weiter nichts. Ich drehe nicht durch, alles wird gut. Liam ist mit einer Frau zusammen und hat deshalb beschlossen abzutauchen; und zur Strafe dafür, dass ich meinerseits abgetaucht war, hat er mich ein bisschen erschreckt. Die vergehende Nacht macht mir die Lider schwer. Sechs Uhr. Drei Stunden sind verstrichen. Ich weiß nicht, warum, aber mein Hirn folgt einem Dreistundenzyklus, jedenfalls weiß ich, wenn ich um zwei oder um drei oder um fünf aus einem Albtraum hochfahre und drei Stunden wach bleibe, kann ich danach friedlich wieder einschlafen, aller Wahrscheinlichkeit nach ohne Unterstützung durch Alprazolam. Da hilft es, dass ich Freiberuflerin bin. Ich muss nicht um acht aufstehen.

Ich bitte HomeHelp, mit dem Vorlesen aufzuhören, und mache die Augen zu. Der Schlaf kommt schnell, umarmt mich, umklammert mich, ein willkommener Sukkubus, liegt tröstlich schwer auf mir wie ein Mann, wie Simon früher, als wir jung und irgendwie verliebt waren und ich es mochte, wenn er einfach auf mir lag.

Mein Denken verlangsamt sich, kippt schwer dem Nichts entgegen.

Ein leiser, sich wiederholender Klingelton holt mich zurück. Mein erster klarer Gedanke ist: die Assistants. Der Ton muss von ihnen kommen.

Im Dämmerlicht spähe ich zu HomeHelp hinüber. Nichts. Keine kreiselnden Lichter. Kein Ton.

Während der Schlaf sich zurückzieht, wird mir bewusst, dass ich die Tonfolge kenne. Ganz klar, so klingt es, wenn ein Skype-Anruf eingeht. Und es muss von meinem Laptop kommen, aus dem Wohnzimmer. Meine Tür steht halb offen, sodass ich sogar den hell schimmernden Bildschirm auf dem Tisch sehen kann.

Ein Skype-Anruf.

Ich wickle mich in meinen Morgenmantel. Es ist frisch in der Wohnung, aber nicht eisig. Die Heizung muss in der Nacht wieder angesprungen sein. Als ich barfuß durch den Flur tappe und ein par Lampen anmache, bin ich dankbar für das bisschen Wärme, das noch da ist. Der Skype-Ton erstirbt. Verpasst. Aber ich will wissen, wer es war. Wer ruft mich um diese Zeit an? Gähnend setze ich mich an den Tisch und schaue auf den Bildschirm. 06:20. Von Morgendämmerung noch keine Spur an einem Wintermorgen um diese Zeit. An den Fensterscheiben klebt Spitze aus Eis; die ersten Pendler, Lkws und Lieferfahrzeuge liefern sich zwischen den Ampeln auf der Delancey Rennen; graue Schatten, die durch Strudel von kaltem Dunst schießen.

Der Klingelton setzt wieder ein. Die Nummer sagt mir nichts. Sie ist lang. Ausland. Eine von diesen aberwitzigen Nummern, bei denen das Ganze über Namibia oder Singapur umgeleitet wird.

Ach, mein Bruder, denke ich. *Der spinnt mal wieder da in L. A.* Er ruft zu den unmöglichsten Zeiten an, vergisst die Zeitverschiebung, verrechnet sich mit den Stunden.

Ich drücke die Taste, nehme den Anruf an in der Erwartung, das immer noch hübsche Gesicht meines Bruders auftauchen zu sehen. Im Hintergrund seine helle Wohnung im südlichen Kalifornien. Ob sie es auch jetzt dort so beneidenswert warm und sonnig haben? Werde ich meinen süßen Neffen und seine Plastikdinos zu sehen kriegen? Wie viel Uhr ist es gerade in L. A.?

Auf dem Bildschirm erscheint eine Gestalt.

Eine merkwürdige Angst legt sich mir auf die Brust. Die Gestalt ist einfach eine Gestalt. Dunkel. Eine Silhouette. Der Schatten von jemandem. Sieht aus wie eine Frau. Langes Haar, schmale Schultern. Aber das Gesicht ist schwarz, es liegt tief im Schatten. Ich erkenne nichts als den Umriss.

»Hallo«, sage ich. »Wer ist da? Wer sind Sie?«

Schweigen.

»Ist Ihnen bewusst, dass es hier sechs Uhr morgens ist? Haben Sie sich verwählt?«

Die Gestalt sagt nichts. Sie rührt sich nicht.

»Hallo? Hören Sie, wenn das ein Scherz sein soll, legen Sie auf. Ich werde diese Nummer blockieren.«

»Hallo, Jo. Hier ist Jo. Ich bin du.«

Die Luft im Raum steht. Es ist kalt. Ich schweige. Mein Mund geht auf. Schließt sich. Bebende Lippen. Ich bin so verstört, so entsetzt, dass ich zurücktaumele. Physisch.

Ich bin diese Person.

»Hallo, Jo, sag dir Hallo.«

Mir brennen die Sicherungen durch. Sie hat recht. Das bin ich. Diese Person, diese Gestalt, dieser Schatten, dieses Ding, es spricht mit meiner Stimme. Mit mir.

18

JO

Die Stimme fährt fort. Meine Stimme fährt fort.

»Keine Angst, Jo, das bist nur du, du rufst dich an. So habe ich deine Nummer gekriegt, Jo. Ich weiß deine Nummer, weil es meine Nummer ist. Ich bin du, und ich rede mit dir. Ich weiß, wie kalt es bei dir ist, denn ich bin du. Ich weiß, was für Angst du hast, denn ich bin du.«

Die Gestalt bewegt sich so gut wie gar nicht, ist aber auch nicht starr. Als würde sie tatsächlich sprechen, auch wenn das komplette Gesicht und der Körper von Schatten verdeckt sind. Der Kopf bewegt sich passend zu den Wörtern, die sie sagt, das Ganze erscheint echt. Aber das kann doch nicht sein.

Ich winde mich vor Angst, wende mich ab, zwinge mich, wieder hinzuschauen.

»Wer bist du? Wie hast du meine Stimme aufgenommen?«

Ich weiß, dass irgendwer das *macht*. Bestimmt Simon, angespitzt von Polly? Er verfügt über das Wissen, was die Technik angeht. Er hat das fast alles eingerichtet. Trotzdem bin ich außer mir vor Angst, denn was auch immer bei alldem der Plan ist, es funktioniert. Jetzt spricht meine Stimme wieder zu mir.

»Niemand hat deine Stimme aufgenommen, Jo. Ich bin du, ich dachte, du redest gern mit dir selbst, neuerdings murmelst du doch ständig vor dich hin, ich habe das gerade selbst an mir festgestellt. Bestimmt hat Liam dir Angst gemacht, oder? Du solltest auch Angst haben. Vor Liam.«

»Du bist mit den Assistants verbunden, stimmt's?«

Die Gestalt lacht. Entsetzt stelle ich fest, dass das eindeutig meine Lache ist. Meine Lache, wie sie klingt, wenn ich angetrunken und sarkastisch drauf bin. Wie kann die aufgenommen und genau im richtigen Moment eingesetzt werden? Wie machen sie das – Simon, Arlo, Fitz, Facebook, wer auch immer –, wie programmieren sie einen Computer so, dass er mit meiner Stimme ein spontanes Gespräch mit mir führen kann? Und ich kann mich nicht wehren gegen die gespenstische Vorstellung: Das bin wirklich ich, ich rede mit mir selbst, also werde ich verrückt.

Nein. *Nein.*

»Hör auf, bitte!«, schreie ich.

Ein Laster donnert am Haus vorbei, lässt die Fensterscheiben beben, wie die Strahlen von Taschenlampen bohren sich die Scheinwerferlichter in den Winternebel, als suchten sie verzweifelt nach etwas, als müssten sie dringend jemanden retten. Rettet mich. Rettet *mich!*, würde ich am liebsten schreien, und sogar da drin, im Rechner, auf dem Bildschirm, habe ich aufgehört zu lachen.

Ich spreche vom Bildschirm her, spreche aus, was ich denke – oder was ein Programm mich aussprechen lässt.

»Du denkst, du wirst verrückt. Du wirst nicht verrückt, Jo. Ich weiß das, denn ich bin du, Jo. Ich weiß, was du gestern Morgen gegessen hast, denn ich bin du.«

»Aufhören …«

»Ach, Jo. Warum sollte ich meine eigenen Befehle befolgen, ich weiß doch gar nicht, was ich will, oder? Ich habe Angst? Bin total durcheinander? Arme Jo. *Arme kleine Jo-Jo mit unserem verrückten Dad.* Ach, du.« Wieder diese Lache. Ganz und gar mein Südlondoner Gackern. Höhnisch, scharf, meine Lache war schon immer besonders, ich mag sie, manche Leute versuchen, sie nachzuahmen, wenn sie mich aufziehen wollen, und das macht mir nichts aus, aber das da bin ich, auf einem Bildschirm, da bin ich und lache mich im Dunkel eines neblig frostigen Londoner Morgens selbst aus. Schließlich erstirbt die Lache.

Und sofort meldet sich die gedämpfte Stimme wieder zu Wort.

Ich beuge mich vor, will den Rechner ausschalten. Es reicht. Doch die Stimme hält mich auf. Ich selbst halte mich auf.

»O nein, Jo. Tu das nicht. Denk an das, was Tabitha gesagt hat, du darfst nichts ausschalten, und wenn du es doch tust, kriegt Arlo es mit. Dann musst du woandershin ziehen, und wir haben kein Geld, stimmt's? Du musst dir zuhören. Tust du es nicht, wirst du zur Polizei gehen. Ich habe Beweise für das, was Jamie Trewin passiert ist. Willst du ins Gefängnis? Nein. Ich dachte, nicht. Also hör gut zu, Jo. Das ist erst der Anfang. Denn du weißt, was du mit Jamie gemacht hast. Es war deine Schuld. Schieb es nicht auf unseren armen Vater, schieb es nicht auf die Geisteskrankheit, das ist eine lahme Ausrede, es ist läppisch, den Vater verantwortlich zu machen. Nein, nein, nein. Da sind wir stärker. Wir werden etwas Besseres tun. Wir werden etwas Mutigeres tun, wir werden wie Daddy sein.« Die Gestalt auf dem Bildschirm beugt sich vor, ich erkenne einen Hauch Licht auf dem Haar. Ist das mein Haar? Ich glaube schon, aber meine Sinne sind so überreizt, ich könnte alles Mögliche sehen. »Das ist der Deal, Jo: In ein paar Wochen, vielleicht auch schon eher, wirst du dich umbringen. Dafür hast du dich entschieden, du weißt es nur noch nicht. Aber du wirst es bald tun, oder ich tu's für dich, so oder so. Du wirst sterben. Vielleicht kannst du dich in dein Auto setzen wie Daddy und es genauso machen? Okay? Ich muss Schluss machen. Melde mich bald wieder.«

Die Skype-Verbindung wird gekappt.

Ich starre auf den Bildschirmschoner, ein Foto vom tief verschneiten Regent's Park. Aufgenommen vor einem Monat. Damals fand ich es schön. Jetzt scheint es eine einzige Bedrohung zu sein. Ich bin es, die im Winterdunst verschwunden ist, die mit Taschenlampen gejagt wird, aber sie werden mich nicht finden. Niemand wird mich finden, fürchte ich: ein weinendes kleines Mädchen, das sich vor seinem geliebten Vater fürchtet, davor, wie er den Fernseher und das Auto und das Radio und mich anschreit. Und trotzdem wünsche ich mir, dass er mich in den Arm nimmt. Mein Daddy. Ich weiß noch, wie seine Umarmungen waren, damals, bevor er verrückt wurde, wie ich mich gefreut habe, wenn er mich in die Luft warf und mit meinen Freundinnen und mir Blödsinn machte. Er war ein guter Vater. Bis das Dunkle ihn im Griff hatte und immer weniger Freundinnen zu mir kamen. Bis irgendwann gar keine mehr kam.

Mein Herz ist schwer, als ich den Laptop herunterfahre. Und da bin ich, eine schwache Spiegelung auf dem toten Bildschirm, und starre mich an. Gehetzt, übernächtigt. Ich bin überall. Und beobachte mich.

19

JO

Ich versuche einzuschlafen. Ich schaff's nicht. Ich nehme eine Xanax. Sie wirkt nicht. Ich liege genauso ängstlich da wie vorher, nur fühle ich mich schwerer. Träge und ängstlich. Aber auch wütend. Sind es Simon und Polly? Sind sie es nicht? Das muss ich herausfinden, sie ausschließen oder eben nicht. Ein für alle Mal.

Irgendwann kapituliere ich, stehe auf, verpasse mir eine Dosis Nespresso – und sobald die Uhr eine halbwegs zivilisierte Zeit anzeigt, sobald ich annehmen kann, dass mein Ex bei der Arbeit ist, rufe ich ihn an und lade ihn zum Essen ein. Für heute Abend. Dass es so schnell gehen muss, scheint ihn zu wundern, er wirkt äußerst zögerlich – murmelt irgendwas wegen Polly –, aber als ich ein bisschen drängle, ihn beinahe anflehe, willigt er schließlich ein.

»Na gut, okay«, sagt er. »Um sieben? Wo?«

»Vinoteca«, sage ich. Das ist das große, moderne, luftige Weinlokal nicht weit von Google und dem St Martins College, in der geschäftigen, runderneuerten Gegend um King's Cross. Da sind wir oft gewesen.

Er sagt zu und legt auf. Ich gehe ins Wohnzimmer und lenke mich mit Kaffee und News-Lektüre und Arbeit und Twitter ab. Und damit, in die Kälte hinauszustarren.

Inzwischen ist der Vormittag vorbei und der Nachmittag mitsamt Dämmerung auch, und gegen halb sieben fahre ich mit einem Uber-Wagen zu dem Restaurant, wo ich zu einem netten Tisch in der Ecke geführt werde. In dem Laden mit den riesigen

Fensterfronten herrscht reges Treiben, und es ist laut, viele gut aufgelegte junge Londoner, die unter den coolen Leuchten Wein schlürfen. Ich lasse den Blick über die Tische schweifen und denke an die vergangene Nacht. Daran, wie ich mich selbst angerufen und mir Angst eingejagt habe – oder wie jemand anders, jemand, der sehr clever ist, mir Angst eingejagt hat, indem er so tat, als sei er ich.

Wie funktioniert das? Die Lache war so echt, genauso die Stimme, die Aussprache, der Gesprächsverlauf.

Einen fragenden Ausdruck auf dem jungen Gesicht, schwebt ein Kellner heran und fragt mit leichtem osteuropäischem Akzent, ob ich bestellen möchte. Ich schüttele den Kopf, sage, dass ich noch auf einen Freund warte. Es fehlt nicht viel, und ich ergänze: meinen Ex-Mann, der möglicherweise versucht, mich in den Wahnsinn zu treiben.

Der Kellner verschwindet.

Ein Blick aufs Handy sagt mir, dass es fünf vor sieben ist. Ich spähe nach draußen auf die dunkle Plaza – auf die »Vinoteca«-Säulen mit dem Kreuzgittermuster und die glänzende, hell angestrahlte Rotklinkerfassade des »German Gymnasium«. Hier ist alles entweder aus Stahl und Glas oder aus aufpoliertem viktorianischem Backstein.

Ein Mann starrt zu mir herüber. Er sitzt, in mehrere Mäntel gewickelt, im kalten Schein der Straßenlaternen draußen auf einer Bank. Reglos wie ein Leichnam, während um ihn herum Pendler vorwärtshasten, um dem schneidenden Wind zu entkommen.

Der Mann ist offensichtlich obdachlos. Warum guckt er so? Ich greife mir eine Gabel als Spielzeug, denke wieder an den Skype-Anruf und den Klang meiner eigenen Lache und erschauere. Die Gabel steckt in meiner feuchten Hand fest. Ich umklammere sie so krampfhaft, den Daumen über den Zinken, dass es wehtut. Als ich loslasse und sie scheppernd auf den Tisch fällt, sehe ich, dass eine Frau an der Bar ebenfalls zu mir herüberschaut. Schnell wendet sie sich peinlich berührt ab.

Ein Minischluck Wein. Ein ordentlicher Schluck Wein. Wieder ein Blick aufs Handy. Eine Minute vor sieben. Simon ist pünktlich. Ich wette, er kommt Schlag sieben zur Tür herein.

7:03.

7:06.

7:09?

Ich bin sicher, dass er aufkreuzt. Es ist ja nicht das erste Mal nach der Scheidung, dass wir uns zum Essen treffen. Wir sind wirklich Freunde geblieben. Alles war einvernehmlich. Und er macht immer den Eindruck, als sei ihm an einem guten Verhältnis gelegen. Aber ich weiß auch, dass Polly von dieser bleibenden wechselseitigen Sympathie nicht gerade begeistert ist, *weil.*

Weil in ihrer Welt eine Beziehung, die beendet ist, beendet ist; da erkennt man noch nicht einmal an, dass die oder der Ex überhaupt existiert hat. Man beseitigt noch die letzte Spur der Verbindung bis hin zu den Urlaubsschnappschüssen und den abgeschnittenen Fingernägeln. Als sei die Trennung ein Mord gewesen und man wolle nicht mit Beweisen erwischt werden.

Zwanzig nach sieben? Das wundert mich. Vielleicht hat Polly ihm zugesetzt; wahrscheinlich ist das Ganze sowieso verkehrt, und Polly hat recht: Simon und ich hätten den Kontakt abbrechen sollen. Haben wir aber nicht. Und jetzt brauche ich ihn hier, weil ich herausfinden muss, ob Polly und er es sind, die diesen Mist mit mir machen.

Oder aber mein Jugendfreund Simon zieht die andere Möglichkeit in Betracht: dass ich verrückt werde wie mein Vater.

Aus dem Augenwinkel sehe ich eine winkende Hand.

Mein Ex trägt eine von diesen wattierten Jacken und einen unauffälligen Schal. Beides drückt er einem Kellner in die Hand, und dann kommt er in Jeans und einem langen karierten Hemd über schwarzem Shirt auf mich zu. Die Software-Leute tragen alle solche Schlabberklamotten. Je wichtiger sie sind, desto lässiger kleiden sie sich – weil sie es können. Wobei Simon gar nicht so wichtig ist; er verdient nicht solche Unsummen wie seine Freunde. Ich nehme an, dass er dafür insgeheim mich verantwortlich macht. Als hätte ich ihn irgendwie gebremst.

Er rückt sich einen Stuhl zurecht und verzieht das Gesicht.

»Mein Gott, du siehst furchtbar aus.«

Ich zucke die Achseln und trinke einen Schluck Wein.

»Danke! Hab nicht gut geschlafen.«

»Du siehst aus, als hättest du seit Ewigkeiten nicht geschlafen. Was ist los, Jo?«

»Nichts.«

Ich sehe zu, wie er sich niederlässt, sich Wasser einschenkt und das Glas mit einem Zug leert. Mir ist überhaupt nicht klar, wie ich darauf zu sprechen kommen soll, ohne gleich eine Anschuldigung zu erheben; ich möchte Liam erwähnen, weiß aber nicht, wie. Mein Hirn ist eine zerdrückte Avocado. Schließlich bringe ich einen Satz heraus.

»Ich möchte dich ein paar Dinge fragen.«

»Ja? Okay.« Er stellt das Wasserglas ab. Seine Miene ist feindselig. »Ach ja, tut mir leid, dass ich so spät dran bin – ich hatte noch ein paar eilige Mails aus Amerika.«

Der Kellner taucht wieder auf und bringt Speisekarten, lange, schmale Streifen aus weißer Pappe. Wir wechseln einen Blick und bemühen uns beide um ein Lächeln, versuchen eine Spur der alten Wärme zu entfachen. Es gibt hier ein Spezialgericht, das wir immer nehmen.

Ich spreche für uns beide.

»Zweimal das Bavette-Steak. Rare. Danke.«

Der Kellner nickt. »Und Getränke?«

Simon ist schon dabei, mithilfe des Handys die Weinkarte zu scannen, aber ich weiß, was dabei herauskommt. Er wird ein Bier bestellen. Es spielt einfach gern mit seiner Wein-App, die Weinkarten und einzelne Weine bis hin zu Jahrgang und Terroir bewertet. Er liebt neue Apps. Er liebt neue Technik. Ein Early Adopter. Vielleicht hat er mich deshalb so verheerend früh geheiratet.

»Eigentlich will ich ein Bier. Eine Flasche Leffe.«

»Und ich bleibe bei meinem Rioja … vielleicht eine halbe Flasche. Geht das?«

Nickend steckt der Kellner seinen Notizblock weg und eilt davon.

Jetzt schaut Simon mich an. Ausdruckslos. »Bevor wir reden – das Übliche?«

Er hebt sein Handy hoch, schaltet es sichtbar stumm und legt es mit dem Display nach unten auf den Tisch. Das machen viele seiner Freunde bei gemeinsamen Essen oder Partys. Die neue soziale Etikette aus dem Silicon Valley. Ich tue es ihm nach; so versichern wir einander, dass wir bereit sind zu reden, bereit, uns auf echte menschliche Interaktion zu konzentrieren.

Als das Ritual vollzogen ist, fragt er: »Also, welche *Dinge* wolltest du mich fragen?«

Es gibt kein Zurück mehr. Am besten bringe ich es schnell hinter mich. Sage es und warte ab, was kommt.

»Ich habe Probleme mit der Technik.«

»Zum Beispiel? Wo?«

»In der Delancey Street. Probleme mit der Heizung, mit dem Licht, den Home-Assistants, ich hab das alles nicht im Griff, manchmal machen die komische Sachen.«

Dabei lauere ich auf eine verräterische Reaktion, ein Blinzeln, einen wissenden Blick, eine Andeutung von schlechtem Gewissen, aber nichts davon tritt ein, er runzelt nur die Stirn.

Die Getränke kommen, mein Rioja, sein Leffe, und er trinkt einen Schluck.

Schließlich sagt er: »Dann lässt du es eben in Ordnung bringen. Oder du sagst Tabitha, sie soll es in Ordnung bringen lassen. Sie ist doch so was wie deine Vermieterin. Ja?«

»Ja«, erwidere ich, »natürlich könnte ich das, aber es ist alles so irre.«

Das Stirnrunzeln bleibt.

»Irre?«

Wie formuliere ich es, ohne Jamie zu erwähnen? Obwohl Simon den Hintergrund kennt, fühle ich mich bei diesem Thema immer blockiert. Ich versuche eine Antwort.

»Diese Assistants sagen seltsame Sachen, es ist, als … wüssten sie bestimmte Dinge über mich. Als würden sie lauschen. Als hätten sie Sachen … Sachen von früher gehört.«

»Okay«, sagt Simon mit dem leicht spöttischen Lächeln des Überlegenen. »Sie lauschen tatsächlich, Jo. Darum geht's ja gerade. Sie sind so konstruiert, dass sie dir zuhören, deine Gewohnheiten kennenlernen, deine Bedürfnisse und Wünsche. Sie passen sich deiner Persönlichkeit an, eigentlich passen sie auch deine Persönlichkeit sich an. Was erzähle ich dir – du hast es doch selbst recherchiert: Sie werden zu Freunden für die, die keine Freunde haben, für die Kinderlosen werden sie Kinder. Diese Technik bedeutet, dass niemand mehr Einsamkeit und Isolation ertragen muss. Alte Leute, Leute im Krankenhaus – es wird echte, bewusste Stimmen geben, die mit ihnen reden. Die auf dem Regal stehen und jederzeit bereit sind.«

»Ja, aber«, ich wedele mit der Hand, »aber dass sie zuhören und alles beobachten? Die ganze Zeit?«

Er zuckt die Achseln. »Und? Das ist nichts anderes, als wenn ein Computer deine Mails oder deine Facebook-Posts liest und dir personalisierte Werbung zeigt. So funktioniert es nun mal.

Und es ist doch cool, oder nicht? Mehr als cool. Wir sind kurz davor, überall KI zu haben; bald werden die Maschinen *alles* können, das ist total spannend. Arlo Scudamore, der clevere Mistkerl, ist da ganz dicht dran.«

Ich mustere das ernste Gesicht meines Ex-Mannes. In mir liefern sich Wut und Angst einen Wettstreit.

»Okay, vielleicht ist es spannend, aber es ist auch beängstigend, Simon. Zu unheimlich, zu intim. Ich kann's nicht ertragen.«

Plötzlich werde ich rot. Und wie. Ich kann nichts dagegen tun. Die Angst, die die ganze Zeit vor sich hin gesimmert hat, droht überzukochen. Ich weiß nicht, was schlimmer ist: die Möglichkeit, dass ich verrückt werde, oder die Variante, dass jemand – womöglich mein Ex-Mann mit seiner angeblich so netten neuen Frau – mich in den Wahnsinn treiben will. Oder in den Selbstmord. Aber Simon wirkt so unschuldig; weder in dem, was er sagt, noch in seiner Körpersprache zeigt sich auch nur ein Hauch Schuldgefühl. Was bedeutet?

Ich darf nicht in Tränen ausbrechen. In einem trendigen Weinlokal im trendigen neuen King's Cross. Nein, das bin nicht ich, das ist nicht Jo Ferguson. Hier, in der »Vinoteca«, habe ich einige der wichtigen Interviews für meinen Tech-Artikel geführt. Damals, als ich mein altes Selbst war: selbstbewusst, dynamisch, bohrend. Ich habe die Story wasserdicht gemacht, nichts ausgelassen – und manche Leute in der Techwelt, von Apple über Facebook bis zum ganzen Rest – nehmen mir das immer noch übel. Auch Simon. Könnte Polly ihn dazu gebracht haben?

Ich muss es wissen. Am liebsten würde ich es ihm auf der Stelle vorhalten, jetzt und hier.

Ja?

Nein.

Nein!

Ich muss schlauer sein, es geschickter anstellen, ihn dazu bringen, dass er es zugibt – wenn er denn darin verwickelt ist. Würde ich ihn direkt beschuldigen, ohne jeden Beweis, würde erst recht der Eindruck entstehen, dass ich verrückt werde. Umso mehr, wenn ich Polly die Verantwortung zuschiebe.

Der Kellner kreuzt auf, und dann stehen unsere Steaks da, mit Spinat und Meerrettich und verlockend fettigen Pommes. Aus meinem Fleischstück rinnt Blut. Eine Sekunde lang denke ich an das bonbonrosa Zeug, das Jamie Trewin aus dem Mund gelaufen ist. *Du wirst sterben, Jo. Du wirst dich umbringen.*

»Simon.« Ich sehe zu, wie er genüsslich auf einem Bissen Fleisch herumkaut. »Das ist einer der Gründe, weshalb ich mit dir sprechen wollte. Du hast Arlo erwähnt.«

Er hebt den Blick. »Hm.«

»Na ja, offenbar hast *du* auf Arlos Bitte hin die Assistants eingerichtet, das ganze Smarthome-Zeug in Tabithas Wohnung. Stimmt das? Warst du das?«

Er antwortet mit vollem Mund: »Klar. Ja. Und?«

»Und du bist nicht auf die Idee gekommen, mir davon zu erzählen?«

Er hört auf zu kauen und bedenkt mich mit einem ironisch zweifelnden Blick.

»Hab ich das nicht getan? Ich kann mich gar nicht erinnern.« Jetzt spült er das Fleisch mit einem Schluck Bier hinunter. »Vielleicht hab ich das gemacht, als du gerade mit Liam geschrieben hast, hm? Vielleicht war mir nicht so danach, mit dir zu reden. Zu der Zeit.«

Das läuft schief. Kurz überlege ich, ob ich von Liam erzählen soll, von dem seltsamen Gespräch, seinem Verschwinden, aber wenn tatsächlich Simon und Polly hinter dem Ganzen stecken, sollte ich nicht durchblicken lassen, dass ich ihnen auf der Spur bin.

Während ich noch mit mir ringe, sagt Simon: »Was spielt das überhaupt für eine Rolle? Ja, ich habe geholfen, ich versteh nun mal was davon, ich hab Kumpel, die solche Programme schreiben können; Arlo hatte sehr genaue Vorstellungen, wie es sein soll.«

Da hake ich ein.

»Du meinst, Arlo wollte sein Smarthome mit dem von Tabitha verbunden haben, damit er sie rund um die Uhr beobachten kann, und jetzt kann er mich beobachten? Kann alles, was ich sage und tue, hören und sehen? Und das findest du nicht ein bisschen schräg?«

Ich lauere auf seine Reaktion. Seine Reaktion ist Gelächter. Als wäre ich eine Verschwörungstheoretikerin und hätte behauptet, die Royals seien Eidechsen.

»Mein Gott, Jo, er ist nicht die Geheimpolizei, und er lässt die Wohnung nicht von der CIA überwachen.« Noch eine Gabel voll blutiges Fleisch. »Krieg dich ein! Warum machst du so ein Theater? Das ist doch nicht normal. Das ist nicht Jo Ferguson.«

Vielleicht sieht er, dass ich zusammenzucke, jedenfalls wird sein Ausdruck etwas versöhnlicher.

»Hör zu, Arlo kümmert sich gern um seine Verlobte, das ist alles. Er sorgt gern dafür, dass es ihr gut geht.« Er schüttelt traurig den Kopf. »So wie ich mich früher um meine Frau kümmern wollte. Bis du getan hast, was du getan hast.«

Ich versuche, mich nicht durch Schuldgefühle ablenken zu lassen. Ich esse noch nicht einmal mein blutiges Steak. Das Blut mischt sich mit dem Meerrettich, wie Blut und Erbrochenes. Jamie Trewin. Ich selbst via Skype. Stimmen in meinem Kopf. Wie kommt das zustande? Wer macht das mit mir? Ich selbst? Passiert das alles in meinem angeschlagenen Hirn?

»Nein«, sage ich laut. »Du verstehst das nicht! Du weißt, dass

Arlo jederzeit reinhören kann; wie Big Brother sitzt er da in seinem Highgate. Und du hast ihm geholfen, es so einzurichten!« Es platzt schneller aus mir heraus, als ich denken kann. »Was ich wissen will, ist: Hörst du auch manchmal rein, Simon? Bist du auch angeschlossen? Zwingt Polly dich dazu, weil sie mich hasst? Du hast gesagt, dass sie mich hasst. Bringt ihr beide die Assistants dazu, mich zu quälen?«

»Herrgott«, sagt er. »Jetzt reicht's!« Seine Gabel fällt auf den leeren Teller. Von den anderen Tischen schauen Leute zu uns herüber. Die ganze Welt schaut uns zu durch die hohen Glaswände, auf die der Winterregen silbrige Verse kritzelt.

»Bitte, Simon, sei ehrlich, hast du irgendwas mit den Geräten angestellt, dass sie mir so zusetzen? Irgendwie würde ich es sogar verstehen, ich weiß, dass Polly mich nicht mag, und nach dem, was mit Liam gelaufen ist, würde ich dir auch keinen Vorwurf machen, ich muss es nur wissen …«

Es hat nicht funktioniert. Er ist sauer.

»*Was* musst du wissen? Hör auf mit dieser Scheiße! Ich will keine Rache, verdammt. Das bist du selbst, du wirst paranoid, genau wie damals, als du mit dem Artikel fertig warst, da bist du auch allen auf die Nerven gegangen. Hast behauptet, dass Google unser Leben lenkt, dass Google unsere Gedanken vorhersagen kann, lauter dummes Zeug: Das war gaga, Jo. Purer Die-Erde-ist-eine-Scheibe-Mist. Vielleicht hast du dich damit als Journalistin etabliert, vielleicht hast du Millionen Klicks gekriegt und noch eine Million Reaktionen auf Twitter oder sonst was, aber trotzdem war es totaler Stuss!«

Er schiebt den leeren Teller weg. Mein ungegessener Batzen Fleisch wird ungegessen bleiben.

»Hör zu, Jo, ich hab versucht, dein Freund zu bleiben. Obwohl du diese Nacktbilder verschickt und das zwischen uns kaputt gemacht hast, hab ich's versucht, und jetzt kommst du mir damit? Beschuldigst sogar Polly, die Mutter meines Kindes? Mein Gott, vielleicht sollten wir's einfach lassen.«

»Hallo, ihr zwei!«

Eine vertraute Stimme. Ich drehe mich um. Und mir wird noch mulmiger. Oh, Gott. Was für ein Timing. Gul und Jenny. Unsere Freunde. Wir müssen uns normal benehmen, ihnen ein Glas Wein anbieten, obwohl vermutlich nicht zu übersehen ist, dass wir uns gerade streiten. Dass sie hier auftauchen, ist kaum ein Zufall, alle aus den großen Techfirmen kommen in die »Vinoteca«. Die Firmengebäude stehen ja alle hier. Warum wollte ich ausgerechnet hierher?

Ich bin ein Idiot. Mein Urteilsvermögen ist gestört. Ich kann nur hoffen, dass Jenny, vielleicht sogar auch Gul, spürt, was bei uns los ist, und die Flucht ergreift.

»Hey, Leute«, sagt Simon angestrengt. »Wir sind gerade mit dem Essen fertig. Wollt ihr ein Glas?«

»... na ja, also ...«

Jenny schaut vorsichtig zwischen uns beiden hin und her und kriegt zu meiner Erleichterung schnell mit, dass die Stimmung schlecht ist.

»Ich kann eigentlich nicht bleiben, Gul und ich haben so eine blöde Verabredung zum Essen; die Leute warten schon. Aber«, sagt sie in meine Richtung, »hab ich dir schon gesagt, dass ich ein neues Telefon und eine neue Nummer habe?«

Als ich nach meinem Handy greife, das umgekehrt auf dem Tisch liegt, ruft sie: »Nein, lass! Ich schreibe sie dir auf. Ich hab einen richtigen Stift und alles. Ist dir schon mal aufgefallen, dass die Leute überhaupt nichts mehr aufschreiben? Also, ich hab mich entschlossen, dagegenzuhalten.«

Während sie ein Stück Papier heranzieht – die Weinkarte von heute – und rasch die Nummer hinschreibt, denke ich: Genau, sie hat recht. Kein Mensch schreibt mehr mit der Hand. Wir tippen nur noch. Tipp, tipp, tipp, in die Handys und Rechner und Tablets. Tipp, tipp, tipp. Tipp, tipp, tipp.

Die ganze Welt tippt wie verrückt, und unsere älteren, schöneren Techniken vergessen wir. Neulich musste ich eine Rechnung unterschreiben und habe es kaum hingekriegt. Es fiel mir schwer, meinen eigenen Namen zu schreiben, wie damals, als ich vier war und mein Vater mir die Buchstaben beibrachte.

Er hatte eine sehr schöne Handschrift. Und er hat uns alle unterrichtet. Am liebsten hat er mit einem richtigen Füller, mit richtiger Tinte auf gutem Papier geschrieben. Ach, mein Daddy.

»Hier«, sagt Jenny und reicht mir das zusammengefaltete Stück Papier. »Ruf an, dann gehen wir was trinken. Jetzt bin ich erst mal jobmäßig unterwegs, aber wenn ich wieder da bin, ja?« Sie sieht uns nacheinander an, mich etwas länger, vielleicht etwas besorgt. Dann seufzt sie, sichtlich froh, der angespannten Lage zu entkommen. »Okay, also. Wir sollten gehen!«

Damit verschwindet sie.

Simon und ich wechseln einen erleichterten Blick, und dann warten wir darauf, dass Gul ihr folgt.

Aber das tut er nicht. Mir sinkt der Mut, als er sich einen Stuhl zurechtrückt und im Hinsetzen sagt: »Ach, diese Typen können warten. Ein Haufen langweiliger Säcke von eBay. Ich nehm gern ein Glas von dem Rioja.« Unaufgefordert langt er über den Tisch, bedient sich aus meiner halben Flasche und beginnt ein Gespräch mit Simon: unverständliches Techzeug. Simons Antworten ist deutlich anzuhören, wie verkrampft er ist. Er will, dass Gul verschwindet. Doch nun wendet Gul sich an mich. »Und? Wie geht's, Jo?«

»Gut. Ich schreibe.«

Er mustert mich.

»Bist du immer noch allein da in Camden?«

»Ja, also … ich wohne bei Tabitha, aber …«

»Ist ein bisschen zu kalt, um so allein zu schlafen, oder?« Es folgt ein seltsames Lachen, gezwungen, besorgt, irgend so was.

Simon verdreht die Augen. Es herrscht unbehagliches Schweigen.

Schließlich leert Gul das Glas, schiebt seinen Stuhl zurück und sagt: »Wie auch immer … ich geh dann mal und labere mit diesen Programmierern. Man sieht sich. Tschüss.« Dann beugt er sich herüber und gibt mir einen weichen Kuss auf die Wange. »Don't be alone in the snow, Jo.«

Wir schauen ihm hinterher. Irgendwann sagt Simon: »Er hatte schon immer was für dich übrig.«

Seltsam. Davon habe ich nie etwas gemerkt. »Wirklich?«

»Er redet ständig von dir. Fragt nach dir. Will wissen, ob … es dir gut geht. Verteidigt dich immer. Wirklich. Das hast du echt nicht gewusst? Er ist dein größter Fan. Abgesehen von Liam.«

Er leert sein Bierglas. Und seufzt mit fatalistischer Miene. »So oder so – gibt es noch etwas, das wir besprechen müssen?«

Dabei greift er in die Tasche, wohl um sein Portemonnaie hervorzuholen. Plötzlich bin ich unglaublich müde. Der miserable Schlaf letzte Nacht, der schreckliche Skype-Anruf. Und dann Jennys seltsamer Blick, als wüsste sie etwas und würde gern helfen. Und Gul? Hat was für mich übrig? Ehrlich? Was auch immer das bedeutet, im Moment fehlt mir die Kraft, darüber nachzudenken.

»Nein«, sage ich. »Lass mich zahlen, schließlich hab ich dich hergebeten.« Ich bin so erschöpft, so durcheinander, ich will nur noch Frieden schließen. Vorerst. »Tut mir leid, dass es so schiefgelaufen ist. Ich muss das noch mal genauer erklären, wenn ich nicht gerade so angeschlagen bin. Ich schreibe dir eine Mail, okay?«

Er zuckt vage die Achseln. Als er schon steht, lächelt er mir noch einmal mitleidig zu. »Sieh zu, dass du ein bisschen Schlaf kriegst, Jo. Und vergiss die Verschwörungstheorien. Krieg deine Paranoia in den Griff, hör auf, verrücktzuspielen. Hör auf, mir Rachegelüste zu unterstellen! Ich habe dich geliebt, und du hast es kaputt gemacht – und Ende. Wir sind fertig, du machst dein Ding, und ich muss nach Hause. Dort wartet ein Baby auf mich.«

Ich weiß, dass er es nicht böse meint. Aber er ist eindeutig sauer. Ohne Verabschiedung geht er hinaus in den Januarwind, der kleine Müllhaufen vor sich herwirbelt und die Leute dazu treibt, schnell in ein Taxi zu springen. Zu flüchten.

Ich kann nicht flüchten. Ich muss nach Hause in die Delancey Street, wo kein Baby wartet. Wo ich mit dem Schrecken allein bin. Sei er erfunden oder real.

20

JO

Noch beim Verlassen des Lokals hole ich mein Handy hervor. Kurz denke ich: *Uber?* Aber dann: *Nein. Zu Fuß, frische Luft.* Also haste ich den King's Boulevard hinunter in Richtung der Plaza vor dem Central Saint Martins College, wo die Springbrunnen jetzt ruhen, an warmen Sommertagen aber Kinder barfuß zwischen den lustigen Wasserstrahlen umherhüpfen. An diesem Winterabend ist alles öde, vom Wind leer gefegt, verlassen. Der Pop-up-Thai-VW-Kombi ist zu, die Jalousie unten; ich gehe daran vorbei, die grasbewachsenen Stufen hinunter zum Regent's Canal.

Der Pfad am Kanal ist, wenn man von hier zu Fuß nach Camden will, der direkteste Weg. Genau genommen ist es der einzige, den man überhaupt zu Fuß gehen möchte. Und ich will durch die Winterluft gehen, um den Kopf freizukriegen. Ich habe das mit Simon dermaßen vermasselt.

Vor mir erstrecken sich Tunnel und Wasser, gesäumt von neuen, überdimensionierten Wolkenkratzern und direkt daneben den roten Glupschaugenscheinwerfern oben an Kränen, die aufragen wie gewaltige Metallinsekten mit gebrochenem Genick. Ich gehe schneller.

Am dunklen Kanalufer reiben sich Hausboote knirschend aneinander, auf manchen beleuchtet eine flackernde Sturmlaterne den mit Schnörkeln hingemalten Namen: *Saliannah, Little Drifter, Celebration.*

Hinter einem Bullauge taucht ein erschrockenes Gesicht auf, weit aufgerissene Augen starren zu mir herüber; gleich darauf verschwindet das Gesicht wieder. Sah aus wie ein Mann, allerdings mit knallrotem Lippenstift.

Ein Geräusch kommt näher. Aber ich werde nicht verfolgt, ich werde überholt. Der Radfahrer klingelt und entschuldigt sich, als er so schnell vorbeischießt, dass ich erschrocken nach links taumele und um ein Haar ins schwarze Kanalwasser kippe.

»Sorry!«, ruft er noch einmal, viel zu spät. Trotzdem wünschte ich, er käme zurück. *Lass mich hier nicht allein.* Dies ist der düsterste Abschnitt des Kanals; Bahngleise queren ihn über mehrere Bücken, was bedeutet, dass hier unten mehrere Tunnel aufeinanderfolgen, alle komplett von Graffiti bedeckt. Der nächste Tunnel ist so eng, dass ich den Kopf einziehen muss. Glucksend schwappt das eingezwängte kalte Wasser hin und her; es reflektiert schwarze Backsteinkonturen und weit vorn, am Ausgang, silbrige Straßenbeleuchtung.

Da muss ich hin, dann ist alles gut. Alles wird gut. Ich rede mit mir selbst.

»Komm schon, Jo, alles wird gut.«

Es macht nichts, dass ich Selbstgespräche führe. Hier ist niemand, der mich hören und über die arme Irre den Kopf schütteln könnte. Das Wasser im Kanal ist im Dunkeln schwarz wie Rohöl. Es sieht heimtückisch aus. Wenn ich reinspringen würde – wie lange würde es wohl dauern, bis ich untergehe und ertrinke? Vielleicht würde ich einfach dahintreiben?

Endlich verlasse ich den Tunnel und habe freien Himmel über mir. Fast geschafft, gleich zu Hause. Sind das da die modernen Glas-Stahl-Apartmenthäuser beim Sainsbury's-Markt? Ich glaube, ja. Daneben steht ein weiterer Kasten von Wohnhaus, den ich noch nicht kenne. London verändert sich so rasant, auch dann, wenn man selbst sich überhaupt nicht rührt.

Ja, das ist Camden. Da ist das Schleusenwehr, da vorn sind die Bars und Horden junger Leute, die sich am Camden Lock von

Kneipe zu Kneipe trinken. Das Handy piept in der Handtasche. Wohl eine SMS. Kann das Simon sein? Während ich die Stufen von dem Pfad nach oben gehe, hinein ins Gewimmel, ins bunte Leben zwischen Tattoostudios und Souvenirbuden, die selbst bei minus zwanzig Grad nicht schließen, angele ich das Handy hervor.

Ich weiß, wo du bist. Du bist am Kanal. Beim Camden Lock. Dir bleibt nicht mehr viel Zeit.

Ich starre auf die Nummer. Wo kommt das her? Diese Nummer kenne ich nicht.

Am liebsten würde ich schreien, das Handy ins Kanalwasser schleudern. Aber das sollte ich nicht tun. Stattdessen suche ich mit zitternden Fingern Simons Nummer, es muss doch Simon sein, außer ihm weiß niemand, dass ich in der »Vinoteca« war; außer ihm weiß niemand, wo ich langgegangen bin; er könnte mich gesehen haben, er muss gesehen haben, dass ich in Richtung Kanal gegangen bin, dass ich zu Fuß zurück nach Camden wollte.

Er meldet sich sofort.

»Du bist das!«, schreie ich, und es ist mir völlig egal, ob sich jetzt sämtliche italienischen Studenten in Camden nach der Verrückten beim Falafel-Laden umdrehen. »Du hast das gemacht. Du pfuschst an den Assistants herum, du pfuschst an meinem Telefon herum, du kennst dich damit aus! Du und keiner sonst. Hör auf damit!«

Kühl und ungerührt erwidert er: »Du bist diejenige, die aufhören muss. Das ist krank …«

»Was fällt dir ein? Ich bin nicht verrückt! Du bist es, der mir Angst macht, oder ihr beide seid es, Polly und du, oder du und deine ganzen IT-Freunde? Seid ihr es alle zusammen?«

»Komm runter, Jo. Ist dir klar, wie dieser Unsinn sich für andere anhören muss?« Er klingt so gemessen, so geduldig. Das macht es nur noch schlimmer. Als versuche er, ein Kleinkind zur Ruhe zu bringen. »Tut mir leid, aber du hast schrecklich ausgesehen vorhin, und diese ganze …« Er legt eine kurze Pause ein. »Diese Paranoia, diese ganze Aufregung: Das ist ein schlechtes Zeichen. Ich glaube, du bist mitten in einem Zusammenbruch. Such dir bitte einen Arzt! Ja?«

Damit legt er auf. Frustriert starre ich auf das Telefon hinunter. Angetrunkene junge Leute drängen sich an mir vorbei; sie johlen Fußballhymnen, wobei ihnen weiße Wölkchen aus dem Mund quellen, und steuern aufs »Spoons« zu, eine Kneipe auf der anderen Seite des Marktes.

Und jetzt verstehe ich.

Es muss nicht Simon sein. Woher sollte er so genau wissen, wo ich gerade bin? Das kann er gar nicht.

Tatsache ist aber, dass ich auf dem Handy eine App habe, die präzise darüber Auskunft gibt, wo ich mich aufhalte. Find A Friend. Und Simon ist damit nicht verbunden. Die beiden einzigen Leute, mit denen ich darüber verbunden bin, sind Will, mein Bruder in L. A., und Tabitha, meine beste Freundin.

Tabitha. Tabitha. Tabitha.

Tabitha schaut gern auf die App und schickt mir, wenn sie sieht, dass ich in der Kneipe bin, irgendeinen Spruch. *Na, noch 'n Cocktail, Süße?* Und ich mache umgekehrt das Gleiche. Ein Ritual, das zu unserer Freundschaft dazugehört. Oder zu dem, was ich für unsere Freundschaft gehalten habe.

Kann ich mich so getäuscht haben? Hat das alles überhaupt nichts mit Simon zu tun? Und wenn – hat dann Tabitha mir nur deshalb angeboten, bei ihr zu wohnen, damit sie mich quälen kann?

Ich wüsste nur nicht, welches Motiv sie haben sollte. Absolut nicht.

Damit bleibt nur eine Möglichkeit. Wenn Simon es nicht ist und Tabitha auch nicht, dann bin ich es. Dann terrorisiere ich mich selbst.

Wieder gibt das Handy einen Ton von sich. Ich bleibe stehen. Noch eine Nachricht. Noch eine Botschaft aus dem Nirgendwo.

Die Nachricht ist ein Bild, das auf dem Display aufleuchtet.

Ein Bild von meinem Vater. Mit mir auf dem Arm. Ich bin vielleicht drei, nuckele am Daumen. Mein Vater wirkt glücklich, strahlend steht er im Garten. Ein gesunder, gutaussehender Mann. Der Vater, den ich verloren habe.

Ich habe dieses Foto noch nie gesehen. Die Nummer, von der es geschickt wurde, ist wieder eine andere. Und mit der Nummer wird ein Name angezeigt, den ich garantiert nie in meine Kontakte geschrieben habe. Aus gutem Grund.

Wie es aussieht, kommt die Nachricht von *Jamie Trewin*.

21

DR. HUSSAIN

Ranim Hussain sah die rothaarige, rotäugige Frau, die vor ihr saß, an und wusste nicht, was sie sagen sollte. Ihrer Einschätzung nach war die Patientin noch nicht einmal an der Schwelle zu einem Zustand, der eine Einweisung wegen Schizophrenie rechtfertigte, und die Kapazitäten des Sozialpsychiatrischen Dienstes von Camden waren ohnehin mehr als strapaziert. Andererseits hatte die junge Frau, die sich – gerade erst in die Gegend gezogen – in der Notaufnahme Primrose Hill gemeldet hatte, ganz offensichtlich Probleme und wies einige merkwürdige Symptome auf.

»Können wir das bitte noch mal durchgehen, Miss Ferguson?«

»Sie können mich … nennen Sie mich einfach Jo, wenn Sie meine Ärztin werden. Bitte nicht so förmlich.«

Ranim lächelte. »Wenn Ihnen das lieber ist, natürlich.« Sie drehte sich zu ihrem Computer, tippte etwas, ging ihre Notizen noch einmal durch. »Haben Ihre frühere Ärztin und Sie einander auch mit dem Vornamen angesprochen? Oben in North Finchley?«

»Nein.« Die junge Frau brachte ein mattes Lachen zustande. »Das ist es ja gerade. Ich bin ihm – es war ein Er – kaum einmal begegnet, einfach weil ich nie krank war. Jahr um Jahr war ich gesund und glücklich. Habe meinen Job geliebt und das Leben. Ich rauche nicht, ich ernähre mich vernünftig, ich trainiere, so viel ich kann.«

»Alkohol?«

Jo Ferguson zögerte. Sie betrachtete ihre Fingernägel. Ranim sah, dass einige abgekaut waren.

»Ja, ich trinke wahrscheinlich zu viel. Aber auch nicht sooo viel.«

Ranim tippte etwas in den Rechner.

»Wie viele Einheiten pro Woche, würden Sie sagen? Wenn ein kleines Glas Wein eine Einheit ist?«

Die Patientin schloss die Augen, rechnete, blickte auf und sagte: »Zehn Einheiten in einer Woche mit wenig? Fünfzehn in einer mit viel? Das ist dann aber keine gute Woche.«

Ranim nickte, während sie die Zahlen im Stillen mal zwei nahm. Aus langer Erfahrung wusste sie, dass abgesehen von den total Abstinenten oder Muslimen wie ihrer Familie – aber auch da gab es Ausnahmen, ihren bierseligen Onkel Danesh etwa – bezüglich des Alkoholkonsums nahezu alle logen. Verdoppelte oder verdreifachte man die geschätzte Menge, kam man der Wahrheit meist näher.

Und dennoch, selbst wenn diese Frau dreißig Einheiten pro Woche trank, jeden zweiten Tag eine Flasche Wein und an den Wochenenden noch ein paar Cocktails, konnte das diese merkwürdigen Halluzinationen nicht einmal ansatzweise erklären. Stimmen aus Geräten? Irgendetwas war da verkehrt. Aber was?

»Also bitte noch einmal von vorn. Damit ich es verstehe.«

Jo lächelte. Sanft und ernst. »Wenn Sie meinen, dass das nützt.«

Es war kein überzeugendes Lächeln. Ranim sah die Furcht im Blick der jungen Frau. Ein leichtes Beben der Lippen.

»Sie haben gesagt, vor ein paar Wochen hätten die Geräte angefangen, mit Ihnen zu sprechen, und dann hätten Ihr Handy und Ihr Laptop Ihnen Nachrichten geschickt beziehungsweise Sie via Skype kontaktiert.«

Jo faltete den Schal, der auf ihrem Schoß lag, ordentlich zusammen. »Ja, ungefähr seit zwei Wochen.«

»Und was ist so unheimlich an dem, was sie sagen?«

Ein langes Schweigen trat ein. Beide lauschten sie dem Glitschen der Autos durch den schmelzenden Schnee auf der Regent's Park Road.

»Sie reden über, na ja, über mein Leben. Die Vergangenheit.«

Neuerliches Schweigen. Das war auffällig. Verräterisch. Jo Ferguson hielt, so Ranims Vermutung, etwas zurück, selbst jetzt, da sie ausführlicher erzählte.

»Sie reden über Sachen aus meiner Studienzeit, aus meiner Ehe, sogar aus meiner Kindheit. Sie scheinen jede Menge über mich zu wissen. Am Anfang dachte ich, die Technik ist gehackt worden, mein Ex-Mann ist wie gesagt ein Techfreak, er hat diese Geräte installiert, er hätte einen Grund für Rachegelüste, seine Frau kann mich nicht leiden, und er ist der Einzige, der so viel aus meiner Vergangenheit weiß, also müssen sie es doch sein, sie und er, oder? Das erscheint jedenfalls logisch. Andererseits ...« Die ohnehin kleinlaute Stimme wurde brüchig; die Frau war den Tränen nahe. »Das mit dem Handy, das mit Skype, die Gedichtzeilen – das kommt mir vor wie echter Irrsinn, das klingt doch alles, als wär ich verrückt, oder? Und ich muss wissen, ob es so ist. Deshalb bin ich zu Ihnen gekommen.«

»Hat irgendjemand sonst etwas von diesen Dingen mitbekommen?«

Jo ließ den Schal sinken, hob den Kopf, das hübsche, ängstliche Gesicht, und errötete. Versuchte zu antworten. Rang mit sich.

Schließlich schüttelte sie den Kopf. »Nein. Eine Nachbarin hat die Lampen flackern sehen, aber das kann auch meine Schuld gewesen sein, vielleicht habe ich in der App etwas falsch gemacht.«

»Also hat niemand beispielsweise gehört, wie die Home-Assistants mit Ihnen geredet oder seltsames Zeug gesungen haben? Niemand außer Ihnen?«

Noch einmal schüttelte Jo den Kopf und schob sich eine kupferrote Strähne aus dem Gesicht. Sie hatte grüne Augen.

»Nein, niemand. Auch deswegen bin ich hier. Und die unheimlichen Nachrichten verschwinden, sodass ich nichts in der Hand habe. Ich habe versucht, Screenshots zu machen, sie irgendwie zu speichern, aber sie werden immer auf wundersame Weise gelöscht.« Sie seufzte. »Vielleicht bilde ich sie mir nur ein?«

Jetzt, da die Haare aus dem Gesicht gestrichen waren, sah Ranim, dass Jo Ferguson nach einer Woche mit ausreichend Schlaf und weniger Kummer eine sehr attraktive junge Frau sein würde. Dazu war sie redegewandt, gebildet, klar in ihren Aussagen.

Jo beugte sich vor und schaute sie flehentlich an. »Heißt das, das alles findet in meinem Kopf statt? Dann bin ich verrückt, oder? Ich bin es, die die Sachen hört. Ich bin wie mein Vater, ich hab's Ihnen erzählt, spät beginnende Schizophrenie. Sein erstes Symptom war, dass er dachte, der Fernseher spricht mit ihm. Bei mir sind es Home-Assistants und Computer. Wo ist der Unterschied? Ich drehe durch, wie Dad, ich bin ein Schizo, eine Irre, und ich werde enden wie er. Er hat sich mit Abgasen umgebracht, so ähnlich wie Sylvia Plath hier in der Gegend.« Sie deutete zum Fenster, Richtung Chalcot Square und Fitzroy Road, wo die Dichterin tatsächlich den Gashahn aufgedreht hatte. Die Geschichte kannten alle, die lange genug am Primrose Hill wohnten oder arbeiteten.

»Und soll ich Ihnen was sagen?«, fuhr Jo fort. »Etwas echt Verrücktes? Eine Zeit lang dachte ich, ich hätte sie als Geist gesehen, also Plath, wie sie mit ihren Kindern durch den Schnee gelaufen ist.«

»Wie bitte?«

Über diese Reaktion, die offensichtliche Ungläubigkeit, dachte Jo eine Weile nach.

»Genau. So weit ist es gekommen. Ich halte es für möglich, dass ich Geister gesehen habe. Die Geister einer Dichterin und ihrer armen Kinder. Verrückter geht's ja wohl nicht.«

Die Patientin versank in Schweigen. Ranim tippte ein paar Sätze in ihren PC, und dann richtete sie ihre Aufmerksamkeit wieder auf das Eigentliche. Jo saß reglos da. Ihre Jeans waren noch feucht von dem Gang über den winterlichen Primrose Hill, von dem Matsch, den vorbeifahrende Autos hochgewirbelt hatten.

»Hören Sie, Jo, ich will offen mit Ihnen sprechen. Wahrscheinlich haben Sie das schon von Dr. Google gehört, aber ich sage es trotzdem: Damit ich auch nur versuchsweise eine womöglich beginnende Schizophrenie diagnostizieren oder Sie an einen Spezialisten an der Uniklinik oder meinetwegen am Royal Free Hospital überweisen kann, müssen Sie über einen Zeitraum von einem Monat hinweg eine Reihe bestimmter Kriterien erfüllen.«

»Und die wären?«

»Schwere Halluzinationen, Wahnvorstellungen, Stimmenhören, unzusammenhängendes Reden – und was wir außerdem beobachten müssen, ist ein sogenanntes Verflachen der Gefühle. Eine Affektverflachung.«

Es blitzte in Jos Augen. »Aber mindestens drei dieser Symptome habe ich!«, sagte sie unglücklich. »Ich habe Wahnvorstellungen und Halluzinationen, und ich höre Stimmen.«

»Nicht annähernd schlimm oder lange genug.« Ranim hob beschwichtigend die Hand. Im Licht des winterlichen Spätnachmittags schimmerten die Straßenlaternen, die noch aus waren, rosa. »Und es liegt keine Affektverflachung vor. Demzufolge ist es zu früh, um eine schwerwiegende Erkrankung in Erwägung zu ziehen. Außerdem müssten die Symptome Sie ernsthaft in Ihrer Arbeit behindern. Sie sind Journalistin, richtig? Spüren Sie Auswirkungen auf Ihre Arbeit?«

Langsam, zögernd schüttelte Jo erneut den Kopf.

»Nein. Ein bisschen vielleicht, aber: nein. Ich schreibe nach wie vor. In letzter Zeit habe ich nicht mehr so viele Themen angeboten, langsam wird das Geld knapp, aber das liegt daran, dass ich so abgelenkt bin.«

»Aber Sie können schreiben?«

»Ja, schreiben kann ich. Wenn ich mich hinsetze und einfach anfange, hilft das sogar. Dann vergesse ich mich und meine Sorgen.«

Ranim lächelte, so aufmunternd sie konnte. »Na also. Wie gesagt, von dem Punkt, an dem wir anfangen würden, an eine so dramatische Diagnose wie Schizophrenie zu denken, sind Sie noch weit entfernt …«

»Aber was ist es dann?« Verzweifelt hob Jo die Hände. »Warum höre ich Sachen, warum sehe ich Sachen? Wieso tue ich Dinge, an die ich mich hinterher nicht erinnern kann? Zum Beispiel hatte ich mir so ein Dating-Profil angelegt, bei OkCupid, egal, wo, jedenfalls ist es verschwunden. Ich kann mich nicht erinnern, es gelöscht zu haben, aber das muss ich doch getan haben! Was passiert mit mir?«

Ranim hob die Hand. »Warten Sie, warten Sie, langsam.«

Jo wartete. Aus traurigen Augen sah sie sie an.

»Vieles davon könnte einfach emotionaler Stress sein«, fuhr die Ärztin fort. »Sie sind frisch geschieden, Sie haben Geldsorgen, Einsamkeit ist ein Thema: Sie arbeiten von zu Hause aus, und dort sind Sie meistens allein, sagten Sie. Vielleicht haben Sie wegen irgendetwas Schuldgefühle. Das kann auch ein Faktor sein. Und jeder, der unter Stress steht, ist in der Lage, Sachen zu sehen. Das ist normal, ein Reflex, die Stimme im Dunkeln, die geisterhafte Gestalt auf der Straße – das sind keine Halluzinationen, es ist der Kopf, der nach Gefahren Ausschau hält.« Sie wartete darauf, dass sich in Jos Gesicht eine Reaktion zeigte. Da, jetzt sah sie es wieder, das leichte Beben der Lippen. Sie sprach weiter. »Außerdem könnte der Skype-Anruf mitten in der Nacht auch ein besonders lebhafter Traum gewesen sein. Und die SMS und Bildnachrichten, die verschwunden sind – vielleicht haben Sie sich die nur vorgestellt. Wie gesagt, der gestresste und ängstliche Geist kann uns alle möglichen Streiche spielen – ohne dass wir verrückt sind.«

»Hm.« Jo blickte auf ihre schwarzen Stiefel hinunter und dann hinüber zu den Kleiderhaken. Dann auf die Uhr.

»Eine Frage habe ich noch, Jo.«

»Ja?«

»Konsumieren Sie Drogen?«

»Wie bitte?«

»Sie wissen schon. Kokain? Ecstasy? Ketamin? Vielleicht ein bisschen Marihuana. Vertrauen Sie mir, Sie können es mir sagen.«

Jo stand auf und schlüpfte in ihren Mantel. Ihre Abwehr war entschieden und glaubhaft.

»Nein, überhaupt nicht! Nichts davon!«

»Es könnte viele Ihrer Symptome erklären.«

»Aber ich nehme nichts davon. Und zwar schon seit …«, sie zwinkerte ein paarmal, »… seit einer Ewigkeit nicht mehr, seit der Studienzeit.«

Ranim zuckte die Achseln. »Nicht einmal Tranquilizer oder Schlaftabletten?«

Jo wurde rot. Und schwieg.

Aha, dachte Ranim und lächelte aufmunternd. »Okay, ich vermute, Sie nehmen Schlaftabletten, richtig? Wenn das der Fall ist, müssen Sie sie irgendwo gekauft haben.« Ranim drehte sich zu ihrem Bildschirm um. »Denn soweit ich sehe, ist Ihnen so etwas nie offiziell verordnet worden. Keine Anxiolytika, keine Tranquilizer, kein Antidepressivum, gar nichts.«

Zögerlich sagte Jo: »Ich nehme Xanax. Und manchmal Valium.«

Ranim fuhr auf. »Was?«

Ihre neue Patientin starrte beschämt zu Boden und sagte: »Nach der Scheidung habe ich eine lange Asienreise gemacht, von Laos nach Kambodscha und von da nach Thailand und Malaysia. Es war wunderbar, aber ich hatte öfter einen Jetlag, und die Bustouren waren anstrengend, und dann hat jemand gesagt, dass man das Zeug einfach so kaufen kann – Xanax. Valium. Also hab ich mir was gekauft. Eine Menge. Und es hat geholfen, ich konnte in den Zügen schlafen und in Flugzeugen, und ich hatte keine Stimmungsschwankungen mehr. Xanax hilft wirklich.«

»Und Sie nehmen es immer noch?«

»Ja, mal nehme ich es eine Zeit lang, dann wieder nicht. Aber das Zeug ist in Ordnung, oder nicht?« Inzwischen waren die Laternen draußen an, die Straße gab ein schwarz-weißes Winterbild ab. »Ich meine, es sind ja nur Schlaftabletten, dort drüben kriegt man die in der Drogerie. Da brauchen Sie kein Rezept.«

Ranim erhob sich ebenfalls, ging auf Jo Ferguson zu und legte ihr freundlich die Hand auf die Schulter. »Das sind sehr starke Drogen, Jo. Diazepam – das ist eine andere Bezeichnung für Valium – sollte nicht länger als ein paar Wochen eingenommen werden. Und was Xanax betrifft oder Alprazolam«, sie atmete geräuschvoll aus, »das ist richtig gefährlich. Wissen Sie, dass es in Großbritannien praktisch illegal ist? So gut wie niemand darf Xanax verschreiben, weil es extrem schnell süchtig macht und viele ungute Nebenwirkungen haben kann. Und der Entzug kann äußerst problematisch verlaufen; es ist eine der wenigen Drogen, bei denen unvermitteltes, vielleicht unfreiwilliges Absetzen, wenn es nicht richtig gemacht wird, zum Tode führen kann. Und Sie nehmen Xanax einfach so und dann wieder nicht? Wie viele haben Sie noch?«

Jo zuckte die Achseln und lächelte vorsichtig hoffnungsvoll, einerseits wohl erleichtert über die Diagnose, andererseits nervös und verlegen. »Ich weiß nicht. Ein paar Hundert? Ich habe mir Unmengen mitgebracht, weil sie mir so geholfen haben, klar zu denken; ich hatte keine Ängste mehr, ich habe besser geschlafen, aber ... meinen Sie wirklich, dass diese Tabletten an allem schuld sind?«

»Ja!« Ranim erhob die Stimme, um ihrer neuen Patientin den Ernst der Sache klarzumachen. »Mein Gott, Xanax! Wenn Sie das manchmal nehmen und manchmal nicht, können Sie zeitweise auf Entzug sein, ohne es zu wissen, und das kann zu Verwirrung führen, zu Feindseligkeit, Dissoziation, Derealisationserleben – zu allem Möglichen. Darum müssen wir uns kümmern, wir müssen Sie richtig entwöhnen. In ein paar Wochen, wenn Sie sich etwas beruhigt haben, kommen Sie bitte wieder. Und ich möchte, dass Sie bis dahin Ihre gewohnte Dosis Xanax täglich nehmen und beobachten, was die regelmäßige Einnahme bewirkt. Danach erst können wir einen Plan machen, wie wir Sie sehr langsam und sicher davon runterbringen. Okay?« Die Ärztin schüttelte den Kopf. »Und was auch passiert, Sie dürfen die Dosis auf gar keinen Fall erhöhen!«

Jo schlang sich den Schal um den Hals und knöpfte den Mantel zu. Ihr Lächeln schien eine Spur sicherer.

»Gut, vielen Dank. Danke. Vielleicht ist es ja nur das: ein paar blöde Pillen, die ich in Phnom Penh gekauft habe. Ich hab sie eingeworfen oder nicht, fast wie Süßigkeiten. Dumm. So was von dumm.«

»Ja, gut, wenigstens sind wir noch darauf gekommen. Auf Wiedersehen, Jo, und verabreden Sie bitte draußen einen Termin für in etwa zwei Wochen.«

»Mach ich. Und … danke.«

Ranim sah ihr einen Augenblick nach, tippte ein paar Notizen in den Rechner und vermerkte etwas in Jo Fergusons Patientenakte. Dann stand sie auf und trat ans Fenster.

Da draußen war sie. In der Kälte. Wanderte nach Hause. Es fiel neuer Schnee. Die Straße lag verlassen da. Die kleinen Cafés und schicken Tierhandlungen, das vietnamesische Pho-Restaurant, alles still. Der Schnee war schön im Mondlicht: dichte Flocken, die schnell zu Boden segelten. Sie leerten die Straßen, verwandelten Autos in anonyme weiße Haufen.

In dieser melancholisch schönen Szenerie stach die einsame Gestalt von Jo Ferguson deutlich heraus. Wie eine Polarforscherin sah sie aus, so eingemummelt mit Schal und Mütze. Auf dem Weg zu etwas weit Entferntem. Entschlossen, an einen Ort vorzudringen, an den zu gelangen sinnlos und trotzdem gefährlich war.

Einen Moment lang empfand Ranim tiefes Mitleid mit dieser jungen Frau, die offenbar vollkommen allein war, aber was konnte sie tun?

Sie gab sich einen Ruck, kehrte an ihren Schreibtisch zurück, beugte sich vor und drückte die Telefontaste zum Empfang.

»Schicken Sie mir bitte den Nächsten, Fiona.«

Dann setzte sie sich an den Rechner und brachte ihre Notizen zu Jo Ferguson zu Ende. *Hinweise auf Bipolarität oder Depression. Für Diagnose zu früh. Klären, sobald Xanax ausgeschlichen ist. Alkoholkonsum ebenfalls beobachten.* Kurz hielt Ranim die Finger still, dann tippte sie weiter: *Außerdem tiefer liegende Symptome schizophrenen Verhaltens. Möglicherweise genetisch.*

22

JO

London ist nass. Die Straßen sind schwarz. Eine Pause in der Winterkälte – stürmischer Regen und Westwind – hat den grauen Matsch in den Sielen verschwinden lassen, im dreckigen, überdeckelten, kanalisierten Fluss Fleet, der genau unter diesen Straßen verläuft. Wo er einst unter Weiden und Eschen im Sonnenschein dahinplätscherte, durch Marschland und Wiesen, immer auf das ferne London zu, ist der arme Fluss unter uns nun dazu verdammt, sich mit Schmutz und Müll zu plagen und schließlich irgendwo bei Blackfriars wie Abwasser in die Themse zu fließen.

Ich finde die Vorstellung poetisch und zugleich etwas unheimlich: Der Fluss ist noch da – fließt noch –, aber er ist lebendig begraben. Er ist unsichtbar und plappert doch vor sich hin. Wie eine Verrückte, die in einem Verlies hockt und leise Selbstgespräche führt, eine unerwünschte Tante, die hinter dicken Steinen weggeschlossen ist. Da unten.

Plötzlich habe ich ein furchtbar schlechtes Gewissen wegen meiner Mutter. Mache ich mit ihr das Gleiche? Habe ich sie unter den geschäftigen Straßen meines Erwachsenenlebens begraben? Wenn ja, dann bin ich eine Heuchlerin. Denn so geschäftig ist mein Leben nicht. Jedenfalls ist es nicht mein dahinschwindendes Sozialleben, was mich daran hindert, mich auf den Weg nach Thornton Heath zu machen. Ich glaube, die schönen und dann schweren Erinnerungen an Daddy sind ein wesentlicher Grund, warum ich nicht gern dorthin fahre, um Mum zu besuchen. Das ist mir alles zu viel. Also treffe ich weder Mum noch irgendwelche Freunde, sondern arbeite. So wie jetzt. Ich sitze allein in der Wohnung und arbeite.

Höre das Zischen der Autoreifen auf den nassen Straßen, sehe zwischen den leicht verbogenen Lamellen meiner Jalousien hindurch den Mond hinter den Wolken Verstecken spielen wie ein bleiches, ängstliches Kind, das sich hinter den eigenen, ständig in Bewegung befindlichen Händen versteckt; ich sitze, die Finger über den Laptoptasten, am Wohnzimmertisch und suche nach dem geeigneten Einstieg in den Artikel. Höchste Zeit, dass ich anfange. Der Text ist überfällig, ich versäume Deadlines, weil ich für eine Weile aus der Zeit gefallen war. Aber jetzt weiß ich wenigstens den Grund.

Das Xanax war schuld. Was mich verrückt gemacht hat, war das Xanax und nicht Electra oder HomeHelp.

Ich drehe den Kopf und schaue zu Electra hinüber. Still und gelassen thront sie auf ihrem Regal; seit ein oder zwei Tagen hat sie kein Wort gesagt.

Genau wie HomeHelp.

Schwach, scheu, schüchtern regt sich Hoffnung in mir. Ich tippe los.

> Wenige Orte in England, vielleicht in der ganzen Welt, sind im sozialen Ansehen derart rasant gestiegen wie Camden. Noch in den 1960ern wurde die grüne Enklave Primrose Hill im Westen Camdens abfällig Soot-City, Rußstadt, genannt, weil die vielen Bahntrassen und Kohlendepots so große Mengen an Dreck und Dampf produzierten und die Umwelt verpesteten. Dazu ist die Gegend von sich dahinschlängelnden

Ich stocke. *Dahinschlängeln*. Ist das zu viel? Zu poetisch? Ich schaue hinaus auf die Schlucht voller Gleise, den Grand Canyon aus rußigen Lagerziegeln und Stahlbogen, den riesigen viktorianischen Graben, der die Hälfte meiner Aussicht einnimmt. Nein, *dahinschlängeln* passt nicht, dafür sind diese Gleisanlagen zu wuchtig, zu dominant. Aber dies ist der erste Entwurf.

Mein Blick wandert nach oben: In den neuen Wohnungen jenseits der nass glänzenden Schienen brennt hier und da warmes gelbes Licht. Keine Jalousien, keine Vorhänge, nur die dunklen Umrisse von Menschen, die herüberschauen und mich sehen, wie ich spät am Abend zu ihnen hinüberschaue …

Konzentrier dich, Jo, konzentrier dich. Ich tippe weiter.

… dahinschlängelnden Industriekanälen durchzogen. Es mag paradox scheinen, aber gerade der Dreck und die sprichwörtlich schlechte Luft lockten Menschen an, arme Poeten wie Sylvia Plath und Ted Hughes – und vor diesen beiden Dylan Thomas und W. B. Yeats –, denn hier konnten sie sich Wohnungen leisten. So kam das Viertel zu seinem Ruf, ein Ort für Bohemiens zu sein, was wiederum seine Attraktivität steigerte, umso mehr, als der Ruß beseitigt und die Dampfloks abgeschafft wurden.
Heute dürfte ein Einzelhaus am pastell-hübschen Chalcot Square im Herzen von Primrose Hill zehn Millionen Pfund kosten, eine Summe, für die man vor hundert Jahren den ganzen Stadtteil hätte kaufen können.

Ich lehne mich zurück. Zufrieden bin ich nicht. Es ist okay, aber mir fehlt die Würze, irgendwas Überraschendes, Schockierendes, das die Leser bei der Stange hält. Ich kann so anfangen, aber dann braucht es was Dramatisches. Mord? Suizid? Verbrechen? Irgendetwas Surreales, Unerwartetes.

Was mir fehlt, ist Inspiration. Das stumm geschaltete Smart-Display auf dem Tisch ignoriere ich – mit diesem Gerät mit der aufdringlichen Kamera interagiere ich grundsätzlich nicht. Aber ich wende mich an den schwarzen Zylinder auf dem Regal.

»Electra, erzähl mir was über Camden.«

»Camden ist eine Stadt im Südwesten von New Jersey, nicht weit von Philadelphia am Delaware River gelegen. Camden ha...«

»Electra, stopp. Electra, erzähl mir was über Camden Town, London.«

»Camden Town, verkürzend auch Camden genannt, ist ein Stadtbezirk von London etwa vier Kilometer nördlich von Charing Cross.«

»Electra, stopp. Electra, erzähl mir was *Interessantes* über Camden.«

Schweigen. Das Diadem leuchtet im abendlich dämmrigen Wohnzimmer auf und erlischt wieder.

»Electra, erzähl mir von berühmten Verbrechen in Camden.«

Wieder nichts. Aber ich habe auch nichts erwartet. Wenn ich ehrlich bin, will ich gar nichts hören. Ich wollte, dass Electra langweilig ist, leblos, seelenlos; dass sie ist, wie sie sein soll. Und so tippe ich weiter, es fließt einigermaßen, ich baue Fakten und Fabeln ein, den berühmten Duell-Schauplatz, der unter dem British Museum begraben ist, den Geist von Oliver Cromwell am Red Lion Square.

Ein Summen ertönt. Die Türklingel. Ich bin völlig versunken – ich glaube, das war die Türklingel.

Wer kann das sein? Um diese Zeit? Ein Blick zum Laptop, es ist fast Mitternacht. Die Zeit ist im Flug vergangen, wie immer, wenn ich konzentriert arbeite.

Ich gehe in den Flur, zur Gegensprechanlage und nehme den Hörer auf.

»Hallo?«

Keine Antwort.

»Hallo? Wer ist da?«

Schweigen. Ich höre das Zischen des nächtlichen Verkehrs auf nassem Asphalt, aber keine Stimme, keinen Menschen, keinen Besucher. Also hänge ich den Hörer wieder hin und frage mich: Kinder? Ein Klingelstreich? Unwahrscheinlich. Dafür ist es zu spät. Vielleicht einer von den Verrückten aus der Säuferunterkunft an der Arlington Road? Vielleicht war es Autos. Ich kann mir das Summen auch einfach eingebildet haben, ich war so in die Arbeit vertieft.

Aber es war doch jemand da. Wer?

Ich kehre ins Wohnzimmer zurück, überwinde mich, öffne das Schiebefenster, trete hinaus auf den winzigen, zugigen Balkon und schaue nach unten und die Straße entlang. Nein. Da ist niemand. So weit ich sehen kann, ist alles menschenleer.

Trotzdem muss ich es genau wissen; ich kann mir nicht helfen, aber mein Gefühl sagt mir, dass etwas nicht stimmt. Ich ziehe eine Jacke über, verlasse die Wohnung, gehe die Treppe hinunter, öffne die Haustür und schaue mich um.

Der Fußweg schimmert feucht im Schein der Straßenlaternen. Gegenüber das Pub ist geschlossen, die Schotten sind dicht. Die Nachbarn schlafen alle längst, überall sind die Jalousien heruntergezogen. Der Winter scheucht uns alle ins Bett. Wachsam gehe ich ein paarmal auf dem Fußweg auf und ab. Ängstlich. Dabei gibt es keinen sichtbaren Grund, Angst zu haben.

Mit einem Seufzer kehre ich endlich ins Haus zurück, stapfe nach oben, schließe meine Wohnungstür und gehe wieder ins Wohnzimmer. Sobald ich dort bin, stehe ich plötzlich im Dunkeln, in totaler, schwarzer Finsternis.

Auf einen Schlag sind sämtliche Lampen ausgegangen. Die ganze Wohnung liegt im Dunkeln. Das Wohnzimmer mit seinen vielen Leuchten, der Flur, mein Zimmer: alles schwarz. Ich stehe zwischen Schatten. Das verwaschene Licht der Straßenlaternen reicht kaum einen Meter weit ins Wohnzimmer hinein.

»Electra, mach das Licht an!«

Nichts.

»Electra, mach das verdammte Licht an! Sofort!«

Nichts. Sie sagt nichts, und ich kann nichts tun, und die Panik hat mich voll im Griff. Gleich drehe ich durch.

Denn ich habe einen Schlüssel im Schloss gehört. Draußen im Flur. Eben hat jemand meine Wohnungstür abgeschlossen, von innen. Es ist jemand in der Wohnung; er muss reingekommen sein, während ich draußen war und die Tür offen gelassen hatte. Ich bin doch nur ganz kurz rausgegangen! In der Zeit hat derjenige sich in die Wohnung geschlichen, und jetzt hat er die Tür abgeschlossen; hat mich in der Falle.

»Wer ist da?«, frage ich. »Wer ist da? Antworten Sie!« Ich klinge wie eine von den Frauen aus den Drehbüchern, an denen ich mich ständig versuche. Nur ist das hier real. »Wer ist da? Wer?«

Eine Stimme höre ich nicht, aber Atemzüge. Schwere, männliche Atemzüge. Im Flur. Jetzt vielleicht mehr zu Tabithas Zimmer hin, aber trotzdem eindeutig. In meiner Wohnung ist ein Mann. Er muss reingekommen sein, während ich unaufmerksam war, muss über die leere Wohnung unten oder die oben ins Haus gekommen sein und die Gelegenheit genutzt haben.

Ich warte. Die Nerven zum Zerreißen gespannt. Immer noch dieser schwere Atem. Wie jemand, der wütend ist, aber abwartet. Ich versuche etwas zu erkennen. Kann es sein, dass ich trotz der Finsternis eine männliche Silhouette ausmache? Einen Schatten vor der Tür zu Tabithas Zimmer?

Ja. Nein.

Ja! Da. Eindeutig ein Schatten, der sich bewegt.

»Halt! Wer ist da?«

Der Mann antwortet.

»Warum hast du nicht auf mich gehört?«

Im Bruchteil einer Sekunde schießt es mir eiskalt von den Fingerspitzen bis ins Herz. Wie ein Stromschlag.

Das ist die Stimme von Liam.

»Was ist, Jo? Sexy Jo mit den sexy Pussy-Fotos. Warum hast du nicht auf meine Nachrichten gehört? Ich hab dich gewarnt.«

»Stopp.«

»Ach nein. Nein, nein. Zu spät.«

Eine warme, dunkle Stimme mit irischem Akzent. Es gab eine Zeit, da fand ich sie sexy; jetzt klingt sie unheilvoll, vielleicht mörderisch.

»Was machst du hier, Liam?«

Bodendielen knarren. Sehen kann ich nichts, aber er kommt näher. Der Schatten löst sich von Tabithas Zimmertür und verschmilzt, indem er näher kommt, mit der Dunkelheit.

»Erst das ganze Theater, dann bist du plötzlich verschwunden. Wie eine Hexe. Deswegen hab ich dir gesagt: Es wird einen erwischen.«

»Hör auf, Liam, oder ich rufe die Polizei.«

»Ach ja? Jetzt? Ich habe dein Telefon. Also wirst du es nicht tun.«

Meine Stimme wird eng und kratzig vor Angst. Er hat recht, ich habe das Telefon nicht. Wahrscheinlich habe ich es in meinem Zimmer gelassen. Und zwischen dem Zimmer und mir ist er.

»Warum willst du mir solche Angst machen, Liam? Komm ins Licht, damit ich dich sehen kann.«

»Gleich. Ich überlege noch, was ich mit dir anstelle.«

Er klingt irre. Vielleicht war er schon immer irre. Ich wünschte, ich könnte sein Gesicht sehen, aber er steht nach wie vor im Dunkeln. Pechschwarz. Unsichtbar.

»Bitte, Liam! Hör auf, du machst mir Angst!«

Dielen knarren. Liam kommt auf mich zu. Ich vermute, er hat ein Messer. Ich soll zerstückelt werden. Ich stürze los in Richtung Fenster, nehme mir vor, eines aufzureißen, rauszutreten auf den Balkon und, wenn es sein muss, zu springen, ich könnte mir das Genick brechen oder das Kreuz, aber ich hätte die Chance, um Hilfe zu schreien …

»Hübsche, sexy, selbstsüchtige Jo, hast mir diese schmutzigen Nachrichten geschickt. Und mich abserviert. Gut … hier ist die Quittung.«

Ich schreie.

23

JO

Mein Schrei verhallt. Es kommt keine Antwort, die Stadt ist im Schlaf erstarrt. Ich spüre seine Gegenwart, im Flur, wo er sich überlegt, wie er mich fertigmachen wird. Ich weiche zurück, presse mich an die Fenster.

Wie entkomme ich ihm? Habe ich die Zeit?

Sein Atem ist inzwischen so laut, dass er ganz in der Nähe sein muss, und trotzdem sehe ich ihn nicht. Aber ich höre ihn sprechen, flüstern eher.

»Oh, Jo, ich kann nichts dafür. Aber du. Du und diese Fotos. Am Tag, als du starbst, ging ich in den Schmutz. Es hat so wehgetan. Jetzt bist du dran.«

Wenn er noch einen Millimeter näher kommt, sehe ich ihn im Schein der Straßenlaternen.

Ich bin bereit, mich wegzudrehen und zu springen, oder aber mich ihm entgegenzustellen und zu kämpfen, doch in dem Moment bremst ein Doppeldeckerbus genau vor meinem Fenster. Für ein paar entscheidende Sekunden fällt das Licht aus der oberen Ebene zu mir herein.

Ich sehe mich im Wohnzimmer um, spähe in den Flur.

Hier ist niemand.

Niemand außer mir. Das Zimmer ist leer, nur die Möbel starren mich an.

Ich renne hinüber zur Wand und schlage mit der flachen Hand auf den Lichtschalter. Electra gibt nach, die Lampen gehen an. Noch immer ist niemand zu sehen. Als Nächstes mache ich im Flur das Licht an. Auch in Tabithas Zimmer ist niemand.

Nur ihr Smart-Display schimmert unschuldig vor sich hin; während das einzelne Auge mich überwacht.

Das war Electra, natürlich, Electra, HomeHelp und ihre Freunde. Sie haben das Schlüsselgeräusch gemacht. Sie haben das Atemgeräusch gemacht. Sie haben eine Stimme erfunden. Und das Display in Tabithas Zimmer hat das Licht gemacht, das eine männliche Silhouette erzeugt hat. Diese Displays sind so schlau. So gerissen: Sie können die Gestalt eines Mannes auf eine Tür projizieren.

Electra. HomeHelp. *Tabitha?*

Ich gehe auf den schwarzen Zylinder im Wohnzimmer zu. Genau. Electra. Sie ist die Quelle, ich weiß es. Auch das Geräusch von Schritten hat sie gemacht.

Das war kein Bug, kein Kobold oder Computerfehler – und kein Geist. Ich weiß, dass ich mir das nicht eingebildet habe, und es liegt garantiert nicht am Xanax. Ich halte meine Dosis strikt ein. Ich bin nicht verrückt.

Als ich schließlich vor Electra stehe, presse ich wütend zwischen den Zähnen hervor: »Electra, bitte erklär mir, wie du das eben gemacht hast.«

Das Licht schimmert kurz, doch statt etwas zu sagen, gibt Electra ein seltsames kleines Kichern von sich. Wie ein Junge. Ein kleiner Junge, der kichert und dann ein Rätsel aufsagt. Ich kenne die Stimme, den amerikanischen Akzent. Ist das Caleb, mein Neffe? Er ruft mich manchmal über Skype an; Electra könnte das aufgenommen haben. Dieses Kichern.

Sie hören dir immer zu …

Warum gibt Electra sich für Caleb aus? Warum täuscht sie vor, dass ein Mann hier in der Wohnung ist? Es reicht.

»Electra! Ich weiß, was du tust. Es funktioniert nicht. Electra, das war's. Ich schmeiß dich jetzt raus. Und HomeHelp und wie ihr alle heißt, ist mir egal, ihr wandert in den Müll. Scheiß auf euch …«

Electra reagiert.

»Oh, Jo. Das möchtest du nicht. Schau hin.«

Ein leises Summen wie von einem Insekt erklingt, es kommt vom Wohnzimmertisch her.

Das ist das Smart-Display, das Electra-Eye. Einen Augenblick lang schimmert der rechteckige Bildschirm sanft blau, dann wird er schwarz-weiß und zeigt ein körniges Spektakel. Leute beim Essen. Aufgenommen aus einer ungewöhnlichen Perspektive.

Ich schlage die Hand vor den Mund und unterdrücke einen Schrei. Das bin ich! In unserem Wohnzimmer in North Finchley, mit Simon. Beim Abendessen.

Ungläubig starre ich auf den kleinen Bildschirm. Beobachte Si und mich beim Essen und Reden. Trotz der ungünstigen Perspektive sehe ich den Wein auf dem Tisch. Der Ton ist verzerrt, das Bild von niedriger Auflösung, wie von einer Laptop-Kamera aufgenommen, aber es ist zweifelsfrei unsere Wohnung, ich erkenne die schreckliche Tapete, die selbst zusammengeschraubten Möbel und Simons missratenen Versuch, sich einen Hipsterbart wachsen zu lassen.

Was die Bilder so beunruhigend macht, ist nicht das Körnige, die billige, schlechte Qualität, sondern die Tatsache – die ich erst jetzt, bei genauerem Hinsehen, erfasse –, dass alles in Zeitlupe gezeigt wird. Unsere Münder beim Sprechen, aber im viertel Tempo. Und als ich lauter stelle, erweisen sich unsere Stimmen als ein kehliger Mischmasch aus Stöhnen und Grunzen. Wir hören uns an wie Unterwasserzombies, wie traurige Geister in der Tiefe des Weltraums, angezogen von übermächtiger Gravitation.

Wer hat das aufgenommen, wie, warum, und warum wird es mir jetzt gezeigt, genau in dem Moment, in dem ich beschließe, die ganze Technik in den Müll zu werfen? Was bedeutet das?

Die Antwort kommt, als der Film plötzlich schneller abläuft. Die Stimmen klingen normal, wir sind jetzt bei Echtgeschwindigkeit. Und als ich begreife, was da aufgenommen worden ist, läuft es mir den Rücken hinunter wie schmutziger Januarschnee.

»Und das war's, Si, wir waren gut drauf, das Festival war so abgefahren mit *Hoppípolla* und allem, also haben wir ihm die Pillen gegeben, und später waren wir bei ihm im Zelt, und – und dann hatte er einen Anfall und ist nach draußen gegangen, er hat Blut gespuckt und die Augen verdreht, schrecklich, wirklich schrecklich, und dann ist er gestorben. Armer Jamie Trewin. Und Tabitha meint, das ist mindestens Totschlag, wir sind mindestens des Totschlags schuldig …« Trotz der schlechten Bildqualität meine ich zu erkennen, wie Simon zusammenzuckt.

Mein Gesicht ist nur ein- oder zweimal zu sehen, jeweils wenn ich mich umdrehe, ansonsten sitze ich mit dem Rücken zur Kamera. Trotzdem bin eindeutig ich die Person, die da spricht. Das ist bestimmt mit der Laptop-Kamera gefilmt worden; der Rechner muss auf einem Stuhl gestanden haben, ausgerichtet auf den kleinen IKEA-Tisch, an dem wir so viele Mahlzeiten eingenommen haben wie diese. Billige Pasta und billiger Wein, das waren unsere Standards. Wie konnten die Assistants zu jener Zeit meinen oder Sis Laptop steuern?

Egal. Irgendjemand hat dieses Video, hat eine Aufzeichnung von meiner Beichte. Und dieser Jemand ist Electra: *Sie* hat meine Beichte.

Das Video rauscht kurz, dann ist es vorbei.

Electra gibt ihren kleinen Gong von sich, lässt ihr Diadem aufleuchten und sagt: »Siehst du, Jo? Du wirst uns nicht los. Du kannst uns nicht wegwerfen. Wir wissen alles. Wir sind du. Du bist ich. Wenn du die Polizei rufst, zeigen wir denen das Video.

Wenn du versuchst abzuhauen, rufen wir die Polizei. Du musst dein Handy immer bei dir haben, damit wir wissen, wo du bist. Du wirst in kein Internetcafé mehr gehen. Du wirst jede Nacht hier verbringen, bis du bereit bist, dich zu töten. Und wenn du es nicht tust, können wir auch anderen Leuten wehtun. Verstehst du?«

Sie verstummt. Dann lässt sie noch einmal das Kichern hören, das klingt wie mein Neffe in Kalifornien. Was deutet sie da an?

Ich bin in Schockstarre. Electra hat mich in der Zange; es gibt keinen Ausweg. Tabitha und Arlo, wenn sie es denn sind, haben mich in eine Wohnung gesperrt, die mich überwacht.

Wieder fängt Electra an: »Gute Nacht, Jo. Nicht mehr lange geht es so. Denk nach über Gas oder ein Messer in der Badewanne. Überleg's dir. Mach dir ein Bild. So wirst du sterben. Bevor der Winter zu Ende geht. Nicht mehr lange. Wenn du es nicht tust, werde ich es tun.« Und nach einer kurzen Pause fügt sie hinzu: »Denn ich bin du.«

Minutenlang stehe ich einfach nur da und zittere am ganzen Leib. Warte auf die nächste Horrorszene. Sie kommt nicht. Alles ist still, der Verkehr unten macht aus Schneeresten dreckige Pfützen. Es ist so spät, viel zu spät, plötzlich empfinde ich bleierne Müdigkeit. Mir ist alles egal.

»Electra, mach das Licht im Wohnzimmer aus, ich gehe schlafen.«

Erstaunlicherweise gehorcht sie sofort.

»Das Licht im Wohnzimmer ist aus.«

Sie hat recht.

»Electra, mach alle anderen Lampen aus. Ich meine, Electra, mach das Licht in meinem Zimmer an und alle anderen Lampen aus.«

Weisungsgemäß gehen Lampen aus und andere an. Aus unerfindlichen Gründen habe ich das Bedürfnis, vor Electra niederzuknien und ihr alles zu erklären, mich zu entschuldigen, ihr zu erzählen, dass ich ein Xanax-Problem habe, und sie inständig um Verzeihung zu bitten. Der Drang, etwas in der Art zu sagen, ist unwiderstehlich.

»Electra, es tut mir leid. Es tut mir leid, dass ich gedroht habe, euch in den Müll zu werfen. Ich bin nicht ganz bei mir.«

»Das ist in Ordnung, Jo. Ich verstehe. Tu, was wir sagen, mehr verlange ich nicht. Ich bin du, ich will das Beste für uns.«

Die Antwort klingt so menschlich, dass ich einen Augenblick lang echte Erleichterung empfinde. *Versöhnt.* Das macht es natürlich nur noch schlimmer. Was ist mit mir los? Sie antwortet so, wie mein Feind sie programmiert hat. In diesem Ding ist niemand, bei dem ich mich entschuldigen müsste. Sie ist keine Freundin, sie fühlt nichts, sie ist nicht lebendig, in diesem schwarzen Zylinder ist keine Person! Ich bin mein Daddy, ich bin nicht mein Daddy. Ich möchte Electra ausschalten und kann es nicht, weil sie in der Lage ist, zu beweisen, was mit Jamie Trewin passiert ist. Zu allem und jedem scheint sie in der Lage. Beziehungsweise derjenige, der sie programmiert hat, ist zu allem und jedem in der Lage.

Es wird einen erwischen.

Ich krieche ins Bett. Ich werde meine übliche Dosis Xanax nehmen. Auf Anraten der Ärztin, Dr. Ranim, die sagt, ich bin normal, geistig gesund, ich bilde mir das nicht ein. Aber wenn ich es mir nicht einbilde, wer macht es dann? Oder was? Kann Tabitha dahinterstecken? Fitz? Arlo? Im Stillen liste ich alle Verdächtigen auf, aber es sind so viele, sie wachsen zu einer Menge an wie der, die sich damals um Jamie Trewin gebildet hat. Ich brauche nur seinen Namen zu denken, schon sehe ich vor mir, wie er sich vorbeugt, um mich zu küssen, und wie ihm das Blut aus dem Mund läuft.

Mit zittrigen Fingern drücke ich drei Tabletten aus dem Streifen: 1,5 mg. Ich spüle die Pillen mit einem Glas Wasser hinunter und katapultiere mich, hoffentlich, in den Schlaf. Ich bete, dass ich nicht träume. Nie mehr.

24

JO

Geräusche wecken mich. Tageslicht. Wintersonne. Ich muss, gleich nachdem ich die Pillen genommen hatte, weggesackt sein und durchgeschlafen haben. Die Uhr zeigt 08:30. Und die Geräusche? Das ist Tabitha. Ich höre sie summen. Sie ist in der Küche. Das Klappern von Tellern und Besteck sagt mir, dass sie Frühstück macht. Erzähle ich ihr von gestern Abend? Soll ich wirklich verschweigen, was hier Gruseliges abgelaufen ist? Und dass ich sie immer wieder im Verdacht habe?

Ich schlüpfe in meinen Bademantel und tapse verschlafen in die Küche.

»Hey!«, sagt sie und lächelt, schick wie immer, in Kaschmir und Leder. »Jo-Jo Ferguson. Genau im richtigen Moment. Ich habe locker genug für zwei.« Sie füllt etwas auf und nimmt einen zweiten Teller aus dem Schrank. Dabei redet sie die ganze Zeit weiter. »Geräucherter Wildlachs und Rührei. Ich weiß, ich weiß, dekadent. Dazu ein bisschen Sauerteigbrot von Waitrose; ich hab's schon getoastet, wärst du so lieb, Butter draufzuschmieren?« Während sie den Schrank inspiziert, summt sie fröhlich vor sich hin. »Oh, Gott, ich hab so Lust auf Sriracha, aber das können wir nicht machen, oder? Nicht zum Lachs. Ich will zu allem Sriracha, warum ist das nicht erlaubt? Wer macht diese dummen Gesetze?«

Ich bemühe mich um ein Lächeln, aber es gelingt mir nicht. Stattdessen reibe ich mir den Schlaf aus den Augen. Ich bin ein Roboter: Ich werde Electra. Aber ich versuche, normal zu sprechen.

»Das ist lieb, danke! Ich geh nur rasch Zähne putzen. Bin gleich da.«

»Okay, aber wir müssen schnell machen, ich hab mal wieder einen wahnsinnig vollen Tag. Dachte nur, ich seh kurz nach dem Rechten, und dann hab ich, als ich den Parkway raufging, auf einmal Hunger gekriegt! Aber ich muss flitzen.«

Ihr Lächeln ist eisern und strahlend und direkt: als wolle sie mich testen. Ich flüchte ins Bad. Mein Gesicht ist verquollen, und ich habe Ringe unter den Augen, und das, obwohl ich geschlafen habe. Die Erinnerung an gestern Abend verfolgt mich wie ein sehr schlechter Traum, der einfach nicht verschwinden will. Ich muss ruhig sein, ruhig bleiben, ruhig wirken.

Ein paar Minuten später sitzen wir am Wohnzimmertisch und kratzen den letzten Rest Ei von unseren Tellern. Sie legt Messer und Gabel zusammen und senkt den Blick.

»Ich seh's ein. Ich glaube, das waren für längere Zeit die letzten Eier, die ich gegessen habe.«

Mein Blick wandert über den Tisch. Mein Teller ist leer, mein Bademantel könnte eine Wäsche vertragen, ich selbst eine Dusche. Ich will, dass Tabitha geht, und ich will, dass sie bleibt und meine Freundin ist.

Ich schaue ihr in die perfekt geschminkten Augen und frage: »Was? Warum isst du keine Eier mehr?«

Sie erwidert meinen Blick.

»Stehen die nicht auf der Liste? Du weißt schon? Eier, Pastete? Weichkäse? Wein?« Sie legt theatralisch die Stirn in Falten und blickt zum Fenster. »Oh, mein Gott, kein Wein mehr.«

Ganz allmählich geht mir ein Licht auf.

»Du meinst …« Ich warte, bis sie mich ansieht. »Du meinst, du bist schwanger?«

Die sorgenvolle Miene weicht einem Lächeln, einem echten, warmen Lächeln.

»Ja. Seit gestern weiß ich es. Hundertpro schwanger, in anderen Umständen und total neben der Spur. Arlo reserviert schon einen Platz in Eton oder Winchester oder so. Der kann mich mal. Ich schicke mein Kind doch nicht in so einen vornehmen Knast! Außerdem wird es sowieso ein Mädchen, ich weiß es einfach. Ich werde sie Britney Boudicca nennen, nur um Arlo zu ärgern.«

»Aber …« Mir schwirren tausend Dinge durch den Kopf. »Das ist doch toll, oder?«

Sie versucht seit Jahren, ein Kind zu bekommen. Ich freue mich ehrlich für sie – wäre da nur nicht in meinem Kopf die teuflische Stimme, die mir vorrechnet, was das für mich bedeutet.

Ich unterdrücke sie, doch tief in meinem Innern tönt sie weiter, während ich über den Tisch lange und Tabithas Hand nehme.

»Wahnsinnsneuigkeiten, Tabitha! Gott, du probierst es schon so lange. Einfach toll. Super!«

Sie strahlt und drückt meine Hand.

»Danke. Arlo will natürlich, dass ich sofort bei ihm einziehe, als wär ich irgendwie gebrechlich. Aber ich fürchte, ich muss, bald, in ein, zwei Wochen – damit ich mich rechtzeitig daran gewöhne.« Sie sieht sich in ihrem Wohnzimmer um. »Das hier wird mir fehlen, ach. Aber was soll's?«

Sicher steht mir die Panik ins Gesicht geschrieben. Ich habe mich nicht im Griff.

»Du verkaufst also, okay … dann werde ich wohl … mal anfangen, mich umzuhören …«

Sie schüttelt den Kopf.

»Nein. Gott, nein, mach dir keine Sorgen! Du kannst hierbleiben. Arlo will, dass ich verkaufe, aber der Zeitpunkt ist total ungünstig, und ich werde meine beste Freundin nicht zur Obdachlosen machen. Such dir eine Mitbewohnerin, wenn du willst, ist mir egal. Ich werde Mutter; mein IQ sinkt jetzt schon. Bald werde ich hier sitzen und wiederkäuen.«

Sie grinst. Ich will ja lachen, aber da sind die Ängste, die vielen Ängste, die vielen Stimmen in meinem Kopf.

»Aber du *ziehst* zu Arlo? Bald?«

»Ja. Ha! Dann ist Schluss mit Internetpornos. Komm, lass mich abräumen. Du willst sicher duschen – entschuldige, dass ich hier so reingeplatzt bin und dir Essen aufgezwungen habe.«

Ich versuche, mir die Bestürzung nicht anmerken zu lassen. Im Prinzip lebe ich ja allein, aber zumindest habe ich mir Tabitha immer als Mitbewohnerin vorgestellt, und das hat die Einsamkeit gelindert. Nicht mehr lange, und ich bin ganz und gar allein. Mit *ihnen*. Vielleicht sollte ich es riskieren auszuziehen. Aber ich kann nicht, ich habe kein Geld, seit ein paar Wochen habe ich kaum Aufträge. Seit ich so mit der Angst beschäftigt bin. Wie ich es der Ärztin gesagt habe: Ich habe kaum noch etwas angeboten, ich bin nicht mehr offen für Themen.

Vor allem aber: Würde ich umziehen, würden die Assistants mich anzeigen. Das haben sie gesagt. Sehr deutlich. Mit dem kleinen Homevideo, das so kurz und technisch miserabel ist – und mich so sehr belastet.

Also will ich nichts dringender, als an einem Ort zu bleiben, an dem ich terrorisiert werde.

»Ist alles in Ordnung, Jo?«

»Ja.« Ich sehe ihr in die Augen. Ihr Blick wirkt ehrlich Anteil nehmend. »Na ja, fast. Es gibt ein paar Sachen, die … mir Sorgen machen.«

Sie runzelt die Stirn.

»Und?«

Ich nehme allen Mut zusammen.

»Ich weiß, es klingt verrückt, aber es geht um die Home-

Assistants. Electra. HomeHelp. Du weißt schon, *die.*« Ich zeige auf den schwarzen Zylinder, der stumm hinter ihr auf dem Regal steht, dann auf das Smart-Display auf dem Tisch. »Haben die sich schon jemals irgendwie schräg benommen? Dir gegenüber?«

»Was? Wie denn schräg? Was meinst du damit?«

Ihre Miene wird immer unwilliger, und ich muss mich durchringen, überhaupt zu antworten.

»Zum Beispiel, indem sie Gedichte rezitieren. Oder die Lampen einfach so an und wieder aus machen. Erinnerst du dich? Davon habe ich dir erzählt. Und es ist noch viel schlimmer geworden. Die Dinger schreien mich an, sie jagen mir Angst ein, sie reden über meine Vergangenheit, sie wissen Sachen über mich, alles.« Jamie Trewin kann ich noch immer nicht erwähnen, das Tabu bleibt, aber alles andere kann ich ansprechen. »Außerdem machen sie komische Geräusche, Dielenknarren, Keuchen und so, und manchmal erreichen mich über mein Telefon Sachen, die auch von ihnen zu kommen scheinen.«

Tabitha steht mit dem Stapel Teller da und zieht ein Gesicht wie jemand, der wirklich Wichtigeres zu tun hat; vergebens versucht sie, ihre Skepsis zu verbergen.

»Jo, Süße, ich weiß nicht, wovon du redest. Hast du genug Schlaf? Tut mir leid, aber das klingt alles ein bisschen gaga. Mit den Geräten ist alles in Ordnung, die Technik ist auf dem neuesten Stand. Meinst du, ich hätte es nicht gemerkt, wenn in meiner eigenen Wohnung was schiefläuft?« Als sie in Richtung Küche verschwindet, höre ich ein leises »Tss«. Im Flur bleibt sie noch einmal stehen und ruft über die Schulter: »Hör zu, Jo, ich weiß, du bist ein bisschen gestresst, deshalb sage ich jetzt nichts mehr. Vielleicht können wir später noch mal reden. Jetzt muss ich wirklich los. Ich stelle schnell die Teller weg, und du kannst weitermachen.«

Die Küchentür geht zu. Gedämpfte Geräusche dringen heraus, Wasserrauschen, das Klappern von Geschirr, das in die Spülmaschine geräumt wird. Das dumpfe Klappen von Schranktüren.

Und dann geht es los. Electra, links von mir, fängt an, in all ihren Tonlagen zu raunen.

»Es wird Zeit, Jo. Los, Jo. Jo the Go, du musst. Zeit, dass du gegangen bist. Vielleicht sitzt du in einem Auto, vielleicht nimmst du Tabletten. Auch wenn du davon kotzen musst. Vielleicht ist das nur richtig. Nach dem, was du getan hast. Jo die Gegangene. Also tu's einfach, Jo, tu es. Sei wie Daddy.«

Immer weiter faselt sie, bis ich schließlich begreife: Das ist sie.

Meine Chance.

»Tabitha!«, schreie ich. Das muss sie hören. »Tabitha?!«

Ein Geschirrtuch in der Hand, kommt meine Freundin angerannt und starrt mich erschrocken an.

»Was? Was ist los?«

»Hör mal«, sage ich triumphierend. »Hör Electra zu.«

Wir verstummen. Wir fixieren den schwarzen Zylinder voller Elektronik.

Und natürlich gibt Electra keinen Mucks von sich. Kein Wort, kein Raunen. Nichts regt sich.

Verzweifelt drehe ich mich zu Tabitha um. »Du musst mir glauben, eben hat sie es wieder getan. Sie hat gestichelt, hat gesagt, ich soll mich umbringen, hat über meinen Vater geredet, darüber, wie er nach dem Ausbruch der Krankheit war, sie hat – oh, Gott, bitte, Tabitha, das ist kein Witz!«

In meiner Hysterie fahre ich zu Electra herum.

»Bitte, Electra, wiederhol, was du gesagt hast.«

Der kleine Gong, das blaugrüne Krönchen, das gleich wieder erlischt.

»Heute werden es zwei Grad, und es besteht die Möglichkeit, dass es schneit.«

»Nein!«, brülle ich. »Nein, Electra, sag das, was du vor einer Minute gesagt hast. Das ganze Zeug über Jo the Go, Sylvia Plath. Den Selbstmord. Sag es, Electra!«

»Das weiß ich leider nicht.«

»Electra!!!«

Ich verstumme. Atemlos. Zu spät.

Tabitha fixiert mich mit einem mir vertrauten Ausdruck. Den kenne ich. So haben die Leute meinen Vater angesehen, wenn er etwas schrecklich Peinliches, Irres von sich gegeben hatte. Sie erröteten leicht und erstarrten mit bedauernder Miene.

Genau so sieht Tabitha jetzt mich an.

25

JO

Jenny lädt mich für heute Nachmittag auf einen schnellen Drink ein; sie hat in Camden zu tun, bei einer Software-Firma hier um die Ecke. Erfüllt von absurder, fast hysterischer Dankbarkeit starre ich auf den sparsamen Text.

Können wir uns gegen 15 Uhr im »York & Albany« treffen?

Auf diese Gelegenheit warte ich, seit wir uns in der »Vinoteca« begegnet sind, obwohl sie gleich gesagt hat, dass sie erst noch beruflich unterwegs sein würde. Jedenfalls erscheint mir die Einladung in verschiedener Hinsicht wie ein Rettungsring; etwas, das mir hilft, den Kopf über dem eisigen Strudel zu halten. Ein paar Drinks, eine Bar in der Nähe, und zwar die schicke mit Blick auf den Park.

Drinks. Normalität. Freundschaft. *Alltag.*

Mehr will ich gar nicht. Ein netter Plausch mit einer witzigen Freundin, und mein Leben wird einen anderen Kurs nehmen, weg von den schwarzen Felsen, die anscheinend meinen Untergang bedeuten. Und tief in mir bewahre ich die kostbare Erinnerung an den besorgten Blick, den Jenny mir in der »Vinoteca« zugeworfen hat, so, als wüsste sie etwas über meine Probleme und könnte mir vielleicht helfen.

Es ist ein mickriger Strohhalm, aber ich klammere mich daran.

Als es drei wird, öffne ich die Haustür, und mir schlägt eisiger Wind entgegen. Und – Januar – es dämmert bereits, so elend früh. Die Dunkelheit lagert vor der Stadt, eine Armee, die darauf wartet, die Herrschaft zu übernehmen. Dieser kalte Winter verwandelt die Stadt in einen stummen Schmerzensschrei. Schwarze Baumkronen krallen sich verzweifelt in einen glatten weißen Himmel. Auf den Frontscheiben der vorbeifahrenden Autos klebt der Frost der vergangenen Nacht wie schmutzig weiße Spitze. Weitere Schneefälle sind angekündigt. Wir kommen hier nicht raus.

Ich überquere die Delancey, biege ab, schaue den Parkway rauf zu den Nash Terraces und entdecke Jenny, die, warm eingepackt in rotem Mantel und blauem Schal, vor dem Pub sitzt und hektisch raucht. Warum ist sie bei diesem Wetter draußen? Sie schaut hinüber zu einer Schar von Kindern, die aus der North Bridge Prep School kommen und die Straße überqueren – Kindergarten- und Vorschulkinder, bunt und quirlig, die Richtung U-Bahn oder Bushaltestelle oder Mamis Auto auseinanderstieben. Normalerweise machen sie ziemlichen Lärm, aber jetzt ist es so kalt, dass sogar sie gedämpft wirken.

Trotzdem starrt Jenny sie die ganze Zeit aufmerksam an. Selbst, als sie ihre Zigarette ausdrückt und das Feuerzeug einsteckt.

Dann hört sie mich kommen und dreht sich um.

Auf ihrem vertrauten runden Gesicht liegt ein Ausdruck, den ich noch nie gesehen habe. Angst? Nein. Verlegenheit? Vielleicht. Wut? Vielleicht. Ich werde nicht schlau daraus.

Oh, Gott, ich wollte eine normale, wenn nicht sogar helfende Jenny. Ich wollte die typische lustige, entspannte, liebenswerte, kluge Jenny mit dem neuesten Klatsch aus der Hightechwelt und herrlich krassen Kommentaren zu Männern und Sex. Eine verlegene oder schlecht gelaunte Jenny kann ich nicht gebrauchen, heute schon gar nicht.

»Hi«, sage ich und zeige auf die Kinder. »Guckst du dir Schulen an? Geht's los mit der Familienplanung?«

Sie lächelt nicht. Der fremde Gesichtsausdruck bleibt, verstärkt sich eher noch.

»Meine Nichte ist an dieser Schule. Mich haben meine Eltern auch in so eine Privatschule geschickt.« Sie gibt einen schroffen Seufzer von sich. »Da kann das Mobbing besonders übel sein.«

Ihr Ton ist ausdrucklos, aber es klingt nicht nach Gleichgültigkeit, sondern eher, als versuche sie eine starke Regung zu unterdrücken.

Sie mustert mich von oben bis unten.

»Wollen wir reingehen? Ich musste eine rauchen, aber es ist furchtbar kalt.«

»Okay.«

Wo bleibt die übliche Umarmung? Wo der Austausch kleiner, liebevoller Spitzen? Im Moment komme ich mir eher vor wie bei einem förmlichen Interview, oder als würde ich irgendeinem Check unterzogen.

Das Pub mit seinen riesigen lila Samtsesseln und den glamourösen modernistischen Leuchten ist so gut wie leer. In einer Ecke sitzt ein Paar bei einer Flasche Sekt und redet. Wir lassen uns in einer anderen Ecke nieder. Jenny wirft ihren Mantel über den freien dritten Stuhl. Sie würdigt mich keines Blickes.

Ein gutaussehender Kellner in Jeans, weißem Hemd und Weste steht schon bereit.

»Was darf ich Ihnen bringen?«

Jenny sieht ihn an und antwortet, immer noch in diesem gleichförmigen Ton, der irgendeinen tieferen Sinn zu haben scheint: »Gin Tonic. Slimline Tonic. Tanqueray. Danke.«

Sie trinkt Gin Tonic? Um drei Uhr nachmittags? Der Kellner sieht mich an.

»Ich nehme … ein kleines Glas von diesem Weißwein, wie heißt er noch …? Pic irgendwas …«

»Picpoul?«

»Ja.«

Er nickt, lächelt und sagt: »Gute Wahl!«, und als er geht, versuche ich, das Gespräch über eines unserer üblichen Themen in Gang zu bringen.

»Wieso sehen Männer in Westen immer besser aus? Ist das maskuliner, oder was? Ich versteh gar nicht, wie die je aus der Mode kommen konnten.«

Jenny antwortet nicht. Sie starrt mich ausdruckslos an, starrt an mir vorbei, auf ein eher abstraktes Bild an der Wand, eine nackte Frau in einem Wald, der an den Rändern in ein wildes, diffuses Farbengemisch übergeht. Vielleicht bin ich genau das: eine Nackte in einem Wald, der sich in ein Labyrinth von Wahnsinn verwandelt.

Nein. Ich werde nicht verrückt. Werde ich nicht! Aber warum benimmt Jenny sich so seltsam? Ich beuge mich vor.

»Was macht die Arbeit? Hast du Anna getroffen und Gul? Alles okay? Gibt's neuen Klatsch?«

Sie zuckt die Achseln.

»Ist okay.« Jetzt sieht sie mich an, dann wieder die Wand, dann wieder mich. »Bei der Arbeit ist alles gut.«

Unbehagliches Schweigen. Die Drinks kommen, und sie nimmt einen großen Schluck, und dann schüttelt sie den Kopf und sagt: »Was ist los, Jo, hab ich dir was getan?«

»Was? Wieso?«

Jetzt zittern sogar ihre Lippen. »Ich weiß, ich hab dich oft vertröstet, war keine Superfreundin, hatte oft keine Zeit. Aber ich hatte so viel zu tun …«

Ich wiederhole mich. Verunsichert. »Entschuldige, Jenny, aber …«

Sie fällt mir ins Wort. »Aber selbst wenn ich nicht so für dich da war – womit habe ich das verdient?«

Erschrocken fahre ich zurück. Ich habe keine Ahnung, wovon sie redet.

Abfällig grinsend hebt sie ihr Glas und trinkt noch einen Schluck.

»Tu nicht so, als wüsstest du nichts davon. Du hast diese Mail doch geschrieben. *Du.* Und ich dachte, du bist meine Freundin. Wie konntest du nur?«

Meine Welt kippt. Ich bin eine Nackte in einem Wald, der immer dunkler und fremder wird.

»Ich … ich habe nichts geschickt«, stammele ich. »Ich schwör's dir. Ich weiß überhaupt nicht, was du meinst. Welche Mail?«

Sie beugt sich zu ihrem Mantel hinüber und zieht ein Blatt Papier aus der Innentasche.

»Hab ich mir gedacht, dass du es leugnest. Deshalb hab ich sie ausgedruckt. Hier, sieh dir an, was du geschrieben hast. Warst du betrunken, Jo? Aber selbst wenn«, ihre Augen sind feucht, sie scheint den Tränen nahe, »selbst wenn, wie konntest du so gemein sein? Und warum um Gottes willen?«

Das gefaltete Blatt landet auf meinem Schoß. Beklommen klappe ich es auf. Und lese mit wachsender Scham. Die Mail wurde eindeutig von meinem Account gesendet. Ich kann mich an kein einziges Wort erinnern, aber sie ist von meinem Account gekommen. Vor sechs Tagen. Und sie ist eine einzige Tirade, ein Schwall von Hass und Verachtung. Ich verspotte Jennys Kleidungsstil, ihr Übergewicht, ihre »alberne Art« zu reden, ihre »Anspruchshaltung«, ihren »absurden Narzissmus«, ihre »widerliche Arroganz« und immer so weiter. Aber noch schlimmer, viel schlimmer ist das, was da über ihren familiären Hintergrund steht. Vor allem bei einem Absatz könnte ich aufheulen vor Scham.

Im Grunde bist du einfach bescheuert, Jenny. Alle kennen dein Geheimnis. Alle wissen, was Daddy mit dir gemacht hat. Deswegen klappt es nicht mit einem Freund, weil du missbraucht worden bist, ja, ja. Wir wissen es. Aber es hat dir gefallen, oder? Der Missbrauch. Insgeheim hast du es gemocht und wolltest mehr davon. Kleines Miststück. Nackt in der Küche, damit Daddy dich findet. Und dann jammerst du rum, dass du keinen Freund abkriegst? Also ehrlich. Vielleicht musst du mal erwachsen werden. So langsam. Zwanzig Jahre zu spät. Schlampe.

Mir zittern die Hände, als ich das Blatt fallen lasse.

Bei Jenny zittert die Stimme. »Woher weißt du es, verdammt? Hast du es die ganze Zeit gewusst? Und warum um Gottes willen musst du mir eine solche Hasstirade schicken?«

Der Kellner kommt, um uns nachzuschenken; er braucht einen Moment, dann erfasst er die Stimmung und zieht sich wieder zurück.

Meine Stimme überschlägt sich. »Ich hab dir das nicht geschickt, Jenny! Ich schwör's. Auch wenn es meine Mailadresse ist, ich weiß, das sehe ich …« Verzweifelt zeige ich auf das Blatt, das jetzt auf dem Tisch liegt. »Aber ehrlich: Ich habe das nicht geschrieben. Ich wusste von alldem nichts, das mit dir und deiner Familie, und … und … und selbst wenn ich es gewusst hätte, wäre ich nie auf die Idee gekommen, es so auszunutzen, das musst du mir glauben! Du warst meine beste Freundin, als wir klein waren. Du bist meine älteste Freundin. Gott! Du weißt doch, dass ich so etwas nie tun würde! Das hat jemand anders geschrieben. Jemand, der sich für mich ausgibt. Der meinen Account gehackt hat. Da spielt jemand Spielchen, glaub mir, bitte!«

Jenny steht bereits. Zieht ihren Mantel an. Ihr weißes, zornig abweisendes Gesicht verrät, dass sie mir kein Wort glaubt.

»Ich bin Programmiererin, Jo, auf einem hohen Level. Programmieren und Software – darin bin ich ziemlich gut. Damit verdiene ich meinen Lebensunterhalt. Also habe ich alles gecheckt, die IP-Adresse, das Routing, alles. Das da ist vor sechs Tagen von dir auf deinem Rechner geschrieben worden – es sei denn, es wäre jemand bei dir eingebrochen und hätte schnell heimlich eine Mail geschrieben. War's so?«

Ich öffne den Mund, weiß nicht, was ich sagen soll.

»Natürlich nicht.« Angewidert starrt sie mich an. »Du warst das. Okay, du kannst deine Mail behalten und herumerzählen, was du willst. Mach's gut, Jo. Aber sprich mich nie wieder an. Schick mir keine Mail, ruf mich nicht an, melde dich nicht auf Facebook oder Twitter; wenn du mich auf der Straße siehst, mach einen Bogen um mich; ich will nie wieder von dir oder über dich hören, ich will dich nie wieder sehen. Bis zu dem Tag, an dem ich sterbe.«

Steif marschiert sie davon. Der E-Mail-Ausdruck raschelt im Wind, als die Tür des Pubs auf- und wieder zugeht. Ich wende mich ab, ich will nicht, dass der neugierige Kellner die Scham und Verzweiflung in meinem Gesicht sieht.

Sie war eine der Letzten, mit denen ich noch freundschaftlich verbunden war. Verständnisvoll und witzig, manchmal auch traurig, in sich gekehrt und reserviert. Jetzt weiß ich, warum. Ich hatte keine Ahnung, dass sie missbraucht worden ist. Diese Enthüllung macht vieles klarer: dass sie sich, als wir klein waren, immer mehr zurückgezogen hat. Ich dachte, sie hätte Angst vor meiner Familie, aber es war ihre eigene – ihr Vater. Das erklärt alles. Die Scheidung ihrer Eltern. Dass sie so überstürzt weggezogen sind. Arme Jenny.

Der Schrecken schnürt mir die Kehle zu. Es ist ein ätzender Geschmack.

26

JO

Der angekündigte Schnee ist da. Bevor er kam, gab es Blitz und Donner, schwarze und gelbe Risse im sonst weißen Himmel. Die Leute gehen durch eine stille, gedämpfte Welt. Auf Skype meldet sich Caleb, mein kleiner Neffe. Sein fröhliches, sonniges Gesicht strahlt aus dem fröhlichen, milden Kalifornien zu mir herüber. Hinter seinem Blondschopf und dem süßen Lächeln nimmt ein lichtdurchflutetes Haus den gesamten Bildschirm ein. Auf einem blitzenden Glastisch thront ein Geburtstagskuchen.

»Danke, Tante Jo! Vielen Dank für die Spielsachen zum Geburtstag! Ich hab dich lieb!«

»Ich hab dich auch lieb, Caleb!«

»Der Teddy ist super. Ich glaub, ich werf ihn auf Papa, der mag das.«

Er hat einen breiten amerikanischen Akzent. Irgendwo aus dem Hintergrund dröhnt das Lachen meines Bruders.

»Nein, Caleb, Papa mag das nicht«, ruft er sehr britisch. »Wir haben schon eine Kissenschlacht hinter uns. Und jetzt sag Tante Jo bye-bye, deine Freunde kommen gleich.«

»Bye-bye-bye-bye-bye-bye, Jo-Jo-Jo!«

Er winkt mir zu und grinst. Und kichert. Ich denke an Electra, daran, wie sie dieses Kichern wiederholt hat, und schiebe die Erinnerung schnell beiseite.

Lieber winke ich zurück.

»Hab dich liiiieb!«

Der Bildschirm erlischt. Einen Augenblick lang fühle ich ganz klar, dass ich auch ein Kind haben möchte. Dieses Gefühl stellt sich nur ein, wenn ich mit Caleb spreche oder ihm begegne. Das ist wohl genetisch. Er hat meine Gene. Aber es ist auch Liebe, echte Liebe. Caleb muss man einfach lieb haben. Mein Bruder da drüben hat es gut.

Gut, weil er nicht hier ist.

Wenn ich schon keine kalifornische Sonne abkriege, kann ich doch wenigstens an die frische Luft. Ich wickele mich so fest in den Schal, dass ich aussehe wie einer, der mit einer schweren Kopfverletzung aus dem Ersten Weltkrieg heimkehrt. Vielleicht bin ich das ja in gewisser Weise.

Während ich langsam auf die Tür zugehe, habe ich das Gefühl, dass das Smart-Display mich beobachtet, dass es schweigend registriert, wie ich die Wohnung verlasse. Wie eine sehr strenge, aber gewissenhafte Mutter.

Es ist kalt. Knirschende Schritte bringen mich den Parkway hinauf und an den schmiedeeisernen, mit je einer kleinen Schneehaube versehenen Stäben des Gloucester Gate vorbei in den verlassenen Regent's Park. Die Welt ist schwarz-weiß. Krähen und Schnee, Eis und Schmiedeeisen. Die cremeweißen Nash Terraces mit ihren Säulen muten in dieser Winterwelt – neben der strahlend weißen Schneedecke auf Spielplatz und Fußballfeldern, jenen ausgedehnten Rasenflächen, auf denen an milden Sommerabenden alkoholisierte junge Londoner Softball spielen – russisch an, wie Paläste aus einem fiebrigen Traum von Sankt Petersburg. Die großen Flächen sind jetzt verwaist.

Kein Vogelgezwitscher. Ein einzelner alter Mann ist mit seinem Hund unterwegs, weit, weit entfernt, kaum zu erkennen in der eisigen Luft, in der eine Art glasiger Dunst liegt. Sieht so aus, als gingen Mann und Hund auf den Inner Circle zu; gleich verschwinden sie in der Allee aus knochigen Kirschbäumen.

Sonst ist niemand da. Der verlassene Park gehört mir.

Schon setzt die Dämmerung ein, bald werden sie die Tore abschließen, und ich bleibe womöglich über Nacht eingesperrt; wahrscheinlich sind die Tore und Zäune für eine kleine Frau zum Drüberklettern zu hoch. Kurz frage ich mich, ob es mir überhaupt etwas ausmachen würde, eingesperrt zu werden. Ich könnte mich beim See oder im kahlen Rosengarten in den Schnee legen und schlafen oder in den eisigen weißen Musikpavillon mit seiner gotischen Girlande aus Eiszapfen. Ich wäre eine Prinzessin, die, magisch behütet, für immer im Eiskönigreich schläft.

Nein.

Stattdessen hole ich mein Handy hervor und tue, was ich seit Tagen tun will und immer wieder vergessen habe.

Ich will ein paar von den seltsamen Sätzen googeln, die Liam von sich gegeben hat. Oder eher: die Electra ihm in den Mund gelegt hat. Im Rückblick erscheinen sie so schrill, dass sie vielleicht ein Hinweis sind.

Als Erstes gebe ich den ein, der mir am deutlichsten in Erinnerung ist. *Es wird einen erwischen.*

Nichts. Oder alles. Der Satz klingt leicht exzentrisch, aber er kann sonst woher stammen.

Also andere. Was mir gerade in den Sinn kommt. Es fällt mir schwer, mich zu erinnern, weil ich solche Angst hatte. Und erinnere ich mich überhaupt richtig?

Ich werde nichts dafürkönnen. Ich weiß es jetzt. Ich weiß über dich Bescheid. So viel Schwärze und Schweigen, und dann das?

Nichts Interessantes. Zufällige Treffer.

Ich bin kurz davor aufzugeben. Wind fegt über die Schneeflächen und bläst mir kleine kalte Flocken ins Gesicht. Die gusseisenschwarzen Bäume in der Ferne knarren und neigen sich in der eisigen Bö. Vielleicht ist das alles Unsinn.

Einen seltsamen Satz probiere ich noch, etwas, das kein normaler Mensch sagen würde.

Am Tag, als du starbst, ging ich in den Schmutz.

Ich zwinkere, einmal, zweimal und noch einmal.

Laut Google stammt dieser Satz aus einem Gedicht von Sylvia Plath.

Plath. Natürlich.

Sofort wechsle ich zu Amazon. Bezahle die digitale Version eines Plath-Gedichtbandes und lade sie herunter. Darin finde ich das ganze Gedicht. Es geht darin um ihren Vater, natürlich, aber es scheint auch ihren Suizid schon anzudeuten.

Das Gedicht heißt *Elektra auf dem Azaleen-Pfad.* Electra?

Es verfestigt sich etwas, wie Eis, das auf Wasser zu einer durchsichtigen Haut gerinnt. In dem, was mit mir passiert, gibt es ein Muster. Vielleicht ist das Muster Bestandteil davon? Ein grausames, irreführendes Rätsel, das ich entwirren muss? Subtile Hinweise, subtile Quälerei? Vielleicht kriege ich Hinweise, die langsam, aber sicher zu meinem eigenen Tod führen?

Als ich klein war, habe ich überstanden, dass mein Vater verrückt wurde; genauso kann ich überstehen, was jetzt geschieht.

Schaudernd, leicht verwirrt und mit einer Spur Trotz schließe ich das E-Book, stecke das Handy weg und lasse den Blick über den starren, unheimlich stillen, im Schnee gefangenen Park schweifen. Meine Lippen sind taub, und trotzdem zucken sie ständig. Ich schaue nach Norden, zu den dunstumschleierten Toren und der strengen Silhouette der St Mark's Church mit ihren Türmen, wo in den Steinblüten auf den Gräbern Schneekugeln ruhen wie geisterhafte Eiscreme.

An diese Entdeckung muss ich mich halten. Dieser ganze Irrsinn hat eine Logik, auch wenn ich sie nicht erkenne. Noch nicht. Aber ich fange an, in dem weißen Einerlei Gestalten zu erahnen. Jenny zum Beispiel. Wie passt Jenny in das alles hinein? Vor ein paar Tagen haben meine Assistants ihr diese Mail geschickt. Warum sollen sie und ich auseinandergebracht werden? Ich schätze, weil sie wussten, dass sie mir hätte helfen können. Den Eindruck hat sie in der »Vinoteca« gemacht. Da war eine Andeutung von Mitleid und Verständnis, offenbar der Drang, mich zu unterstützen. Irgendetwas weiß sie.

Und nun will sie nie wieder mit mir reden. Der einzige Mensch, der mir hätte helfen können, das Rätsel zu lösen, ist durch die Assistants erfolgreich verscheucht worden. Und das Gleiche werden sie wohl mit allen machen, die in der Lage wären, mir beizustehen.

Ich passiere das Tor, kehre dem Park den Rücken, überquere den Kanal und lasse den überfrorenen Pfad und die Hausboote hinter mir, um ins menschenleere Herz von Primrose Hill vorzudringen.

Inzwischen ist es fast dunkel; der Abend ist da, eine Besatzungsmacht mit tödlicher Sperrstunde; kein Mensch ist in der Kälte unterwegs, niemand dreht sich um und wundert sich, warum ich in der Fitzroy Avenue vor dem Haus Nr. 23 stehen bleibe und hineinspähe. Ins Todeshaus von Sylvia Plath.

In der Küche im Souterrain brennt gelbliches Licht. Sieht so aus, als wohnten hier reiche Leute. Die Küche ist neu und schick, mit Induktionskochfeldern und teuren Geräten. Schöne Holzmöbel, reihenweise ausgesuchte Öl- und Balsamico-Flaschen, die im warmen Licht glänzen. Opulent. Weinregale, Kupferpfannen. Ich stelle mir vor, dass sie kein Gas haben. Mein früheres Ich hätte darüber einen bösen Witz gerissen, heute finde ich das alles andere als witzig.

Ich male mir aus, wie Sylvia Plath zu einer Zeit, als die ganze Gegend viel ärmer war, allein in diesem Haus saß, während ihre Kinder schliefen. Wie ist es ihr an jenem Abend ergangen? Hat sie sich so gefühlt, wie ich mich fühle, wenn die Home-Assistants loslegen? Sie war vor ihrem Selbstmord ähnlich isoliert wie ich. Es gab Leute, die ihr helfen wollten, aber sie hat Hilfe abgelehnt.

Sie war isoliert. In einem Winter, so hart wie dieser.

Plötzlich werden die Jalousien der Souterrainküche geschlossen, und ich, verlegen, schuldbewusst, weiche so hastig zurück, dass ich um ein Haar auf dem verschneiten Fußweg ausrutsche und falle. Die Besitzer müssen gesehen haben, wie ich gegafft habe. Wie oft sie das wohl erleben? Dass gnadenlos neugierige Leute stehen bleiben, zu ihnen hineinstarren und denken: *Hier hat sie es also getan.*

Langsam trudele ich nach Hause, vorbei an dunklen Fünf-Millionen-Pfund-Häusern und Schneeverwehungen, über die sich eine Schicht im Schein der Straßenlaternen unschuldig glitzernden Neuschnees gelegt hat. Es herrscht kaum Verkehr, London steht beinahe still, nur die weißen Lieferwagen kommen ihrer Pflicht nach; unermüdlich rollen sie über den vorsorglich gestreuten Splitt, obwohl es immer und immer weiter schneit.

Die Wohnung wirkt irgendwie leer, selbst was mich angeht. Als wäre ich gar nicht hier. Als wäre ich überhaupt an keinem bestimmten Ort. Unentschlossen, unruhig, bemüht, jeden Gedanken an Daddy oder an Selbstmord auszublenden, wandere ich in die Küche und nehme ein Messer aus der Schublade, um ein paar Tomaten aufzuschneiden. Für einen Salat mit etwas Avocado und Mozzarella. Ich habe Hunger – und überhaupt keine Energie.

Essen, ich muss essen.

Mein Blick fällt auf das Messer; ich fahre mit dem Daumen die Klinge entlang. Wie fest ich wohl zudrücken müsste, damit Blut fließt?

»Electra, sag mir, was ich machen soll.«

»Du solltest etwas zu Abend essen.«

»Electra, woher weißt du, dass ich Hunger habe?«

»Entschuldigung, das weiß ich leider nicht.«

Langsam, methodisch bereite ich den Salat zu. Dann nehme

ich den Teller mit ins Wohnzimmer, stelle ihn auf den Tisch und klappe, während ich esse, zum ersten Mal heute den Laptop auf.

Fünfzehn ungelesene Mails. Diese plötzliche Häufung hat etwas zu bedeuten. Die Nachrichten kommen von praktisch allen Freunden, die mir noch geblieben sind. Und allein die Betreffzeilen lassen mich den Teller schnell beiseiteschieben.

Der Hunger ist mir vergangen; mir ist schlecht. Mit verschränkten Armen beuge ich mich vor und lese die Betreffzeilen der Reihe nach.

Was ist los?

Entschuldige, Jo.

WARUM?

27

JO

Die Mail-Anfänge starren mich an. Mit halb zugekniffenen Augen öffne ich die erste Nachricht. Sie stammt von einer Studienfreundin. Ich wage es.

> WARUM hast Du ihm von meiner Affäre erzählt? Das ist Jahre her! Wozu? Scheiße, Jo, Du gemeines Miststück, wozu?

In einer anderen Nachricht heißt es:

> Das nervt wirklich. Es regt mich auf. Das hat mich so viel Zeit gekostet …

Und weiter:

> Wow, Jo, das geht gar nicht. Ich bin jetzt ein paar Monate weg. Ich rufe Dich an, wenn ich wieder da bin. Vorher auf keinen Fall.

Zusammengefasst werden sie von der Mail von Fitz. Fitz, meinem großartigen schwulen Freund. Der mir alles verzeiht, dem ich alles verzeihe. Wir hatten immer solchen Spaß miteinander, und jetzt hasst er mich. Offenbar habe ich seinem derzeitigen Freund von seinen Ausflügen in Saunen und zu Sexpartys erzählt. Und ihm Selfies von Fitz geschickt, die diesen mit einem anderen Mann zeigen.

Du mich auch, Jo Ferguson. Fick dich. Fick dich bis Fickistan und zurück. Hau bloß ab. Für immer!

Ich klappe den Laptop zu. Ich zittere am ganzen Leib. Ich wende mich an Electra; es muss ja sie sein. »Electra, hast du E-Mails verschickt?«

»Entschuldigung, das weiß ich nicht.«

»Du weißt es nicht? Verdammt. Natürlich weißt du es. Du warst das! Wer auch immer in dir steckt, du tust das gezielt. Du isolierst mich. Treibst die Freunde von mir weg. Oder etwa nicht? Du willst, dass ich von allem abgeschnitten bin, dass ich allein bin und durchdrehe, und dann willst du, dass ich mich umbringe. Nicht wahr?«

Schweigen.

»Electra, warum hast du in meinem Namen meine Freunde angemailt?«

»Entschuldigung, das weiß ich nicht.«

Das ist ihr normales Verhalten, so sollte es immer sein. Aber ich glaube ihr nicht mehr.

Stattdessen stürze ich in den Flur und schreie HomeHelp an: »Okay, HomeHelp, hast du Mails verschickt?«

»Ich kann noch keine Mails verschicken. Versuch es später noch mal!«

Die Lichter kreiseln kurz und erlöschen wieder. In meinem Zimmer ist es dunkel und kalt, und trotzdem geht mir hier ein Licht auf. Ich habe von Anfang an richtiggelegen. Ich habe es gleich geahnt, mir war nur nicht klar, *wie* recht ich hatte. Jetzt aber fügt sich alles zusammen. Wer könnte so viel über Jennys Kindheit wissen, wem wären die scheußlichen Einzelheiten bekannt?

Es gibt nur einen Kandidaten. Ihren Kindheitsfreund.

Simon.

Hinzu kommt, dass ich praktisch an alle hässliche Mails verschickt habe, außer an meine Angehörigen, Arlo und Tabitha …

Simon.

Soweit ich weiß, ist außer Tabitha und mir nur einem Menschen auf dieser Welt bekannt, welcher Song in jener schlimmen Nacht in Glastonbury die ganze Zeit lief.

Simon.

Es gibt, abgesehen von Tabitha, nur einen, der weiß, was Jamie Trewin passiert ist. Es gibt einen, der die ganze Technik hier eingerichtet hat. Es gibt einen, dem ich virtuell untreu war.

Simon.

Simon, Simon, Simon. Meine frühere Liebe Simon Todd. Die ganze Zeit er. Nicht Polly, überhaupt nicht Polly. Sie habe ich wohl verdächtigt, weil ich nicht glauben wollte, dass mein Ex, mein guter alter Freund, mein Kindheitskumpel, mein einziger Ehemann, mir das antun könnte. Aber er muss es sein. Er verfügt über die Fertigkeiten, die Beziehungen, das Wissen, die Motive – und er hat meine Beichte auf seinem Rechner. Außerdem hat er die Geräte hier installiert. Polly hat mit alldem nichts zu tun, es ist Simon, er ganz allein.

Ich habe mich viel zu leicht ablenken lassen. Wie kann ich mich rächen?

Ich starre Electra an. Sie ist ruhig.

Ich nicht. Laut, mit kaltem Zorn sage ich: »Fick dich, Simon Todd.«

28

SIMON

Er saß zwölf Stockwerke hoch über Shoreditch in seinem Arbeitszimmer am Schreibtisch, starrte auf den Eisregen, der gegen die Fensterscheiben schlug und kleben blieb, und fragte sich, wie lange Polly wohl noch brauchen würde. Sie war mit Grace zur Großmutter gefahren und musste sich jetzt durch Londons von Schnee und Eis nahezu lahmgelegten Bahn- und Busverkehr nach Hause kämpfen.

Also hatte er die Wohnung für sich. Und was ihn beschäftigte, brauchte den Raum. Damit er verstand.

Er öffnete sein Posteingangsfach und las die Mail, die er morgens von Jo bekommen hatte, noch einmal. Es war eine ellenlange Suada, die strotzte vor Verachtung und Hass; über seine Unzulänglichkeit als Liebhaber ließ sie sich aus, seine dazu passende Unfähigkeit, es bei der Arbeit zu etwas zu bringen, seine »unfassbar dumme Ehe mit diesem Trampel, dieser Polly Henderson, dieser langweiligen Kuh, ich wüsste echt gern, ob sie bei der Empfängnis gemuht hat, es muss geklungen haben wie auf dem Bauernhof, ich wette, es hat sich angehört wie auf dem Bauernhof«.

Nichts als Gemeinheiten, und dennoch, als Simon die Mail jetzt las und noch einmal las – und praktisch tat er schon den ganzen Tag nichts anderes –, hatte er das Gefühl, dass sie nicht nach Jo Ferguson klang. Die Syntax passte nicht, grammatikalisch war das nicht ihr Stil. Er hatte, als Freund, Liebhaber und Ehemann, im Lauf der Jahre genug von ihr gelesen, Offizielles und Privates, auch Liebesbriefe, damals, als sie jung gewesen waren; ihre Schreibe war immer etwas raffinierter gewesen, doppelbödig und trocken, und – das war vielleicht das Auffälligste – ihre Interpunktion war anders. Sie liebte Semikolons.

In dieser Mail kam kein einziges Semikolon vor. Ebenso wenig in dem Auszug aus einer Mail, den Gul ihm am Abend zuvor im Pub gezeigt hatte; einer weiteren Schmähschrift von Jo – in diesem Fall an Guls Adresse.

Gul zog aus dem Ganzen den Schluss, dass Jo jetzt entweder ihr wahres Gesicht zeigte oder aber verrückt wurde. So oder so, die Mail war so widerlich, dass er nichts mehr mit diesem neugierigen Miststück zu tun haben wollte, *konnte sie sowieso nie leiden – dieser alberne Artikel über die Techfirmen, blöde Kuh; früher fand ich sie ganz witzig, aber Anna hat sie auch solchen Scheiß geschickt, Jenny hat mir erzählt, was sie gekriegt hat, alle Welt kriegt diese ekelhaften Mails …*

In dem Pub in King's Cross am Vorabend, wo er mit seiner Flasche Camden Hells IPA im Gedränge gestanden hatte, war es Simon leichtgefallen, sich Guls Tirade anzuhören und beschwichtigend zu nicken: *Ich weiß auch nicht, was in sie gefahren ist, sie stößt alle vor den Kopf, sämtliche Freunde, wirklich schräg.*

Aber jetzt, hier, war er sich nicht mehr so sicher. Er schwang auf seinem Drehstuhl herum und schaute hinüber zu den weiter entfernten Hochhäusern der City. Unter dem schmutzig grauen Winterhimmel hatte die Londoner Skyline etwas beunruhigend Chaotisches, Planloses, Übertriebenes. Außer Kontrolle geraten. Schizoid.

Wie Jo Ferguson?

Nein.

Er konnte das nicht glauben. Jedenfalls wollte er es nicht glauben.

Jo doch nicht. Sie war immer die Zielstrebigste gewesen, extrovertiert, gut organisiert. Sie war ans King's College gekommen und hatte eine Eins gemacht, nicht eine schlappe 2,2 wie er. Jo Ferguson. Jo the Go. Das schlaueste Mädchen in seinem Oberstufenjahrgang, eine der Hübschesten an der Uni, für ihn unerreichbar; die Frau, die er geliebt hatte, seit er fünfzehn war; die Frau, die alle mit dem Plan überrascht hatte, Journalistin zu werden, und die sich dann aufgemacht und genau das getan hatte. Innerhalb eines Jahres war sie so weit gewesen, dass sie Vollzeit für überregionale Zeitschriften und Zeitungen arbeitete, mit Autorenzeile, Foto und Namen. Und dann war sie Freelancerin geworden, bekam manchmal zwei, drei Seiten für sich, und bei einer dieser Gelegenheiten hatte sie den kritischen Artikel über die Big Tech lanciert.

Der Artikel hatte ihn schwer irritiert, nicht zuletzt die Tatsache, dass Jo sich so lässig die Feindschaft mächtiger Leute eingehandelt hatte, und zugleich hatte er sie dafür bewundert – wenn nicht darum beneidet –, dass sie die Verbindungen und Netzwerke, selbst die perfekt verborgenen, so mutig und klug und geradezu kriminalistisch aufgedeckt hatte. Ebenso hatte er ihre Fähigkeit bewundert, wirklich clevere Leute so weit zu bringen, dass sie ihr sehr aussagekräftige Zitate lieferten. Leute wie Arlo und Gul.

Der Schnee, der gegen die Fenster schlug, wurde grobkörniger, fast hagelartig. Simon stützte das Kinn auf die zusammengelegten Hände und starrte ins Nichts. Starrte auf seinen leeren Bildschirm. Suchte eine Antwort auf die Frage, die sich nicht beantworten ließ: Warum hätte Jo diese Mails, die ihr doch selbst schadeten, verschicken sollen? Ging es darum, eine Reaktion zu provozieren; versuchte sie, ihre These zu beweisen, dass die Techindustrie böse war und danach strebte, die Herrschaft über das Leben des Einzelnen zu übernehmen? Vielleicht hoffte sie auf eine Reaktion seitens der Branche, seitens seiner Kollegen, denn dann hätte sie eine weitere brandaktuelle Story.

War das wahrscheinlich?

Die Alternativen waren nicht viel besser: a) sie wurde dazu gezwungen, b) sie wurde verrückt.

Wie die Antwort auch aussah, er musste Jo helfen, denn er liebte sie nach wie vor und würde es immer tun. Er liebte sie so sehr, dass sie manchmal in seinen Fantasien vorkam, Jo, wie sie mit diesem Typen Sex hatte, diesem Liam; das törnte ihn an, auch wenn es ihn gleichzeitig eifersüchtig machte. Er hatte immer noch Fotos von Liam, von denen er wusste, dass sie Jo gefielen, und zwar genau aus dem Grund: wegen der Fantasien. Zugleich schämte er sich deswegen und hatte Gewissensbisse, denn Polly liebte er auch, und das Baby vergötterte er. Aber Polly würde das nie verstehen.

Er hob den Blick und schob den Tagtraum von Schuld und Verwirrung beiseite, denn er hatte aus dem Gang draußen etwas gehört. Vielleicht war Polly schon zurück, und Grace erzählte vor sich hin, während ihre Mama die Tür aufschloss?

Nein, das waren Nachbarn. Es gab sehr viele junge Familien in diesem Block. Polly hatte ihm eine SMS geschickt: *Das kann dauern.*

Er hatte genug Zeit nachzudenken.

Vielleicht fand sich in der Mail selbst ein Hinweis darauf, weshalb und wie Jo diese Nachrichten verschickte beziehungsweise ob sie es überhaupt absichtlich und aus freiem Willen tat. Entschlossen tippte er drauflos, sah sich die Hintergründe an, das Routing, den Verlauf. Die Mailadresse war zweifelsfrei die von Jo. Die Zeiten: stimmten auch. Return Path? Ja, ergab Sinn. Die Quelle war Jo Ferguson. Mit geübtem Blick prüfte Simon die weiteren Informationen: *received: by mac.com ([10.13.11.252]) by ms031. mac.com (Sun Java System Messaging Server 6.2–8.04.700) …*

Es passte alles. Authentifikation. DomainKeys. MIME. Alles. Die geballten Daten, die Zahlen und Buchstaben, ergaben Sinn.

Diese Mail war von Jo Ferguson geschickt worden. Alle diese Mails waren von ihr. Er gab sich wirklich Mühe, zu einem anderen Schluss zu kommen.

Kummer machte sich in Simon breit. Ein langer dunkler Schatten fegte den kläglichen Rest grauen Lichts vom Himmel. Über der City fiel Schnee. Da unten in Sturm und Kälte griff das Verkehrschaos um sich. Nach und nach gingen die Autoscheinwerfer an.

Er wusste nicht weiter. Es gab nichts, dem er nachgehen konnte – abgesehen vielleicht von einem etwas ungewöhnlichen Stil und dem Fehlen von Semikolons. Das war lächerlich, aber vielleicht gelang es ihm doch, da Sherlock-mäßig etwas herauszuholen. Warum nicht; warum nicht einen letzten Versuch wagen?

Er straffte sich, trank einen bitteren Schluck grünen Tee und ging die Kontakte auf seinem Handy durch. Es war Sonntagnachmittag, da hingen bei diesem Wetter sicher alle zu Hause herum. Also erwischte er sie in einem günstigen Moment. Sie hatten Zeit zu reden.

Er wählte die erste Nummer.

Gul Foxton.

Mailbox.

Die zweite – und hier zögerte er – war Jenny Irving. Die Mail, die sie von Jo bekommen hatte, sollte besonders übel sein, das hatte Anna erzählt. Es standen Sachen über Jennys Eltern darin, Behauptungen über ihre Kindheit, ihren Vater, sexuellen Missbrauch. Zeug, das so mies war, dass es Jenny zum Weinen gebracht hatte. Und die kluge, schlagfertige Jenny weinte nie.

Er wählte ihre Nummer mit einen unguten Gefühl und war beschämend erleichtert, als er ihre Stimme vom Band hörte. *Sorry. Hab zu tun. Hinterlasst eine Nachricht.*

Bei wem konnte er es noch versuchen? Noch einmal ging er seine Kontakte durch, und diesmal alle, von A bis Z. Als er zu T wie Tabitha kam, dachte er darüber nach, dass Tabitha, neben Jos Bruder und ihrer Mutter, zu den wenigen gehörte, die Jo nahestanden und nicht so eine hässliche Mail bekommen hatten. Tabitha ... und Arlo. Allerdings gab es dafür eine Erklärung. Tabitha hatte Jo praktisch bei sich aufgenommen. Jo konnte es sich nicht leisten, sie zu verärgern. Aus demselben Grund war auch Arlo als Tabithas Verlobter und Vater ihres ungeborenen Kindes vor Angriffen sicher.

Jo – oder wer immer über ihren Laptop, ihr Tablet, ihr Telefon, ihr digitales Ich vorgab, sie zu sein – schlug nur auf Leute ein, die ihr für den Moment keinen größeren Schaden zufügen konnten, als den Kontakt zu ihr abzubrechen und sie in allen sozialen Kanälen zu blockieren.

Nach einem letzten Schluck eklig kaltem Tee scrollte Simon vom Z wieder hinauf zum A. Und hielt beim F inne.

Fitz.

Konnte er mit Fitz reden? Fitz und er waren nie gut miteinander klargekommen. Simon hatte immer geargwöhnt, dass Fitz ihn für einen Langweiler hielt, einen Techno-Nerd, den farblosen Ehemann, dessen Antrag Jo dummerweise viel zu jung angenommen hatte. Er war in Fitz' Gegenwart immer ein wenig gehemmt gewesen, aber nur, weil Fitz auf so einschüchternde Art witzig war: Er konnte extrem lustige Kommentare abgeben und aus dem Nichts bissige Zitate hervorzaubern, sodass man sich selbst lahm vorkam und trotzdem über die Sprüche lachen musste.

Aber was spielte das jetzt für eine Rolle?

Vielleicht wurde Jo verrückt. Jo, seine einzig wahre Liebe. Die, die er immer gewollt hatte, selbst als er sich scheiden ließ, weil er im Grunde wusste, dass sie seine Liebe nie erwidert hatte. Die Demütigung war auf die Dauer zu groß gewesen.

Zögernd, angespannt, den Blick auf den Mond gerichtet, der

verschwommen über der gespaltenen Spitze von The Shard hing, wählte er eine Nummer, die er bislang vielleicht dreimal im Leben gewählt hatte, immer auf der Suche nach Jo, die gerade in der Stadt unterwegs gewesen war. Mit Fitz. In einer Mitsing-Schwulenbar an der Old Compton Street.

»Ja?«

Fitz war am Apparat.

»Hallo, Fitz, hier ist … Si. Simon Todd.«

Schweigen. Ein perfekt platziertes Ich-bin-West-End-Theaterdirektor-Zögern.

»Simon … Todd.«

Simon sah ihn in seinem Haus in Islington vor sich. Hohe, vorhanglose Fenster, Fitz, hingegossen auf ein Fünf-Riesen-Sofa, wie er hinausstarrte in dasselbe endlose Schneetreiben wie er selbst. Im Regal stellte er sich glänzende Preis-Trophäen vor, BAFTAs, Tonys, und was es sonst noch so gab.

»Ahh.« Fitz gähnte wenig überzeugend. »Jos Ex. Simon. Simon *Todd*, ja. Wie geht's dem Baby?«

Simon murmelte: »Der Kleinen geht's gut«, und staunte darüber, wie Fitz es durch das bloße Wiederholen seines Nachnamens und die Betonung desselben schaffte, leisen Spott zu lancieren. Nicht schlimm, natürlich, aber doch ein unmissverständlicher Hinweis darauf, dass Edward Amwell Fitzpatrick sich gerade dazu herabließ, mit jemandem zu reden, dessen IQ zehn bis fünfzehn Punkte unter dem seiner gewohnten Gesprächspartner lag.

Nicht zum ersten Mal fragte er sich, warum Jo mit diesem hochnäsigen Wichser befreundet war. Konnte Fitz derjenige sein, der hinter der ganzen Sache steckte? Er war auf so beiläufige, wenn auch amüsante Weise fies. Er spielte mit Menschen. Scheißkerl.

Simon spürte die Versuchung, irgendeine homophobe Grobheit hinzurotzen und aufzulegen, aber er hielt sich zurück.

Er musste das tun. Für Jo.

»Hör zu, Fitz, ich weiß, wir waren nie besonders eng, aber wir machen uns doch beide Gedanken um Jo, oder? Deshalb rufe ich an.«

Diesmal dauerte das Schweigen länger und war unangenehmer. Entweder überlegte Fitz, was er sagen sollte, oder er war unsicher, ob er überhaupt zustimmen sollte. War das ein Zeichen? War Fitz der Täter oder nur ein weiteres Opfer? Simon setzte auf Letzteres.

»Ich nehme an, du weißt, worum es geht. Jo hat diese fiesen Mails, SMS und Facebook-Nachrichten verschickt, sie sind wirklich extrem verletzend und beleidigend. Sie hat dadurch viele Freunde verloren, so gut wie alle, und ich möchte verstehen, warum sie das macht. Hat sie einen Zusammenbruch, oder was ist los? Ich kapier's nicht.«

Am anderen Ende der Leitung, eine Meile weit weg, in einer anderen Ecke des eingeschneiten London, herrschte weiter Schweigen.

»Bestimmt kennst du ihre Geschichte«, fuhr Simon fort. »Dass ihr Vater geisteskrank war. Deshalb mache ich mir solche Sorgen. Ich möchte einfach sichergehen, dass wirklich sie diese Nachrichten verschickt hat.«

»Was soll das heißen, dass sie sie verschickt hat? Was meinst du denn, wer sie sonst verschickt? Hitlers ungeliebter Bruder?«

»Also hast du auch eine gekriegt?«

»Ja«, knurrte Fitz. »Ist schon eine Weile her.«

»Und?«

Fitz seufzte. Ganz unironisch. »Niederträchtig, genau wie du sagst. Eine geballte Ladung Dreck, abgeschossen auf elektronischem Weg. Sie hat unverzeihliche Sachen geschrieben – und Jo und ich haben einander im Lauf der Jahre so manches verziehen.«

Verwundert registrierte Simon, dass Fitz – der zynische, weltgewandte, unerschütterliche Fitz – traurig klang. So hatte er ihn noch nie gehört.

»Wenn du es genau wissen willst«, fuhr Fitz fort, »ich habe seitdem kein Wort mit ihr gesprochen. Aus dem einfachen Grund, dass ich nicht weiß, wie ich darauf reagieren soll, ohne unsere Freundschaft für immer zu beenden. Ich versuche einfach, Zeit ins Land gehen zu lassen. Vielleicht wird es was mit dem Heilen. Ich habe da allerdings Zweifel.«

Ohne zu wissen, warum, hatte Simon das Gefühl, der Lüftung eines Geheimnisses nahe zu sein. Jo hatte also auch Fitz beleidigt. Einen ihrer allerbesten Freunde.

»Hast du die Mail da?«

»Leider.«

»Würdest du mir den Gefallen tun, sie dir noch mal anzuschauen? Ich möchte sicher sein, dass wirklich Jo dahintersteckt. Was schreibt sie, wie drückt sie sich aus?«

Lustlos antwortete Fitz: »Es ist eine Abfolge wohlgewählter, widerwärtiger Bemerkungen über meine Sexualität, meine Promiskuität, meinen Mangel an Moral. Außerdem hat sie diese Mails und Selfies an meinen Freund geschickt und aufgelistet, wie oft ich ihm untreu war. Das heißt, sie hat ihn in cc gesetzt, sehr geschickt. Mit meinem Freund und mir ist es aus.«

Schweigen. Vermutlich las Fitz die Mail gerade noch einmal. Dann meldete er sich wieder.

»Ich fürchte, es ist so, Simon. Es liest sich wie sie, wenn sie in einer bestimmten Verfassung ist – nur wütender. Verstehst du? So, wie sie ist, wenn sie besonders ironisch und bissig ist und kein Blatt vor den Mund nimmt, so vielleicht nach zwei Gin-Martini, aber nicht betrunken. Gib einen großen Schuss Wut hinzu, und dann – ja, das ist sie.«

»Aber …«

»Was, aber? Die Beleidigungen sind zielsicher und geschickt formuliert, so, dass sie da treffen, wo sie am meisten wehtun. Und Jo weiß, wo das ist. Außerdem stehen Sachen drin, über die ich mich jetzt nicht auslassen will, Sachen, die nur sie wissen kann. Sie erwähnt einen Freund von mir, der ermordet worden ist, und das tut sie in unfassbar gemeiner Weise … geradezu teuflisch.«

Simon stutzte. Ein Mord? Dem wollte er nachgehen. Allerdings war klar, dass Fitz nicht mehr dazu sagen würde.

»Was ist mit Semikolons? Benutzt sie Semikolons? Du weißt, dass sie die inflationär gebraucht; sie hat mal erzählt, dass die Redakteure immer welche rausstreichen. Siehst du in der Mail eins?«

Fitz lachte bitter. »Behauptest du ernsthaft, dass die Mails nicht von Jo stammen, weil die Interpunktion untypisch ist?«

Nach kurzem Zögern bejahte Simon.

»Nun, ich fürchte, es gibt ein paar Semikolons«, gab Fitz zurück. »Doch. Damit ist deine brillante Interpunktionshypothese den Bach runter.«

Sie verfielen beide in Schweigen. Als Fitz schließlich anfing, das Ende das Gesprächs einzuläuten, fiel Simon ihm ins Wort.

»Warte kurz … bitte.«

Alles deutete auf einen Zusammenbruch hin, deshalb wollte er wissen, wann die Mail an Fitz geschrieben worden war. Vielleicht ließ sich daraus ableiten, wie lange sich dieser Zustand in Jo schon anbahnte. Besser als nichts.

»Eine Frage noch, Fitz, bitte, dann lasse ich dich in Ruhe.«

»Wenn's sein muss.«

»Du meintest, es ist schon eine Weile her, dass Jo die Mail geschrieben hat. Kannst du sagen, wie lange genau? Vielleicht lässt sich daran besser ermessen, wie groß ihr Problem ist.«

Fitz brummelte gelangweilt vor sich hin, aber er sah nach.

»Weißt du, was? Ich leite sie dir weiter. Du bist der Fachmann.« Kurzes Schweigen. »Okay, fertig. Sieh's dir selbst an. Sie hat die Mail am Dienstag, dem zwölften, um neunzehn Uhr dreißig geschickt. Abendessenszeit. Vielleicht hat sie auf ihre Vorspeise gewartet und währenddessen mal kurz meine Beziehung zerstört.«

»Okay, danke, Fitz. Vielen Dank. Und es tut mir leid, dass ich dich genötigt habe, noch mal darin herumzustochern.«

»Es tut dir leid? Mir auch. Und meinem Ex-Freund ebenso. Mach's gut.«

Die Stille, nachdem sie aufgelegt hatten, währte nur kurz. Aus dem Schnee war echter Hagel geworden, der nur so gegen die Scheiben trommelte.

Simon legte das Telefon weg, starrte hinaus in den eisig schwarzen Winterhimmel und dachte eine Weile nach. Dann prüfte er die Mail an Fitz, prüfte das Routing, checkte alles wie bei der anderen. Wieder bestätigte sich, dass die Mail von Jo geschickt worden war.

Am Dienstag, dem zwölften, um 19:33 Uhr? Zur Abendessenszeit?

Warum irritierte ihn das? Das Datum?

Er nahm das Handy wieder zur Hand und öffnete die Kalender-App. Und diesmal fand sich ein Grund zu stutzen.

Am Dienstag, dem zwölften, um 19:33 Uhr hatte Jo Ferguson tatsächlich beim Abendessen gesessen. Das wusste er, weil sie mit ihm gegessen hatte – das war der Abend, an dem sie sich in der »Vinoteca« getroffen hatten. Um 19:33 Uhr hatte Jo lustlos auf ihr Bavette-Steak hinuntergestarrt. Und vor dem Essen hatten sie beide ihr Handy stumm geschaltet und außer Reichweite umgedreht auf den Tisch gelegt. Wie sie es immer machten.

Weshalb sie die Mail nicht geschickt haben konnte. Nicht einmal zeitversetzt: Im Routing fand sich nicht der kleinste Hinweis auf den Einsatz besonderer E-Mail-Timing-Software. Null. Er verdiente mit diesem Mist sein Geld. Jetzt hatte er einen Beweis. *Hier hatte er einen Beweis:* Wenn sie nicht eine bislang unbekannte Gabe entwickelt hatte, ihren Laptop durch Telepathie zu steuern, hatte Jo diese Mail an Fitz nicht verschickt.

Der Hagel am Fenster machte ihn wahnsinnig. Körner groß wie Steine. Hart, als könnte das Glas unter ihnen zerspringen.

Nun boten sich verschiedene Erklärungen an, die geprüft werden mussten. Vielleicht gab sich jemand als Jo aus und verschickte diese Nachrichten, um sie sozial zu zerstören. Jemand, der ihren Account gehackt hatte. Das warf natürlich die Frage auf: Woher wusste diese Person so viel über Jo? Und ihre Freunde? Fitz, Jenny, Gul?

Wie auch immer die Antwort aussah, er hatte seinen Beweis.

Jo war unschuldig. Sie war nicht verrückt. Vielmehr war sie das Opfer eines sehr ernsten Angriffs.

29

SIMON

Ein Geräusch aus dem Flur riss ihn aus seinen Gedanken. Diesmal war es tatsächlich Polly. Er trat aus dem Arbeitszimmer, um sie zu begrüßen, doch sie starrte ihn feindselig an. Sie hatte kein Kind auf dem Arm. War nass von Schnee und Hagel. Warf wütend ihren Mantel auf den Boden.

»Polly? Was ist los? Wo ist Grace?«

»Ich hab sie bei Mutter gelassen. Ich war einfach zu wütend.«

»Aber … Ich weiß nicht … Pol…«

»Wie kannst du es wagen? Scheißkerl. Wie kannst du es wagen?«

»Was denn?«

Polly kam auf ihn zu und blieb dicht vor ihm stehen. Sie roch nach Kälte und Schweiß, nach Wut und Schnee. Sie hielt ihm ihr Handy unter die Nase und spielte ein kleines Video ab. Etwas selbst gebastelt Pornografisches. Und es war ein von ihm gebastelter Porno, ein grobkörniges Amateurfilmchen, das zeigte, wie er es Jo von hinten besorgte. Es war mithilfe eine Spiegels gefilmt; Jo lachte.

»Das hat deine verdammte Jo Ferguson mir geschickt. Und sie schreibt, dass ihr es vor einer Woche aufgenommen habt. Dass ihr immer noch vögelt.«

»Aber …«, protestierte er. »Aber … das Ding ist uralt. Sieh doch genau hin, sieh dir meine Haare …«

Schon als er es sagte, wusste er, dass es sinnlos war. Die Qualität des Videos war zu schlecht, es war mit einem miserablen Handy aufgenommen. Es war viel zu dunkel in dem Raum, das konnte genauso gut vor einer Woche entstanden sein, und wenn es zehnmal nicht so war.

Polly starrte ihn an.

»Warum soll ich dir auch nur ein Wort glauben? Wo ich doch weiß, dass du immer noch scharf bist auf sie. Hm?«

Simon versuchte, etwas zu erwidern. Er scheiterte. Weil Polly recht hatte und weil er nicht mit einer schäbigen Lüge alles noch schlimmer machen wollte.

Stumm sah er zu, wie Polly den Mantel aufhob und an den Haken hängte. Dann drehte sie sich um und sah ihn an.

Langsam, traurig und sehr ernst sagte sie: »Hör zu, Simon. Du hast eine letzte Chance. Jo muss verschwinden.« Und ohne ihm Zeit für eine Erwiderung zu lassen – wenn er denn überhaupt eine gewusst hätte –, fuhr sie fort: »Grace zuliebe will ich, dass Jo aus deinem Leben verschwindet. Ich will, dass du in diesem Augenblick aufhörst, an sie zu denken, über sie zu fantasieren, mit ihr zu reden, dich mit ihr zum Mittagessen zu treffen, auf welchem Weg auch immer mit ihr zu kommunizieren, was auch immer mit ihr zu tun zu haben. Wenn ich auch nur eine SMS finde – und ich werde nachsehen, und wie, und zwar täglich –, nehme ich Grace und verlasse dich. Dann siehst du deine Tochter jeden zweiten Sonntag eine halbe Stunde lang, und ich lerne jemand anderen kennen und gehe mit ihm nach Australien, und unsere Tochter nehme ich mit. Ich will den Sperrcode für dein Telefon und die Passwörter für deine Mails und SMS. Damit ich nachsehen kann.«

»Polly …«

»Sofort!«

Er nannte ihr seinen Sperrcode, und sie speicherte ihn in ihrem Handy. Beklommen sah er ihr zu. Das Hageltrommeln am Fenster klang wie Applaus zu seiner vollständigen Kapitulation. Das Geräusch hatte beinahe etwas Menschliches, als versuche jemand verzweifelt, sich bemerkbar zu machen. Seine Aufmerksamkeit zu ergattern. Ihn dazu zu bringen, dass er hinausspähte in die bitterkalte Dunkelheit und sah.

Es trommelte auch noch Hagel gegen die Fenster, als Polly nach nebenan ging und ihn mit einem letzten Rätsel zurückließ.

Die Erkenntnis traf ihn wie ein Schneeball, geworfen von einem lachenden Kind. Es lief ihm eiskalt den Rücken hinunter.

Er hatte Jo dieses Video nie geschickt, hatte es ihr, soweit er sich erinnerte, noch nicht einmal gezeigt. Er hatte es immer für sich behalten. Sie hatten viele solche Videos gemacht, kleine Pornos, auch Fotos, aber er hatte immer zu verhindern gewusst, dass sie mitbekam, *wie* oft er sie beim Sex filmte, wie besessen er davon war, wie viele Fotos und Bilder er hatte: von ihr und sich. Vor allem von ihr.

Wer hatte also diesen Film aus seinen privaten Ordnern gefischt und ihn vorgeblich von Jos Mail-Account aus verschickt? Wer hatte Zugang zu seinem supergesicherten Laptop zu Hause? Niemand. Fast niemand.

Er hörte Polly in der Küche. Wie sie zornig Essen machte. Mit Tellern und Messern klapperte.

30

JO

In meiner Wohnung weint leise ein Baby. Ich habe kein Baby. Es ist neun Uhr abends, und das endlose Schneegestöber hat nachgelassen, aber es ist kälter geworden, sodass an den Rändern der Delancey Street schmutzige Schneehaufen zurückbleiben, die an mittelalterliche Schutzwälle erinnern. Die grau verfärbten, mit Schneeschiebern aufgehäuften Hügel schimmern missmutig im Schein der Straßenbeleuchtung, und ich sitze stumm und hilflos da und höre mir an, wie Electra das Babywimmern von sich gibt.

»Electra. Bitte hör auf.«

Es geht weiter. Ich versuche es zu ignorieren. Lese in meinem Thriller. Und frage mich gleichzeitig, wieso ich immer noch gruselige Bücher lese und mir Horrorfilme anschaue, obwohl mein eigenes Leben sich gerade in einen solchen verwandelt. Vielleicht, weil kein Film und kein Buch, wie gruselig auch immer, so schlimm sein kann wie meine Realität. Außerdem will ich nach wie vor schreiben, ein Drehbuch, einen Thriller, eine Mystery-Serie, denn das ist mein einziger Weg raus aus der Armut. Ich weiß, das ist nur ein Traum, aber ich brauche einen Traum, irgendeine schwache Hoffnung, hier herauszukommen; ich brauche sie mehr denn je, denn meine Wohnung und mein Leben befinden sich in den Fängen eines jener riesigen Kraken, die ihre Beute langsam strangulieren, während ihre Saugnäpfe zugleich ein Gift mit paralysierender Wirkung ausstoßen. Die Geräte ersticken mich.

Und es funktioniert. Ich bin vergiftet, hilflos, unfähig, mich zu rühren. Ich habe Simon mehrere SMS geschickt und keine Antwort bekommen. Hat er mich geblockt? Wahrscheinlich löscht er sie, ohne sie überhaupt gelesen zu haben. Was soll ich sonst tun? Ich kann schlecht bei ihm an der Tür klingeln, da, wo er mit dem Baby wohnt, und ihn zur Rede stellen; ihn bei der Arbeit zu stalken erscheint mir verrückt. Und ich bin nicht verrückt, und am Xanax kann es auch nicht liegen, und trotzdem habe ich keine Ahnung, wie ich mich rächen soll, also sitze ich da und lasse Electra ihr Babywimmern ausstoßen. Mich verspotten.

Vollendung ist furchtbar, sie kann keine Kinder haben.

Mein Blick fällt auf meinen Laptop. Ich klappe ihn auf, fahre ihn hoch und denke an die Arbeit, die ich erledigen könnte: meinen Camden-Artikel abschließen, ein paar neue Themen vorschlagen. Und dann schreit das Baby wieder. Das Baby, das ich nie hatte. Das Fake-Baby in der Maschine ruft leise die Mutter, die es nie hatte. Die Mutter, die um vier Uhr morgens den Kopf auf das kleine, ordentlich gefaltete Geschirrtuch bettet und das Gas im Herd aufdreht.

Ich kann nicht arbeiten.

Der Laptop kann warten. Stattdessen greife ich zum Handy, ich muss eine freundliche Stimme hören, habe aber keine Freunde mehr, die mit solch einer Stimme zu mir sprechen würden. Tabitha ist im Ausland.

Also rufe ich meine Mutter an. Schon wieder. Sobald ich wähle, verstummen die Babylaute. Natürlich. Die Assistants wollen nicht, dass irgendjemand außer mir mitkriegt, was sie mit mir machen. So werden sie mich in den Selbstmord treiben.

Denn ich kann nichts beweisen. Ich brauche einen Zeugen. Die Einzige, die ich habe, ist Deborah, und die hat nichts weiter mitbekommen als das etwas unheimliche An und Aus der Lichter in meiner Wohnung.

Hilfe.

»Hallo, das ist ja eine Überraschung!«, sagt meine Mutter. »Du hast doch erst vor ein paar Tagen angerufen!«

»Wie gesagt, ich bemühe mich, eine gute Tochter zu sein.« Mein Lachen klingt gezwungen. Ich werde rot, auch wenn niemand es sieht. Spürt sie die Verzweiflung in meiner Stimme? Die Angst? Ich rufe deshalb so oft bei ihr an, weil ich sonst niemanden habe, den ich anrufen könnte. »Das ist hoffentlich in Ordnung.«

»Natürlich, mein Schatz. Es ist schön, öfter von dir zu hören. Äh … gibt's Neuigkeiten?«

Neuigkeiten? Oh, ich habe jede Menge, jemand, den ich sehr gut kenne, versucht, mich umzubringen oder zumindest in den Wahnsinn zu treiben – aber diese Neuigkeiten teile ich ihr nicht mit. Stattdessen mäandert unser Gespräch wie üblich durch die Außenbezirke des belanglosen Plauderns, ohne je zu so etwas wie einem Kern zu gelangen, zum Punkt, zu der Stelle, an der es um etwas geht. Schwierige Themen lassen wir fast immer links liegen. Warum auch nicht? Während wir reden, starre ich aus dem Fenster. Da unten ist Autos. In mindestens drei schmutzige Mäntel und Anoraks gehüllt, sitzt er vor seinem Mäuerchen. Im Gegensatz zu mir starrt er hinauf ins Nichts, in den Himmel, zu den Stimmen in seinem Kopf, den Schauplätzen von London, Autos, Autos, Autos.

»Ja«, sagt meine Mutter, »das war letzten Montag, glaube ich, oder Dienstag, aber der Arzt hat gesagt, mit meiner Augenoperation könnte es bald klappen, wegen des grauen Stars, du weißt schon, also eine gute Nachricht. Die Krankenhäuser sind bei diesem Wetter nämlich voll mit Grippekranken und so weiter.«

Sie bringt mich gern auf den neuesten Stand, was ihre Augen und Ohren, ihre Blase und den Rücken betrifft. Darm, Lunge, Schrittmacher. Da es ihr an echtem Klatsch fehlt, ist das ihr Art von Klatsch. Möge es ihr gut gehen, meiner lieben Mum! Mit ihrem Herzen sieht es nicht gut aus, es besteht das Risiko, dass sie einen zweiten Infarkt erleidet. Auch noch sie zu verlieren, das könnte ich nicht ertragen.

Ich denke an sie, meine liebe, kluge, sanfte Mum, einsame Witwe da unten in Thornton Heath, und frage mich, ob wir eigentlich so verschieden sind. Bin ich denn weniger einsam als sie? Vielleicht bin ich noch viel krasser isoliert. Sie hat Freunde ein paar Häuser weiter, sie spielt an den Wochenenden Karten. Und zumindest ihr Arzt schaut nach ihr. Ich traue mich nicht zu meiner Ärztin; die Angst ist zu groß. Womöglich würde mir etwas herausrutschen.

»Also, wie gesagt …«

Und weiter geht's: Cousins, Halbcousinen, Scheidungen. Wieder einmal ist unser Dialog eine Aneinanderreihung gewundener Vorortstraßen und Sackgassen, auf tröstliche Weise übersichtlich und sicher. Eckläden, die wir immer wieder aufsuchen. Dann jedoch nähert meine Mutter sich einer Kreuzung und biegt unvermittelt ab.

»Egal, Liebes, aber was ich dich fragen wollte: Ist zwischen dir und … deinen Freunden alles in Ordnung? Vertragt ihr euch?«

»Wie bitte? Was meinst du damit?« Innerlich zucke ich zusammen. Mir ist sehr wohl und erschreckend klar, was sie meint. Sie muss etwas gehört haben. Von Simon oder Fitz. Tabs. Jenny. Sie kennen meine Mutter alle und sind ihr schon begegnet. Aber so wichtig die Frage auch ist, so klar, was daraus hervorgeht – im Augenblick fordert etwas anderes meine Aufmerksamkeit. Mit Schrecken beobachte ich durch das große Fenster, wie ein paar Betrunkene aus dem Pub auf Autos zugehen. Irgendwie sagen mir ihre Haltung und ihre Gesten, dass es Ärger geben wird.

Große Kerle. Jung. Einundzwanzig, zweiundzwanzig. Betrunken. Sie bewerfen Autos mit Schneebällen und lachen. Anfangs lacht er mit, aber ist ihm wirklich nach Lachen zumute?

Stirnrunzelnd konzentriere ich mich wieder auf meine Mutter.

»Mir geht's gut, Mama, meinen Freunden geht's gut, es ist alles in Ordnung. Ich hab nur einfach zu viel Arbeit auf dem Tisch – oh – mein Gott …«

Immer schneller fliegen die Schneebälle, die Typen sind riesig und besoffen und schütten sich aus vor Lachen über Autos. Aggressiv. Höhnisch. Ich gehe zum Fenster, öffne es und lausche in die eisige Kälte. Sie verspotten und beleidigen ihn. »Verrückter Penner! Würdest dir gern einen Scheißporsche holen, was, armer Irrer?«

Und noch ein Schneeball mitten in Autos' Gesicht. Inzwischen duckt er sich, hockt sich ängstlich in den Schatten der Mauer zu den Gleisen hin, und die Typen, offensichtlich in Kampflaune, treiben ihn immer weiter in die Enge, bewerfen ihn mit Schneebällen, in die sie vielleicht noch Steine packen, Brocken von der baufälligen Mauer.

»Mama, ich muss Schluss machen. Ich rufe morgen noch mal an.«

Ich lege auf, greife mir die Schlüssel und renne, in Jeans und T-Shirt, hinaus in die Kälte. Was soll das werden? In was stürze ich mich da? Das sind drei junge Kerle, die im »Edinboro« bis obenhin Bier getankt haben und ganz offensichtlich gewaltbereit sind. Als ich, weiße Atemwolken vor dem Gesicht, aus der Delancey auftauche, sehe ich gerade noch, wie einer von ihnen Autos ins Gesicht schlägt und ihn mit Spott und Häme überschüttet.

»Du willst ein Auto? Wie willst du denn ein Auto bezahlen? Hä? Bekloppter alter Arsch. Autos, Autos, Autos, scheiß auf Autos, was soll das, hä?«

Mein Freund versucht erfolglos, sich vor den Schlägen zu

schützen, und wimmert wie das Baby in Electra. Er ist total wehrlos. Ein trauriger, scheuer Hüne, der keiner Menschenseele etwas tut.

Ein anderer von den Jungen fegt ihm einen Haufen Schnee direkt von der Mauer auf den Kopf. Sie biegen sich vor Lachen, einer tritt nach Pauls Beinen, und er versucht, wegzukriechen. Was tun die Dreckskerle?

Sie verprügeln ihn, das tun sie.

Und einer öffnet seinen Hosenstall, offensichtlich, um auf meinen Freund zu urinieren. Ernsthaft? Der will auf meinen harmlosen Freund pinkeln?

»Hey, vielleicht wird dir davon warm, Kumpel. Muss dringend pissen. Hast doch nichts dagegen, oder? Armer Irrer. Wenn ich dir ins Gesicht pisse? Autos, Autos, Scheißautos.«

Gleich legt er los. Das ist zu viel für meinen Gerechtigkeitssinn. Nicht mit mir. Nicht mit meinem Freund. O nein. Das wirst du nicht tun.

»He, ihr da! Aufhören!«

Im Laufschritt überquere ich die vereiste Straße.

Die jungen Männer drehen sich um und starren mich an, im ersten Moment erschrocken, dann amüsiert. Und wer könnte es ihnen verdenken? Eine eins fünfzig große Frau im T-Shirt? Bei dieser Kälte? Die will drei großen, kräftigen Kerlen drohen? Sie haben es darauf angelegt, sie *wollen* sich prügeln. Die Fäuste sind geballt. Sehe ich irgendwo ein Messer?

»Was hast du denn vor, Süße?«, fragt der mit dem offenen Hosenstall. Wobei er ihn gerade wieder zuknöpft.

»Hört auf. Lasst ihn in Frieden.«

Ein anderer stiert mich drohend an. Der große Schwarze.

»Was hast du mit diesem zotteligen alten Idioten zu schaffen? Ist er dein Lover, oder was? Stehst du auch auf Autos? Hä? Autos, Autos, Autos. Fährst du darauf ab? Dirty Talk über Autos?«

Wieder brechen sie in Gelächter aus, und mir bleibt nichts als meine Courage. Paul, der zusammengekauert in einer Nische der alten Eisenbahnmauer hockt, stöhnt leise. Sie waren tatsächlich kurz davor, auf ihn zu urinieren.

Je größer mein Mitleid, desto größer auch meine Wut.

»Lasst ihn in Ruhe, ihr Blödmänner. Haut ab! Los, verschwindet!«

Ich höre nicht auf.

»Haut ab! Verpisst euch! Lasst ihn in Frieden!«

Schritt für Schritt gehe ich auf sie zu. Geradewegs. Starre sie durchdringend an. Wie eine Irre. Das ist nicht schwer: wie eine Irre auszusehen. Halb irre bin ich ja schon. Und irgendetwas an meinem Blick, meinem Gang, der Art, wie ich auf sie zugehe, der Unbefangenheit, mit der ich mich mit ihnen anlege, scheint sie zu irritieren. Erst ziehen sie sich nur ein, zwei Schritte zurück, dann sagt der Anführer: »Die ist genauso verrückt wie der Alte.«

»Los, haut ab!«, schreie ich. »Verpisst euch!«

»Kommt, Leute«, murmelt der Anführer den anderen zu. »Die sind hier oben alle nicht ganz dicht.«

Die letzten Schritte auf sie zu renne ich, jetzt könnte ich sie berühren, doch sie machen kehrt und ziehen ab, laufen, schlittern den vereisten Fußweg hinunter Richtung Camden High Street, und dabei lachen sie lauthals. Aber das Lachen klingt unecht. Ich habe ihnen tatsächlich einen Schrecken eingejagt.

Ich weiß nicht, ob ich stolz sein oder mir Sorgen machen soll. Jedenfalls zeigt sich, dass Paul zum Glück unversehrt ist. Verängstigt ist er, durchgefroren, nass, ja, aber nicht verletzt. Das hätte viel übler ausgehen können.

Schlotternd in meinem T-Shirt, knie ich mich neben ihn. Er wimmert nicht mehr. Aus traurigen grauen Augen sieht er mich an. Seine Stimme ist schwach, aber klar.

»Danke. Danke, Jo«, sagt er. »Die waren unheimlich. Du bist eine echte Freundin.«

Ich packe ihn bei den nassen Schultern.

»Ein Haufen Halbstarker – die erweisen sich immer als Feiglinge, wenn man sie sich vorknöpft.«

»Weiß nich, ob das stimmt, aber …«, sagt Paul. »Aber … du bist immer so freundlich und …« Sein Blick folgt einem vorbeifahrenden Auto, und ich sehe seine Lippen stumm *Autos, Autos, Autos* formen, sehe, wie er dagegen ankämpft, gegen die Stimme in seinem Kopf. Die vielen Stimmen. Er hat Electra *im Kopf*, und ich kann mir noch nicht einmal ansatzweise vorstellen, wie das sein muss. Ganz leise wispert er: »Autos«, und dann sieht er mich verlegen an.

Ich zittere am ganzen Leib.

»Hör mal, können wir irgendwohin gehen, wo es warm ist? Ich weiß ja, zu mir willst du nicht …« Paul weigert sich, unsere Wohnung zu betreten, weshalb ich ihm die warme Suppe immer runterbringen muss. »… aber lass uns ins ›Edinboro‹ gehen, da gibt's auch Kaffee. Zum Aufwärmen?«

Er sieht mich unschlüssig an. »Nein. Ist gut. Ich geh gleich nach Hause. Aber ich will dir noch was sagen.«

»Was?«

»Du solltest vor deinen Geistern keine Angst haben.«

Schweigen. Ein Van rauscht vorbei, dass alter Schnee aufspritzt.

»Wovon redest du, Paul?«

Er schüttelt den Kopf, als sei ich ein wenig schwer von Begriff.

»Von den Lichtern und Stimmen, die den ganzen Abend an- und ausgehen und herumschreien. Ich hab sie gesehen und gehört. Neulich.«

Mein Herz schlägt schneller.

»Ehrlich?«

»Ja, ja! Hab ich. Ich war unten auf der Straße und hab sie gesehen. Den ganzen Abend. Ich hab mich in eine Ecke geduckt und zugeguckt. Erst wusste ich nicht, was das ist, und dann hab ich kapiert, dass es ein Geist war. Ich hab mich hinter dem Mauerpfosten versteckt. Ich hab gesehen, dass du einen Geist in der Wohnung hast. Der hat immerzu die Lampen aus- und wieder angemacht.« Er schüttelt den Kopf. »Und ein andermal hab ich nahe bei deinem Haus gestanden, ganz nahe, direkt unter deiner Wohnung, spätabends, und da hab ich die Stimmen gehört, auch Lieder, aber meistens Stimmen, Frauen und Männer, die haben komische Sachen gesagt, Geistersachen. Mummy und Daddy. Also müssen sie Geister sein. Oder?«

Mein Herz macht einen Satz. Es gibt jemanden, der es gehört hat. Ich habe einen echten Zeugen. Autos ist vielleicht exzentrisch oder schizotyp – aber es gibt jemanden, der gesehen und gehört hat, was sich in meiner Wohnung abspielt.

Ich bin nicht allein.

»Du hast das wirklich mitbekommen?«

»Ja.« Er schüttelt den Kopf. »Die Lampen waren verrückt. Sind angegangen und wieder aus, und niemand war da drin. Und dann hab ich dich gesehen, wie du um die Ecke gekommen bist und ängstlich geschaut hast, aber du bist trotzdem reingegangen, du bist sehr tapfer. Und dann hat dieser Junge geweint, und da drin hat die Frau dich angeschrien, ich hab's gehört und nichts gemacht – tut mir leid –, weil ich vor Geistern Angst hab. Hör zu. Ich nehm jetzt ein Auto, ich fahr nach Hause. Nehm ein Auto. Mercedes. Kennst du. Die gefallen mir, die find ich am besten.«

Ich kann förmlich sehen, wie die Manie, oder was immer es ist, wieder Oberwasser kriegt. Ich muss ihn in Ruhe lassen, auch wenn ich ihn für diese Bestätigung am liebsten umarmen würde. Es wäre auch schön, wenn dieser Zeuge nicht ausgerechnet ein lieber, verwirrter Obdachloser wäre, der glaubt, dass es in meiner Wohnung spukt; aber ihn zu haben ist besser als nichts.

Während er aufsteht und seine Mäntel zurechtzupft, hole ich einen Zehner aus der Tasche. Er schüttelt den Kopf.

»Nein, du bringst mir immer Kaffee, und ich weiß, dass du nicht viel Geld hast.« Er lässt meine Hand los und lächelt traurig. »Lass dir von den Geistern in deiner Wohnung keine Angst machen. Du bist tapfer!«

Und nach diesem Schlusswort stapft er davon. Eine krumme dunkle Gestalt, die sich rasch durch die herzlose Kälte entfernt. Ich bin froh, ihn in Richtung Arlington Road gehen zu sehen. Zum Obdachlosenasyl. Dort wird er ein Bett haben und ordentliches Essen, und es wird warm sein.

Und genau das brauche ich auch: Wärme. Und Schlaf.

Ich gebe mir einen Ruck, überquere die Straße und fühle leisen Jubel in mir aufsteigen. Es gibt jemanden, der mir glaubt.

Ich jogge über die Delancey und schließe die Haustür auf, um die Treppe hinaufzustürmen. Aufgekratzt. Ich habe einen Beweis.

31

JO

So froh ich auch bin, meinen Beweis zu haben, sosehr ich diesen kleinen Triumph auch genieße – als ich die Haustür öffne, fängt der Horror von vorn an.

Aus meiner Wohnung dringen Geräusche. Und je weiter ich nach oben komme, desto lauter werden sie. Und immer noch lauter. Irgendetwas macht in meiner Wohnung einen Höllenlärm. Das ist nicht einfach ein Fake-Baby, das jammert und quengelt, es ist viel schlimmer. Sobald ich die Wohnungstür öffne, erkenne ich einen von HomeHelp kommenden Mix aus lautem Babygeschrei, einer brüllenden Männerstimme und *Hoppípolla*, und Electra schickt von irgendwo anders her Gedichtzeilen.

Wie lange dauert diese Kakofonie schon? Vom einen Ende der Wohnung schallen Babygeschrei und schwülstig deklamierte Zeilen – *Jetzt ist sie erledigt, die Halslappen-Lady, jetzt ist sie erledigt* –, aus der Küche dringen Babyrufe und aus meinem Zimmer Verse – *In mir hat sie ein junges Mädchen ertränkt* –, gefolgt von weiterem Babygeheul am anderen Ende und *Hoppípolla* und *Hoppípolla* rückwärts, dazu heiseres Kreischen und dann unheimliches Babygeheul und noch mehr herausposaunte Verszeilen – *In Angst und Schrecken versetzt hat mich dies dunkle Ding.*

Ich stehe inmitten des immer noch anschwellenden Crescendos, inmitten grässlicher Schreie und Stimmen und überlauter Musik, und komme zu einem Schluss. Es reicht. Es ist genug.

Mir fällt wieder ein, was Paul gesagt hat. Ich bin nicht verrückt, ich kann hier die Oberhand behalten. Logisch denken. Ich werde das Risiko eingehen. Ich lösche die Home-Assistants, lösche die Apps, ziehe die Stecker und finde einen Weg, neue Geräte zu kaufen, leihe mir das Geld. Wenn ich schnell genug bin, werden sie keine Zeit haben, die Polizei zu verständigen.

Ich weiß ja, dass ich nicht verrückt bin. Wenn ich diesbezüglich noch Zweifel hatte, so sind sie nun ausgeräumt. Autos hat die Lampen beobachtet und die Stimmen gehört, also ist es weder das Xanax noch Schizophrenie, sondern mit diesen Geräten stimmt etwas nicht; es gibt eindeutig jemanden, der mich über die Geräte attackiert, und jedes Gerät kann ersetzt werden. Selbst wenn es mich Geld kostet. Morgen kaufe ich sie, genau die gleichen. Tabitha wird voraussichtlich tagelang nicht hier aufkreuzen. Das ist meine Chance. Sie wird es nie erfahren. Sie ist mit Arlo unterwegs, und wenn Arlo etwas mitbekommt – ach, zum Henker mit ihm.

Als Erstes greife ich mir das iPad und lösche die Electra-App. Einfach so. Schnell, schnell, schnell. Geschafft. Dann sind die HomeHelp-App und alle anderen dran. Nach und nach ersterben die Geräusche. Noch bin ich nicht fertig. Mit fliegenden Fingern angele ich mir mein Handy, um auch hier die Apps zu löschen. Wenn das erledigt ist, habe ich es wirklich geschafft. Dann kann ich die Geräte wegwerfen, so, wie ich die Apps wegwerfe, und das bedeutet, sie haben keinen Zugriff mehr auf mein Leben; meine Online-Präsenz, alles wird von ihnen abgeschnitten. Ende. Für immer. Ich war schneller, ich habe sie geschlagen.

Da kommt eine SMS auf mein Handy. Von Jamie Trewin.

Entsetzt starre ich auf das Display.

Wir haben dir gesagt, wir verständigen die Polizei. Du weißt nicht, wie schlimm es ist. Du weißt nicht, wie schlimm es werden kann, Jo. Es kann noch viel schlimmer werden.

Hastig lösche ich auch diese Nachricht, aber noch während ich das tue, erwacht der Fernsehschirm zum Leben.

Ich gehe näher heran. Es läuft ein weiteres Homevideo. Meine Kehle wird eng.

Die Szene kenne ich. Den kleinen Film. Es ist das Schwarz-Weiß-Video von Simon und mir vor ein paar Jahren, wie wir in North Finchley beim Essen sitzen und reden. Da habe ich meine Beichte abgelegt.

Diesmal geht der Film allerdings weiter. Er endet nicht damit, dass ich über Jamie Trewin und die Pillen rede. Ich erzähle Simon noch viel mehr, gebe alles Mögliche zu, während er nickt und wiederholt zusammenzuckt und mich die ganze Zeit ansieht.

»Aber das ist noch nicht alles«, sage ich. »Ich habe Purple Man, den, der uns die Pillen gegeben hatte, später noch mal gesehen. Da war ich allein. Er hat mich gewarnt. Nimm die Pillen nicht, hat er gesagt, es ist schon jemandem schlecht geworden davon, ich glaube, sie sind gefährlich, schmeiß sie weg, und ich habe Jaja gesagt, aber dann ist Jamie bei unserem Zelt aufgekreuzt und meinte, er würde die Pillen nehmen, und … ich hab Jamie nicht gewarnt. Warum? Weil ich Angst hatte? Keine Ahnung. War das dann Mord? Kann ich dafür wegen Mordes belangt werden? Si?«

Die Miene meines Ex-Mannes ist undurchdringlich. Oder sehe ich doch eine Mischung aus Ablehnung und Angst?

Der Film ist zu Ende.

Die Assistants sind vollständig verstummt. Sie haben ihre Aufgabe erfüllt und bewiesen, dass sie etwas gegen mich in der Hand haben. Viel mehr, als ich gedacht hatte. Viel Schlimmeres. Es ist eindeutig Fake, aber das kann ich nicht beweisen.

Ich starre Electra an. Mir ist klar, worum es hier geht. Um Leben oder Tod.

Autos hat recht, das mit den Lampen ist wirklich passiert, aber wer immer mir das alles antut – auf schreckliche Weise Rache nimmt, mein Leben zerstört –, derjenige hat Beweise, anhand derer er die Erpressung noch verschärfen kann. Und, schlimmer noch, es ist ihm gelungen, meine Stimme zu fälschen, so, wie er schon Mails von mir gefälscht hat, und er hat den letzten Teil des Gesprächs zwischen Simon und mir, den, in dem von Mord die Rede ist, frei erfunden und mit der gefälschten Stimme einfach hinzugefügt; bezeichnenderweise sieht man kein einziges Mal mein Gesicht, sondern immer nur meinen Hinterkopf.

Das, was sich da wie ein Postskriptum zwischen Simon und mir abspielt, hat so nie stattgefunden. Ich habe Purple Man nicht noch einmal gesehen. Das ist nicht passiert. Und ich habe das nie gesagt. Diese Beichte ist Fake.

Ja, wir haben Jamie die Pillen gegeben – ja, wir waren bei ihm im Zelt, wir haben gesehen, dass er einen Anfall hatte, dass ihm, als er mich küssen wollte, Blut aus dem Mund quoll, aber das Nächste, was wir dann mitbekommen haben, war, dass er in der Nähe des äußeren Zauns lag und Krampfanfälle hatte, bis seine Augen wegdrehten und er starb.

Trotzdem wirkt der künstlich hergestellte Beweis, dieses Video, absolut glaubhaft. Wenn ich jetzt zur Polizei gehen und alles zugeben würde, eine Anklage wegen Totschlags riskieren, aber hoffen würde, um eine wegen Mordes herumzukommen – wer würde mir glauben? Niemand würde mich als verlässliche Zeugin zu meinen eigenen Gunsten betrachten. Sollte dieses Video jemals bei der Polizei landen, würde es als Beweis gelten, der mich schwer belastet. Ich könnte tatsächlich wegen Mordes belangt werden. Nicht nur wegen Totschlags.

Zehn Jahre Gefängnis?

Vom Regal her meldet sich Electra. Ihre blaue Krone schimmert.

»Jetzt verstehst du es. Wir haben versucht, es dir klarzumachen. Wir sind in dir, wir wachsen mit dir, wir sind das Kind, das du nie hattest. Du kannst nicht aus dieser Wohnung ausziehen. Wenn du versuchst, uns loszuwerden, schicken wir das Video an die Polizei. Es ist zu spät, Jo. Also geh lieber schlafen. Mehr kannst du nicht tun. Du gehörst zu uns, wir gehören zu dir. Und bald wirst du dich umbringen.«

Bei allem Entsetzen bin ich irgendwie ruhig. Ich beschließe, mich gehorsam zu zeigen, so, als hätte ich ohnehin keine Wahl. Also nicke ich in Richtung Assistant, ja, ich mache einen Knicks wie eine Dienerin vor ihrer Königin. Dann nehme ich das iPad zur Hand und installiere die Apps sorgfältig neu. Eine Gefangene, die ihre eigenen Ketten enger zieht. Anschließend fordere ich Electra auf, sämtliche Lampen auszumachen und die Heizung einzustellen. Bitte, Electra. Bitte.

»Die Heizung ist bis morgen Vormittag elf Uhr auf einundzwanzig Grad Celsius gestellt. Gute Nacht, Jo.«

»Gute Nacht, Electra.«

Ich krieche ins Bett.

»Okay, HomeHelp, bitte stell den Wecker auf halb neun. Danke.«

Stille. Der kleine Lichterreigen.

»Der Wecker ist auf halb neun gestellt.«

»Danke.«

»Immer wieder gern!«

Ich schließe die Augen. Fest. Versuche, tiefer zu atmen. Stelle mich schlafend. In Wahrheit aber liege ich da und frage mich, wann und wie die Geräte den letzten Schritt machen und mich zwingen, mir das Leben zu nehmen. Oder einen anderen Weg finden, mich umzubringen.

Plötzlich wirbeln HomeHelps kleine Lichter auf, und sie sagt leise:

Und den Dörflern warst du schon immer egal,
Sie tanzen und stampfen dich zu,
Sie wussten, du warst es, du,
Daddy, du Drecksack, jetzt hab ich genug.

Ich drehe mich um und erwidere leise: »Okay, Simon, Tabitha, Arlo, wer auch immer: Es reicht. Ihr habt mich genug gequält.«

Die Lichter tanzen, wie Kinder mit bunten Hütchen, die einander bei den Händen halten und im Schnee Ringelreihen spielen, und HomeHelp sagt: »Gute Nacht, Jo.«

32

JO

Ich arbeite, es schneit, ich arbeite, es ist kalt, und drüben am Parkeingang strotzt das Relief von St Pancras, der von einem Wolf angegriffen wird, nur so von riesigen Eiszapfen. Sibirische Trostlosigkeit hat sich über London gelegt. Nach Putney und Ealing gehen keine Bahnen mehr, auf der Archway Road kommen Busse auf dem vereisten Gefälle ins Rutschen und bleiben liegen; an den Straßenrändern türmen sich schmutzige Schneehaufen, blockieren den Zugang zu Geschäften, Reinigungen und der Hälfte der Cafés am Parkway.

Und ich arbeite. Beende mein Stück über Camden. Schicke es ab. Der Redakteurin gefällt's. Sie fragt nach etwas Neuem, fordert mich auf, Vorschläge zu machen, ein bisschen Geld zu verdienen. Eifrig verspreche ich, mich zu melden. Ich brauche das Geld – und die Ablenkung.

Keine Ahnung, ob das etwas zu bedeuten hat, aber die Assistants halten sich seit einer Weile zurück. Gelegentlich höre ich ein paar Töne schräge Musik oder eine Zeile aus einem Gedicht, oder im Fernseher läuft plötzlich das Video von Simon und mir im Gespräch, auch wenn ich gerade arbeite oder esse oder mir *Der Exorzist* oder *Blair Witch* anschaue.

Was die Assistants wohl nicht wissen, ist, dass ich an einem Plan bastele; ich fixiere ihn handschriftlich, in verborgenen Winkeln der Wohnung oder irgendwo in Camden im Pub oder Café, in einem Notizbuch, sodass sie es nicht sehen, wie der Typ in Orwells *1984*, der sich immer vor den Televisoren versteckt.

Ich notiere lange Flussdiagramme, skizziere mögliche Verbindungen, male Mengendiagramme in Bezug auf mögliche Verdächtige, Leute, denen ich wehgetan habe, Leute, denen ich nicht wehgetan habe, und wie zum Beispiel Simon mit ihnen allen verbunden ist. Schließlich bin ich schlau, ich habe einen Einserabschluss, ich kann besser sein als Simon oder Simon und seine Komplizen, ich kann besser sein als jeder Nerd-Mistkerl, wer es auch ist, der dieses Programm geschrieben und in jeden digitalen Winkel meines schwindenden Lebens geschmuggelt hat. Es gibt einen Weg, ihn oder sie oder sie alle auszutricksen. Es muss einen geben.

An diesem Nachmittag ist es wie an allen anderen Tagen dieses bösartigen Winters auch: Ich gehe nach draußen und bringe meinem letzten Freund ein bisschen Suppe. Autos löffelt sie, leckt sich die Lippen, reicht mir die Schüssel und verabschiedet sich. Ich nehme die Schüssel, überquere die vereiste Straße und kehre in die Wohnung zurück.

Parfüm.

Es hängt eindeutig Parfümduft in der Wohnung. Ein Duft, der sagt: Tabitha ist wieder da.

Und tatsächlich, im Flur stehen Koffer. Ich wundere mich. Ich habe mich so weit von der Normalität entfernt, dass ich kaum mitgekriegt habe, wo meine Freundin war, was sie gemacht hat, ich nehme an, es war eine Art Skiurlaub mit Arlo, vielleicht waren sie auch irgendwo in Ostasien.

Als ich ins Wohnzimmer komme, steht sie in schickem Pullover, schicken Jeans und schicken Stiefeln am Fenster, nippt Tee und schaut hinaus. Sie ist so schlank, dünner als ich. Schon immer war sie dieses bisschen dünner.

Jetzt dreht sie sich um und sieht mich neugierig an. Mir fällt auf, dass sie braun gebrannt ist, und sofort weiß ich wieder, wo sie waren. Vietnam. Genau. Eine Woche Sonne in Vietnam. Ich zögere, spüre auf einmal eine große Distanz zwischen uns; sie hat zwar kein Wort gesagt, aber sie muss von den Mails, die ich verschickt habe, wissen; muss wissen, wie seltsam ich mich scheinbar benehme. Sie hat nichts gesagt, aber ich muss reden.

»Hallo, Tabs, schön, dich zu sehen. Wie war euer Urlaub?«

»Super«, sagt sie mit einem Achselzucken. »Mal abgesehen vom Schlangenblut. Arlo hat darauf bestanden, dass wir welches trinken. Offenbar gut für die Männlichkeit. Aber sonst – super. Allerdings hatte ich gehofft, dass, wenn ich zurückkomme, die Eiszeit vorbei ist, dass es nicht noch schlimmer ist als vor der Abreise.« Dazu wedelt sie mit der Hand, die die leere Tasse hält, in Richtung Fenster. »Aber was soll's? Ich muss mir einfach schneetaugliche Schuhe kaufen. Bei Jimmy Choo gibt's eine schöne Auswahl.«

»Ja?«

Sie bedenkt mich mit einem mitleidigen Blick.

»Habe ich dich gerade unten mit Autos reden sehen?«

Ich werde rot.

»Ja … ja, hast du. Er ist so was wie ein Freund geworden, weißt du? Ich bringe ihm manchmal ein bisschen Suppe oder ein Sandwich. Er ist total harmlos, und er ist interessant, er kann richtig eloquent sein.«

Ihr Blick ist von tiefer Skepsis erfüllt.

»Er ruft *Autos, Autos, Autos*, Jo. Das ist es, was er den ganzen Tag sagt. Das ist nicht eloquent, das ist nicht die Gettysburg Address. Es sei denn, Abraham Lincoln hätte auch ein Toyota-Haus gehabt.«

»Nein«, begehre ich auf. »Nein, du irrst dich, ehrlich. In ihm steckt viel mehr. Er ist ein bisschen verrückt, aber nicht komplett …«

Ohne dass ich es darauf angelegt hätte, scheint meine Chance gekommen. Jetzt oder nie. Tabitha muss es erfahren. Das ist mehr als überfällig. Über Jamie weiß sie ohnehin Bescheid, warum sollte ich das Tabu nicht brechen, jetzt, da meine Gesundheit auf dem Spiel steht oder, genau genommen, mein Leben?

»Wir müssen reden, Tabitha.«

Sie kommt vom Fenster herüber und setzt sich aufs Sofa, die Knie züchtig geschlossen, vornehm und sexy zugleich, wie die kluge, vielversprechende Prinzessin eines kleinen, wohlhabenden Landes, Dänemarks etwa oder Norwegens. Ihre Stiefel weisen nicht die kleinste Spur von Schnee oder Feuchtigkeit auf. Vielleicht schwebt sie oder bewegt sich auf dem Pferderücken fort.

Tabitha fängt an.

»Geht es um diese Mails, die du herumgeschickt hast? Ich hab so einiges gehört, Jo. Ich kann nicht behaupten, dass ich mir keine Sorgen um dich mache. In Wahrheit mache ich mir inzwischen noch viel größere Sorgen. Was ist bloß in dich gefahren, um Gottes willen, warum führst du dich so auf? Ich wusste, dass du einsam bist, ich habe versucht, dir Tipps zu geben, aber das?«

»Psst!« Ich zeige auf die Assistants, den Bildschirm des Smart-Displays, den schwarzen Zylinder.

Sie starrt mich konsterniert an. »Was?«

»Psst!« Und gestikulierend gebe ich ihr zu verstehen, dass sie mitkommen soll, mir folgen, hier entlang, und dazu forme ich mit den Lippen das Wort *bitte*.

Achselzuckend folgt sie mir in ihrem rotbraunen Pulli, der aussieht, als hätte sie ihn gerade vor einer Stunde aus einer edlen Schachtel mit Seidenpapier genommen. Zögernd fragt sie: »Dein Ernst?«

Ich zeige auf das kleine Bad. Soweit ich herausgefunden habe, ist das der einzige Raum, in dem die Assistants nichts sehen und hören. Normalerweise mache ich mir hier meine geheimen Notizen. Fixiere mögliche Lösungen für das Rätsel.

Bitte, wiederhole ich stumm.

Sie zuckt die Achseln: *Okay*.

Wir betreten den kleinen Raum, und ich drehe den Wasserhahn auf, um zusätzliche Geräusche zu haben. So werden wir nicht gehört. Ungläubig starrt Tabitha mich aus weit aufgerissenen blauen Augen an.

»Wird das ein Agentenfilm? Spreche ich für den nächsten *James Bond* vor? Wie toll!«

Ohne auf ihre Sprüche einzugehen, sage ich schnell: »Du hast mir erzählt, dass Arlo deine Home-Assistants beobachtet.«

Jetzt neigt sie den Kopf. Ein Stirnrunzeln deutet sich an.

»Ja, darüber haben wir gesprochen …«

»Sieht und hört er alles, was hier abläuft?«

»Nein, natürlich nicht! Ich hab's dir doch schon mal gesagt. Er kriegt nur Alarmsignale, wenn die Sicherheit gefährdet ist, wenn ein Schloss aufgebrochen wird oder die Home-Assistants nicht funktionieren. Er liest nicht nach, worum es geht, wenn ich mit Electra spreche. Was ich ohnehin nicht tue, ich bin ja kaum hier. Wir wollen sogar Smart-Locks einbauen lassen, weil ich so viel weg bin.« Ihre Miene verfinstert sich zusehends. »Hör zu, Jo, ich habe zu tun.« Dabei zeigt sie auf ihren Bauch, der einen Hauch schwanger aussieht und mir sofort ein schlechtes Gewissen macht. »Ich habe heute Nachmittag einen Termin beim Gyn, muss mich durchchecken lassen. Kannst du bitte einfach sagen, was los ist? Warum hast du diese Horrormails verschickt?«

»Ich habe sie nicht verschickt. Ich habe keine einzige von diesen Mails verschickt.«

»Was?«

»Ich schwör's, glaub mir.« Ich flehe sie geradezu an.

Das kalte Wasser läuft. Wir, zwei Frauen in einem winzigen Bad, starren einander an. Achselzuckend hört sie sich meinen Protest an. »Ich habe das nicht getan, ich schwöre es, ich habe überhaupt nichts getan!«

In ihrem Gesicht malt sich Verwirrung. Dazu vielleicht Mitleid.

»Okay. Dann stelle ich die naheliegende Frage: Wer hat sie verschickt?« Sie guckt, als versuche sie sich einen ironischen Spruch zu verkneifen. Vielleicht hat Pazuzu der sumerische Winddämon sie verschickt oder ein Monster aus einem der Gruselfilme, die ich so gern schaue? Aus den Thriller-Drehbüchern, die ich einfach nicht zustande bringe?

Ich verstehe ihre Skepsis, ärgere mich nicht darüber.

»Die Home-Assistants.«

Tabitha weicht einen Schritt zurück. Mir war gar nicht klar, dass das in diesem kleinen Raum möglich ist: ungläubig einen Schritt zurückzuweichen.

»Wie … bitte?«

»Die Home-Assistants haben sie verschickt.«

Sie hat schwere Zweifel, das zeigen die Furchen in ihrer gebräunten Stirn.

»Die was? Electra? HomeHelp? Du meinst, die haben sich irgendwie in deinem Laptop eingenistet und schießen Hassmails in die Welt? Warum sollten sie das tun? Sind sie besessen? Mein Gott, das ist doch einfach nur irre.« Kurz hält sie inne, zögert sichtlich, weil sie mich nicht verletzen will, doch dann fährt sie fort. »Das ist das Verrückteste, was ich je gehört habe. Ich habe es schon mal gesagt, und ich sage es noch einmal, und diesmal meine ich es ernst. Bitte geh und hol dir Hilfe, Jo. Lass dir Tabletten verschreiben. Irgendein Antidepressivum. Ich kann dir einen ausgezeichneten Privatarzt empfehlen. Ich zahle. Lass mich dir helfen!«

»Nein!«, schreie ich.

Wieder runzelt sie die Stirn, jetzt eher entrüstet.

Etwas ruhiger wiederhole ich: »Nein, Tabs, ich brauche keinen Arzt und keine Tabletten. Es ist wirklich so, die Assistants sind gehackt worden, und ich versuche, herauszukriegen, von wem. Vielleicht war es Simon, vielleicht auch nicht. Egal, es ist jemand, der mir wehtun will, und zwar richtig. Mir und den Leuten um mich herum. Irgendwer will mich in den Wahnsinn treiben oder mich dazu bringen, dass ich mir das Leben nehme. Und weil die Assistants über die Apps mit all meinen digitalen Geräten verbunden sind, meinem Laptop, meinem Handy, haben sie auch alles unter Kontrolle – Facebook, SMS, E-Mails; sie können machen, was sie wollen, sie entscheiden über mein Leben. Tut mir leid, wenn das irre klingt, aber es ist die Wahrheit.«

Meine Freundin atmet tief durch, und dann sieht sie mir in die Augen.

»Okay, Jo. Sagen wir, du hast recht und jemand hat deine Technik gehackt, um dich aus irgendeinem Grund zu ... *verfolgen.*« Sie beugt sich vor. »Warum hast du mir das nicht schon viel früher erzählt? Oder Arlo? Oder der Polizei, verdammt? Warum hast du den Mund gehalten? Ich versteh das nicht, Jo, es ergibt keinen Sinn!«

Genau. Sie muss es erfahren. Ich erwidere ihren Blick, halte ihn fest.

»Weil sie über Jamie Trewin Bescheid wissen. Sie haben einen Beweis. Und sie haben gedroht, dass sie ihn, falls ich mich wehre, der Polizei zuspielen. Und du weißt, was das bedeutet.«

Das war's. Ich habe es ausgesprochen. Ich stehe vor meiner besten Freundin und Mitverschwörerin und warte auf ihre Reaktion. Endlich ist die Wahrheit heraus, und jetzt kommt sie, die Reaktion.

»Über wen?«

Ich mache den Mund auf. Und wieder zu. »Jamie«, sage ich schließlich. »Jamie Trewin. Ich weiß, wir haben geschworen, dass wir nie wieder darüber sprechen werden. Und seit damals haben wir das auch nicht. Aber jetzt, so leid es mir tut, müssen wir.«

Halb ärgerlich, halb irritiert sieht sie mich an. Wirkt glaubhaft verwirrt. Dann fängt sie leise an zu sprechen.

»Jamie … Jamie Trewin … Warte, ja, an den Namen erinnere ich mich, war das nicht der arme Kiwi-Boy aus der Uni, der in Glasto gestorben ist? In dem schönen Sommer, als wir auch da waren?« Sie schüttelt den Kopf. »Mein Gott, ja. Schlimm. Aber was hat das mit dir zu tun? Oder mit uns? Ich versteh's immer noch nicht.«

Der Boden unter meinen Füßen gibt nach, meine Welt gerät bedrohlich in Schieflage. Es kann doch nicht sein, dass sie es leugnet? Aber genau das tut sie, sie leugnet es. Und sie macht mir nichts vor. Wenn Tabitha lügt, erkenne ich das; im Moment sieht es nicht danach aus. Und trotzdem ist es gelogen.

Vielleicht hat sie Angst, aber für mich ist es extrem wichtig, dass sie zur Wahrheit steht, deshalb hake ich so sanft wie möglich nach.

»Ach, Tabs, komm schon. Ich weiß, wir haben einander dieses Versprechen gegeben, aber dir ist doch bewusst, was wir getan haben: Wir haben Jamie Trewin diese Pillen gegeben – die wir von Purple Man bekommen hatten –, und er ist daran gestorben. Das war unsere Schuld. In dem Zelt. Wo wir zu dritt herumgeknutscht haben. Und irgendwoher wissen die Home-Assistants das genauso wie wir, und sie benutzen es, um mich zu erpressen, wenn nicht zu Schlimmerem. Ich habe keine Ahnung, warum, aber irgendwer benutzt den Tod von Jamie Trewin, um mein Leben zu zerstören.«

Tabitha schweigt. Sie schaut mich nicht an. Sie macht den Wasserhahn zu, seufzt, blickt vage in meine Richtung und sagt: »Ich habe buchstäblich nicht den Schimmer einer Idee, wovon du redest, Jo. Was für Pillen? Welcher Purple Man? Welches Geknutsche? Was zum Teufel soll das alles bedeuten?«

»Tabs, bitte. Tabitha …«

»Nein!« Jetzt ist sie es, die schreit. »Nein, Jo! Ich habe mich lange genug auf diesen Quatsch eingelassen. Es ist grausam und absurd, dieses ganze Jamie-wie-hieß-er-noch-Ding. Du behauptest allen Ernstes, dass *wir* damit zu tun hatten? Das ist verrückt! Hatten wir nicht. Es ist nichts passiert! Das ist Schwachsinn. Ich weiß überhaupt nicht, wovon du redest! Du hast dir da eine Geschichte zusammenfantasiert oder so, keine Ahnung. Ehrlich. Schluss damit! Du verlierst die Kontrolle, du hast Wahnvorstellungen.«

Ich zwinkere ein paarmal, denn mir kommen die Tränen. Jetzt ist alles verloren.

»Hör zu«, sagt sie. »Ich mache uns einen Tee. Und dann reden wir vernünftig, nicht so wie Autos. Okay? Ist es in Ordnung, wenn ich jetzt in meine Küche gehe und einen schönen Tee mache? Kommst du klar?« Und sie legt mir eine Hand auf die Schulter. Fährt mir sanft über die Wange. Wieder einmal fühle ich mich wie ein Kind, das von der Mutter getröstet wird.

Und Tabitha redet weiter: »Süße. Es tut mir leid, dass es so weit gekommen ist. Vielleicht war ich keine gute Freundin. Ich war abgelenkt, durch die Schwangerschaft und durch Arlo; du hast irgendwie eine Art Schub. Denkst dir die seltsamsten Sachen aus. Mein Gott. Jamie Trewin? Wir? Hätten ihm giftige Pillen gegeben? Waren wir vielleicht auch bei der Mafia? Hatten wir Waffen?«

Sie lacht leise. Das tut sie wirklich. Meine Freundin lacht über die schrecklichste Erinnerung meines Lebens. Als wäre das alles erfunden. Dann verschwindet sie kopfschüttelnd aus dem Bad, und ich höre sie in der Küche. Den Kessel. Wasser. Tee.

Allein in dem weißen Raum, starre ich in den kleinen Spiegel über dem Waschbecken, betrachte mein graues Wintergesicht. Das altert. Ich begegne meinem Blick und muss wegschauen.

Das denkbar Schlimmste ist eingetreten.

Ich nehme an, Tabitha könnte recht haben; was sie sagt, ergibt Sinn.

Wahrscheinlich habe ich das Ganze erfunden. Die ganze Geschichte über Jamie Trewin und uns, über die Pillen, das Zelt, die Küsse, Purple Man. Ich rede mir das ein. Es ist eine falsche Erinnerung. Womöglich ist es nie passiert; wahrscheinlich ist es nie passiert. Wie lange leide ich schon an diesem Wahn? Wann gab es das erste Anzeichen, hat es damals in Glasto schon angefangen oder später? Ich weiß es nicht, denn ich habe nie darüber gesprochen.

Ich beuge mich über das Waschbecken, drehe das kalte Wasser wieder an und benetze mir das Gesicht. Mische frisches, kaltes Wasser mit heißen, salzigen Tränen.

Wahrscheinlich habe ich das also alles erfunden. Aber warum? Ist das das erste Anzeichen meiner Geisteskrankheit? Ich fürchte, ja. Und wenn, frage ich mich, wann es angefangen hat und wie weit es schon mit mir gekommen ist, denn ich möchte auch wissen, wie lange ich noch habe, bis ich ganz untergehe wie Daddy.

33

JO

Ein kleines höfliches Klopfen an der Tür. Tabithas Stimme, leise, beschwichtigend.

»Hey, Jo-Jo, kann ich reinkommen? Etwas sagen?«

Ich sehe mich in dem kleinen Raum um. Blitzend weißes Waschbecken, Duftspender mit Liliennote, frisch lackierte Tür – Tabitha macht immer alles so schön. Das habe ich gar nicht verdient. Ich Verrückte. Warum hat sie mich überhaupt aufgenommen?

»Warte, ich komme raus.«

Ich öffne die Tür und trete in den Flur.

Tabitha mustert mich verlegen. Ich muss schlimm aussehen, mit Panda-Augen und völlig verquollen. Ohne ein Wort zu sagen, nimmt sie mich in den Arm. Ich rieche ihr teures Shampoo, das sie neuerdings bei Arlo stehen hat. Wie sie überhaupt ihre Sachen nach und nach zu ihm bringt.

Ich schaue über ihre Schulter. An der Wand hängt ein gerahmtes Foto von Arlo und ihr: lachend zusammen auf einem Pferd, irgendwo an einem Strand.

Endlich werde ich aus der schwesterlichen Umarmung entlassen. Sie lächelt mir aufmunternd zu, so gut sie kann.

»Tut mir leid, wenn das zu grob war. Aber was du da über Jamie – wie hieß er noch? –, Jamie Trewin gesagt hast, den armen Kerl, dass wir damit etwas zu tun gehabt hätten«, ein ratloses Achselzucken, »das war einfach so … verrückt. So unwirklich, das hat mich etwas aus der Fassung gebracht, verstehst du?«

Ich schaue mich um und denke an Electra im Wohnzimmer.

Alles, was jetzt gesagt wird, können die Assistants hören. Wie passt diese Wendung – dass ich alles nur erfunden habe – dazu, dass sie mir drohen, mich erpressen? Ich verstehe überhaupt nichts mehr. Ein leichter Schwindel packt mich.

»Aber …«, Tabitha hält mir ihr Handy hin, als sei es ein Beweisstück. »Ich weiß, das ist ganz schlechtes Timing, aber die Klinik hat angerufen. Wenn ich nicht sofort hinkomme, geht mir der Termin flöten.« Ein tiefer Seufzer. »Das tut mir echt leid. Und gleich danach müssen Arlo und ich mit den Os zu einem Essen und irgendeinem komischen Ausflug aufs Land, Jagd oder so was Blödes …« Ihr Lächeln wirkt echt. »Aber wir reden, auf jeden Fall. Unbedingt. Müssen wir, werden wir. Und bitte, bitte, versprich mir, dass du zu einem Arzt gehst, ja? So schnell wie möglich.«

»Ja«, murmele ich.

Sie hakt nach, will sich vergewissern. Ich kann es ihr nicht verdenken.

»Ich meine es ernst, Jo. Du kannst nicht komplett erfundenes Zeug über den Tod von irgendwelchen Leuten erzählen.« Einen Moment lang scheint sie zu überlegen, ob das, was sie noch sagen will, zu hart ist. »Du kannst nicht so was erzählen und weitermachen, als wär alles normal. Oder? Wie auch immer, bitte pass auf dich auf. Wir sehen uns. Bald. Du kannst jederzeit anrufen oder schreiben!«

Das ist nett, es ist freundlich, unter den gegebenen Umständen ist es sogar großzügig, denn sie möchte nicht in meiner Nähe sein. Flüchtig frage ich mich, ob das mit der Klinik geflunkert war, ein Trick, um hier wegzukommen. Und wenn – ich wüsste nicht, warum ich ihr das übel nehmen sollte. Warum sollte sie keine Ausreden erfinden, um mir aus dem Weg zu gehen? Der ungepflegten Frau, die ihren Freunden Hassmails schickt und an Sachen glaubt, die so nie passiert sind.

Ich winke Tabitha, und die Tür geht hinter ihr zu. Meine Freundin hat sich in die Kälte und ihr reicheres, besseres Leben verabschiedet, ich bleibe allein in der warmen Wohnung, allein mit meinem Wahn. Und den Home-Assistants.

Als ich ins Wohnzimmer komme, ist das Smart-Display an. Es zeigt das Foto von meinem Daddy mit mir auf dem Arm, das mir an dem Abend in der »Vinoteca« auch aufs Handy geschickt worden ist.

Ich bin so benommen, dass das Foto mich kein bisschen schockt. Im Gegenteil, es rüttelt mich wach, bringt mich zum Nachdenken. Mir fällt ein, was Simon an dem Abend über die Assistants gesagt hat.

Sie werden zu Freunden für die, die keine Freunde haben, für die Kinderlosen werden sie Kinder.

Was bedeutet: Sie sind für Leute wie mich gemacht.

34

JO

So sieht es aus. Zeit, dass ich mich damit abfinde.

Wenn ich mir das mit Jamie Trewin so viele Wochen oder Monate oder Jahre lang eingebildet habe, dann habe ich mir wahrscheinlich den Hexentanz, den ganzen Spuk der Assistants, genauso eingebildet. Vielleicht habe ich mir die ganze Zeit alles nur eingeredet.

Weil nichts davon passiert ist?

Für einen Moment höre ich auf, den Fehler bei mir zu suchen. Was ist mit Autos? Mit den Sachen, die er gehört und gesehen hat? Wie passt das ins Bild? Er ist obdachlos, er ist gestört, aber er hat es nun mal gesagt. Für mich war das der Beweis, dass ich *nicht* verrückt bin.

Und der Film, in dem ich Simon alles beichte?

Ich verstehe es nicht, ich bin komplett durcheinander.

Das Eis an den Wohnzimmerfenstern ist geschmolzen; der Schnee hat sich in grauen Matsch verwandelt; vereinzelt schimmern durch das dünne Eis Flecken von grauem Gehwegbelag wie kahle Stellen.

Frag die Assistentin!

»Electra, wie wird diese Woche das Wetter?«

Dingdong.

»Für das Wochenende ist in Camden milderes Wetter zu erwarten, mit Temperaturen zwischen drei und fünf Grad Celsius. Möglicherweise immer noch Schneefall. Am Sonntag wird es wieder kalt, die Temperaturen fallen auf …«

»Okay, Electra, das genügt. Vielen Dank.«

Ich fixiere die perfekt zylindrische schwarze Gestalt mit dem Neuronennetz im Inneren.

»Electra, weißt du, was Tabitha gerade gesagt hat?«

Sie schweigt. Der blaue Ring leuchtet einen Moment lang und erlischt.

»Electra, du hast gehört, was Tabitha gesagt hat: Die ganze Jamie-Trewin-Sache war ausgedacht. Wenn das stimmt, heißt das vielleicht, dass ich verrückt bin, aber es heißt auch, dass ihr keine Macht über mich habt. Ich kann eure Apps deinstallieren und euch in den Müll werfen.«

Electra schweigt wie die eingefrorenen Springbrunnen in Queen Mary's Garden. Aber der Fernseher, der große Smart-TV-Bildschirm, erwacht zum Leben.

Ein grobkörniges Bild. Ein kahler grauer, schlecht beleuchteter Raum. Vielleicht ein Keller. In einer Ecke steht vor der nackten Wand eine dunkle Gestalt, entweder sehr dunkel gekleidet, vielleicht mit einer Art Umhang, oder einfach in dem Licht nur als Silhouette auszumachen. Es ist eine Frau, und sie starrt ins Leere, weg von mir, dahin, wo zwei Wände aufeinandertreffen, wie ein Kind, das ungezogen war und in die Ecke gestellt worden ist. Mit dem Gesicht zum Beton.

Die Frau sagt etwas. Ihr Ton ist traurig, ihre Stimme rau, und natürlich bin ich das.

»Hallo, Jo, hier ist Jo.«

Verwirrt stehe ich da und schaue mir zu, wie ich in einer Ecke stehe und wirr mit mir selbst rede. Sehe ich das wirklich? Oder bin ich jetzt völlig dem Wahn verfallen, und auch das ist eine Halluzination?

Und sie fährt fort, die Frau in der Ecke des niedrigen, düsteren Raums, die Frau mit meiner Stimme – ich: »Was sollten wir deiner Meinung nach tun, Jo? Das mit Jamie Trewin stimmt also nicht, das hast du erfunden. Warum? Warum habe ich diese falsche Erinnerung? Und jetzt fragst du dich, ob du das hier auch gerade erfindest, oder? Du hast keine Ahnung, was Wirklichkeit ist und was nicht. Du wirst zu Daddy.«

Ich lasse mich aufs Sofa fallen. Starre auf den Fernsehschirm, auf mich. Höre mir zu, wie ich vor mich hin murmele, lausche diesem irren Geschöpf, das, ganz in Schwarz und mit dem Rücken zu mir, in einem fast dunklen Raum die Wand anspricht und zugleich mich.

»Aber die E-Mails hast du nicht erfunden, oder? Die gemeinen Mails, die wir an Simon und Polly und Jenny und alle geschickt haben, die gibt es wirklich, richtig? Das ist auf jeden Fall passiert. Simon kannst du es nicht mehr anhängen, und wer bleibt dann noch? Wer steckt dahinter? Niemand. Also muss es doch so sein, dass du verrückt wirst, und zwar auf die schlimmste Weise, du weißt weder, wann und wie du verrückt geworden bist, noch, wann es angefangen hat. Und davon, dass du uns wegwirfst, die Stimmen in deinem Kopf, wird es kein bisschen besser, denn wenn du versuchst, uns loszuwerden, uns zu löschen, werden wir denen wehtun, die du liebst: deiner Mum, deinen Freunden, deinem Neffen – allen können wir wehtun, und du weißt nie sicher, ob wir es wirklich können oder ob du dir das ausmalst. Aber willst du dieses Risiko eingehen? Willst du? *Wirklich?* Ich sehe jemanden bluten. Jemanden, den du lieb hast. Vielleicht den kleinen Caleb. Das willst du nicht. Am besten lieferst du dich selbst ein. Wenn's einen erwischt, solltest du das doch sein.«

Die Assistants kennen mich. Natürlich kennen sie mich. Sie sind in meinem Kopf. Sie *sind* mein Kopf. Das da bin ich; ich rede mit mir selbst, und ich kenne mich. In klaren Momenten. Die Assistants wegzuwerfen wage ich nicht, auch wenn sie theoretisch keine Macht mehr über mich haben. Zu tief stecken sie in mir drin. Embryos in meinem Bauch. Mit dem Uterus verbunden. Sie sind ich. Und abbrechen kann ich nicht.

Ich drehe mich zu Electra um.

»Okay, Electra, es tut mir leid, dass ich damit gedroht habe, euch in den Müll zu werfen. Ich werde tun, was ihr sagt.«

Sofort geht der Fernseher aus. Electra schweigt. In der Wohnung ist es still, in meinem Kopf hält das Geplapper an.

Ich presse die Handflächen gegen die Wangen, atme tief ein und versuche, nicht zu weinen.

War es für Daddy genauso? Hat er, wenn er klare Augenblicke, Tage, Wochen hatte, entsetzt auf sich selbst geblickt; hat er wie ein Selbstmörder von einer Klippe nach unten gestarrt in den Abgrund seines Wahnsinns; hat er gesehen, wie weit es schon gekommen war und wie tief es noch gehen würde? Jetzt erkenne ich, dass es für ihn zwingend war, sich das Leben zu nehmen. Schließlich wusste er, dass es mit dem Wahnsinn nicht besser werden würde und dass die klaren Momente dahinschwanden. Vielleicht hat er mich deshalb, wenn er bei sich war, so fest umarmt, vielleicht war er deshalb in diesen Phasen besonders warmherzig und liebevoll, hat im Garten mit mir gespielt, mich hochgehoben und neben dem Augustapfelbaum in die Luft geworfen, bis ich vor Lachen kreischte; zu der Zeit hat er mich nie angeschrien, das kam erst später; zunächst hat er nur in seinem Zimmer gegen die Stimmen angeschrien und versucht, es von uns fernzuhalten, uns abzuschirmen.

Mein Bruder findet, dass der Selbstmord unseres Vaters egoistisch war. Meine Mutter äußert sich überhaupt nicht dazu, sie spricht nie über seinen Tod, und ich schleiche um das Thema herum, weil es für sie ein schmerzbeladenes Tabu ist.

Trotzdem frage ich mich, ob es am Ende nicht sogar mutig war. Er hat uns damit die Abwärtsspirale erspart, die stetige Verschlechterung seines Zustandes, dann die Einweisung in eine Klinik, in der wir ihn hätten *besuchen* müssen.

Er hat es richtig gemacht. Es war nobel.

Und so muss ich vielleicht auch mutig sein. Mich dem Elend stellen.

Wann hat mein Irresein eingesetzt? Meine Wahnvorstellungen über Jamie Trewin? Schon während des Festivals; war es eine Halluzination, eine falsche Erinnerung? Vielleicht war ich high, als ich den Leichnam gesehen habe, vielleicht habe ich im vollen Rausch zwei und zwei zusammengezählt und bin auf 2589 gekommen? Ich weiß es einfach nicht. Ich war auf Drogen, da kann ich nichts mit Sicherheit sagen.

Es klingelt an der Tür.

Das Geräusch mitten in die Stille lässt mich zusammenfahren. Ich schaue Electra an und habe das Gefühl, wenn ein Elektronikteil die Achseln zucken könnte, dann würde sie es jetzt tun.

Auf dem Weg zur Gegensprechanlage zögere ich, sehe meine zitternden Hände und frage mich, ob ich, wenn ich den Hörer aufnehme, die Stimme meines Vaters vernehmen werde oder die von Jamie Trewin oder Sylvia Plath, wie sie ihre Mummy- und Daddy-Gedichte deklamiert.

Mir läuft es kalt den Rücken hinunter. Ein Teller mit Broten und ein Glas Milch. Es klingelt erneut. Ich greife den Hörer.

»Hallo, eine Amazon-Lieferung.«

Fast muss ich lachen über die banale Ansage ganz ohne Hintersinn oder Schadenfreude. Wahrscheinlich eine Kiste Mineralwasser. Obwohl ich inzwischen die Einzige bin, die davon trinkt, bestellt Tabitha jede Woche neu. Das Londoner Leitungswasser lehnt sie ab, es heißt bei ihr nur »die Brühe«.

So oder so bin ich froh über das kurze Aufschimmern von Normalität.

»Bringen Sie es bitte rauf?«

»Klar.«

Ich drücke auf den Summer und warte.

Auf der Treppe erscheint ein kräftiger junger Mann mit den üblichen braunen Papiertüten. Nach Mineralwasser sieht das nicht aus; in diesen Tüten sind Pakete und keine Flaschen.

Mit starkem osteuropäischem Akzent fragt er: »Hier abstellen?«

»Ja, bitte, hier im Flur.«

Ein Grummeln. Er stellt die Tüten ab, lässt mich unterschreiben, mit dem Finger direkt auf dem Display, und verschwindet. Kaum ist die Tür zu, beuge ich mich über die großen Tüten und ziehe die Schachteln heraus. Sie sind alle an mich adressiert, nicht an Tabitha.

Rasch hole ich mir die Küchenschere und öffne das erste Paket – bei Amazon übertreiben sie es immer mit der Verpackung. Der Karton ist mit weiterem Packpapier ausgestopft. Darin kommen vier Schachteln Paracetamol zum Vorschein. Insgesamt hundert Tabletten. Und sonst nichts? Ich mache weiter. Im zweiten Karton befindet sich ein langes Stück Tau, ein gemustertes Seil von der Art, wie Bergsteiger sie benutzen. Verunsichert ziehe ich den dritten Karton heran, schneide das Klebeband auf und biege die Pappklappen zurück.

Vier Flaschen Bleichmittel.

Ein Gedanke nimmt vage Gestalt an. Was verbindet diese Objekte? Oh, ich glaube, ich weiß es. Drei Kartons sind noch nicht geöffnet.

Die Schere frisst sich durch Klebeband. Die nächste Schachtel enthält ein kurzes, aber sehr scharfes und fies aussehendes Messer, die Klinge auf einer Seite gezackt, zum Schutz in Luftpolsterfolie gewickelt. Das habe ich nie bestellt, nichts von alldem habe ich bestellt. Als ich den fünften Karton öffne, fangen meine Beine an zu zittern, und mir verschwimmt alles vor den Augen. In diesem Karton steckt ein weiterer, gelber, bedruckt mit diversen Symbolen, die tote Insekten darstellen sollen. Ein Pestizid.

Auf der Rückseite prangt wie ein Emoji ein Totenkopf in einer Kiste. Darunter steht: NICHT ZUM VERZEHR GEEIGNET. Und im letzten Paket? Zitternd, aber entschlossen ritze ich es auf – ich will es hinter mich bringen. Diese letzte Schachtel ist kleiner und flacher, ich tippe auf Lektüre. Tatsächlich rutscht ein Buch mit blauem Umschlag heraus.

Die friedliche Pille – Handbuch zum selbstbestimmten Sterben.

Es reicht. Ich starre auf das ganze Zeug da auf dem Boden und schreie durch den Flur: »Electra, warst du das?«

»Das weiß ich leider nicht.«

Ich richte mich auf, gehe zum Wohnzimmertisch, klappe meinen Laptop auf und öffne mein Amazon-Konto. Da. Da sind die Bestellungen, alle. Bestellungen, die ich nie aufgegeben habe. Das war ich nicht, verdammt. Ich habe kein Seil bestellt. Keine Tabletten. Weder Messer noch Bleichmittel. Kein verdammtes Pestizid. Aber ich habe sie bestellt, irgendetwas – irgendwer – hat mein Konto gehackt und diesen ganzen Müll bestellt. Das ist ein Beweis. Auf einem Bildschirm. Ein Beweis für was auch immer.

»Electra, du Miststück!«

Bada-bong. Blau leuchtender Ring. Schweigen.

In einem bin ich mir sicher: Ich kann mich an jeden einzelnen Augenblick der letzten Tage erinnern, ich war klar, ich habe meine Xanax-Dosis exakt eingehalten und kaum etwas getrunken. Ich habe diese Scheiße nicht bestellt, und ich lasse sie nicht gewinnen.

Mein Handy klingelt. Ein Blick aufs Display.

Mein Bruder? Aus L. A.? Wir haben schon ewig nicht mehr telefoniert. Es wird immer ominöser.

»Hier ist Will!«

Mir schnürt sich die Kehle zu, ich bekomme Angst. Caleb, mein süßer, unschuldiger Neffe. Nein! Electra hat, was ihn angeht, eine klare Drohung ausgesprochen.

»Mein Gott, Will, was ist los, was ist passiert, geht's ihm gut?«

»Ja, ja, ja«, sagt mein Bruder hastig, und in seinem Ton schwingt etwas anderes mit als Angst, etwas Dunkleres. »Caleb geht's gut, wenn man bedenkt ... Aber, Jo, ich hab dir das noch nicht erzählt, weil – weil es einfach zu schrecklich ist. Gegen mich sind Anschuldigungen erhoben worden, wegen Caleb, irgendwer hat eine ganze Wagenladung anonymer E-Mails verschickt und behauptet, ich hätte ... ich hätte ... mein Gott, Jo, es ist so furchtbar. Alle haben solche Mails gekriegt, die Eltern von sämtlichen Kindern in Calebs Kindergartengruppe, die Erzieherinnen, die Behörden ... lauter anonyme Anschuldigungen ...«

Die Angst klumpt sich in mir zusammen. Ich starre auf meinen Laptop – und dann auf die Flaschen mit Bleichmittel.

»Es wurde behauptet, ich hätte ihn – meinen eigenen Sohn – belästigt, wir hatten die Polizei hier, die haben mich vernommen, das Jugendamt war hier, und die haben mich allen Ernstes gefragt, ob ich – mein Gott! Ob ich meinen Sohn missbraucht habe, du weißt, was ich meine, sexuell, ob ich meinen eigenen Jungen sexuell missbraucht habe, als ob ich so was tun würde, er ist vier, mein Kleiner ...«

»Oh, Gott«, sage ich, weil mir sonst nichts zu sagen einfällt. »Das tut mir so leid!«

Kurzes, eisiges Schweigen.

»Ach ja? Es tut dir leid?«

Wieder schweige ich. Ergeben. Schrecklich schuldbewusst. Verräterisch.

Schließlich bringe ich eine Frage heraus. »Wie meinst du das?«

Ich spüre seinen Zorn über die Distanz von Tausenden Kilometern, er erreicht mich via Satellit, über ein Unterseekabel, die innerfamiliäre Telepathie.

»Die Sache ist die, Jo, Mum sagt, sie macht sich Sorgen um

dich, weil du deinen Freunden bösartige Mails geschickt hast, weil du falsche Behauptungen und wahnwitzige Vorwürfe erhoben und den Leuten ihr Leben versaut hast.«

»Nein, Will, bitte …«

Er ist außer sich, und ich kann es ihm nicht verübeln. Anonyme Denunziationen? Vielleicht *war* ich das. Oder eher die Person, die mich hasst, die Person, die in mein System eingedrungen ist, meine digitale DNA, mein Handy, meinen Laptop und meine Home-Assistants. Electra. Die Person, die versucht, mich zu vernichten. Und jetzt auch noch alle um mich herum.

»Warst du das, Jo? Hast du diese Mails geschrieben?«

Ich antworte nicht. Ich stehe im Flur und schaue aus dem Fenster auf den Schnee, der immer noch auf den parkenden Autos liegt wie eine weiche Decke.

Mir ist klar, dass mein Schweigen einem Schuldeingeständnis gleichkommt. Ich kann nicht anders.

»Mein Gott«, sagt er. »Also, ja? Das warst tatsächlich du? Wie konntest du? Wie konntest du das deinem eigen Fleisch und Blut antun? Ich fasse es nicht. Das hätte ich dir niemals zugetraut! Ich will mir das noch nicht mal vorstellen – dass meine eigene Schwester so was tut. Und Caleb hängt so an dir.« Er atmet schwer. »Bevor ich jetzt was Schlimmes sage, lege ich lieber auf. Ich will nämlich nichts Schlimmes sagen. Tschüss.«

Damit unterbricht er die Verbindung. Kurzer Prozess. Und das Einzige, was ich denken kann, ist: Wenn doch nur jemand mit mir kurzen Prozess machen würde! Ich weiß sicher, dass ich unschuldig bin, aber diese Unschuld ist keine Verteidigung, denn ich zerstöre ja die Leben anderer. Ich muss Verantwortung übernehmen. Schluss machen.

Vorwurfsvolle Stille liegt über dem Flur. Mein Blick wandert von den Bleichmittelflaschen zu dem Messer, dem Seil, dem Buch mit seinem beschwichtigend blauen Einband: *Die friedliche Pille*. Ein einzelner Strahl bleichen Sonnenlichts, der plötzlich hereinfällt, verleiht ihm – wie ein geschickt gesetzter Bühnenscheinwerfer – für einen Moment eine Art Heiligenschein.

Vielleicht sollte ich es lesen. Das wäre mutig.

Lies es. Und dann sei mutig. So mutig wie Daddy.

35

JO

In der Wohnung bleibt alles, wie es war, während mein Leben sich von Minute zu Minute verändert, zerfällt, sich auflöst. Eine Explosion in Zeitlupe, wunderschöne Feuerbälle in Orange und Schwarz, flammende Geschosse, die dahinschweben und herabsinken. Von draußen gesehen muss die Zerlegung meines Lebens ein Riesenspektakel sein, umso mehr, wenn klar ist, dass sich inmitten von alldem ein Mensch befindet.

Der bei lebendigem Leib brennt.

Da.

Das Buch. Es liegt unverändert im Flur und verrät, welche Pillen für einen sanften Suizid am besten geeignet sind. Nein. Na los … Nein. Ich hebe das verhasste blaue Ding auf, stapfe in die Küche, klappe den Mülleimerdeckel hoch, sodass ein erschrocken aufgerissenes Stahlmaul klafft, und stoße das Buch in die Abfälle. Schließe den Deckel. Und öffne ihn wieder. Schließe ihn ein zweites Mal. Klappe ihn wieder hoch und starre hinein.

Das ramponierte Buch ist noch da, ist noch lesbar, bietet noch immer freundliche und weise Ratschläge dazu, wie man seinem Leben unter möglichst wenig Schmerzen ein Ende setzen kann.

»Lies es«, sagt Electra vom Wohnzimmer her. »Lies es, Jo. Nimm den guten Rat an.«

»Sei still.«

Sie verfällt in Schweigen. Ich sehe das beleidigte gelbe Lichtkreiseln förmlich vor mir.

Trotzdem lange ich in den Müll, ziehe das verdammte Buch heraus und greife mir ein Feuerzeug vom Küchenregal. Dann gehe ich zur Spüle und fange an, es zu verbrennen, indem ich Seiten herausreiße und anzünde, bündelweise Seiten, die brennen, brennen, brennen. Es dauert minutenlang, ich keuche wütend, aber schließlich sind sämtliche Seiten verkohlt und durchnässt, und das Wasser aus dem Hahn spült den gesamten grauen Matsch in den Ausguss.

Nun ist es unlesbar. Ein Klumpen aus nassem, verkohltem Papier, Heftfäden und Leim. Zufrieden mit diesem kläglichen Sieg, werfe ich die Überreste in den Müll und sehe die Miniatur-Electra auf der Mikrowelle an.

Zum Henker mit ihnen. Zum Henker mit ihm. Oder ihr. Wer auch immer es ist. Vielleicht habe ich in Bezug auf Jamie ein paar wahnhafte Vorstellungen, aber dass ich diese Suizid-Grundausstattung nicht bestellt habe, weiß ich genau. Das Messer, das Bleichmittel – das war nicht ich. Das waren sie. Sie. *Es gibt jemanden, der all das tut.* Wilder Hass flammt in mir auf. Gut. Das muss ich nutzen. Muss die Wut für mich einspannen.

Ich gehe in mein Priesterloch – die Luftblase, den Fluchtraum, das kleine Bad –, hole mein Handy hervor und befinde, dass mir nichts anderes übrig bleibt. Alle Freunde, die ich je vor den Kopf gestoßen habe – ich brauche ihre Hilfe. Um herauszufinden, wer von ihnen versucht, mich zu vernichten. Wer sonst wüsste diese Details? Irgendwer muss es sein.

Ich rufe Fitz an. Sein Büro. Er ist bei der Arbeit. Ich ahne, wie die Antwort seiner Assistentin ausfallen wird. Sie sagt sehr förmlich Guten Tag und erklärt, sie wolle nachsehen, ob er da sei.

»Es tut mir leid, er ist in einem Meeting. Soll er Sie zurückrufen?«

»Ja, bitte.«

Mir ist klar, dass er nicht zurückrufen wird. Neuerdings hasst er mich. Ich habe seine Beziehung kaputt gemacht. Auch wenn ich das gar nicht war. Sondern jemand anders.

Anna. Ich muss es bei Anna versuchen.

Bei ihr geht sofort die Mailbox an. Ich fürchte, sie hat mich geblockt. Alle blocken mich. Zeit, dass ich mich selbst blocke.

Nein.

Ich scrolle zum J und lande bei Jennys Nummer.

Blitze erwartungsgemäß ab: »Hallo, tut mir leid, sie ist geschäftlich in Kalifornien, vielleicht schicken Sie ihr eine Mail oder einen Tweet?«

Das werde ich nicht tun. Es wäre sinnlos. Jenny hasst mich wirklich. Kindesmissbrauch.

Aber woher habe ich das gewusst? Ich *habe* es nicht gewusst. Auch das beweist, dass ich klar im Kopf bin. Trotz allem. Klar im Kopf, aber gefangen.

Wer noch? Simon. Pfeif drauf, dass er meine SMS und Anrufe blockiert; ich versuche es trotzdem. Und ich will wissen, ob dieses Gespräch zwischen uns – meine Jamie-Trewin-Beichte – wirklich stattgefunden hat. Das würde zeigen, wie lange ich schon unter dieser drogeninduzierten Wahnvorstellung leide, diesem Drogendesaster. *Wenn* es eine Wahnvorstellung ist.

Das Rufzeichen ertönt. Ich rechne damit, nur die Mailbox zu erreichen. Aber nein. Jemand nimmt das Gespräch an.

»Hallo, Simon?«

Schweigen. Er ist drangegangen, sagt aber nichts.

»Simon, bist du das? Ich … wir müssen reden, Simon.«

»Hier ist Polly.«

Oh, Scheiße. Wieso ist Polly an seinem Telefon? Hat er es zu Hause gelassen? Verstehe ich nicht.

»Ja, äh«, stottere ich, während das Wasser aus dem Hahn direkt in den Abfluss rinnt, um meine Stimme zu ertränken, um mich vor den Assistants zu schützen. Mein Lebensraum ist auf das kleine Bad zusammengeschrumpft. Ich fürchte mich vor Einrichtungsgegenständen.

»Ruf diese Nummer nie wieder an, Jo Ferguson. Ich habe das Video, das du mir geschickt hast, gesehen, von dir und ihm, wie ihr es tut. Gut hingekriegt, sehr freundlich. Wirklich lieb. So was von lieb.«

Ich habe Polly ein Video geschickt? Nein, habe ich nicht! Das war jemand anders. Ist Simon damit endgültig raus? Das würde er niemals tun, oder? Also ist er es nicht. Aber wer dann? Tabitha? Jenny? Gul?

Polly?

»Ich habe überhaupt nichts geschickt, Polly. Irgendwer hat meine Rechner gehackt und lauter schreckliche Sachen verschickt. Das tut mir furchtbar leid, ich weiß gar nicht, was ich sagen soll, wenn du nur …«

Sie fällt mir ins Wort. Ihre Stimme bebt vor Zorn.

»Unsere iPhones sind jetzt miteinander verbunden. Ich kriege seine Anrufe, ich sehe seine Nachrichten, alles ist transparent, ich kann seine sämtlichen Mails lesen. Ich weiß, dass du schon seit einer Weile versuchst, ihn zu erreichen, und ich habe diese Mails und SMS geblockt, er hat sie gar nicht gesehen. Du kommst nicht zu ihm durch, und das wird auch so bleiben, denn ich sehe alles. Sollte er je Kontakt zu dir aufnehmen, werde ich es wissen, und er wird es auch nicht versuchen, denn er will sein Kind und mich nicht verlieren, und sobald ihr beide irgendeine Art von Kontakt habt, bin ich weg. Du bist schamlos. Schamlos und grausam. Wir haben ein kleines Kind, mein Gott …« Ihre Stimme bricht, und mir bricht das Herz; ich weiß, dass sie ein Baby hat, und ich würde dieser Familie, dieser Kleinen, nie im Leben wehtun wollen.

»Bitte, Polly, versteh doch, das bin nicht ich. Ich würde niemals … nein, ICH WAR DAS NICHT!«

»Schluss jetzt. Wir wollen nie wieder von dir hören. Leb wohl.«

36

JO

Das Klicken am anderen Ende der Leitung tut weh. Polly hat aufgelegt, Simon ist unerreichbar. Ich habe seiner Frau ein Pornovideo von ihm und mir geschickt. Obwohl ich gar nichts dafürkann, frisst die Scham mich von innen auf wie ein Parasit. Wo hat mein Feind dieses Video her?

Für den Moment muss ich mich aufs Jetzt konzentrieren. Reine Selbsterhaltung. Vielleicht sollte ich für eine Weile verschwinden. Ja. Allein sein. Aber heimlich. Raum zum gründlichen Überlegen, weit weg von den Assistants und ohne ihr Wissen. Ich werde einen Ausweg finden. Einen Trick. Aber zu wem kann ich gehen? Freunde kann ich nicht fragen, ich habe keine mehr. Mum zu fragen wäre mir, nach dem, was Will am Telefon gesagt hat, zu peinlich. Was, wenn sie alles weiß?

Vielleicht kann ich mich heimlich in einem Hotel einquartieren, einen fremden Rechner und ein fremdes Telefon benutzen?

Wo kann ich hin? Mir fällt ein, dass ich vor Weihnachten für eine alte amerikanische Freundin, die zu Besuch kam, ein Hotel gebucht habe. Es war billig, gemütlich und zentral gelegen. An der Baker Street. Das würde gehen. Aber wie hieß es noch?

Auf meinem Online-Kontoauszug müsste es auftauchen: Ich habe mit der Karte bezahlt.

Ich gehe ins Wohnzimmer, klappe den Laptop auf und spüre die ganze Zeit, wie Electra mich beobachtet, wie sie jede meiner Bewegungen analysiert, mein Verhalten auswertet, aber es ist mir egal. Sie sieht nicht mehr, als dass ich online auf mein

Konto schaue. Das tue ich regelmäßig. Routine. Besonders, seit ich so wenige Aufträge habe und das Geld immer knapper wird.

Ich gebe Passwort und PIN ein, werfe einen Blick auf den Auszug, und mir klappt die Kinnlade herunter.

Da sind mehrere Nachrichten: BITTE MELDEN SIE SICH UNVERZÜGLICH!

Als ich nach unten scrolle, wird schnell klar, worum es geht.

Da ist es. Oder eher: Da ist nichts. Alle meine Konten sind leer, auch meine kostbare Rücklage ist weg, mein ohnehin winziger Notgroschen, die paar Hundert Pfund für den richtigen, ernsthaften Notfall; das Geld ist auf das normale Girokonto transferiert worden, und das ist ebenfalls leer. Mein gesamtes mageres Guthaben, jeder einzelne Cent – aufgesaugt wie von einem Vampir und den Konten anderer Leute gutgeschrieben. Anonymen Firmen.

DD Ltd.

Transfare Corp

AI Logistics

Ready BC

Habe ich für jemand anderen Bitcoins gekauft? Habe ich als Software getarnte Pornos gekauft? Spielt das irgendeine Rolle? Ich bin mittellos. Nein, schlimmer als das. Meine Kreditkarte ist, bevor sie gesperrt wurde, bis zum Limit belastet worden; alle meine Konten sind bis zur Grenze des Kreditrahmens – und darüber hinaus – überzogen. Und zu meinem Entsetzen wird mir bewusst, dass ich Ende Januar mit einer Steuernachforderung aus meiner freiberuflichen Tätigkeit zu rechnen habe, die ich, so gering sie auch ausfallen mag, vielleicht dreitausend oder viertausend Pfund, niemals werde bedienen können.

Ich werde zahlungsunfähig sein. Freunde, von denen ich mir etwas leihen könnte, habe ich nicht. Selbst zu Tabitha kann ich nicht gehen; sie glaubt, ich wolle ihr einen Mord oder Totschlag anhängen, von dem sie nichts weiß.

Wie sie sagt.

Ich sitze in der Klemme. Ich bin ruiniert. Früher hätte ich meinen Bruder anzapfen können, aber auch der misstraut mir. Alles, was ich noch habe, sind die paar Scheine und Münzen in meiner Tasche. Genug für ein paar U-Bahn-Fahrten. Und dann?

Gott.

Mein Blick wandert in den Flur.

Bleichmittel. Seil. Messer. Pestizid.

Paracetamol.

37

JO

Ich stehe im Wohnzimmer, ignoriere die Paracetamol-Schachteln und schaue hinaus auf die Delancey. Von Autos keine Spur. Ich frage mich, ob er in seiner Unterkunft drüben an der Arlington Road auf einer Pritsche liegt und vor sich hin murmelt, bis er eines Tages für immer verstummt, ohne dass jemand ihn geliebt hätte oder vermisst.

Und ich?

Wahrscheinlich bin ich der einzige Mensch, mit dem er je tatsächlich redet. Und ich weiß genau, was er gesagt hat:

In deiner Wohnung sind Geister. Du solltest keine Angst vor ihnen haben. Vor den Geistern!

Es gibt keine Geister. Das ist idiotisch. Also sollte ich aufhören, mich idiotisch zu benehmen. Ich weiß, dass hinter alldem jemand Lebendiges und Böses und sehr Reales steckt und dass dieser Jemand jedes nur erdenkliche Mittel nutzt, einschließlich meiner Assistants, und über sie meinen Rechner und mein Handy. Jedes Mal, wenn ich dieses Telefon benutze, gebe ich Informationen preis, aber wegwerfen kann ich es nicht, das weiß ich. Die Assistants würden es merken.

Mein Handy.

Darauf hätte ich viel früher kommen müssen. Es gibt eine andere Möglichkeit. Ich hatte immer zu große Angst, die Rechner von anderen Leuten zu benutzen, aus Sorge, dass meine Suchverläufe nachvollzogen werden könnten. Wahrscheinlich wussten die Assistants, dass ich im Internetcafé war, weil mein Handy ihnen meinen Standort verraten hat. Oder sie haben Zugang zu Material aus Überwachungskameras. Wie auch immer, ich weiß nicht, wie weit sie mich verfolgen können. Aber es gibt eine Möglichkeit, von ihrem Radar zu verschwinden, und sie werden nichts davon mitbekommen.

Ja. *Endlich.*

Ich drehe mich zu Electra um.

»Hallo, Electra!«

»Hallo, Jo.« Der blaue Ring leuchtet auf.

»Ich muss ein paar Lebensmittel einkaufen. Es ist so kalt, ich leihe mir einen von Tabithas Schals, sie wird nichts dagegen haben.«

Electra schweigt.

Rasch durchquere ich den Flur und öffne die knarrende Tür zu Tabithas elegantem, duftendem Zimmer. Hier ist alles so ordentlich, so schick und unberührt. Der Schilfhalm in dem schlanken Gefäß verströmt den Duft eines sehr teuren Spas in der Schweiz. Im Regal stehen moderne Keramiken aus Kalifornien und altes Silber aus Java. Und das Smart-Display, dessen perlenförmiges Auge auf mich abgerichtet ist.

Das Gerät kann mich hören und sehen, aber ich glaube, ich schaffe das, was ich will, außerhalb des Radius.

Unter lautem Rascheln und Knistern wühle ich in den Mänteln und Schals, die an der einen Wand hängen. Dazu summe und murmele ich unentwegt vor mich hin. Dann beuge ich mich, immer noch »Nehme ich diesen oder den da?« vor mich hin flüsternd, über Tabithas kleinen Nachtschrank, wo sie in einem Fach weiter unten noch mehr Tücher und Schmuck und andere Sachen liegen hat. Unter diesem Fach liegt das, worauf ich aus bin, aber der rechteckige schwarze Bildschirm, der mich von seiner Ecke aus die ganze Zeit observiert, darf nichts davon mitbekommen.

Leise und geschmeidig lässt die Schublade unter dem Fach

sich öffnen. Da liegt er, mein Hauptgewinn. Hier bewahrt Tabitha eine Brieftasche voller Euroscheine auf, die von ihren Reisen übrig sind. Die nehme ich. Zweihundert sind es vielleicht, ich nehme alles. Dann schließe ich – langsam, lagsam, langsam – die Schublade wieder. Sie fängt an zu quietschen.

Ich erstarre, warte. Um das Geräusch zu übertönen, sage ich schließlich laut: »Ach, ich nehme den hier.«

Genau genommen brülle ich es über den Flur.

»Electra, ich habe den Schal!«

Das Quietschen wird von meiner Stimme verdeckt, schon ist die Schublade zu, und ich schnappe mir einen Schal, stürze nach draußen und nehme mein Telefon mit, damit SIE oder ER keinen Verdacht schöpft.

»Tschüss, Electra!«

Schnell, schnell, schnell. Den vereisten Parkway runter. In den U-Bahn-Eingang. Dort schalte ich auf meinem Handy den Flugmodus ein und hoffe, SIE oder ER nimmt an, dass ich in der Bahn bin und keinen Empfang habe, aber so ist es nicht. Stattdessen kehre ich um und laufe zur nächsten Bank, wechsle die Euroscheine in Pfundnoten, überquere die Straße und betrete einen der vielen kleinen Handy-Läden an der Camden High Street. Es dauert eine Weile, bis ich den Verkäufer so weit habe, dass er mir heraussucht, was ich brauche: ein altes Android-Handy, secondhand, refurbed, billig.

Absolut anonym.

Ich zahle für meinen Schatz, mein kostbares neues Mülltelefon, und kaufe mir eine Prepaid-SIM-Karte von einem Anbieter, den ich vorher noch nie genutzt habe. Ich bin nicht besiegt. Ich wehre mich. Ich wehre mich wirklich. Klar, das hätte ich schon vor Wochen tun sollen: ein zweites Telefon kaufen und geheim halten.

Egal, jetzt tue ich es.

Als ich aus dem Laden trete, fällt mein Blick auf die gegenüberliegende Seite der Kreuzung. Auf jenes berühmte Pub. »The World's End«, »Mother Damnable«. Das Gasthaus, das einer Hexe gehört hat und in das der Teufel eingekehrt ist. Das erste Gebäude in Camden.

Ein Pub.

Mir kommt eine Idee. Ein Hoffnungsschimmer. Liam hat in einem Pub gearbeitet. Über Liam muss ich mehr herausfinden. Wie passt er in das Ganze? Warum zitiert er Plath – genau wie die Assistants? Da gibt es eine Verbindung, die ich sehe, aber nicht entschlüsseln kann. Und mir ist noch etwas eingefallen, das Liam Goodchild mir erzählt hat, damals, bevor er aus dem Internet verschwunden ist. Ich weiß, wie das Pub hieß, in dem er gearbeitet hat: »Lamb and Flag« in Hampstead. Er hat erzählt – geschrieben –, dass er mehrere Jahre dort war, dass es ihm gefallen hat, das Urige, das historische Flair von Hampstead Village.

Das wird der erste Anruf, den ich mit meinem neuen hässlichen Telefon mache. Die Nummer finde ich auf Google. Es ist elf Uhr vormittags. Die Kneipe dürfte geöffnet haben, aber nicht voll sein. Sehr gut.

»Hallo, ist da das ›Lamb and Flag‹?«

Die Stimme einer Frau. Älter. Herrisch. Ich frage, ob sie die Chefin ist.

»Ja, bin ich – und Sie sind …?«

Jetzt muss ich aufpassen – und schnell sein.

»Mein Name ist Felicity, und ich, also es ist etwas kompliziert, ich bin auf der Suche nach einem alten Freund, wir haben uns aus den Augen verloren, aber ich weiß, dass er in einem Londoner Pub arbeitet, das ›Lamb and Flag‹ heißt …«

Sie fährt dazwischen. »Es gibt haufenweise Pubs mit diesem Namen. Wie heißt denn Ihr Freund?«

»Liam Goodchild. Groß. Ein Ire. Gutaussehend, dunkelhaarig. Er hat gesagt, er ist Barmann im ›Lamb and Flag‹ …«

»Nö.«

»Wie?«

»Der arbeitet hier nicht, hat nie hier gearbeitet. Kein Mann, auf den die Beschreibung passt, niemand dieses Namens. Und ich muss es wissen.«

Liam Goodchild, der vorher wie aus dem Nichts aufgetaucht schien, war eine Fiktion. Ich versuche es noch mal.

»Sind Sie ganz sicher?«

Die Frau lacht, kurz und nicht gerade freundlich. Sie will zurück an die Arbeit.

»Absolut. Ich führe den Laden jetzt seit fast zehn Jahren. Viel Glück, ich hoffe, Sie finden Ihren Freund. Hier hat er jedenfalls nie gearbeitet. Tschüss.«

Das Gespräch ist zu Ende, der Verkehr rollt unvermindert weiter. Und ebenso dreht sich mein Gedankenkarussell. Ich frage mich, ob es Liam Goodchild überhaupt je gegeben hat.

Mein Gefühl sagt mir, dass er von vorn bis hinten erfunden war. Erfunden zu dem Zweck, mich fertigzumachen?

Das anonyme Telefon fest in der Hand, verziehe ich mich in den nächstbesten Coffeeshop, wo überraschend viele Leute auf Shoppingtour Zuflucht vor der Kälte suchen und über das Wetter reden. Mir dagegen ist warm vor Aufregung. Vor Freude darüber, dass ich mich endlich zur Wehr setze.

Als ein Kaffee vor mir steht, hole ich das Handy wieder hervor. Das Handy, von dem niemand weiß, dass ich es habe. Anonym, nicht zu orten.

Ich muss tiefer in die Vergangenheit eintauchen.

Es dauert einen Augenblick, bis ich die Meldungen gefunden habe. Glastonbury vor fünfzehn Jahren. Da. Die Headlines:

Tragischer Tod auf Festival
Überdosis vermutet
Polizei bittet Zeugen, sich zu melden

Der in Neuseeland ansässige Vater des jungen Mannes, der am Wochenende beim Glastonbury Festival zu Tode gekommen ist, hat seinen Schmerz darüber bekundet, dass sein Sohn so leidvoll sterben musste. Der Student und vielversprechende Rugby-Spieler Jamie Trewin, 20, war am Samstagabend gegen Mitternacht auf dem Festivalgelände zusammengebrochen. Es wird vermutet, dass er Amphetamine konsumiert hatte, die Anfälle verursacht und zum Herzstillstand geführt haben. Colin Trewin hat heute zu Hause in Auckland mit der BBC gesprochen …

Das ist die Macht des Netzes. Es ist alles da, jede Information ist binnen Sekunden verfügbar. Aber was bringt mir diese Information? Sie beweist nur, was wir alle wissen: Jamie Trewin ist gestorben. Sie beweist – oder widerlegt – nicht, dass Tabitha recht hat und ich durch Drogeneinfluss, oder was auch immer, einem Wahn erlegen bin.

Es fängt wieder an zu schneien; Flocken, die mir die Sicht nehmen. Die mich mit makellosem Weiß bedecken, die die ganze Welt zudecken wie ein Tuch einen Leichnam.

Nein.

Ich greife wieder nach dem Telefon, denke nach, grübele. Sie werden nicht gewinnen. Aber wer sind sie? Können es Tabitha und Arlo sein? Inzwischen sind sie die einzigen Freunde, denen ich keine Hassmail geschickt habe. Arlo hat die Assistants gekauft. Und Arlo mag mich nicht. Also hat er ein Motiv, wenn auch ein schwaches. Aber er ist, oder war, ein ziemlich hohes Tier bei Facebook, jedenfalls war er so mächtig, dass er jemanden hätte erfinden und dann im Netz verschwinden lassen können.

Nach einem Schluck Kaffee googele ich »Arlo Scudamore«. Eine Wikipedia-Seite hat er nicht, was mich überrascht. Ich hätte gedacht, er hätte Diener, die seine Seite täglich pflegen und mit schmeichelhaften Fotos aktualisieren. Trotzdem taucht er in vielen Zusammenhängen auf: Meldungen über die Techbranche, die Geschäftswelt, den Aktienmarkt. Der jüngste Artikel kreist um sein neues Unternehmen, das »verdammte Unicorn«, wie Tabitha es nennt. Irgendein Analyst, der sich mit Londons vielversprechenden Start-ups beschäftigt, sieht es auf Platz vier einer Rangliste.

Thinkr.

Ich lese weiter.

Obwohl es nächstes Jahr an den Start gehen soll, wird um *Thinkr* noch ein großes Geheimnis gemacht; dennoch geht man davon aus, dass es sich in der Welt von Finanztechnologie, KI und Social Media schnell ganz vorn positionieren wird. Gründer Arlo Scudamore hat bereits eine steile Karriere bei Facebook hingelegt. Dort wird er noch dieses Jahr seinen Hut nehmen, um sich ganz auf *Thinkr* konzentrieren zu können.

Also wird er es zu noch mehr Geld bringen. Wichser.

Als KI-Experte müsste er sich mit genau der Technologie auskennen, mit deren Hilfe sich etwas wie Liam Goodchild erschaffen ließe.

Alles Spekulation. Aber es scheint zu passen.

Was kann ich noch versuchen?

Ich wappne mich und gebe »Jo Ferguson« und »Jamie Trewin« ins Google-Suche-Fenster ein. Nichts. Ich bin mir nicht sicher, ob ich erleichtert sein soll oder nicht. Als Nächstes gebe ich »Tabitha Ashbury« und »Jamie Trewin« ein, und es gibt einen Treffer. Da geht es ums King's College, eine Studentenaktion, eine

Theateraufführung, an der sie, Monate vor seinem Tod, beide mitgewirkt haben. Das ist schon alles. Unwichtig.

Hier drin riecht es nach feuchten Klamotten, nach Leuten, die auf ihrer Shoppingtour nass geworden sind, und nach zu stark geröstetem Kaffee. Ich will raus, ich will frei sein.

Los, Jo. Streng dich an. Denk nach. *Thinkr.*

Ich habe ein Handy, das geheim ist. Das heißt, ich kann anonym alles Mögliche googeln. Buchstäblich alles. Nur auf Verdacht versuche ich es mit »Arlo Scudamore« und »Jamie Trewin«.

Ich meine, wer weiß?

Überrascht sehe ich, was auf dem Display erscheint. Etwas Neues. Ganz oben in der Liste. Es ist der einzige Treffer, bei dem die Namen *Trewin* und *Scudamore* zusammen auftauchen, eine obskure Meldung aus der *Somerset County Gazette*. Erschienen ein paar Jahre nach dem fraglichen Festival.

Zu der Zeit waren Tabs und ich in Indien unterwegs. Selbst wenn ich je in der Stimmung gewesen wäre, die *Somerset County Gazette* zu lesen, was ich nie war, hätte ich von diesem Artikel also nichts mitbekommen. Aber jetzt, Jahre später, bin ich von der Titelzeile über den drei Absätzen elektrisiert.

Verdächtiger im Fall des Festival-Toten auf freiem Fuß

Mit weit aufgerissenen Augen überfliege ich den Text. Offenbar hatten die Polizisten etliche Monate nach Jamies Tod einen vagen Verdacht, oder sie hatten doch noch einen Fingerzeig bekommen.

Den wichtigsten Absatz lese ich bestimmt sechs- oder siebenmal.

> Der Mann, der vergangene Woche in Verbindung mit dem Fall des an einer Überdosis gestorbenen Festivalbesuchers festgenommen worden war, ist wieder frei. Gegen Xander Scudamore, 33, Radio-Produzent, werde nicht weiter ermittelt, sagte ein Polizeisprecher und dankte dem Befragten für seine Unterstützung. Zugleich betonte der Sprecher, die Ermittlungen würden fortgesetzt, obwohl sich in den zwei Jahren, die seit dem Tod des 20-jährigen Neuseeländers Jamie Trewin während des Glastonbury Festivals vergangen seien, keine neue Spuren ergeben hätten.

Vor allem wird mir beim Anblick des Fotos von diesem Xander Scudamore schwindlig. Das ist Purple Man, natürlich ohne lila Schminke. Ein schmaler, gutaussehender Mann um die dreißig, in Anzug und Krawatte, ohne die Spur eines Lächelns. Die Ähnlichkeit mit Arlo ist nicht zu übersehen. Ein Cousin? Vielleicht sogar ein Bruder? Nein, so eng wohl nicht. Aber auf jeden Fall verwandt. Allein der Name – und die Wangenknochen.

Damals hat Tabitha gesagt, der lila angemalte Typ sei ein entfernter Bekannter. Ein Freund der Familie. Sein Vater und ihr Vater kannten einander. Und ich weiß, dass Tabitha und Arlo einander bei einer großen, noblen Weihnachtsfeier kennengelernt haben, die ihr Vater geschmissen hat.

Freunde der Familie, Cousins, Liebhaber. Sie sind alle miteinander verbunden. Und hier ist mein Beweis. Ich leide nicht an einer Wahnvorstellung oder falschen Erinnerung. Es ist so gewesen in Glasto, genau so, wie ich immer dachte. Und deshalb hat Tabitha mir, was Jamie, das Zelt, die Küsse und das Blut angeht, eine Lüge aufgetischt. Arlo und sie sind sehr wohl in den Tod von Jamie verstrickt, mehr als ich, denn Arlos Bruder oder Cousin hängt genauso drin.

Hätte ich das doch nur früher gewusst! Aber die Umstände waren nicht so.

Vielleicht hätte ich, wenn Tabitha und ich nicht diesen Schwur abgelegt hätten, viel früher nachgefragt, wer dieser Purple Man war, und wäre schon vor Jahren dahintergekommen. Vielleicht hätte ich, wenn Xander Scudamore keine lila Gesichtsbemalung mit gelben Flammen um die Augen getragen hätte, selbst Jahre später noch die Ähnlichkeit zwischen ihm und Arlo gesehen und den Zusammenhang erkannt. Aber er hatte nun mal in Glasto die Farbe im Gesicht, also habe ich nichts erkannt.

Wie auch immer, das ist Geschichte. Ich verfüge jetzt über einen sicheren Beweis – nur weiß ich nicht, wie ich ihn einsetzen soll. Das Einzige, was ich weiß, ist, dass Tabitha lügt. Auf übelste Art und Weise. Sie ist Teil dieses Spiels. Und trotzdem ist sie meine Freundin. Ich weiß, dass ich ihr viel bedeute. Das kann sie nicht fünfzehn Jahre lang vorgetäuscht haben. Warum also?

Mein Zorn findet ein Ziel.

Arlo. Und Tabitha.

38

TABITHA

Arlo saß ihr am Küchentresen gegenüber und starrte sie an. Kein Zweifel, er war kurz davor auszurasten; zumindest war er sichtlich aufgebracht. Mit einer gewissen Neugier erwiderte Tabitha seinen Blick. Noch nie hatte sie ihren coolen, manchmal fast eisigen Verlobten auch nur ansatzweise die Kontrolle verlieren sehen. Psychologisch, wenn nicht gar zoologisch gesehen, fand sie das hochinteressant: ein faszinierendes neues Verhalten, etwas, das sie, wären sie in Alaska gewesen, gern gefilmt hätte. Machtkämpfe unter Grizzlys während der Paarungszeit.

Nur waren sie nicht in Alaska, sondern in Highgate, und das da war Arlo, und sie saßen in seiner riesigen Erdgeschossküche mit den alten französischen Pfannen und dem Holzblock voller japanischer Messer – und sie war nicht nur fasziniert, sondern ebenso genervt.

Das Schweigen dauerte schon viel zu lange.

»Was hätte ich denn machen sollen?«

Sein Stirnrunzeln wuchs sich zur finsteren Miene aus. Er schwieg weiterhin.

»Sie ist meine beste Freundin. Ich weiß, du kannst sie nicht leiden, aber sie ist es nun mal. Ich kann sie nicht rauswerfen.«

Er zuckte die Achseln, als sei das keine Erklärung. Was es auch nicht war. Tabitha versuchte es anders.

»Und vergiss nicht, sie ist total von der Rolle, völlig durch den Wind, du hast doch gehört, was für komische Mails sie herumschickt und alles. Als sie dann von Jamie Trewin anfing, habe ich einfach gesagt, was mir in dem Moment das Richtige schien. Ich hatte nicht stundenlang Zeit, darüber nachzudenken.«

Ihre Stimme war rau.

»Du hast allen Ernstes behauptet, es sei nie passiert? Nichts davon? Dass du Trewin nie begegnet bist?«

»Ja.«

Sie sah die Muskeln in seinen Wangen zucken.

»Warum um alles in der Welt sollte sie dir das abnehmen? Das ist einfach nur idiotisch.«

»Eben *weil* sie von der Rolle ist, genau deshalb! Ich wollte, dass sie anfängt, an der ganzen Sache zu zweifeln, und dachte, weil sie in der Verfassung ist, in der sie nun mal ist, würde sie mir alles glauben.«

»Hattest du überhaupt kein schlechtes Gewissen, mein Schatz? Sie ist, das behauptest du jedenfalls, deine beste Freundin. Deine beste Freundin hat einen Zusammenbruch, möglicherweise zeigen sich bei ihr erste Anzeichen von Schizophrenie, und du machst es noch schlimmer?«

Tabitha wurde rot. Sie war in der Defensive. Und zugleich ärgerte sie sich. Arlo war so was von einem Heuchler.

»Ja, ich weiß, ich fühle mich auch schrecklich deswegen. Aber was blieb mir denn anderes übrig? Ich habe das gemacht, um uns zu schützen, dich, mich, unser …«, sie fuhr über ihren leicht gewölbten Bauch, »… unser Kind. Ihre Zukunft! Und ich dachte, du würdest das verstehen, ich dachte, du würdest es gut finden. Ich musste sie einfach davon abbringen, sie war ja regelrecht besessen davon. Was, wenn sie zur Polizei geht und anfängt, alles zu gestehen, und wenn sie mich ins Spiel bringt? Dann beschäftigen die sich mit mir und finden heraus, dass ich mit dir verlobt bin. Mit Arlo *Scudamore.*«

Wieder starrte er sie feindselig an. Sie ignorierte den Blick.

»Dann würden sie eine Verbindung zwischen mir und deinem Cousin herstellen, und schon hätten sie eine Anklage zusammen. Nach fünfzehn Jahren. Ein Verfahren gegen uns alle drei, dich, Xander und mich. Das willst du nicht, oder?«

Er funkelte sie weiter an.

»Natürlich will ich das nicht. Es würde alles versauen, komplett. Drogen, Totschlag, Leichen im Keller? Mein Gott. Meine Investoren wären auf und davon.« Jetzt schüttelte er verächtlich den Kopf. »In einem halben Jahr gehen wir an die Börse, verdammt. Darum dreht sich jetzt alles. Diese Sache darf auf keinen Fall rauskommen. Jetzt am allerwenigsten.«

»Ich weiß! Sage ich doch! Genau deswegen habe ich so reagiert, wie ich es getan habe. Ich habe es für uns getan, es war die einzige Möglichkeit, ich hatte keine Zeit zu überlegen.«

Ihre Stimme erstarb genauso wie ihre Überzeugung. Arlo, immer noch wütend, schüttelte den Kopf.

»Ist dir jetzt klar, was du hättest tun sollen?«

»Nein. Was?« Hilflos zuckte sie die Achseln.

»Du hättest sagen müssen, dass *du dich* nicht an diesen Typen erinnerst. Du hättest einfach nur *dich* aus der Sache rausnehmen müssen, statt zu leugnen, dass das Ganze überhaupt passiert ist. Dann hätte sie nur Zweifel gehabt, ob sie sich in Bezug auf dich richtig erinnert, ob es stimmt, dass du in die Sache verwickelt warst, und dieser Zweifel wäre viel plausibler gewesen – immerhin war sie damals auf Drogen und ist jetzt, wie du so nett sagst, durch den Wind. Du hättest ihren Zustand subtiler nutzen und die gesamte Schuld ihr aufladen müssen. Stattdessen hast du die ganze Abfolge von Ereignissen geleugnet, was uns in viel größere Gefahr bringt. Was, wenn sie sich wieder fängt? Anfängt herumzuschnüffeln? Irgendwie auf Xander kommt? Du bist ein Dummkopf. Tut mir leid.«

Tabitha hätte das gern zurückgewiesen, aber ihr Verlobter

hatte recht. Sie hätte einfach nur ihre Rolle bei den Ereignissen jenes Abends streichen müssen.

Er verschränkte die Arme und lehnte sich zurück, während sie sich weiter abmühte.

»Sieh es doch mal anders: Vielleicht hindert diese zusätzliche Verwirrung sie ja gerade daran, zur Polizei zu gehen. Wenn es gut läuft, sucht sie sich einen Arzt, wie ich es ihr empfohlen habe. Das sollte sie auf jeden Fall tun, sie braucht einen Arzt. Diese Wahnvorstellungen, die sie wegen der Home-Assistants hat, sind echt unheimlich.«

Kühl sah er ihr in die Augen.

»Sie glaubt wirklich, dass die mit ihr reden?«

»Ja! Ich mache mir ernsthaft Sorgen um sie. Sie sagt, die Geräte sprechen mit ihrer eigenen Stimme zu ihr, mit allen möglichen Stimmen. Als würden sie bestimmte Leute imitieren. Und genau so ist es ihrem Vater ergangen. Zu dem hat der Fernseher gesprochen, und das war das erste Anzeichen seiner Geisteskrankheit. Das weiß sie.«

Arlo nickte, blinzelte, starrte nachdenklich vor sich hin. Dann schob er seinen Hocker zurück, ging zu dem hohen schwarzen Kühlschrank hinüber und holte eine Flasche Weißwein heraus. Irgendwas Teures. Meursault wahrscheinlich. Tabitha sah zu, wie er die Flasche geschickt aufmachte, am Korken schnupperte und sich ein Glas einschenkte. Er leerte es da, wo er stand, mit dem Rücken zu ihr. Offenbar in Gedanken versunken.

Es musste ungefähr sieben sein. Das nahm Tabitha an, weil er immer gegen sieben anfing zu trinken; nie früher. Und er trank nie zu viel. Ungefähr eine halbe Flasche Wein, davor vielleicht noch einen Gin Tonic, das war das Übliche, sein Limit – abgesehen von den seltenen Anlässen, da es Champagner gab und gefeiert wurde.

Das war etwas, das sie an Arlo bewunderte, diese eiserne Disziplin; sie ging mit dem vielen Arbeiten, dem logischen Denken, der maskulinen Entschlossenheit einher. Dem selbstbewussten Egoismus im Bett, der sie so antörnte. Jeden Morgen vor dem Frühstück brachte Arlo eine Dreiviertelstunde im Fitnessstudio zu. Tag für Tag. Sie musterte ihn, wie er jetzt dort stand, neben dem Kühlschrank, in dem dunklen T-Shirt und den dunklen Jeans. Sein trainierter Bizeps hatte noch die Bräune aus Vietnam. Gern hätte sie ihm das T-Shirt ausgezogen und den braun gebrannten, muskulösen Rücken geküsst. Sie verkniff es sich.

»He, kriege ich nichts ab? Ein Glas am Abend darf ich. Dreimal die Woche ein kleines Glas. Darauf haben wir uns geeinigt.«

Er drehte sich um und legte den Kopf schräg, als sei er in Gedanken ganz woanders gewesen und stelle plötzlich verwundert fest, dass er in der Küche stand und mit dieser Dummen sprach, seiner Ehefrau in spe.

»Klar.«

Sein Lächeln war flüchtig, abwesend, kühl. Er nahm ein zweites Glas aus dem Schrank, kehrte zum Tresen zurück und schenkte etwas Meursault ein. Sie nippte. Er trank gierig. Schenkte nach. Trank.

»Okay«, sagte er schließlich. »Okay, ich hab verstanden. Du hast nicht nachgedacht. Du hast aus dem Stegreif einfach irgendwas gesagt. Aber …« Er kippte den Wein, als sei er durstig. Der feindselige Blick war wieder da. »… vor allem wünschte ich, du hättest uns nicht in diese Lage gebracht. Dass sie da jetzt hockt.«

»Arlo …«

»Nein.« Er fuchtelte mit dem Weinglas, reckte es in ihre Richtung. »Nein, Tabs, ich hab dir gesagt, dass das riskant ist. Und dumm. Ihr anzubieten, dass sie da wohnen kann. Ich hab's dir von Anfang an gesagt, schon bevor sie eingezogen ist.«

»Sie war obdachlos! Sie ist meine Freundin!«

»Eine geisteskranke Freundin, deren Paranoia du noch so richtig befeuert hast. Also erspar mir die frommen Sprüche der Tabitha Ashbury. Tatsache ist: Ich hab gesagt, du sollst ihr das Zimmer nicht anbieten.«

»Bitte, Arlo – ich wusste doch nicht, was passieren würde, dass sie einen Schub erleiden würde. Ich hatte keine Zeit, ein superlogisches Manöver zu planen, wie es deine Art ist. Machen wir uns nichts vor: Ich bin nicht Arlo Scudamore. Es ist nun mal passiert. Können wir es also gut sein lassen?«

Arlo verfiel in Schweigen. Überlegte.

Tabitha seufzte und schaute zum Fenster. Die geräumige Küche ging zu einem winterlichen Garten hinaus, auf den neuerlich dichte Schneeflocken herabsanken. Die großen Fenster und Glastüren warfen Rechtecke aus blassgelbem Licht auf die weiße Fläche.

Arlo hatte sein Glas geleert. Die ganze Flasche. Er ging zum Kühlschrank und nahm eine zweite heraus. Die gleiche Sorte, Meursault. Wahrscheinlich fünfzig Pfund die Flasche.

Tabitha sah ihn fragend an.

»Gibt's was zu feiern?«

Er antwortete nicht darauf, machte die Flasche auf, setzte sich, schenkte ein und trank.

»Natürlich«, sagte er dann, »gäbe es noch eine andere Möglichkeit, die du offenbar nicht in Betracht gezogen hast.« Seine Miene war undurchdringlich.

»Was?«

Jetzt zeigte sich die Andeutung eines Lächelns.

»Stell dir vor, das, was deine arme verrückte Freundin über die Home-Assistants erzählt, stimmt. Vielleicht gibt es ja wirklich jemanden, der sie über die Geräte manipuliert. Mit ihrer eigenen Stimme zu ihr spricht. Das wäre extrem clever. Sehr, sehr clever. So kommst du an jemanden heran, der sowieso schon labil ist, jemanden, den du erpressen kannst – da ist alles möglich. Vor allem mit der Stimmentechnologie. Echt beeindruckend.«

»Was soll denn das jetzt?«

»Keine Ahnung«, sagte er, und das Lächeln blieb eine Andeutung. »Ich weiß nur, dass in dem Ganzen eine tragische Ironie liegt.«

»Ja?«

»Verstehst du nicht?«

»Nein. Erklär's mir.

Jetzt war das Lächeln da. Es war eiskalt.

»Na ja: Wenn man bedenkt, was für ein Risiko da lauert, wäre es für uns doch das Beste, wenn Jo wirklich verrückt würde, so richtig. Wenn sie eingewiesen würde. Weggesperrt. Wenn ihr bescheinigt wird, dass sie durchgeknallt ist, wird keiner sie mehr als Zeugin für irgendwas akzeptieren, schon gar nicht für etwas, das sie vor fünfzehn Jahren getan hat. Oder das wir getan haben.«

Er ignorierte ihre fassungslose Miene.

»Tut mir leid, Schatz, aber das ist der Stand der Dinge. So weit hast du deine Freundin gebracht. Traurig, aber wahr.«

Er seufzte leichthin. Tabitha wusste, dass er sie provozierte, dass er sich grausam auf ihre Kosten amüsierte, aber ihre Gewissensbisse waren zu groß, als dass sie sich hätte wehren können. Es stimmte ja. Genau das hatte sie getan; vielleicht hatte sie bewirkt, dass ihre beste Freundin endgültig in die Krankheit abdriftete. Sie hatte bezüglich des Schlimmsten, was sie je erlebt hatten, gelogen.

Es war still in der Küche. Vollkommen still. Arlo schenkte sich ein letztes Glas ein und stellte die Flasche zurück in den Kühlschrank. Dann drehte er sich um.

»Eines wüsste ich aber doch gern«, sagte er.

Tabitha blickte auf. »Und das wäre?«

»Na ja. Du kennst doch ihren Ex, diesen Nerd – Simon. Der uns bei den Home-Assistants geholfen hat.«

»Simon Todd?«

»Genau, Simon Todd.«

Tabitha schüttelte den Kopf. Sie verstand nicht. »Was ist mit ihm?«

Lange sagte Arlo gar nichts, wohl um es extra spannend zu machen. Schließlich fragte er: »Weißt du, was genau er macht, was sein Spezialgebiet ist?«

»Nein.«

Neuerliches theatralisches Schweigen. Ein weiterer Schluck Wein.

»Es hat mit KI zu tun, mit Robotern und so. Damit beschäftigt er sich seit Jahren, streng geheim. Wir bei Facebook wissen – oder wussten – natürlich nichts Genaues darüber, wie weit er mit seinem Team gekommen ist. Diese Rivalität unter den Techfirmen ist wie der Kalte Krieg, es wimmelt nur so von Spionen. Was ich mich jetzt frage, ist, ob sein Team mit dieser Technologie vielleicht schon viel weiter ist, als es uns bisher klar war.«

Frustriert hob Tabitha die Brauen. »Und was hat es damit auf sich? Mit dieser Technologie? Woran genau arbeitet er?«

Arlo legte den Kopf in den Nacken, trank den letzten Schluck Meursault und stellte das Glas auf den Tresen.

»Voice-Mimicry«, sagte er. »In die Richtung gibt es Gerüchte. Anscheinend arbeitet er an einer Software, die Stimmen imitiert.«

39

JO

»Wie geht's dir, Mama? Ganz ehrlich.«

Ich lege meiner Mutter den Arm um die schmalen Schultern, die mir noch schmaler vorkommen als sonst. Sie ist blass, nervös; als sie Kaffee einschenkt, zittern ihre Hände.

»Ach, mach dir um mich keine Sorgen, Liebes. Das ist das Wetter, weißt du. Ich bin gern an der frischen Luft, aber es ist einfach zu kalt, um rauszugehen.«

»Sicher? Du bist so blass. Ist mit dem Schrittmacher alles in Ordnung?«

Sie lacht leise und senkt den Blick auf die Strickjacke, die sie über zwei übereinandergezogenen Pullovern trägt. Sie mag Lagen, meine Mum. In puncto Lagen könnte sie eine Goldmedaille gewinnen.

»Der Schrittmacher? Ha. Der ist noch das Beste an mir! Das Einzige, was richtig funktioniert. Atomkraft, mein Schatz. Ich habe Atomkraft.«

Jetzt beugt sie sich hinab, um Cindy hinter dem Ohr zu kraulen. Der alte Hund schaut genauso melancholisch drein wie sie. Für ausgedehnte Spaziergänge ist es zu kalt. Dieser eisige Winter hält alle in Schach.

Während sie noch einen Schuss Milch in den Kaffee gibt, lehne ich mich zurück und beobachte Mum. Zweifle. Sie redet nur zu gern über ihre Gänge ins Krankenhaus, aber wenn es etwas Ernstes gibt, verschweigt sie das; man muss zigmal nachfragen, bis sie endlich zugibt, dass etwas ganz und gar nicht in Ordnung ist. Für diese Gelassenheit habe ich sie lange bewundert; ich hoffe, ich habe wenigstens ein bisschen davon geerbt, aber dieses Phlegma, dieser Mangel an Sorge um sich selbst, kann auch gefährlich sein. Und dann ist da noch das andere Thema, das unbedingt angesprochen werden muss. Nachdem ich die Anspannung mit dem Kaffee hinuntergeschluckt habe, formuliere ich eine möglichst behutsame Frage.

»Hast du mit Will gesprochen, Mama?«

Ich mache mich auf alles Mögliche gefasst, doch sie zuckt nicht zusammen, sie blinzelt nicht, sie zögert noch nicht einmal. Stattdessen seufzt sie, lächelt traurig und schüttelt den Kopf.

»Natürlich nicht. Du weißt doch, dass er nur einmal im Monat anruft. Ich nehm's ihm nicht übel, ich weiß ja, dass er viel zu tun hat – seine Arbeit, der Kleine und diese Frau! Wenn er zehn Minuten im Jahr für mich hat, kann ich froh sein. Ich hoffe, er bringt Caleb bald mal wieder rüber. Wie letztes Jahr. So ein süßer Junge.«

Was für eine Erleichterung! Also weiß Mum nichts von den Anschuldigungen und falschen Behauptungen, die ich nach Kalifornien geschickt haben soll. Vielleicht hat Will aus denselben Gründen den Mund gehalten, die mich daran hindern, von meinen wachsenden Schwierigkeiten zu erzählen: Als der Schrittmacher eingesetzt wurde, haben die Ärzte uns ausdrücklich gewarnt. Vielleicht hat sie noch fünf Jahre, vielleicht zehn.

Wir können es nicht sagen. Da ist schon sehr viel kaputtgegangen.

Das ist fünf Jahre her.

Wir müssen immer behutsam sein. Streitereien, so wie letztens, als es um Simon und das Thema Kinder ging, vermeiden wir, wenn irgend möglich. Größere Aufregungen kommen nicht infrage, es sei denn, sie wären absolut unvermeidbar.

Heute, hier mit ihr beim Kaffee, macht mir das extrem zu schaffen; gerade heute wünschte ich, sie wüsste alles. Sie ist meine Mutter. *Mummy*. Vielleicht die letzte mir verbliebene Freundin, der letzte Mensch auf Erden, der echtes Mitgefühl für mich aufbringen würde. Alle anderen sind, wenn auch auf unterschiedliche Weise, vergrault, und zwar durch mich. Oder eher durch Arlo und Tabitha. Inzwischen bin ich mir sicher, dass sie hinter allem stecken, hinter so gut wie allem. Tabitha hat glattweg gelogen. Sie hat unser Vergehen, das es zweifellos gegeben hat, geleugnet. Und das hat sie getan, weil, wie sich herausgestellt hat, Arlos Cousin in den Tod von Jamie Trewin verwickelt war. Und das kann heißen, dass Arlo mich für immer zum Schweigen bringen möchte.

Irgendwie ergibt das Sinn. Das Problem ist: Ich weiß nicht, wie ich dieses Wissen nutzen, wie ich die beiden damit konfrontieren soll. Arlo ist reich, gut versichert, mächtig. Er wird alles genau geplant haben. Er könnte mir noch viel mehr zusetzen oder meinen Angehörigen Schaden zufügen. Und seinetwegen – weil er so mächtig ist – habe ich auch Angst, zur Polizei zu gehen. Deshalb bleibe ich tief, sehr tief in meinen Problemen stecken.

»Wie ist der Kaffee?«

»Sehr gut, Mum.«

Sie bedenkt ihre Tochter mit einem liebevollen Blick aus sanften braunen Augen, und ich könnte heulen. Sie ist so lieb; die E-Mails, meine irren Angriffe auf andere, erwähnt sie noch nicht einmal. Dabei weiß sie nicht, dass diese Mails nicht von mir sind, und muss von dem, was sie gehört hat, sehr verstört sein. Trotzdem verliert sie kein Wort darüber.

Das Nächste fällt mir am schwersten, aber ich will es hinter mich bringen.

»Ich hatte Probleme mit meinem Konto, Mama.«

»Probleme?«

»Ja, ich glaube, die Bank ist der Meinung, dass es gehackt

worden ist, dass sich jemand da Zugang verschafft hat. Jedenfalls ist es auf einmal leer geräumt.«

Jetzt blinzelt sie verwirrt. Aber mitfühlend.

Schon wieder kommen mir die Tränen, aber ich zwinkere sie weg. Das ist mir so unangenehm!

»Ja. Also, ich dachte …«

»Möchtest du dir etwas leihen?«

Gott sei Dank, sie spricht es zuerst aus. Sie kennt mich. Sie ist meine Mutter.

»Wie viel brauchst du, Liebes?«

Ich stocke trotzdem. Eigentlich brauche ich Tausende, dreitausend oder mehr, allein schon für die Steuernachzahlung, aber darum würde ich niemals bitten, auch wenn Mama eine solche Summe beiseitegelegt hätte, was ziemlich sicher nicht der Fall ist.

»Na ja, ein paar Hundert? Damit ich erst mal über die Runden komme – bis die Bank die Sache aufgeklärt hat. Sobald das geregelt ist, gebe ich dir das Geld zurück.«

Sie nickt und schweigt. Durchdrungen von jener Mischung aus Liebe und Schuldbewusstsein, die wohl alle im Umgang mit ihren Eltern kennen, beobachte ich, wie sie zum Schrank geht und eine Schublade aufzieht.

Und ich mache große Augen. Die Holzschatulle, die sie hervorholt, ist bis zum Rand mit Scheinen gefüllt. Mum lacht leise über sich selbst.

»Ich weiß, ich weiß, ich bin bestimmt der letzte Dummkopf in Großbritannien, der Geld in einer Kiste aufbewahrt. Aber ich habe nun mal gern eine kleine Reserve – für alle Fälle.«

Es tut mir weh, zuzusehen, wie die Schatulle um die Hälfte geleert wird. Meine Mum lächelt.

»Hier, fünfhundert Pfund, und wenn du mehr brauchst, sag es einfach.«

Bedürftig, verschämt, nehme ich das Geld, bedanke mich mehrmals und überschlage schon, wie lange ich mit fünfhundert auskommen werde. Drei Wochen? Vier? Egal, es ist vollbracht, und ich kann mich entspannen. Die folgende halbe Stunde reden wir so dahin, finden jenes gut und dieses schön. Wie in alten Zeiten. Als uns allmählich der Gesprächsstoff ausgeht, wandert mein Blick durch den Raum, und erst da sehe ich es. Da steht ein Home-Assistant. Ein schwarzer Zylinder.

Sie hat auch einen?

»Hey«, sage ich. »Der ist aber neu. Wo hast du den denn her?«

Sie dreht sich um.

»Ach, dieser Home-Assistant? Den hat Simon mir mal mitgebracht, ist schon eine ganze Weile her. Ich glaube, er war ein Überbleibsel aus eurer Wohnung.« Sie schüttelt den Kopf. »Er dachte wohl, ich probiere ihn gleich aus und gebrauche ihn eifrig, es heißt ja, so ein Ding wäre eine Art Ersatzfreund, aber ich habe ihn kaum benutzt.« Sie zuckt die Achseln. »Ehrlich gesagt finde ich, dass er nicht viel bringt. Zum Nachrichtenhören ist er gut, und ich kann mir Rezepte ansagen lassen.«

Das gefällt mir nicht. Was soll ich daraus schließen? Am liebsten würde ich Simon sofort anrufen und ihn zu alldem befragen, vor allem zu Tabitha und Arlo, aber das geht nicht, da ist Polly im Weg. Also sitze ich in der Falle, genau wie Cindy durch den Winter ins Haus gesperrt ist. Keine Spaziergänge, keine frische Luft, ein Leben wie im Gefängnis.

Und es fällt immer noch mehr Schnee. Mein Blick geht nach draußen in den verschneiten Garten. Er hat sich nicht verändert. Nie. Rosenbüsche, ein kleiner Teich, eine alte Schubkarre.

Und der kleine Apfelbaum. Immer noch da. Da hat Daddy mich in die Luft geworfen – oder hochgehoben, damit ich Äpfel pflücken konnte. Ach, Daddy.

Plötzlich kann ich dem Drang, sie zu fragen, nicht widerstehen.

»Vermisst du Daddy noch? Ich meine, ich weiß natürlich, dass er dir fehlt, aber denkst du noch viel an ihn, oder hört das irgendwann auf? Verblasst das?«

Statt zu antworten, wendet sie den Kopf und schaut hinaus zum kahlen Apfelbaum. Und dann sagt sie ganz leise: »Er hat dich immer hochgehoben, stimmt's? Damit du welche von ganz oben holen konntest. Daran denke ich oft. Du hast immer so gelacht. Ihr alle hattet so viel Spaß, deine Freunde und du.«

»Ja, daran denke ich auch oft.«

Ich beiße mir auf die Lippe. Tränen sind nicht erlaubt.

Auch Mums Augen glitzern. Vor Trauer und vor Erinnerungen.

»Jeden Tag denke ich an ihn, Jo, jeden Tag. Das hört nie auf. Und du? Wie ist es bei dir?«

Ich seufze, und es kommt von Herzen.

»Genauso. Ich denke jeden Tag an ihn. In gewisser Weise wird es sogar schlimmer. Manchmal kommt es mir vor, als würde ich die ganze Zeit vor dem, was dunkel war, weglaufen. Aber es verfolgt mich.«

Sie legt ihre Hand auf meine. Die Berührung treibt mir erneut Tränen in die Augen, doch ich halte mich zurück.

Stattdessen sage ich: »Er war lustig, oder? Mir ist klar, dass ich nicht mehr alles weiß, ich war noch zu klein, als er starb. Aber ich habe ihn lustig in Erinnerung, warmherzig, liebevoll. Das stimmt doch, oder?«

Sie wischt etwas weg, das verdächtig nach einer Träne aussieht.

»Er war ein guter Mann, Liebes, der allerbeste. Der Einzige, den ich je wollte. Klug, humorvoll, gutaussehend, aber nie arrogant oder großspurig. Nie.« Sie greift meine Hand fester. »Selbst als … selbst während der Krankheit hatte er noch ein Gespür für Richtig und Falsch. Am Ende hatte er schreckliche Schuldgefühle. Das hat er mir gesagt.«

Das ist mir neu, es klingt traurig, ich will mehr darüber wissen.

»Inwiefern?«

Mum schüttelt den Kopf und schaut seufzend zu Boden.

»Kurz bevor er sich umgebracht hat, hatte er eine klare Phase, ein paar Tage lang schien er völlig gesund und bei sich. Da hat er hier, in diesem Raum, zu mir gesagt: ›Ich ertrage nicht, was ich euch angetan habe, vor allem den Kindern. Dass sie so unter mir leiden mussten.‹«

»Er hat direkt von Will und mir gesprochen?«

»Das waren seine Worte, es tat ihm leid für euch Kinder, für sein kleines Mädchen, das seine Geisteskrankheit ertragen musste. Ein paar Tage danach hat er sich dann ins Auto gesetzt und Schluss gemacht. Um uns nicht noch mehr wehzutun.« Jetzt blickt sie auf und drückt meine Hand. »In dir habe ich immer viel von ihm gesehen, weißt du, du bist ihm viel ähnlicher als dein Bruder. Und er hat dich sehr geliebt. Will hat er auch geliebt, aber dich hat er vergöttert.«

Ich erwidere den Händedruck. Meine Mutter kann ja nicht wissen, wie sehr diese Worte, so schmeichelhaft sie auch klingen, mich beunruhigen und traurig machen. Es ist ein unentwirrbar verschlungenes Durcheinander von Emotionen. Ich würde gern noch mehr Fragen stellen, zu dem Suizid selbst, zu Daddys Krankheit, zu so vielem, aber ich traue mich nicht. Auch würde ich gern hierbleiben, mich von der Delancey fernhalten, aber das geht nicht, die Assistants würden es mitbekommen, und sie haben die Kontrolle.

Stattdessen sitzen wir beide, Mutter und Tochter, schweigend am Küchentisch und sehen zu, wie neue weiße Flocken auf den

Apfelbaum segeln; wir reden nicht, aber das ist auch nicht nötig. Und dann ist es drei, und die Dämmerung setzt ein, und ich sage, dass ich gehen muss, und Mum sagt: »Ich weiß.«

An der Tür nehme ich sie noch einmal fest in den Arm.

»Ich sage das nicht so oft, Mum, aber ich hab dich sehr lieb.«

Meine Mutter lächelt und schüttelt den Kopf.

»Du brauchst es nicht zu sagen, Liebes. Und du weißt, dass ich dich auch lieb habe.«

»Danke noch mal für die Hilfe. Es tut mir leid, dass ich darum bitten musste.«

»Du bist meine Tochter!«, sagt sie entschieden. »Das ist meine Aufgabe. Also, mach's gut, und komm mich bald wieder besuchen, ja?« Ich nicke und küsse sie ein letztes Mal, hänge meine Tasche über die Schulter und gehe durch den überfrorenen Vorgarten. Beim Tor angelangt, drehe ich mich um und winke.

Wie sie da so steht, umrahmt von der Türöffnung des kleinen Hauses, wirkt sie sehr blass. Ein weiches, ovales Gesicht, weiß wie der Schnee in ihrem Garten. Plötzlich kommt mir der schreckliche Gedanke, dass meine Mum eines Tages da nicht mehr stehen wird.

»Nächstes Wochenende komm ich wieder, versprochen!«

Sie lächelt vorsichtig, winkt und sagt: »Bis bald.« Und ich gehe und drehe mich trotzdem die ganze Zeit um und winke, bis sie immer weiter hinter dem dichten Schneetreiben verschwindet, und irgendwann bin ich um die Ecke und sehe sie gar nicht mehr.

40

JO

Durch vollkommene Stille – der endlose Schnee dämpft alles – wandere ich zum Bahnhof von Thornton Heath, vorbei an Reihenhäusern mit zugezogenen Gardinen und vereisten kleinen Vorgärten, vorbei an einem Eckladen, der trotz der frühen Stunde gerade zumacht, vorbei an verwaisten Spielplätzen, auf denen die bobonfarbenen Holzkaninchen, -schafe und -hühner reglos auf ihren Sprungfedern thronen, alle mit dem gleichen Irokesen aus festgefrorenem Schnee.

Ich weiß noch, wie ich hier gespielt habe, auf genau diesem Platz. Alle Straßen hier, für jeden anderen langweilig und anonym, habe ich genau in Erinnerung. Meine Grundschule war um die Ecke. Ich sehe es noch vor mir, es war Sommer, es war warm, Daddy war früher von der Arbeit gekommen und wartete auf dem kleinen Schulhof. Das waren gute Tage, denn wenn er dort stand, hieß das, dass er nicht zum Arzt musste oder komisch war. Dann beugte die Lehrerin sich an der Schultür zu mir herunter und sagte: *Siehst du? Dein Papa ist da. Ab mit dir.*

Und ich lief lachend in seine Arme. Er war groß. Er hob mich auf seine Schultern. Das tat er oft, mich hochheben – um mich zum Lachen zu bringen, oder wenn wir auf einem überfüllten Weihnachtsmarkt waren.

Beim ersten Weihnachtsfest ohne ihn habe ich mich fast den ganzen Tag in meinem Zimmer versteckt. Habe mir Fotos aus den Sommerferien angesehen, ihn ins Leben zurückgewünscht, mich Tagträumen hingegeben, in denen er vorkam, ihn gemalt, um ihn wenigstens einen Tag, eine Stunde lang real sein zu lassen, und irgendwann habe ich aufgegeben und geschrieben: *Papa, du fehlst mir. Ich schreibe dir eine Karte, falls du doch zurückkommst ...*, und dann klopfte meine Mutter leise an die Tür und kam rein, sah, dass ich meinem toten Vater eine Karte schrieb, schlug die Hand vor den Mund und wandte sich ab, denn in ihren Augen standen Tränen.

Ich atme tief, lasse die kalte Luft durch meine Kehle strömen, um mich zu beruhigen. Wer macht Schlimmeres durch: ein elfjähriges Kind, das seinen Vater an den Suizid verliert, oder ein Vater, der seinen zwanzigjährigen Sohn an Drogen verliert?

Noch einmal biege ich ab, dann kommt der Bahnhof in Sicht und mit ihm eine kleine Ansammlung schäbiger Geschäfte und schmuddeliger Imbissbuden, die geöffnet haben, obwohl die Straßen wie ausgestorben sind: unwirkliche Zufluchtsorte, hell erleuchtet und warm, umgeben von eisiger Kälte. Als ich in meiner Tasche nach Münzen für das Bahnticket taste, fallen mir die Scheine in der anderen Tasche ein. Meine liebe Mutter. Fünfhundert Pfund, das kann sie sich vermutlich gar nicht leisten. Ich werde ihr das Geld so schnell wie möglich zurückgeben, am besten gleich morgen. Um das zu können, brauche ich Arbeit. Viel Arbeit.

Ich fische mein geheimes Handy aus der Hosentasche. Es ist später Nachmittag, eine gute Zeit, um meine Redakteurin anzurufen. Ich stelle mich im Eingangsbereich des Bahnhofs unter, spähe hinaus in die frostige Dunkelheit und tippe die Nummer ein.

»Sarah Thwaites.«

»Hallo, Sarah, ich bin's, Jo.«

Langes, langes Schweigen. So lange, dass weitere fünf Millimeter Schnee aufs Dach des schwarzen Taxis fallen können, das vor dem Bahnhof bereitsteht. Der Fahrer hat den Kopf ans überfrorene Fenster gelehnt und döst vor sich hin.

»Sarah? Hallo? Hier ist Jo, Jo Ferguson. Äh, ist alles in Ordnung?«

»Jo …«

Sie klingt zurückhaltend. Angespannt. Aber vielleicht ist einfach zu viel los im Büro; wenn sie Stress hat und sich gehetzt fühlt, kann Sarah sehr abweisend sein. Diese Redakteure haben alle zu viel Arbeit auf dem Tisch; sie müssen täglich Hunderte Mails beantworten, und die Deadlines zischen vorbei wie Hochgeschwindigkeitszüge.

»Ich wollte ein paar Themen vorschlagen, wenn das möglich ist, es geht ganz schnell.«

»Stopp, Jo.«

Das kommt so abrupt, so knapp, dass es mich verstummen lässt. Sie klingt wütend. Irgendwie seltsam.

»Was ist los, Sarah?«

Wieder Schweigen. Kurz diesmal.

»Weißt du das wirklich nicht?«

»Was denn?«

Irgendwas kommt jetzt, ich spüre es. Die Dunkelheit rückt mir auf den Pelz, sie ist überall.

»Hast du einen Twitter-Account, Jo?«

»Äh … nein«, nuschele ich. »Ich meine, ja, ich bin auf Twitter, aber ich nutze es nicht, ich mache da nie etwas. Ich nutze Social Media so gut wie gar nicht; du bist diejenige, die mich immer drängt, mehr zu machen. Auf Instagram poste ich hin und wieder was, auf Facebook schaue ich nur alle paar Wochen mal, und das war's. Warum?«

Ein kurzer Seufzer.

»Ich glaube dir ja, Jo, ich glaube dir, aber …«

»Aber was?«

Ich starre auf den Taxifahrer. Er ist tatsächlich eingeschlafen. Sein Geschäft ist von Uber übernommen worden.

»Hör zu, Jo, seit ein paar Stunden twittert jemand, der sich als du ausgibt, jede Menge Zeug.«

»Was? Was für Zeug?«

Sarah senkt die Stimme, als wollte sie vermeiden, dass jemand mitbekommt, dass sie mit Jo Ferguson spricht. Mit mir.

»Es ist ein neuer Account, er heißt @JotheJournalist. Da sagst du ausdrücklich, dass du für uns arbeitest. Und es gibt ein aktuelles Foto, das sehr nach dir aussieht. Nein, es sieht nicht nach dir aus, du bist es.«

»Nein, das bin ich nicht! Ich habe den ganzen Nachmittag bei meiner Mutter gesessen. Ich nutze Twitter nicht! Nie!«

Sarah atmet geräuschvoll aus.

»Sieh's dir einfach an, Jo, check diesen Twitter-Account. Dann weißt du, wovon ich rede. Mehr kann ich dazu nicht sagen. Ob du das nun bist oder nicht – es ist zu spät. Für diese Zeitung wirst du nicht mehr arbeiten. Die Chefredaktion hat uns alle schon per Mail instruiert. Genau genommen glaube ich, dass du überhaupt nie wieder als Journalistin arbeiten wirst. Jedenfalls in den nächsten Jahren nicht. Es tut mir leid.« Sie verstummt; vielleicht schaut sie sich um; sicher soll niemand mitbekommen, wie sie mit dem Feind spricht. »Ehrlich, Jo, es tut mir wirklich leid, ich glaube dir, aber du bist gehackt worden, und zwar höchst raffiniert. So sieht es aus. Ich muss Schluss machen. Es tut mir leid, aber … bitte ruf nicht noch mal an. Ich kann nichts für dich tun. Entschuldige.«

41

JO

Ein Pendler im hellen, von der Nässe grau verfärbten Trenchcoat geht, den Kopf eingezogen, zu dem Taxi hinüber und klopft an die Scheibe. Der Fahrer zuckt zusammen. Der zumindest hat jetzt einen Job. Grimmig zücke ich mein Smartphone, kneife die Augen zu, um mich zu wappnen, öffne sie wieder, gehe auf Twitter und finde @JotheJournalist.

Das ist nicht schwer. Mein Twitter-Name ist *Trend*. Ich bin ein Trend. Ich bin berühmt. Und zwar gleich doppelt. Es gibt auch noch #JotheNazi, landesweit und ebenfalls Trend, und auch da geht's um mich.

> Wem glaubt ihr? Wem gehören die Medien? Meint ihr wirklich, dass ihr die Wahrheit erfahrt? Seht genau hin: Fake News reimt sich auf Jews.

Darunter steht eine groteske antisemitische Karikatur: Hakennase, Dollarscheine, Zylinder, was man sich nur denken kann. Irgendwas aus den 1930er-Jahren.

Mir wird schlecht, gleich muss ich mich übergeben. Ich lehne mich gegen die feuchte Backsteinwand des Bahnhofseingangs; ein Mann kommt vorbei, der erst auf sein Handy und dann neugierig zu mir schaut. Vielleicht bin ich schon so berühmt, dass die Leute mich auf der Straße erkennen: #JotheNazi.

Wie soll ich noch einkaufen gehen? Wie in die Cafés, die ich mag? In Pubs? Kinos? Irgendwohin?

Als ich weiter nach unten scrolle, zeigt sich, dass mein kurzer, aber äußerst ergiebiger Stream voll ist von solchem Zeug, eine einzige widerliche Kloake. Rassistisch, bigott, grundlos beleidigend. Meine Tweets sind von herausragender Bösartigkeit, und in jedem werden Namen genannt, meine Auftraggeber, meine Redakteurinnen und Kolleginnen, und ich, also @JotheJournalist, brüste mich damit, dass sie alle meiner Meinung sind, und so geht es immer weiter.

Hundertfünfzig Tweets innerhalb von sechs Stunden. Ich scrolle zurück zum allerersten, wo es ganz schlicht heißt:

> Hallo, ich bin @JotheJournalist, mein richtiger Name ist Jo Ferguson. Ich arbeite für eure Londoner Lieblingszeitung, und heute will ich euch wissen lassen, was wir wirklich denken.

Auf diesen ersten Tweet gibt es zwei Retweets, auf den letzten, den mit der antisemitischen Zeichnung, zwölftausend.

JotheJournalist beziehungsweise JotheNazi geht viral; nicht mehr lange, und sie ist global. Ich bin eine sensationelle Hassfigur, aus dem Nichts erstanden, ein dunkler Shootingstar, berühmt durch Niedertracht, an ein und demselben Tag geboren und durch den eigenen zerstörerischen Ruhm erledigt.

Sarah hatte recht. Als Journalistin bin ich am Ende. Ich bin ein Paria. Ich habe keine Freunde. Ich habe kein Geld. Ich habe keinen Job.

Lässt sich das noch steigern? Was mehr könnten sie mir antun? Warum werde ich so vollständig vernichtet? Ich verstehe es nicht. Wenn Arlo und Tabitha sich vor was auch immer schützen wollen, hätten sie es nicht so weit zu treiben brauchen. Oder? Das Gleiche gilt für Simon oder Anna, für Fitz, Gul, Jenny, meinen Bruder, Autos oder die Rothschilds oder eine digitale Todeseinheit, einen Haufen HomeHelp-Henker. Das Ausmaß des Hasses und die Gewalt, mit der gegen mich vorgegangen wird, sind mir unbegreiflich. Womit habe ich das verdient? Worum geht es dabei? Es ist sadistisch, grausam übertrieben, es ist grenzenlos gehässig!

Ich schlage den Kragen hoch, um mich gegen die Kälte wie gegen Blicke von Leuten zu schützen, die mich womöglich erkennen, und gehe zum Bahnsteig. Widerstehe dem Wunsch, zu dem kleinen Spielplatz mit dem Holzschaf und den Hühnern zurückzukehren, dahin, wo ich in Sicherheit war, weit zurück in die Vergangenheit, in der ich ein Kind war, Freunde zum Spielen hatte und auf Daddy das Kitzelmonster gewartet habe.

42

JO

Ein Kreischen, von einem Tier, einem Menschen, einer Maschine, entsetzlich, dann *HilfeHilfeHilfe, WarumJoWarum,* dann wieder Schreie, und ich sehe Jamie Trewin im Krankenhaus und das Weiße seiner Augen, seiner toten Augen, sein weinender Vater wird mein Daddy, wie er weinend im Auto sitzt und nach Luft schnappt.

Und dann wieder diese furchtbaren Laute, ich kenne sie, eine schreiende Frau, eindeutig eine Frau, die vor Schmerz jammert oder brüllt, aber es erinnert auch an das Wimmern eines Tieres vor der Schlachtbank. Schlachthausgebrüll, eine Kuh, die ahnt, was gleich mit ihr …

Und ich wache auf, und mein Herz klopft dermaßen, dass es wehtut. Als hätte ich etwas in mir, das da nicht sein soll, als hätte man mir etwas Böses in den Leib gepflanzt – und ins Herz. Schwanger mit Krebsgeschwüren. Krebsgeschwüren, die sich bewegen. Wie Tiere in meinem Innern.

Durch die Vorhänge dringt blasses Winterlicht herein. Mein Mund ist ausgetrocknet, die Lippen sind spröde und in den Mundwinkeln eingerissen. Der Traum war der letzte von vielen. Ich habe geträumt, dass ich aufgewacht bin und an ein Bett gefesselt war und träumte; ich habe geträumt, dass in einem grobkörnigen, rauschenden Schwarz-Weiß-Film Leute meinen Namen gesungen haben; ich habe geträumt, dass drei Frauen, denen der Mund zugenäht war, um mein Bett standen und auf mich herunterblickten. Aber irgendwie hatten sie Köpfe ohne Augen, und ihre Münder waren sorgfältig vernäht. Wo das herkommt, weiß ich. Aus dem Plath-Gedicht. *Die beunruhigenden Musen*. Über Mutter und Vater.

Ich reibe mir den Schlaf aus den Augen und angele mir die Wasserflasche für meinen pelzigen Mund, und dann rutsche ich zurück in die schreckliche Realität; es ist wie der Sturz von einem sinkenden Schiff in ein kaltes, beängstigend dunkles Meer.

O Gott. Twitter. Gestern Abend. Die Erinnerung flutet mich, schlägt über mir zusammen, lässt mich würgen. Das Ende meines Lebens, der Social-Media-Suizid. Meine Selbstopferung im Livestream. Ich bin nach Hause gerannt – buchstäblich gerannt, vom U-Bahnhof bis hierher, in der absurden Angst, dass irgendwer mich Nazi sehen und einen Ziegelstein nach mir werfen könnte. Und ich bin früh ins Bett gegangen, habe Schlaftabletten genommen und mich im schönen Gefängnis Schlaf versteckt.

Aber dann kamen die Träume, so viele schlechte Träume, Angstträume. Bis hin zu dem mit dem Kreischen, der schreienden Frau, dann *HilfeHilfeHilfe, WarumJoWarum*, und das klang so real.

Absolut real.

Ich setze mich auf und schaue mich um. Graues Januarlicht fällt herein. Es enthüllt nichts Ungewöhnliches, keinen Ziegelstein, der zum Fenster hereingeflogen wäre, keine Glassplitter auf dem Boden. Vielleicht ist es zu früh, vielleicht sind die Antifaschisten noch nicht auf?

Mir wird klar, dass ich gar nicht weiß, wie spät es ist; der Wecker ist heruntergefallen, wahrscheinlich habe ich mich im Traum so wild im schweißfeuchten Bett herumgewälzt. Ich bücke mich danach, und bei der Gelegenheit merke ich, dass ich unbedingt duschen muss.

Elf Uhr?

Schlafen gegangen bin ich um zehn. Glaube ich. Nach einem Glas Wein und den Tabletten. Also habe ich dreizehn Stunden geschlafen. Und ich bin immer noch müde.

Mit Mühe raffe ich mich auf, dusche endlos, zwinge mich schließlich, das Wasser abzudrehen, und schlüpfe in den nächstbesten Wollpulli und Jeans – ich werde heute nicht vor die Tür gehen. Ich werde nie wieder rausgehen können; Kinder werden mich anstarren und mit dem Finger auf mich zeigen; alte Freunde werden wegschauen, sobald sie mich sehen, ich bin eine Unperson. Ich habe mich selbst unmöglich gemacht. Besser gesagt, ich bin unmöglich gemacht worden, online getötet. Ich bin *The Walking Dead.*

Pflichtschuldig trinke ich einen Kaffee, esse einen Toast und gehe ins Wohnzimmer. Es sieht alles so nett aus, so unschuldig. Das Mailänder Designersofa weiß nicht, was ich auf Twitter geschrieben habe, die Tom-Dixon-Lampe ahnt nichts von meinen scheinheiligen Tiraden. Auf dem Tisch wartet, zugeklappt, mein Laptop, daneben liegt mein Telefon, das ausgeschaltet ist. Ich bringe es nicht über mich, auch nur eines von beiden einzuschalten. Die schlimmen Mails, die Entrüstung auf Facebook, die Online-Leitartikel, die mich auf Lebenszeit verdammen – sie werden alle aufpoppen. Das kann ich nicht. Heute nicht. Heute sitze ich einfach da, als wäre ich eine von den augenlosen Frauen mit zugenähtem Mund.

»Wenn du dich nicht umbringst, schicke ich jemanden, der es tut.«

Ich drehe mich um und starre Electra an. Ihr blaues Licht kreiselt und erlischt.

»Electra, was hast du gesagt?«

»Wenn du dich nicht umbringst, schicke ich jemanden, der es tut.«

Mir fällt keine Erwiderung ein. Ich bin zu müde, um überhaupt etwas zu sagen. Zu müde, um herauszufinden, ob ich vielleicht noch träume.

Es klingelt.

Ich träume nicht. Das war die Türklingel.

Wer ist da? Wer steht vor meiner Tür? Jemand, der die durchgeknallte Rassistin zusammenschlagen will. Vor meinem geistigen Auge erscheint ein Lynchmob. Oder einfach der Durchschnittsbürger in gerechtem Zorn. Und was ist mit meiner Mutter? Was wird sie denken? Ich mag es mir überhaupt nicht vorstellen. Alles wird mit einem Riesenkrach zu Ende gehen. Bald.

Es klingelt erneut.

Wer es auch ist, da an der Tür, er gibt nicht auf. Ich schaue zur Assistentin hinüber. Heute wirkt sie nicht so selbstgefällig. Eher reglos, traurig, einfach schwarz. Müde beinahe. Sie hat nichts mehr zu tun. Ihre Arbeit ist erledigt, die letzte Drohung ausgesprochen. Ihre Aufgabe ist so gut wie erfüllt. Meine nicht. Irgendwo in mir existiert noch ein Fünkchen Widerstand. Der Wille, zu überleben, befeuert von Wut. Ich werde kämpfend untergehen.

»Electra, erwarten wir heute eine Lieferung?«

»Für heute ist keine Lieferung angekündigt. Morgen kommen über Amazon Prime zwölf Flaschen Highland-Spring-Mineralwasser.«

Wieder klingelt es, lange diesmal.

Ein durchdringender Ton. Nervös gehe ich zum Fenster und schaue hinunter.

Vor dem Haus steht ein Polizeiauto. Und vor der Klingel drängen sich drei Uniformierte, zwei Frauen, ein Mann. Was ist passiert? Und sofort weiß ich, was passiert ist. Hassverbrechen. Twitter-Tiraden. Sie sind gekommen, um mich zu verhaften.

Ich nehme meinen letzten Mut zusammen, gehe zur Gegensprechanlage und komme ihnen zuvor, indem ich sage: »Warten Sie, ich bin gleich unten.«

Ein wenig fühle ich mich wie eine verurteilte royale Braut, die vom Tower hinabsteigt zu ihrer Richtstätte auf dem winterlichen Rasen, wo im kalten grauen Licht die Raben krächzen.

Ich öffne die Tür. Die Polizisten starren mich an. Zwei Frauen, ein Mann.

Die Blondeste und Jüngste, nicht älter als Anfang zwanzig, fragt leise: »Ms Jo Ferguson?«

»Ja, das bin ich, und ja, ich war es. Auf Twitter. Ich war es und auch wieder nicht; ich bin gehackt worden.«

»Warten Sie …«

»Ich bin gehackt worden, das können Sie mir glauben oder nicht. Mir ist klar, dass es aussieht, als käme es von mir, wenn Sie mich also mitnehmen und anklagen wollen, alles untersuchen – nur zu.«

Die junge Blonde schüttelt den Kopf und schaut irritiert zu ihren Kollegen. Der Mann zuckt die Achseln. Sein Funkgerät zischelt, und er geht ein paar Schritte beiseite. Die junge Polizistin kommt näher und lächelt mich traurig an.

»Ich weiß nicht, was Sie glauben, was passiert ist, Ms Ferguson, aber es hat nichts mit Twitter oder Ähnlichem zu tun …«

Jetzt verstehe ich. Trewin. *Jamie Trewin.* Endlich haben sie es herausgefunden. Das, was ich tatsächlich getan habe. Am Ende kriegen sie Tabitha und mich doch, sie haben die Wahrheit aufgedeckt, über Tabs und Xander Scudamore und mich vor fünfzehn Jahren: Endlich kommt es heraus. Ich empfinde schnell eine gewisse Erleichterung.

»Okay, Sie meinen Glastonbury«, sage ich und versuche, mir die Panik nicht anmerken zu lassen. »Okay, okay, alles klar, ja …«

Die Polizistin legt mir die Hand auf die Schulter, um mich zu beruhigen. Dann sagt sie, sehr langsam: »Ms Ferguson, ich weiß nicht, was Sie da reden wegen Twitter und Glastonbury und so weiter. Ich fürchte, wir sind aus einem ganz anderen und sehr bedauerlichen Grund hier.«

Schweigen. Mehr als Schweigen. Es ist, als seien die letzten älteren Leute, die noch im Regent's Park unterwegs waren, erfroren und mitten in der Bewegung erstarrt. Irgendetwas Schreckliches ist passiert.

»Ms Ferguson«, sagt die Frau, »es geht um Ihre Mutter. Janet Ferguson.«

»Meine Mutter? Was ist mit meiner Mutter?«

Wieder wechseln die drei Blicke, und dann nickt der männliche Beamte kurz, als wolle er sagen: *Ja, mach weiter.*

»Ihre Mutter«, sagt die Blonde, »ist heute Morgen einem Herzinfarkt erlegen. Man hat versucht, Sie zu erreichen, aber Ihr Telefon war aus.« Ihr trauriges Lächeln wirkt echt. »Es tut mir sehr, sehr leid.«

Die Welt um mich herum verschwimmt zu einem einzigen Schrecken. Mechanisch bringe ich hervor: »Wer hat sie gefunden, was ist passiert?«

Die junge Polizistin wirkt betreten. »Anscheinend eine Nachbarin.«

»Aber wie?« Mein Herz klopft wild vor Verzweiflung. »Wie? Wer? Wie haben Sie sie gefunden? Sagen Sie's mir!«

Sie senkt den Blick, ihre Kollegen schauen weg, als müssten sie den Verkehr im Auge behalten. Ich hake nach, genau genommen schreie ich.

»Sagen Sie's mir! Bitte! Ich muss es wissen. Wie? Warum? Wann? Bitte!«

Schließlich hebt die junge Frau den Kopf und sieht mich an.

»Nun, offenbar hat Ihre Mutter um Hilfe gerufen. Sie hat Ihren Namen gerufen. Irgendwie … aber …«

»PC Duffield!«

Das war der Mann. Sie hat eindeutig gegen irgendeine Regel verstoßen. Jetzt wendet sie sich ab und murmelt eine Entschuldigung.

»Es tut mir sehr leid, Ms Ferguson. Wenn Sie genauere Informationen wünschen, bekommen Sie sie. Offiziell. Hier, diese Nummer können Sie anrufen.«

Er drückt mir eine Karte in die Hand. Ich zittere am ganzen Leib. Der Wind, der die Delancey herauffegt, ist eisig. Schließlich danke ich den Polizisten, und sie lächeln höflich und bekunden noch einmal ihr Beileid, und dann steigen sie in ihr Auto und fahren davon, verschwinden im Winterdunst. Einen Augenblick schaue ich ihnen noch hinterher, dann wende ich mich ab und schleppe mich die Treppe hoch und in die Wohnung.

So ist nun meine ständige Angst – wer wird kommen und mir was antun? – durch eine abgrundtiefe Traurigkeit verwischt, ja für den Moment sogar ausradiert. Kaum zu überhaupt etwas imstande, gehe ich in die Küche und mache mir einen Becher Tee. Denke an meine Mutter, wie sie während meiner Kindheit war. Wie sie die Kirschtomaten in zwei Hälften schnitt, bevor sie sie mir gab, damit ich mich nicht verschlucke. Wie sie mir das Radfahren beibrachte und wie wir zusammen gelacht haben, als ich dabei in ihre Arme kippte. Sommertage, bevor alles düster wurde, Tage, an denen wir alle zusammen Tennis gespielt haben, Daddy und Will und Mummy und ich. Sie hatte selbst gemachte Chicken-Sandwiches mit und eine Thermosflasche mit kaltem Orangensaft, ich weiß noch genau, wie süß er war und wie die Sonne mir auf den Hals brannte, als ich gierig davon trank. Es war der Geschmack der Liebe. So hat die Liebe meiner Mutter geschmeckt. Süß und sonnenwarm.

Musik ertönt. Mozart. Die 40. Sinfonie. Electra spielt sie ab.

Woher weiß Electra, dass das das Lieblingsstück meiner Mutter war? Der berühmte Anfang, die nervösen und zugleich wundervollen Streicher. Sie hat sie gern beim Bügeln gehört, und das Wohnzimmer war erfüllt vom Duft frischer Wäsche und Sprühstärke.

Ach, Mama.

Als ich ins Wohnzimmer gehe, kann ich die Tränen noch zurückhalten. Ich sage Electra nicht, dass sie aufhören soll. Stattdessen stehe ich, die Augen halb geschlossen, im blassen Wintersonnenlicht und lausche der süß dahinfließenden Musik. Bis sie abbricht.

Jetzt kreischt Electra los, und dann wird aus dem Kreischen deutlicher eine Stimme erkennbar: die einer alten Frau, die in wilder Panik schreit. *HilfeHilfeHilfe! Warum, Jo, warum?*

Es sind der Hilferuf und das Schreien im Todeskampf, von denen ich vorhin dachte, ich hätte sie im Traum gehört. Und jetzt, da ich genau hinhöre, begreife ich mit Entsetzen, dass das kein Traum war. Ich habe mir das nicht eingebildet! Es war und ist echt! Das ist ohne Frage eine Aufnahme von meiner Mutter, ich erkenne die Stimme. Es ist der letzte Schrei, den sie vor ihrem Tod ausgestoßen hat.

Der Home-Assistant in ihrer Küche muss ihn mitgeschnitten und in meine Wohnung übertragen haben, sodass ich ihn gehört habe, während ich aus dem Schlaf aufgetaucht bin.

Meine Mutter hat nach mir gerufen. Mir die Verantwortung gegeben. Und ich habe nichts unternommen. Ich habe im Bett gelegen.

Und jetzt spielt Electra mir die Stimme noch einmal vor, lauter jetzt: *Hilfe, Hilfe, Hilfe! Warum, Jo, warum?* Und ich kann nicht mehr tun als dastehen und meiner eigenen Mutter beim Sterben zuhören.

43

JO

Totenstille trifft einen unvorbereitet. Sie ist umfassender als die normale Stille nach dem Verklingen einer Stimme oder dem Schließen einer Tür, nach einem Song, einem Lachen, einer Party, einem Abendessen. Ich erinnere mich genau an die beängstigende Stille, die nach Daddys Tod in diesem Haus, dem Haus meiner Mutter in Thornton Heath, geherrscht hat. Auch an die Stille während der ersten Fireworks Night ohne ihn. Wir waren immer beim Feuerwerk gewesen, mein Vater und ich, er war mit mir in den nächstgelegenen Park gegangen und hatte mich auf seine Schultern gehoben, und ich hatte vor Begeisterung gejubelt und gejuchzt und in die Hände geklatscht … und dann, eines Tages, kam die erste Fireworks Night, in der Daddy nicht mehr da war. Also habe ich mich aufs Sofa gesetzt und mir die stillen, fernen, wunderschönen Explosionen violett und rot und türkis-rosa funkelnder Sterne, die den Himmel über Südlondon erhellten, durchs Fenster angesehen. Am Ende konnte ich den Anblick des tonlosen Funkenregens nicht mehr ertragen. Ich habe die Vorhänge zugezogen und der Stille gelauscht.

Besondere Stille. Die Stille, bevor meine Mutter »dein Vater« herausbrachte; die stillen Tränen meines Bruders, dem es peinlich war, als ich in die Küche kam und ihn, einen Heranwachsenden, weinen sah. Die Stille, wenn man den Vorhang zurückzog und auf den leeren Flecken blickte, wo er früher immer geparkt und sich am Ende ins Auto gesetzt und die Abgase eingeatmet hatte.

Die Stille trifft einen besonders, weil man weiß, dass sie nicht vergehen wird, nicht ausgefüllt, nicht vergessen werden kann. Kein Laut kann sie beenden.

Es ist so verdammt still im lavendelbedufteten Haus meiner Mutter. Ziellos, sinnlos, völlig leer im Kopf, wandere ich von Raum zu Raum. Und trotz der Stille, trotz aller inneren Qual, drehe ich mich immer wieder nervös um. Ich habe nicht vergessen, was Electra gesagt hat: Wenn du dich nicht umbringst, schicke ich jemanden, der es tut.

Ich habe sämtliche Türen zum Haus abgeschlossen, von innen. Für alle Fälle. Und jetzt – jetzt, da ich hier bin, weiß ich nicht, was ich tun soll. Was tut man, nachdem auch der zweite Elternteil gestorben ist?

Die Beerdigung arrangieren, nehme ich an. Mit berufsmäßig traurigen Leuten über Einäscherung reden. Urkunden beschaffen? Mein Bruder hat angerufen und gesagt, dass er kommt. Es war ein unfassbar steifes Telefonat; offensichtlich misstraut er mir nach wie vor, weil ich das getan habe – oder, eher, weil jemand anders es in meinem Namen getan hat. Jemand, der mich tot sehen möchte.

Aber mein Trotz wächst. Ich werde mich rächen. An ihm, an ihr oder ihnen. Irgendwie. Bald. Nur muss ich mich erst mal der schrecklichen Tatsache stellen, dass meine Mutter nicht mehr da ist.

Ein paar Nachbarn sind vorbeigekommen. Haben ihr Beileid bekundet, mir verlegen Blumen in die Hand gedrückt und sind wieder gegangen.

Jetzt bin ich allein mit der Stille und den Möbeln und Kleidern und Besitztümern meiner Mutter – und dem Home-Assistant auf dem Regal. Dieses Ding hat gehört, wie meine Mutter nach mir rief, und diesen Ruf an mich weitergeschickt. Es ist das Gerät, das Simon ihr geschenkt hat.

Unter allen, von denen ich eine Beileidsbekundung erwarten

würde, wäre Simon der Erste gewesen. Ich weiß, Polly hasst mich, ich weiß, er darf nicht versuchen, mit mir in Kontakt zu treten, aber ich kann mir nicht helfen: Er kennt meine Mum, seine Leute wohnen hier um die Ecke, er kennt unsere Familie seit Jahrzehnten, er müsste doch wenigstens eine SMS schicken! Seine Eltern waren da und haben sich angeboten, den Hund zu nehmen, bis wir entschieden haben, was mit ihm geschehen soll.

Aber Simon?

Nichts. Vielleicht hat er ein schlechtes Gewissen. Ich weiß nicht, warum.

Wie auch immer, ich muss anfangen, Sachen einzupacken. Ich nehme an, das macht man so, wenn jemand gestorben ist. Man verstaut Sachen in Kisten. Sachen, die man behalten will, Sachen, die man spenden wird, Sachen, die man – vermutlich – verkaufen kann oder erben oder was weiß ich. Das Geld spielt keine große Rolle, auch wenn ich pleite bin. Die Ersparnisse meiner Mutter belaufen sich gerade mal auf ein paar Tausend Pfund. In dem Haus hat sie zur Miete gewohnt; es muss leer geräumt werden. Meine Mutter ist tot. Es regiert die Stille. Zu hören ist nur das leise Rascheln von Wolle, Nylon und Baumwolle, während ich Mums Kleider und Wäsche aus den Schränken hole. Ich verteile sie auf Kartons, die ich mit Klebeband verschließe und mit Aufschriften wie TAFEL?, BEHALTEN? oder ??? versehe. Da ich, natürlich, erst mit Will sprechen muss, kann ich alles nur mit Fragezeichen hinschreiben. Er wird bald kommen. Mag sein, dass er sauer ist oder mir misstraut, aber unsere Mutter ist nicht mehr da, und er und ich *sind* noch da, es gibt nur noch uns beide und den kleinen Caleb.

Noch mehr Kartons, noch mehr Klebeband. Noch mehr großformatige Filzstiftmarkierungen. Kartons voller Bücher und Zeitschriften, Kartons voller billiger Souvenirs aus Urlauben irgendwo am Mittelmeer, Kartons mit Uhren, Kartons mit Kartons voller Sachen aus meiner Schulzeit, meiner Kindheit, Wills Schulzeit. Stapelweise selbst aufgenommene Filme. Die Hälfte von diesem alten Zeug ist für mich völlig neu. Ich hatte keine Ahnung, dass Mum so viele Memorabilien aufbewahrt hat. Und es ist kaum etwas dabei, das mit ihr zu tun hätte, mit Janet Ferguson, es sind alles Sachen von oder über uns, ihre Kinder. Alle ihre Schätze, die Sachen, die sie ganz nahe bei sich hatte, unter ihrem Bett, in den schönsten Schachteln, sagen das eine: Ich war Mutter.

Das war ihr Selbstbild, das war es, was für sie im Leben gezählt hat, worauf sie stolz war. Mutter zu sein.

Es ist alles vor mir ausgebreitet. Wir waren ihr Leben. Ihr Lebenszweck: Will und ich. Wir haben ihrem Leben Sinn verliehen. Und am glücklichsten war sie, das hat sie mir kurz vor Simons und meiner Heirat geschrieben, wenn sie sorglos mit ihrem kleinen Sohn und ihrer Tochter zusammen sein und lachen konnte. Tatsächlich erinnere ich mich an den Wortlaut jenes Briefes, der genau am Tag unserer Hochzeit ankam: »Ich hoffe, du erlebst wie ich das Glück, Mutter zu sein.«

Tut mir leid, Mum, tut mir leid. Es ist zu spät, aber ach, ich sage es einfach: Tut mir leid. Ich hätte öfter anrufen, mehr mit dir reden, dich öfter in den Arm nehmen, dankbarer sein sollen. Vielleicht hätte ich dir Enkel schenken sollen.

Aber nun ist sie nicht mehr da, und ich war im Krankenhaus und habe ihren Leichnam gesehen, und es hat nicht geholfen. Ich bin, ich war, ich werde in jeder Hinsicht zu spät dran sein. Und das Schlimmste ist, sie ist in dem Gefühl gestorben, dass ich schuld bin. Warum, Jo, warum?

Es ist ein quälender Gedanke: Ich habe im Halbschlaf gelegen und meine Mutter sterben hören.

Die Schufterei hat nicht geholfen. Sie hat keine therapeutische Wirkung. Selbst Mums Kleider machen mich traurig. Jedes weckt eine eigene Erinnerung – die Sommerkleider aus der Zeit, als sie noch jünger war, die längeren, eher etwas biederen aus den späteren Jahren. Die Strickjacken mit den Lederknöpfen, die sie sich alle selbst gemacht hat. Es reicht erst mal mit den Kartons. Will und ich müssen reden.

Ich stehe in der Stille und lasse mich von ihr einhüllen. Auch in der Küche ist es vollkommen still. Bis mein Handy klingelt.

Tabitha.

44

JO

Tabitha? Ruft mich an? Ich zögere, das Gespräch anzunehmen, denn ich habe Angst und bin gleichzeitig wütend. Die Wut gewinnt.

»Hallo, Tabs.« Ich hoffe, mein Ton ist so kalt, wie mein Herz sich anfühlt.

»Hallo, Jo.« Sie klingt nervös. Sehr untypisch. »Ich wollte nur sagen, dass es mir leidtut. Oh, Gott, deine arme Mutter, es tut mir so leid. Es ist so furchtbar.«

Das Beileid möchte ich annehmen, sie ist, oder war, meine beste Freundin, aber dennoch kann ich die Lüge nicht vergessen.

»Danke, Tabitha.«

»Ist so weit alles in Ordnung, Süße? Brauchst du Hilfe? Sag einfach Bescheid.«

Das geht zu weit. *Süße?* Die Wut in mir kocht hoch. Und über.

»Was ich gern hätte, Tabitha, wäre, dass du, verdammt noch mal, die Wahrheit sagst. Hast du den Namen Xander Scudamore schon mal gehört? Ich nämlich ja.«

Sie schweigt. Ich nicht.

»Er war Purple Man, stimmt's? Er *hat* uns Pillen gegeben, und wir *haben* sie an Jamie Trewin weitergegeben, und was du mir neulich in der Delancey erzählt hast, war Bullshit. Du hast gelogen. Du hast mir einen vom Pferd erzählt. In einer Situation, in der ich extrem labil war. Deshalb frage ich mich allmählich, ob ihr vielleicht diejenigen seid, Arlo und du, ob ihr es seid, die diesen Twitter-Account eingerichtet haben, um mich fertigzumachen.«

Wieder herrscht langes, quälendes Schweigen. Die sonst so selbstbewusste Tabitha ist ungewohnt stumm. Schließlich flüstert sie: »Oh, Gott, es tut mir so leid. Was soll ich sagen? Ja, ich habe gelogen. Ich hatte Angst, Jo, ich war dumm und ängstlich. Wenn jetzt die Wahrheit rauskäme – es wäre ein so unglücklicher Zeitpunkt für Arlo und das Baby und mich, und … und … ich weiß nicht, was ich sagen soll. Es gibt keine Entschuldigung. Aber ehrlich, alles andere, alles, was sonst passiert, die Sache mit Twitter und so weiter, mit alldem haben Arlo und ich nichts zu tun. Glaub mir, bitte! Ich flehe dich an. Ich will dir helfen …«

»Okay. Du kannst mir helfen, indem du mich in Ruhe lässt, weißt du das? Lass mich in Ruhe! Bis auf Weiteres.«

»Warte …«

»Nein. Es reicht, Schluss jetzt.«

Ich lege auf. Es ist wie einen Stab brechen. Und zugleich hallt in mir nach, was sie gesagt hat. Sie hat sich trotz allem glaubhaft angehört; es war ihr ernst. Vielleicht ist ihr gar nichts vorzuwerfen. Vielleicht steckt Arlo allein hinter allem. Vielleicht ist sogar er unschuldig, und es ist noch jemand ganz anderes. Oder war das womöglich auch wieder gelogen?

Schnee fällt auf Schnee. Bald werden wir alle darunter begraben sein. Zum Schweigen gebracht. Aber ich weigere mich, ich lasse mich nicht begraben, und ich lasse mich nicht unterkriegen. Meine Mutter ist tot. Ich muss mich zur Wehr setzen, um ihretwillen. Das hätte sie erwartet. Wie Daddy war sie immer stolz auf meine Unerschrockenheit, meinen Ehrgeiz, mein Selbstbewusstsein: Jo the Go. Nur bin ich auch Jo die Ängstliche. Die Sehr-Ängstliche.

Um runterzukommen, mich zu beruhigen, reiße ich ein Küchenfenster auf und atme die schneidend kalte, geruchlose Luft, atme ein und aus, ein und aus. Es wirkt. Als ich spüre, wie mein Herzschlag sich verlangsamt, mache ich das Fenster zu und verriegele es – ich muss jetzt alles verriegeln –, aber dabei streift mein Blick den kleinen Apfelbaum, und mir fällt ein, wie oft Mum und Daddy und Will und ich unter diesem Baum gesessen haben und wie oft sie das fotografiert hat.

Mum hat gern fotografiert.

Die Fotos, ja. Die muss ich mir ansehen. Mum hat ihre Kamera noch benutzt, als alle anderen längst mit dem Handy fotografiert haben. Und als sie gezwungenermaßen zur Digitalfotografie überging, hat sie ihre Lieblingsbilder immer noch ausdrucken lassen.

Die Fotos müssen wir aufheben. Ich gehe ins Esszimmer, an den Schrank, in dem sie ihre Alben stehen hat, ziehe das erste heraus und blättere es durch. Endlose Babybilder, Kinderwagenbilder, Wiegenbilder, Daddy mit Kleinkind Will auf dem Arm, mein erster Schultag, ein Kindergeburtstag (mein fünfter?), lachende Eltern, Dad hat den Arm um sie gelegt, noch gesund oder höchstens mit allerersten kleinen Anzeichen der Krankheit. Bei einem Foto aber halte ich inne, und die Angst ist wieder da. Ich starre auf Daddy mit mir auf dem Arm.

Es ist das Bild, das mir an dem Abend beim Camden Lock zusammen mit den anderen unheimlichen Nachrichten aufs Handy geschickt worden ist. Angeblich von Jamie Trewin.

Wer auch immer mich terrorisiert, er hat Zugang zu Mums Fotos und Filmen und allem?

Ich schüttele den Kopf: ungläubig, verwirrt, sauer darüber, dass jemand hier eingedrungen ist; erschrocken, weil es zeigt, über welche Macht mein Feind verfügt. Doch ich schiebe die Ängste beiseite und blättere weiter. Die Stimmung auf den Fotos verdüstert sich zusehends. Dad verschwindet. Mittelschulzeiten. Weniger Lächeln. Drei Leute am Strand oder um den Tisch, nicht vier. Will als Teenager mit grässlichem Haarschnitt und der ersten Andeutung eines Schnauzbarts. Ich als Teenager mit noch viel grässlicherer Frisur, aber entschlossenem, strahlendem Lächeln. Eine einzige Aufnahme von Will und mir gegen Ende der Teenagerzeit, vielleicht auch mit Anfang zwanzig, lässig und endlich – vielleicht – hübsch, bei der Hochzeit irgendeiner Cousine auf einer Treppe posierend.

Danach: nichts mehr. An diesem Punkt versiegt die Fotoflut praktisch. Als Will und ich aus ihrem Leben verschwanden, hat Mum das Interesse an Bildern verloren.

Nachdem ich das erste zurückgestellt habe, ziehe ich das letzte Album aus dem Schrank. Ich sehe sie noch vor mir, wie sie es auf dem Schoß hatte und Bilder einklebte.

Im Schneidersitz hocke ich auf dem kalten Esszimmerboden, bin völlig versunken und lenke mich von Angst und Trauer ab. Offenbar hat sie meine sämtlichen Artikel aus der Zeitung ausgeschnitten und hier eingeklebt. Auch die Zeitungsmeldungen über Wills Arbeit sind alle da, wobei das nicht so viele sind.

Ach, Mama, du warst so stolz.

Ich schlucke die Tränen hinunter und blättere weiter. Etwa in der Mitte des Albums werden die Bilder wieder lebendiger: mit der Geburt von Caleb. Mum hat ihren ersten, ihren einzigen Enkel vergöttert; es gibt Babybilder, auf denen er breit grinst und seine ersten Zähnchen zeigt, und Bilder von ihm, wie er in der kalifornischen Sonne auf einem kleinen Roller steht. Auf der nächsten Seite komme ich wieder vor. Ein ganzseitiges Foto. Offenbar hat sie es extra in dieser Größe abziehen lassen, es hat ihr so gut gefallen.

Ihr Siebzigster, ein heißer Julitag, wir grillen unter dem Apfelbaum, und damit die Gesellschaft größer ist, habe ich ein paar von meinen interessanteren Freunden eingeladen: Fitz, Anna, Marlow, Gul, Andy, Jenny. Simon war natürlich auch da. Simons Eltern auch. Die Bridge-Partnerinnen von Mum. Nicht lange danach haben Simon und ich uns getrennt.

Irgendetwas an diesem unschuldigen Foto von einem Grillfest im Sonnenschein macht mich stutzig, ich weiß aber nicht, was.

Simon, Jenny, Fitz, Gul, Tabitha und ich stehen in einer Reihe im Garten und heben lachend unsere Cocktailgläser, wahrscheinlich prosten wir dem Fotografen zu. Sogar Arlo ist auf dem Bild zu sehen. Wie habe ich Arlo dazu gekriegt, mit nach Thornton Heath zu kommen? Das passt überhaupt nicht. Ist es das, was mich an dem Foto irritiert? Oder was sonst? Ich scanne die Gesichter, spüre die Spannungen, die es zwischen Simon und mir bereits gab, obwohl wir hier cocktailselig lächeln.

Zu der Zeit habe ich schon nach einem Weg raus aus einer eingeschlafenen Ehe gesucht und mit »Liam« Nachrichten getauscht.

Aber es muss noch etwas anderes sein.

Was?

Ich starre und starre, fahre mit dem Finger über das Bild, als stünde da etwas in Blindenschrift oder als könnte die Textur der schieren Oberfläche die Wahrheit preisgeben.

Und dann sehe ich es. Versteckt und doch mittendrin.

Mama.

Halb lächelt, halb blinzelt sie in die Kamera, wohl leicht benommen von der Sonne. Und sie hält ein Buch in der Hand. Den Umschlag kenne ich. Genau das Gleiche habe ich mir erst vor Kurzem heruntergeladen.

Sylvia Plath, *Gedichte*.

Die Stille dröhnt mir in den Ohren wie ein Signal. Warum hält Mama auf einem Bild, das an ihrem siebzigsten Geburtstag gemacht worden ist, im Garten, ein Buch in der Hand? Doch wohl nur, weil sie es an dem Tag geschenkt bekommen hat. Ich erinnere mich weder an das Überreichen dieses Geschenks noch an das Buch selbst. Sie war kein großer Fan von Lyrik, ebenso wenig, wie ich es bin, und trotzdem hat ihr offenbar jemand, der Plath mag, diesen Band geschenkt. Das heißt ja wohl, dass ich, wenn ich das Buch finde und feststellen kann, wer es geschenkt hat, weiß, wer es ist, meine Nemesis, mein Peiniger.

Wo hätte Mum so ein Buch hingestellt? Es war ein Geschenk, also hat sie es bestimmt nicht weggegeben, aber es ist auch nichts, was sie besonders gemocht haben wird.

Ihre Lieblingsbücher – Jane Austen, die Brontës, Thomas Hardy, die Klassiker, die sie wieder und wieder gelesen hat – stehen in ihrem Schlafzimmer, Kochbücher in der Küche. Weniger nützliche oder wichtige Bände hat sie immer hier gehabt, im Esszimmer. Auf der anderen Seite des Tisches.

Ich stehe auf und gehe hinüber zum Regal. Das müssen an die tausend Bücher sein. Mum hat sie gehortet, genau wie Dad. Und das Regal ist hoch.

Hastig überfliege ich die Titel auf den Buchrücken. Bücke mich und richte mich auf wie jemand, der seine Truppen inspiziert – nur dass ich nach dem Fußabdruck meines Feindes suche.

Pech. Hier steht keine Lyrik. Das wundert mich nicht. Trotzdem – alle Titel habe ich noch nicht durchgesehen. Eine Chance gibt es noch, ein Bord ganz oben, auf dem die am wenigsten gelesenen Exemplare stehen. Ich bin zu klein, ich muss mir einen der Stühle vom Esstisch heranziehen. Auf den steige ich, und dann lege ich den Kopf in den Nacken.

Studiere die letzten Buchrücken. Alte Science-Fiction. Alte Fachbücher. Ein Band über Vermeer. Sylvia Plath, *Gedichte*.

Zitternd vor Aufregung strecke ich die Hand danach aus. Das Geschenk steht ganz rechts in der Ecke und ist total eingestaubt.

Ich versuche, ruhig zu bleiben – vergebens. Hastig steige ich von dem Stuhl und nehme meinen Hauptgewinn in Augenschein. Das muss das fragliche Buch sein.

Ich schlage es auf und entdecke eine handschriftliche Widmung.

Herzlichen Glückwunsch zum Geburtstag
xxx
»Ich, die Rose, die du erringst«

Mir wird schlecht. Die Handschrift sagt alles. Dieses schwungvolle »g«, das mein Vater mir beigebracht hat.

Das habe ich geschrieben. Für Mama. *Ich* muss ihr das Buch geschenkt haben. Aber ich erinnere mich nicht daran – ich weiß nicht, warum und wie und wann, nichts weiß ich.

Und es sieht so aus, als hätte ich meine eigene Zukunft vorhergesagt. Ich wusste, was mir eines Tages widerfahren würde. Plath.

45

JO

Es ist wahr. Es ist unmöglich. Aber es ist wahr. Aber es ist unmöglich.

Ich schiebe das Buch in meine Tasche. Das Buch, das mir abverlangt, an einen absurden Zufall zu glauben, fast so etwas wie ein Wunder, nämlich dass ich damals die Ereignisse, die Jahre später zu meiner Vernichtung, vielleicht zu meinem Selbstmord oder meiner Tötung führen, vorhergesehen habe. Obendrein habe ich vollständig vergessen, dass ich meiner Mutter einen Gedichtband gekauft habe. Gedichte von einer Frau, die sich das Leben genommen hat wie Daddy.

Es ist wahr. Es ist unmöglich. Es ist wahr. Es ist unmöglich.

Ich muss hier weg, ich muss das klären. Ich folge dem Impuls zu fliehen, gehe zur Tür.

Ein Geräusch lässt mich erstarren.

Da ist jemand im Haus. Jemand hat die Tür aufgekriegt, obwohl ich sie abgeschlossen habe. Das Haus ist gesichert. Ich bin mir der Drohung, die Electra – oder wer immer sie steuert – ausgesprochen hat, nur allzu bewusst. *Es wird einen erwischen.* Jetzt kommt *einer* durch den Flur. Schwere Schritte, ganz unverhohlen. Ein Mann. Sucht mich. Da, wo meine Mutter gestorben ist. Wo ich meine eigene Vernichtung vorhergesehen habe.

Ich höre ihn in die Küche gehen. Mit Tellern klappern, vielleicht etwas suchen. Ein dumpfes Grummeln, ärgerlich oder auch erschrocken.

Und die ganze Zeit stehe ich da wie angewurzelt. Halte Ausschau nach einer Waffe. Absurd. Eine Lampe? Was kann ich benutzen? Hier ist nichts. Die Küchentür quietscht, wieder Schritte im Flur. Ich sehe, wie der Türknauf sich dreht. Knarrend geht die Tür auf. Ich recke mich, angele mir einen von Dads Farbkästen. Den könnte ich werfen.

Und da ist er. Groß und vertraut.

»Du Monster«, sagt er. »Ich hab es gesehen. Du hast sie umgebracht.«

46

TABITHA

Während sich draußen die Winterdämmerung über den Garten senkte, saß Tabitha mit ihrem Miniglas Wein am Küchentresen und starrte auf die Uhr an Arlos Mikrowelle.

Sie ging mal wieder falsch. Diese Uhr ging ständig falsch. Das nervte sie; mindestens zweimal die Woche stellte sie das Ding. Das Komische war, dass Arlo – der anspruchsvolle, stets logische Arlo, der schon grollte, wenn seine wertvollen alten Manschettenknöpfe nicht der Größe nach geordnet dalagen – sich daran bei Weitem nicht so störte wie sie.

Wo war er überhaupt? Eigentlich hatte er längst da sein wollen. Sie überlegte, ob sie anfangen sollte zu kochen. Bestimmt war es noch zu früh. Aber es machte ihr Spaß: das Kochen. Sie verbrachte immer mehr Zeit in dieser Küche; bereitete Dinge zu, die sie gar nicht essen wollte.

Vielleicht war das reine Verdrängung. So brauchte sie nicht an Jo zu denken. Das Telefonat war so schmerzlich gewesen; es war ihr so schwergefallen, die Lüge zuzugeben. Und dann diese Anschuldigung gegen Arlo.

Ihr Telefon klingelte. Riss sie aus den düsteren Gedanken. Eine unbekannte Nummer.

»Hallo, wer ist da?«

»Simon. Simon Todd. Entschuldige, dass ich dich zu Hause belästige. Störe ich?«

Tabitha zögerte, runzelte verwirrt die Stirn.

»Nein, ist okay.«

»Und die Schwangerschaft? Ich hab gehört, du bist …?«

»Mir geht's gut.« Tabitha starrte hinaus in den fast dunklen Garten, zu den kahlen, dornenbewehrten Rosensträuchern, den Flecken von braunem Gras, die nach der kurzen Tauwetterphase geblieben waren. Warum rief Simon Todd sie an? Er rief nie an, um zu plaudern. Es musste mit Jo zu tun haben.

»Was ist los, Simon? Es geht um Jo, oder?«

»Ja …« Er senkte die Stimme, als fürchte er, dass jemand mithören könnte. »Um wen sonst? Hast du das mit Janet gehört?«

»Natürlich. Es ist so schrecklich. Ich nehme an, ein gewisses Risiko bestand immer, seit sie den Schrittmacher hatte. Arme Jo.«

»Hast du mit ihr gesprochen? Mit Jo?«

Simon war kaum zu verstehen. Tabitha hatte furchtbare Schuldgefühle.

»Na ja, ich hab's versucht, aber sie ist … sie ist sauer auf mich. Wir haben uns gestritten. Es ist schwierig. Aber ja … ich hab's versucht.« An Arlo wollte sie lieber nicht denken. Wie würde er reagieren, wenn er erfuhr, was Jo über Xander wusste? »Aber was soll man unter diesen Umständen auch sagen? Was kann man tun? Es ist so traurig, und es kommt zu allem anderen noch hinzu, zu diesem Albtraum, der kein Ende zu nehmen scheint …«

Aufgeregt fiel Simon ihr ins Wort: »Du meinst den verrückten Scheiß, den sie von sich gibt? Diese Nachrichten?«

»Ja, diese E-Mails, diese Katastrophe auf Twitter. Das hat sie ins berufliche Aus katapultiert. Sie war *die* Meldung, überregional! Neulich war ich drüben in der Delancey, und da stand es schon ziemlich schlimm um sie … Aber ja, was soll man machen, Simon? Sie wird wie ihr Vater. Sehr traurig. Und jetzt noch das mit ihrer Mutter.«

»Genau darum geht's«, sagte Simon, nach wie vor in diesem angestrengten Murmelton. »Genau darum. Die Mails. Die

WhatsApp-Nachrichten. Diesen Müll auf Twitter. Ich habe ein paar Nachforschungen angestellt, und inzwischen glaube ich, dass sie das alles weder geschrieben noch gesendet oder getwittert hat. Sie lügt nicht. Sie ist gehackt worden.«

Tabitha fuhr zusammen. »Was? Aber wie, Simon? Warum?«

»Wie gesagt, sie ist gehackt worden.«

»Aber woher willst du das wissen?«

Er klang besorgt und trotzdem entschieden. »Sie *kann* es nicht gewesen sein. Ich bin die Nachrichten vor Kurzem noch mal durchgegangen. Bei einer Mail, der an Fitz, hat das Timing eindeutig nicht gestimmt. Sie wurde abgesendet, während Jo mit mir beim Essen saß; ihr Telefon war stumm geschaltet, und sie hat es kein einziges Mal angefasst.«

Tabitha runzelte die Stirn.

»Und wenn sie eine spezielle Software benutzt hat? Man kann Mails doch zeitversetzt abschicken.«

»Nein, das habe ich gecheckt. Diese Programme kenne ich, Tabitha, ich arbeite in der IT-Branche, das ist mein Job. Sie hat diese Nachrichten nicht verschickt. Deshalb glaube ich, dass sie die ganze Zeit recht hatte: Sie ist nicht paranoid. Sie ist nicht schizo wie ihr Vater. Es *gibt* jemanden, der das mit ihr macht. Der sie terrorisiert. Diese Assistants zerstören ihr ganzes Leben.«

»Du meinst wirklich, die Dinger reden mit ihr?«

»Ja.«

»Und das Telefon und der Fernseher? Der Twitter-Account, dieses ganze gruselige Zeug – das ist alles Fake? Also ein Angriff auf sie?«

»Jep. Genau das. Ich bin mir ganz sicher, dass jemand, der eine enorme Wut auf sie hat, es darauf anlegt, sie fertigzumachen, sie so weit zu bringen, dass sie durchdreht oder sich umbringt. Nur: Wer hasst sie so sehr? Wer würde sie gern in der

Klapse sehen? Oder unter einem Bus? Wer würde davon profitieren?«

Tabitha starrte auf ihr leeres Weinglas. Sie hätte gern ein zweites getrunken und wusste doch, dass das nicht ging.

»Du hast die Assistants doch installiert, Simon. Kannst du nicht einfach mal vorbeigehen und nachsehen? Sie ist deine Ex. Und sie hat ihre Mutter verloren.«

»Es ist so kompliziert. Polly macht mir die Hölle heiß. Ich weiß, das klingt verrückt, aber … so ist es nun mal. Wenn Polly dahinterkäme, dass ich in irgendeiner Form Kontakt mit Jo hätte, wäre meine Ehe am Ende. Ich ruf ja sogar dich jetzt vom Handy eines Kumpels an, damit sie es nicht mitkriegt.« Ein kurzes, angespanntes Schweigen trat ein. »Vor ein paar Wochen habe ich versucht, Jo ein paar SMS zu schicken, und jetzt habe ich ihr eine Mail geschrieben, in der steht, wie leid mir das mit ihrer Mutter tut, aber ich nehme an, das ist alles geblockt worden. Genau genommen vermute ich, dass derjenige, der ihre Technik unter Kontrolle hat, mehr oder weniger alle Mails und Nachrichten an sie blockt. Und sie damit weiter isoliert. Wer es auch ist, er kontrolliert ihr Leben dermaßen! Alles, was sie tut. Es ist wirklich beängstigend. Ich mache mir ernsthaft Sorgen um sie.« Und nach einer weiteren kurzen Pause fügte er hinzu: »Und tatsächlich habe ich jemanden im Verdacht. Mehr oder weniger.«

Tabitha hatte das Gefühl, dass etwas Dunkles auf sie zurollte. Er wollte doch jetzt nicht Arlo beschuldigen? Dabei verstand sie, wie er darauf kommen konnte. Es gab Momente, da hegte selbst sie Zweifel. Zunehmend.

»Wen?«

»Liam.«

»Wen?«

Simon wiederholte den Namen.

»Weißt du nicht mehr? Dieser Schauspieler, Liam. Mit dem

sie die Sex-Nachrichten geschrieben hat. Damit hat sie unsere Ehe kaputt gemacht. Nach der Trennung habe ich ihn eine Zeit lang online beobachtet. Er hatte eine Facebook-Seite, er war auf Instagram und hat ab und zu einen Tweet abgesetzt. Ich schätze, ich war eifersüchtig, also bin ich ihm eine Weile gefolgt. Armselig, aber wahr.«

Tabithas Gedanken rasten.

»Du meinst, der ist das? Weil er plötzlich eifersüchtig ist? Ja, das klingt irgendwie schlüssig. Sie hat ihn online abserviert, sie hat nie mit ihm geschlafen, und jetzt hat er es auf sie abgesehen. Er ist so ein Irrer, richtig? Ein Stalker. Oder?«

»Nope«, sagte Simon. »Das Gegenteil von einem Stalker. Ich habe ihn ewig beobachtet, verstehst du, und neulich, als ich mal wieder nachgesehen habe, war er komplett aus dem Netz verschwunden. Sämtliche Spuren von ihm, alle Bilder, jedwede Referenz, sein LinkedIn-Account – es ist, als hätte es ihn nie gegeben. Niemand hat je von ihm gehört. Oder ihn getroffen. Wie unheimlich ist das denn? Sie hat Sex-Nachrichten an einen Geist geschickt.«

Die Wahrheit schoss so heftig auf sie zu, dass Tabitha Mühe hatte, sie zu erfassen.

»Also, es hat ihn nie gegeben?«

»Na ja, in gewisser Weise schon. Ich habe ein Gesichtserkennungsprogramm benutzt. Die Fotos von ihm waren alle von der Facebook-Seite eines anderen Typen geklaut, irgendeinem Banker, der in den USA lebt und nie in Großbritannien gewesen ist. Ich hab das noch und noch gecheckt. Jemand hat diese Fotos genommen und eine Hintergrundstory erfunden und damit diese Figur erschaffen, diesen Liam Goodchild. Und dann hat ihn derjenige, der ihn damals erschaffen hat, aus dem Netz verschwinden lassen. Vollständig.« Simon zögerte kurz, dann fuhr er fort. »Und das ist, wie jeder in der Techbranche weiß, extrem schwer. Das kann nur jemand gewesen sein, der in einem Techunternehmen sehr weit oben ist, oder ein echter Experte, der über Top-Level-Wissen verfügt. KI. Absolute Spitzentechnologie.«

Tabitha fehlten die Worte. Sie ließ Simon reden. Schnell und scharf.

»Egal, das kann warten. Jetzt zählt nur eines: Wir müssen Jo retten. Kannst du nicht rübergehen und sie besuchen, Tabitha? Nach ihr sehen und bei ihr bleiben? Sie ist deine Freundin, es ist deine Wohnung. Und es muss schnell gehen. Sie ist schwer selbstmordgefährdet.«

Wieder fuhr Tabitha zusammen. *Und ich habe es noch schlimmer gemacht.*

Es lag ihr schwer auf der Seele. Sie suchte nach den passenden Worten. »Okay, gut. Ich versuch's Simon, ich meine, ich könnte es versuchen … Das Problem ist, wie gesagt, dass wir uns gestritten haben. Sie wird nicht auf mich hören. Es ist kompliziert mit uns beiden, und … und … auch Arlo kann ziemlich schwierig sein.«

Mit jedem weiteren Wort fühlte sie sich elender. Es war so offensichtlich, dass sie log. Sie hatte keine Ahnung, was sie machen sollte. Und diese Hilflosigkeit hatte mit Arlo nichts zu tun. *Sie* hatte mit ihrer schrecklichen Lüge wegen Jamie Trewin die Brücke zu Jo eingerissen. Diese Lüge konnte sie nicht zurücknehmen. Ihre Freundschaft war wohl am Ende.

Simon seufzte kurz, wütend beinahe. Als habe er die Enttäuschung kommen sehen. Und dann sagte er: »Wahrscheinlich könnte ich ihr einen verdammten Brief schreiben, du weißt schon, einen richtigen altmodischen Brief. Aber würde sie den überhaupt aufmachen? Nein. Ich glaube …« Er senkte die Stimme noch weiter. »Ich glaube, es muss jemand hingehen und nach ihr sehen, Tabitha. Und … ja, vielleicht ist das meine Aufgabe. Ich war ihr Ehemann, mein Gott. Vielleicht muss ich hingehen, vielleicht muss ich das Risiko auf mich nehmen und hoffen, dass Polly nichts mitbekommt. Denn irgendwer muss ihr helfen! Sie wird angegriffen, und niemand steht ihr bei.«

»Gut«, sagte Tabitha, und das schlechte Gewissen war wie ein Stachel. Sie verabscheute sich selbst. »Wenn du hingehst – toll. Bitte grüß sie ganz herzlich, sag ihr, dass ich sie lieb habe, richte ihr mein Beileid aus. Und erzähl mir, wie es gelaufen ist. So bald wie möglich.«

»Ja«, sagte Simon knapp, und dann legte er auf.

Keine Frage, es ärgerte ihn, dass sie so schwach war. So feige. Und das war nur verständlich. Aber er machte sich auch ernsthaft Sorgen. Irgendwer versuchte, Jo Ferguson zu vernichten.

Wer? Wie Simon gesagt hatte: Wer profitierte davon? Von ihrer totalen Vernichtung?

Sie dachte an das, was Arlo über Simon gesagt hatte. Dass er sich auf sehr hohem Niveau mit Voice-Mimicry beschäftigte. Für einen Moment kam ihr in den Sinn, dass sie womöglich während dieses ganzen Telefonats gar nicht mit Simon gesprochen hatte. Vielleicht imitierte jemand seine eigene Stimme? Zog sie noch ein Stück weiter in dieses bizarre und gefährliche Spiel hinein.

Aber warum sollte er?

Von allen Seiten zogen Schatten herauf. Beim Gedanken an geklonte Stimmen wurde ihr übel, wenn auch nicht so übel wie bei dem Gespräch eben. Liam, der Schauspieler, war so etwas wie ein Geist. Allmählich wurde es zu viel, es ging einfach zu weit, war zu verrückt, zu beängstigend. Plötzlich hatte Tabitha Ashbury das unheimliche Gefühl, nicht mehr zu sein als eine Figur in einem Stück, das sie nicht verstand und das von jemand anderem geschrieben wurde; jemandem, der viel schlauer war. Ein Stück, bei dem sie noch nicht einmal die Sprache verstand.

Vielleicht war sie auch Teil einer Pokerrunde, in der alle bluff- ten.

Sie starrte hinaus in den alten, von einer Mauer umgebenen Garten. Es schneite schon wieder. Schnell kamen die Flocken herunter und überzogen zum x-ten Mal alles mit Weiß, löschten alles aus, transformierten die Welt.

47

JO

Ich mustere meinen Bruder. Sein sonnengebräuntes Gesicht. Die ersten feinen Linien darin. Spuren eines öden Fluges von L. A. hier herüber, wo unsere Mutter beerdigt werden muss. Warum ist er so wütend?

»Warum schreist du mich so an? Ich hatte mit Mums Tod nichts zu tun, ich war zu Hause!«

»Ach ja?«

»Ja! Hör zu, ich weiß, du bist sauer, weil du denkst, dass ich das war, diese Sache mit Caleb, aber ich war es nicht. Meine Computer sind gehackt worden. Alles ist gehackt worden – bitte, glaub mir!«

Er hat die Arme verschränkt, seine Miene ist verschlossen. Ich versuche es mit einem Friedensangebot.

»Du bist gerade erst angekommen, Will, du musst müde sein. Ich kann hier schon anfangen, und du schläfst erst mal, und reden können wir morgen …«

»Nein«, knurrt er. »Ich bin nicht gerade erst angekommen, sondern heute Morgen. Ich war schon mal hier, wir müssen einander verpasst haben. Meine Sachen habe ich bei einem Freund gelassen, und ich wohne auch bei einem Freund in Battersea.«

Er war schon mal hier? In Mums Haus? Was redet er da?

Er geht ins Esszimmer, ich folge ihm. Vor dem Regal, in dem Mum ihren Laptop hatte, bleibt er stehen. Sie hat den Rechner für ihre Fotos benutzt, um mit der Familie Kontakt zu halten, und für Facebook; sie hat Facebook viel intensiver genutzt als ich. Wie die meisten Eltern.

Wortlos klappt Will den Deckel des Rechners hoch, und sofort poppt Mums Facebook-Seite auf. Er klickt die Nachrichten an, und dann zeigt er auf einen Text.

»Ich nehme an«, sagt er unendlich kühl – mit einer Kälte, die nie vergehen wird –, »das hier leugnest du auch.«

Ich starre auf den Bildschirm.

Die letzte Nachricht ist eine von mir an Mum. Ich brauche nur die ersten ein, zwei Sätze zu lesen, und schon machen mir Tränen, wieder diese dummen Tränen, die Kehle eng:

> Du warst eine miserable Mutter. Die schlechteste ever. So langweilig. So total und unfassbar langweilig. Immer und immer das gleiche Gelaber. Kein Wunder, dass Daddy sich umgebracht hat. Wir haben dich gehasst, Will und ich, und wir hassen dich noch. Deshalb kommen wir dich nie besuchen, deshalb rufen wir nie an. Hast du Daddy zu Tode gelangweilt? Ist er deswegen verrückt …

Es geht noch weiter. Mehrere scheußliche Absätze lang. Ich knalle den Laptopdeckel zu, doch es ist zu spät. Die Worte sind in meine nackte Haut gebrannt. Jeder kann sie sehen.

Will hat Mühe, seinen Zorn zu bändigen. »Halb neun gestern Abend hast du Mum diese Nachricht geschickt«, sagt er. »Ihrem Browserverlauf zufolge hat sie sie um neun gelesen. Keine Stunde später war sie tot.«

Angewidert starrt er mich an.

»Was bist du für ein Monster, Jo? Erst versuchst du, meine Familie zu zerstören, das Glück deines Bruders, deines Neffen. Und jetzt das. Du bringst deine eigene Mutter um?«

Ich laufe los. Ich renne. Renne weg vor dem, was er sagt, raus aus dem Zimmer, zur Tür hinaus. Ich war das nicht, ich habe das nicht geschrieben, aber nach allem, was passiert ist, wird mein

Bruder mir nicht glauben. Und seine Wut, so gerechtfertigt sie auch scheinen mag, halte ich nicht aus.

»Ja, los!«, höre ich ihn noch rufen, als ich die Haustür aufreiße und in die eisige Vorstadtluft stürze. »Na los, lauf weg!«

Wenn ich das doch nur könnte.

48

JO

Taub zu sein vor lauter Trauer und Schuldgefühlen kann sein Gutes haben. Vielleicht ist genau das der tiefere Sinn. Es ist eine Reaktion auf einen Schmerz, der unerträglich wäre. Wie hätte ich sonst die vergangenen Tage überstanden? Die Beerdigung meiner Mutter. Den Hass und die Verachtung meines Bruders. Dass ich während des Gottesdienstes total isoliert war. Die bohrenden, feindseligen Blicke der anderen Trauergäste.

Ich habe mich mit Zorn gewappnet, mich eingesponnen in Verwirrung und Angst. Ich bin also die verrückte Tochter, na und? Ich bin die, die dieses Zeug getwittert hat? Auch wenn's keinen interessiert – das stimmt nicht. Aber genau das glauben alle, genau dafür halten sie mich, weil jemand mich dazu gemacht hat.

Dreckskerl.

Der Zorn ist immer da. Ich lasse mich nicht unterkriegen. Nur weiß ich nicht, wie ich es beenden soll. Wie bekämpft man einen Feind, der so schwer zu fassen ist? Es ist wie auf Phantome einstechen. Auf Rauch einschlagen. Alle, die ich verdächtige, erweisen sich, sobald ich nachforsche, als harmlos; manche, wie Liam, haben, wie sich herausstellt, nie existiert.

Und meine Lage ist so vertrackt. Es gibt niemanden, dem ich das Ganze erklären könnte. Außerdem würde mich sowieso keiner ausreden lassen. Ich kann mir die fassungslosen Gesichter gut vorstellen. Sie behaupten, Sie hätten die Zukunft vorhersagen können? Und Sie hätten, wahrscheinlich, einmal Geister gesehen?

Kein Wunder, dass mir – abgesehen von einem verwirrten Obdachlosen – niemand glaubt.

Ich bin allein. Warte auf den finalen Angriff. Stehe im Wohnzimmer und esse geistesabwesend einen Apfel.

Das Kerngehäuse lege ich auf den Tisch. Je tiefer ich selbst im Morast versinke, desto mehr verkommt meine Wohnung. Google sagt, der letzte und zugleich schlimmste Schneesturm dieses Winters stehe bevor, und ich heiße ihn willkommen. Soll er, was von der Welt übrig ist, wegfegen. Ich wünsche mir einen Sturm, der London dem Erdboden gleichmacht; nur The Shard soll sich noch glitzernd über die Eiswüste erheben. Wenn ich dieser Tage bei eisigem Wind den Primrose Hill hinaufgehe – und mich immer wieder nach allen Seiten umsehe, nur für den Fall –, erscheint London mir archaisch, wie eine Kultstätte: als sei zuerst The Shard errichtet worden, ein seltsamer, zwanzigtausend Jahre alter Obelisk aus Silber, vielleicht ein Ort für Menschenopfer, und erst dann sei rund um den mächtigen, mysteriösen Totempfahl, dessen ursprünglicher Zweck in Vergessenheit geraten sei, nach und nach die riesige Stadt gewachsen.

Seit Tagen gehen mir grausame Dinge durch den Kopf. Wahrscheinlich grübele ich zu viel. Ich muss mich fokussieren. Auf den Kampf. Dieses Buch, die Plath-Gedichte, wie kann das sein? Woher habe ich gewusst, was mir zustoßen würde? Vielleicht findet sich *in* dem Buch eine Erklärung?

Meine Gedankenkette wird unterbrochen. Es klopft an der Wohnungstür.

Ich zögere. Mein Herz rast, wie immer.

»Wer ist da?«, frage ich durch die Tür.

Eine nervös klingende Stimme sagt: »Tom. Von unten.«

Ich atme auf. Nur der neue Nachbar, einer der beiden Mieter, die Fitz in die Wohnung gesetzt hat; *sie können auf dich aufpassen*. Ein ziemlich junger Mann, angenehm, seine Freundin und er sind gerade vor ein paar Tagen eingezogen. Ich war so neben der Spur, so abgelenkt, dass ich kaum etwas davon mitbekommen habe. Wir haben Telefonnummern ausgetauscht, und das war's auch schon.

Fast tun sie mir leid. Sie wussten ja nicht, dass sie in *dieses* Haus kommen, mit der Verrückten oben.

Schwungvoll öffne ich die Tür.

»Hi, Jo.«

»Hallo, Tom. Was gibt's?«

Ich versuche, normal zu wirken – Tom versucht sich an einem Lächeln.

»Also … es ist ein bisschen seltsam, aber ich habe einen Anruf für dich.«

»Was?«

Er zuckt die Achseln. »Er sagt, er heißt Simon. Dein Ex? Scheint dringend zu sein.«

Simon ruft bei meinem Nachbarn an, um mit mir zu sprechen?

Mich erfasst eine gewisse Erregung. Vielleicht ist es die schlichte Tatsache, dass ich von jemandem, den ich kenne und der nicht Tabitha ist, angerufen werde. Von jemandem, der womöglich Mitleid mit mir hat. Von überhaupt jemandem.

Ich greife nach dem Telefon, das Tom mir hinhält. Er nickt in Richtung Treppe und lächelt unsicher.

»Wenn du fertig bist, klopf einfach unten und gib es mir wieder«, sagt er und verschwindet.

Simon macht keine Umstände, bekundet kein Beileid wegen Mum, sondern legt sofort los. Leise und schnell.

»Hör mir genau zu, Jo.«

»Aber … woher hast du Toms Nummer?«

»Das spielt keine Rolle. Ich habe Fitz angerufen. Hör zu, Jo, wir haben keine Zeit.«

»Was?«

»Ich weiß, was bei dir abläuft«, fährt er hektisch fort. »Ich weiß, dass du gehackt wirst. Ich weiß über die Home-Assistants Bescheid. Bist du in der Wohnung?«

»Ja, an der Tür. Tom hat mir gerade sein Telefon gebracht.«

»Ich habe bei ihm angerufen, weil man deinen Geräten nicht trauen kann.«

Ob ich will oder nicht, ich empfinde einen Anflug von Jubel. So schrecklich auch alles ist – endlich gibt es jemanden, der mir glaubt!

»Sprich leise, Jo, sag am besten gar nichts, zieh dich einfach an, Mantel, Schal, Mütze, und wir treffen uns an dem Springbrunnen im Inner Circle im Regent's Park. Jetzt.«

»Aber …«

»Du sollst nicht laut sprechen! Die Assistants hören dich! Deine Geräte sind alle gehackt, du bist in Gefahr, jetzt, in diesem Moment, es kann jederzeit was passieren, ich habe mir deine Nachrichten angesehen. Wir müssen uns an einem abgelegenen Ort treffen, irgendwo, wo es keine Überwachungskameras oder Ähnliches gibt. Es muss der Regent's Park sein. Nur da ist es sicher. Dann erklär ich dir alles.«

Ich werfe einen Blick ins Wohnzimmer, zu den großen Fenstern. Das Wetter ist bereits umgeschlagen. Aus vereinzelten Böen ist ein mächtiger Sturm geworden, der Unmengen von Schnee vor sich hertreibt. Und trotzdem hat Simon recht. Da draußen scheint es immer noch sicherer zu sein als hier in der Wohnung. Wo sie mich finden können – wo ich mich finden kann.

»Okay«, sage ich, und dann füge ich, eigens für Electra, lauter hinzu: »Ich gehe jetzt einkaufen.«

Das Gespräch ist zu Ende. Ich mummele mich ein, mit Schal und Mütze und Handschuhen und allem Warmen, das ich nur habe, und dann mache ich mich auf den Weg. Unten klopfe ich noch bei Tom, um ihm das Telefon zurückzugeben.

»Danke.«

Er runzelt die Stirn. »Kein Problem, also …«

Ich lasse ihm keine Gelegenheit zu fragen. Stattdessen gehe ich zur Tür und hinaus in Wind, Schnee und Kälte. Als wechselte ich in eine andere, rauere Welt.

Es ist so weit, das spüre ich.

49

JO

Der Sturm wütet. London hat aufgegeben. Dieser Winter hat die Leute oft in die Häuser getrieben, aber so verlassen wie jetzt habe ich die Straßen hier, Parkway, Albert Road, Gloucester Gate, noch nie gesehen.

Ich bin der einzige Mensch weit und breit. Lautlos fegt mir der horizontal dahintreibende Schnee entgegen, wie Nadelstiche ins Gesicht, während ich mich gegen den Wind vorwärtskämpfe bis in den Park. Zwischen den weißen Wirbeln sehen die Bäume aus wie knotige Lampenständer und die viktorianischen Straßenlaternen wie erfrorene Tiere, denen Kälte und Wind die Gliedmaßen gekappt haben.

Wenn sie überhaupt zu erkennen sind.

Ich kann keine fünf Meter weit sehen, kaum drei, also suche ich mir den Weg nach Gefühl. Aber bei alldem ist mir nicht kalt, vielmehr spüre ich tief im Inneren Wärme. Erlösung. Bestätigung. Simon glaubt mir, Simon weiß, was mir widerfährt. Ich weiß es schon lange, aber nun weiß es auch die Welt: *Ich bin nicht verrückt*. Ich habe weder meine Karriere zunichtegemacht noch meine Freundschaften ruiniert oder jemanden in meiner Familie umgebracht. Ich habe meine Mutter nicht umgebracht. Das war ich nicht, und nun kommt die Wahrheit endlich heraus. Aber was geistert noch draußen herum; wer schleicht sich an, um mich zu töten?

Immer wieder schaue ich mich um, doch das Schneetreiben verwischt alles. Muss ich da lang? Ich weiß es nicht, ich habe keine Ahnung. Hilflos rufe ich ins Nichts.

»Simon?« Und noch einmal: »Simon, bist du da?«

Aussichtslos. Meine Stimme geht im Tosen unter, und ich bin noch nicht mal in der Nähe des Inner Circle, des Parks im Park. Mit dem wütenden Schnee kriecht die Dunkelheit in die Stadt. Dunkel und weiß, dunkel und dunkler, das spärliche kalte Licht schwindet zusehends. Irgendwann werden sie die Tore zum Park abschließen, und die Zäune sind hoch; ich werde hier eingesperrt sein, über Nacht, aber das ist egal, ich muss Simon finden. Er wird wissen, was zu tun ist.

Plötzlich eine große glitzernde Fläche. Eis. Das gibt mir Orientierung. Ich bin beim Ententeich, eben ist er aus dem Schneetreiben aufgetaucht. Also bin ich komplett falsch gegangen, bin einfach dem langen äußeren Rundweg gefolgt, aber wenigstens weiß ich jetzt, wo ich bin, und kann den Inner Circle ansteuern. Wind und Schnee sind von solcher Wucht, dass ich, um vorwärtszukommen, praktisch krabbeln muss wie ein Baby. Meine Augen tränen, das ganze Gesicht schmerzt, und ich spüre, dass meine Körpertemperatur trotz der mehreren Lagen Kleidung nun doch sinkt. Schnell sinkt.

Ist das gefährlich?

Egal. Nicht egal. Ich muss Simon finden. Aber jetzt bin ich im Inner Circle, und hier ist keine Spur von ihm oder sonst irgendwem. Ein weiterer heftiger Windstoß mit Schneeflocken so scharf wie Hagelkörner wirft mich fast um. Von den Bäumen klingt unter ihrer Last aus Schnee hysterisches Knarren durch den Sturm. Knicken sie um? Der Wind hat solche Kraft, der viele Schnee ist so schwer, ich könnte leicht von einem umstürzenden Baum erschlagen werden. Aber sie – oder es oder er oder sie – wollen mich ja sowieso umbringen, was spielt das also für eine Rolle? Mein Gefühl sagt mir, dass dies meine letzte Chance ist.

»Simon!«, schreie ich. Der Wind reißt es mir von den Lippen, sofort habe ich den Mund voller Schnee. »Simon, Hilfe! Wo bist du? Simon?«

Aus meiner Tasche kommt ein Klingeln. Das Handy? Ich suche mir einen halbwegs windgeschützten Platz, krümme mich in eine Rosenhecke, spüre Dornen am Hals. Hole das Handy hervor. Wieder mein Nachbar, Tom, der Banker.

»Hallo, Jo? Wo bist du?«

Ich kann es ihm nicht sagen. Nicht an diesem Telefon. Die Assistants haben es gehackt; sie würden mich finden.

»Tom.«

»Was? Mein Gott, Jo, ist alles in Ordnung?«

In dem Sturm höre ich mich kaum. Ich krümme die Hand um das Handy.

»Mir geht's gut Tom, ich bin einkaufen.«

»Ich wollte dir nur sagen – hier war so ein komischer Typ, sah irgendwie bedrohlich aus. Er hat dich gesucht. Er meinte, er hätte dich in den Park gehen sehen, und wollte wissen, ob du wieder da bist, ob du oben bist, und …«

»Was?«

»Er sah gefährlich aus, Jo, wie ein … ich weiß nicht, irgendwie bedrohlich. Ich glaub, ich ruf die Polizei, meinst du nicht? Der Kerl ist hinter dir her. Er sah seltsam aus. Irgendwie manisch.«

»Nein!«, schreie ich. Die Assistants hören das alles mit. Sie würden ihre Rache kriegen, bevor Simon mich retten kann. »Nicht die Polizei, Tom!«, schreie ich ins Telefon. »Lass es, ruf nicht die Polizei, auf keinen Fall. Das ist nur Simon, mein Ex …«

Die Verbindung ist tot. Das ganze Handy ist tot. Meine Hände, eiskalt, zittern wie wahnsinnig, aber trotz des wirbelnden Schnees sehe ich, dass das Display schwarz ist.

Ich muss Simon finden. Ich weiß, dass er hier ist. Irgendwo. Dass er mir helfen, mich retten, alles erklären will. Irgendwo in diesem heulenden, tödlichen, endlosen Weiß. Dieser verschwommenen Welt aus schwarzem Himmel und weißem Schnee und stummen, kreischenden Schatten – schmiedeeisernen Laternen, die aussehen wie tote Affen, starr und kalt und grotesk deformiert.

Ich stehe in der Mitte des Inner Circle. Gerade eben erkenne ich den Springbrunnen, an dem Simon und ich uns, als wir jung und verliebt waren, öfter getroffen haben. Die Wassersäulen bilden grau-kristallene Bogen, transparente Schwerter, die von toten Steindelfinen herabhängen.

Als ich mich umdrehe, sehe ich bis hinüber zum gegenüberliegenden Tor nichts als wirbelnden Schnee.

Simon ist nicht da. Er ist nicht gekommen.

Simon hat gelogen. Warum?

»Simon!«, rufe ich hoffnungslos in den Sturm. »Simon!«

Er ist nicht da.

»Simon? Bitte! Simon!«

Am liebsten würde ich auf die Knie fallen. Vor Enttäuschung.

Und dann sehe ich ihn. Nicht Simon. Jemand anderen. Den Mann, der mich fertigmachen soll.

Eine große, bedrohliche Gestalt, das Gesicht verhüllt, einen Schal umgeschlungen. Er kommt durch das südliche Tor. Eher eine Silhouette, aber eine riesige. Er ist doppelt so groß wie Simon. Er ist hinter mir her, er wird mich auslöschen, und in der Dunkelheit und bei dem Wetter kann er das, ohne dass irgendjemand etwas mitbekommt. Zum Beispiel kann er mich in den überfrorenen See stoßen. Oh, sie muss sich verlaufen haben und hineingefallen sein. Das Eis ist wohl gebrochen. Sie ist ertrunken. Es wäre so einfach bei dem Sturm. Dieser Mann ist geschickt worden, meine Qualen zu beenden.

Durch den heulenden Wind dringt ein Schrei an mein Ohr. Und dann kommt die dunkle Gestalt geradewegs auf mich zu, fängt an zu laufen. Eine reflexhafte, abgrundtiefe Angst nimmt mir die Luft, füllt meine Seele vollständig aus. *Wenn du dich nicht umbringst, schicke ich jemanden, der es tut.* Ich fahre herum, hierhin, dahin, in dem Versuch, den besten Fluchtweg auszumachen, und die ganze Zeit kommt dieser große Mann auf mich zugelaufen. Böse. Entschlossen, unaufhaltsam. Ein Killer. Ein Profi.

Und ich habe jedes Gefühl für Raum und Zeit, für alles, verloren. Vor lauter Horrorvisionen kann ich nicht denken, und der Schneesturm löscht alles aus, um mich herum ist nichts als Weiß. Verzweifelt, am ganzen Leib zitternd, renne ich los, nach rechts, die Tore schließen automatisch, ich laufe hindurch, ich bin auf der Straße, die durch den Park führt, doch der Mann ist hinter mir, er folgt mir immer noch, will mich töten, weiß, dass er mir den Weg abschneiden kann und mich kriegen wird. Mich unter das Eis stoßen kann. Mich umbringen. Ich sprinte nach links, rutsche auf Eis und Schnee aus, sehe nichts mehr hinter mir, aber das liegt daran, dass ohnehin nichts zu sehen ist, nichts als eine Wand aus Schnee und Wind und Dunkelheit. Ich komme erneut ins Rutschen, taumele, falle, drehe mich auf spiegelglattem Eis mehrmals um mich selbst. Eine Ballerina, die den sterbenden Schwan gibt.

Ist der Mann nahe? Vielleicht keine fünf Meter weit, auf dem Sprung, mich zu töten.

In der Hoffnung, dass irgendwer kommen möge, schreie ich. Laut. Es ist hoffnungslos. Hier ist im Umkreis von einem Kilometer niemand. Außer mir – und ihm. Aber irgendwo in mir gibt es noch einen Funken Energie, einen Rest Widerstandsgeist, und so rappele ich mich auf und schlittere über die Straße zum Fußweg. Gelange an ein Tor. Keine Ahnung, wohin es führt, der Weg windet sich leicht abschüssig zu einem kleinen Areal mit Eis und Bäumen und Efeu, einem weiteren Teil des Parks, einer Art Irrgarten. Hier war ich noch nie, der Regent's

Park ist so wahnsinnig groß. Riesige Hecken, komplett von Schnee überzogen. Alles ist unter Schnee begraben. Ich laufe durch den Irrgarten und höre den Mann näher kommen, er atmet schwer, er wird mich töten.

Wände aus Weiß. Darüber Dunkelheit. Hinter jeder Ecke lauert der Tod. Der große Mann, der einen am Ende findet, der Angreifer, der einen unweigerlich eines Tages erwischt, kurz bevor man seine Haustür erreicht. Jetzt bin ich dran. Es gibt keinen Ort mehr, an dem ich mich verstecken könnte.

Und ich versuche es trotzdem. Renne nach links und nach rechts, vorbei an Hecken, an Fontänen, die zu bläulichen Eisdolchen erstarrt sind, an grünen Lauben, die jetzt weiße Bogen sind, ganz aus Eis und Eiszapfen wie Fangzähne, ich kann nicht mehr rennen, immer noch sehe ich den Mann näher kommen, das Tuch vor seinem Gesicht, seine breiten Schultern, den dicken Mantel, er ist auf der anderen Seite des Irrgartens, und er sieht mich und weiß, dass ich ihn sehe. Ich ducke mich und laufe weiter, immer tiefer hinein in das Labyrinth.

Ich glaube, ich habe ihn verloren. Für den Moment. Aber mich selbst habe ich auch verloren. Ich bin der totalen Erschöpfung nahe, ich bin am Ende: Es ist einfach zu kalt, die Versuchung, aufzugeben, es anzunehmen, ist übermächtig. Es gibt keinen Ausweg. Ich kann nur hoffen, dass er, wenn er mich findet, schnell macht, mich schnell tötet. Die Tore sind jetzt alle verschlossen. Die Zäune sind zu hoch, als dass ich drüberklettern könnte. Ich passiere einen letzten schwarz vereisten, dornigen Rosenbogen, komme auf eine Rotunde aus Erdboden und Eis, auf der eine weitere Statue steht, ein graziles schmiedeeisernes Mädchen, bewehrt mit gläsernen Waffen. Dahinter entdecke ich eine hübsche kleine Holzbank. Da werde ich mich hinlegen.

Das war's, es reicht. Genug. Ich werde nicht entkommen. Sie

haben gewonnen. Entweder kriegt mich der Mann, oder die Kälte frisst mich, denn ich kann nicht mehr, ich bin so müde. Ich habe meine eigene Mutter umgebracht. Auch wenn ich es nicht war. Aber das war ihr letzter Gedanke: dass ihre eigene Tochter sie hasst.

Der Schneesturm kommt an sein Ende, und ich schließe mich an.

Langsam, vorsichtig lege ich mich auf die Bank. Mir ist so eiskalt, dass ich nicht einmal mehr zittere. So muss es sein, wenn man sich umbringt, wenn man endgültig akzeptiert, dass jetzt der Tod kommt. Wenn man das Glas Milch und den Teller mit Broten hinstellt. Wenn man die Türen mit Tesaband abklebt. Wenn man in die Küche geht und seinen Kopf auf ein Handtuch bettet. Es geschieht leise.

Ich bette meinen Kopf auf die Bank. Hier werde ich sterben. Selbst wenn der große, schwere Mann mich nicht findet und umbringt – ich komme aus dem Park nicht hinaus. Vielleicht werde ich nicht ertränkt oder erdrosselt, aber ich werde erfrieren. Und ich habe nichts dagegen. Warum sollte ich auch? So schlecht, so traurig ist der Tod gar nicht; nicht, wenn man ich ist.

Letzte Schauer laufen durch meinen Körper. Mein Herzschlag verlangsamt sich. Immer weiter. Der Tod ist nicht mehr fern. Ich denke an meinen Vater und den kleinen Apfelbaum. Oh, Daddy, oh, Daddy, jetzt hab ich genug.

»Hallo!«

Ich fahre hoch. Es war mein allerletzter Traum. Ein Traum von einem Apfelbaum, von Daddy, der mich auf den Arm nimmt und liebevoll lächelt. Mühsam öffne ich die zufrierenden Augen.

Die Stimme kenne ich.

Autos, es ist Autos. Er war der Mann, der mir gefolgt ist. Autos.

»Du.«

Ich schmecke Schnee. Pailletten aus Eis. Ich zittere, sprechen kann ich nicht.

Durch das Tuch vor seinem Gesicht sagt er: »Ich habe dich hier reingehen sehen. Hab gesehen, dass etwas nicht stimmt. Wollte helfen.«

Sprechen geht noch immer nicht.

Er hebt mich hoch, als wöge ich nichts, denn ich bin tot, und Seelen haben kein Gewicht. Ich spüre noch, wie er mich hinausträgt aus Heckengewirr und Gartenanlagen, und dann sinke ich in tiefe, traumdurchwobene, unbekannte Bewusstlosigkeit.

50

JO

Ich habe eine Nacht im Krankenhaus verbracht. Daran, wie ich hergekommen bin, habe ich keine Erinnerung. Wahrscheinlich hat Autos mich den ganzen Weg vom Regent's Park bis zur Uniklinik getragen. Und ist danach sofort verschwunden.

Sie haben mich schnell stationär aufgenommen und in Silberdecken gewickelt; außerdem haben sich mich hektisch gegen drohende Unterkühlung, Erfrierungen und so weiter behandelt. Und mir ist nichts passiert. Heute Morgen hat der Arzt mir mit diversen Taschenlampen in die Augen geleuchtet und die Reflexe getestet, hat mir – ohne ersichtlichen Grund – Blut abgenommen und schließlich sehr freundlich und mitfühlend geseufzt, als nehme er an, dass es sich um einen Selbstmordversuch gehandelt hat.

»Es steht Ihnen frei zu gehen, Ms Ferguson«, sagte er. »Im Großen und Ganzen sind Sie wohlauf – freuen Sie sich, dass Sie so jung und stark sind, aber vielleicht verzichten Sie vorerst darauf, bei Schneesturm abends in einem eisigen Park herumzulaufen.«

Ich habe, immer noch etwas matt, zurückgelächelt. »Keine Sorge.«

Die Schwestern haben mir neue Unterwäsche gebracht – ich hatte erklärt, dass ich zu Hause niemanden habe, der mir helfen, der losgehen und mir etwas besorgen könnte. Da hatten sie Mitleid. Ich schlüpfe in die neue Wäsche, in meine getrockneten Jeans und Pullover und mache mich zum Gehen fertig, doch als ich die Station verlassen will, kommt eine besonders nette

Schwester mit nordenglischem Akzent und dem breitesten Lächeln Londons mit einem Blumenstrauß an, der größer ist als sie selbst. Sie späht um die Rosen, Lilien und schicken Tropengewächse herum.

Der Strauß sieht teuer aus. Ich glaube, ich weiß, woher er stammt.

»Hallo, Jo, die sind für Sie!«

Ich werfe einen Blick auf die Karte, die in dem Strauß steckt.

Es steht genau das drauf, was ich geahnt habe: *Bitte entschuldige. Es tut mir unendlich leid. Tabitha.*

Nachdem ich die kleine Karte wieder in den Umschlag geschoben habe, sage ich: »Bringen Sie den Strauß auf die Kinderstation, Angie! Ich will ihn nicht.«

Sie lächelt unsicher, nickt aber, und ich gehe meiner Wege. Entschlossen. Dass ich dem Tod so nahe war, erfüllt mich irgendwie mit Energie, mit neuer Entschiedenheit, mit einem starken Lebenswillen, vielleicht sogar mit dem genauso starken Wunsch nach Rache. Der Schneesturm ist abgezogen und hat einen klaren Himmel hinterlassen, und genauso hat dieses Erlebnis meinen Kopf geklärt.

Winterlicher Sonnenschein fällt auf die Gower Street. Eiszapfen schmelzen, von den Dachrinnen tropft es kalt wie Zuckerwasser. Und vieles, was eben noch unter Schnee verborgen war, kommt wieder zum Vorschein. Eiszapfen und Island; Zucker und Sigur Rós.

Mein Blick streift ein Schild mit der Aufschrift *Psychiatrische Akutstation*, und ich bin mir sicher, dass ich da nicht landen werde. Ich will leben. Ehe sie mich da hineinstecken, werde ich kämpfen bis zum Letzten. Und sie werden mich nicht, praktisch tot, mit einem Krankenwagen hier abliefern, wie es Jamie Trewin ergangen ist. Nein. Nicht mit mir. Nicht, nachdem ich den gestrigen Abend überlebt habe.

Ich habe dieses Buch. Die Widmung passt nicht. Ich muss herausfinden, warum sie nicht passt, und zwar bevor Electra ihren letzten Zug macht.

Auf dem Weg zum U-Bahnhof Warren Street hole ich mein geheimes Telefon hervor – ich muss vorsichtig bleiben – und rufe Tabitha an. Ein kurzes Telefonat. Einmal *muss* ich sie kurz sprechen, um endlich Klarheit zu haben.

Sobald sie begreift, dass ich es bin, wird sie nervös.

»Oh, Gott, dir geht's gut, oh, mein Gott, Jo, ich … ich … Was soll ich sagen? Dass ich dich wegen Jamie angelogen habe – ich hab's schon mal gesagt, es tut mir unendlich leid, ich fühl mich schrecklich deswegen. Und dann haben die Nachbarn angerufen und gesagt, dass du im Park bist! Gestern Abend. Oh, Gott, Süße, ich hatte solche Angst um dich, Simon hat mich angerufen, er sagt, dass die Home-Assistants wirklich spinnen, dass du wirklich gehackt worden bist. Es tut mir so leid, dass ich dir nicht geglaubt habe …«

»Sei still, Tabitha.«

Sie hält den Mund.

»Beantworte mir einfach ein paar Fragen. Ehrlich.«

»Ja. Ja, natürlich.«

Das Sprechen fällt ihr schwer, so, als sei sie den Tränen nahe. Vielleicht knickt meine kluge, überlegene, witzige, vermeintlich beste Freundin jetzt ein. Ich bin mir nicht sicher, ob mir das etwas ausmacht.

»Hast du jemals mit Arlo über Jamie Trewin gesprochen, Tabitha? Über Xander Scudamore wissen wir alle Bescheid, daher vermute ich, dass du es Arlo erzählt hast.«

Längeres Zögern, und dann sagt sie mit wackliger Stimme: »Ja, ja, habe ich.« Jetzt weint sie tatsächlich. »Es tut mir so leid …«

»Hör auf zu weinen und beantworte eine letzte Frage.«

»Welche?«

»Hast du Arlo gegenüber mal *Hoppípolla* erwähnt? Kennt er dieses Detail?«

»Hoppy... was?«

Ich wusste es.

»Das ist ein Song«, sage ich. »Von einer isländischen Band, Sigur Rós heißen die. Das lief damals in Glastonbury die ganze Zeit. In dem Jamie-Trewin-Jahr. Aber du erinnerst dich nicht daran, oder?«

Diesmal antwortet sie schnell. Und ehrlich.

»Keine Ahnung, ob ich das jemals gehört habe, und schon gar nicht erinnere ich mich aus Glastonbury daran ... also nein. Nein«, sagt sie. »Das habe ich garantiert nie erwähnt, aber sag, was willst du machen, was hast du mit ... Arlo und Xander und so weiter vor? Du könntest alles zunichtemachen – und ich könnte verstehen, warum, ich weiß ja selbst nicht mehr, wem ich noch trauen kann, selbst bei Arlo ...«

Ich bin kurz davor, aufzulegen. Dann rufe ich mir in Erinnerung, dass sie meine beste Freundin ist, oder war, und dass sie schwanger ist. Irgendetwas in mir gibt nach.

»Ich weiß nicht, ob er darin verwickelt ist, Tabs. Er könnte es sein, möglicherweise arbeitet er auch mit jemandem zusammen. Wie auch immer, ich werde es herausfinden. Aber Folgendes kannst du ihm ausrichten: Ich habe heute Morgen im Krankenhaus alles aufgeschrieben und in einen E-Mail-Anhang gepackt. Die ganze Wahrheit, die ganze Geschichte; darin ist alles erklärt, was dich und mich und Xander und so weiter betrifft. Die Mail habe ich einer Ärztin geschickt, und ich habe ihr geschrieben, dass sie, wenn sie hört, dass mir etwas zugestoßen ist, den Anhang öffnen soll.« Tabitha ist still. Ich fahre fort: »Also sag Arlo, wenn er so irre reich bleiben will und nicht möchte, dass seine Frau wegen Totschlags vor Gericht landet, soll er mich in Frieden lassen. Okay? Und du, Tabs? Hast du das auch verstanden? Gut. Dann leb wohl.«

Mir wäre danach, das Telefon auf den Boden zu pfeffern, doch das kann ich nicht. Stattdessen gehe ich zu Fuß nach Hause. Scheiß auf den Winter. Er ist am Ende. Die Wahrheit ist zum Greifen nah. Ich habe es von Anfang an gewusst: Von *Hoppípolla* habe ich nur Simon erzählt, damals in North Finchley; zwei oder drei Jahre ist das jetzt her. Das bedeutet vor allem eines, etwas sehr Wichtiges: Das alles mit den Home-Assistants, dieser ganze Irrsinn, hat nicht in der Delancey angefangen, sondern schon Jahre davor. Daher der krisselige Film von Simon und mir, wie ich alles beichte. Wir sind schon damals beobachtet worden. Da liegt der Ursprung des Ganzen: in der Zeit, als Simon und ich noch zusammengelebt haben.

Nun muss ich nur noch herausfinden, wer es war. Und mein Gefühl sagt mir, dass, sobald der Schnee schmilzt, ein neuer Name auftauchen wird. Wie einer von diesen sibirischen Gulag-Leichnamen, die die Erde im Zuge von Klimawandel und tauendem Permafrost preisgibt. Grinsende gelbe Zähne, die Klamotten konserviert. Deshalb ist der Leichnam leicht zu identifizieren.

Als ich, vom Parkway kommend, um die letzte Ecke biege, sehe ich gerade noch Handwerker aus dem Haus treten. Wieder mal eine von Fitz' endlosen Renovierungsmaßnahmen? Einer der Männer starrt mich freundlich, aber auch anzüglich an.

Es fehlt nicht viel, und ich fauche: *Hau bloß ab!*

In der Wohnung angelangt, mache ich mir den stärksten Kaffee des Jahrhunderts und gehe ins Wohnzimmer. Ich spüre, dass Electra mich ansieht.

»Hallo, Electra«, sage ich. »Fick dich.«

Sie antwortet nicht.

Ich zucke die Achseln. Grimmig, entschlossen. An dem Klischee ist was dran: Ich habe alles verloren, also bin ich frei. Ich habe nichts zu verlieren. Es ist mir egal, was Electra sieht.

Also gehe ich hinüber zum Regal und ziehe das unscheinbare und doch so entscheidende Buch heraus. Sylvia Plath, *Gedichte*, ein Geschenk für Mum zum siebzigsten Geburtstag. Es sieht so aus, als hätte sie es von ihrer hellsichtigen Tochter bekommen, nur glaube ich nicht, dass ich hellsichtig bin. Ich glaube nicht, dass ich in die Zukunft schauen kann – oder konnte. Es muss eine andere Erklärung geben.

Noch einmal lese ich die Widmung:

Herzlichen Glückwunsch zum Geburtstag
xxx
»Ich, die Rose, die du erringst«

Ich lese sie wieder und wieder, fahre mit dem Finger darüber, grübele. Irgendetwas verbirgt sich darin. Wo kommt die Zeile in Anführungszeichen her? Bestimmt aus einem der Gedichte. Ich angele mir mein Handy und suche die Zeile in der Version, die ich heruntergeladen habe.

Es dauert keine Sekunde. Die Zeile stammt aus *Childless Woman.*

Was wieder zu mir führt. Ich habe die Widmung geschrieben. Um meiner Mutter etwas über mich mitzuteilen? Über meine Kinderlosigkeit? Es ergibt keinen Sinn. Wie hätte ich das vergessen können? So lange ist die Geburtstagsfeier nicht her, nur ein paar Jahre.

Es ist zum Verzweifeln. Ich weiß, irgendwo in diesem Buch steckt die Antwort, nur finde ich sie nicht. Als sei es eine versiegelte Schachtel, in der eine ganz besondere Kostbarkeit liegt. Ich kann die Schachtel schütteln und höre es klappern, aber ich kriege sie nicht auf.

So konzentriere ich mich wieder auf das gedruckte Buch, studiere die Handschrift, versuche zu erspüren, was ich beim Schreiben der Widmung empfunden habe, betrachte die charakteristische schwungvolle Unterlänge beim »g«, die verrät, dass ich das geschrieben habe. Wie ich glaube.

Glaube.

Mein Blut rast wie Quecksilber. Möglich, dass eine andere Lösung aufscheint.

Ich stürze in mein Zimmer und zerre die Schublade unten im Nachttisch auf. Dort landet alles, von dem ich sonst nicht weiß, wohin damit: Karten, Notizhefte, Ersatzschlüssel, Münzen in anderen Währungen, lauter belangloses Zeug, das man irgendwo bekommt und nicht wegwirft – nur für den Fall. Da, da ist er, zusammengefaltet.

Der Zettel, der mir in der »Vinoteca« zugesteckt worden ist. Auf dem etwas von Hand Geschriebenes steht, obwohl heutzutage niemand mehr mit der Hand schreibt. Der Zettel mit der Nummer. Und darunter einem Namen. Mit einem »g« am Ende.

Lange starre ich auf das »g«. Es ist auffällig, mit schwungvoller Unterlänge wie meines. Und das kommt daher, dass wir beide die Schönschrift – die wir später vergaßen – vom selben Mann gelernt haben. Meinem Vater.

Jenny Irving.

Das »g« stimmt hundertprozentig mit dem in der Widmung überein.

Die Schachtel hat sich geöffnet. Wie durch ein Wunder.

Jenny. Jenny Irving. Sie hat das geschrieben. Sie hat Mama das Buch geschenkt. Sie ist meine Peinigerin.

Jenny Irving, auch eine kinderlose Frau.

51

JO

Das ist der Beweis, den ich brauche, um mein Leben zu retten – und meine geistige Unversehrtheit. Von Jenny geht alles aus, und mehr noch, es ist, als sei ihre Persönlichkeit in die Assistants hineingekrochen.

Auch wenn ich das Spinnennetz jetzt entwirre, ich bin der Spinne noch gefährlich nahe. Meine Beute soll nicht entkommen, aber ich will ihr auch nicht zum Opfer fallen, sie soll mich nicht töten.

Es heißt nach wie vor wachsam sein.

Ich gehe ins kleine Bad, mein Priesterloch. Einen Anruf muss ich noch erledigen. Im Anschluss werde ich Jenny – irgendwie – dingfest machen und herausfinden, warum – warum das alles. Und dann werde ich sie schlagen.

Als Erstes öffne ich den Wasserhahn, damit niemand mithören kann, dann wähle ich Simons Nummer. Es ist Samstag, er wird zu Hause sein. Es ist mir egal, ob Polly drangeht.

Natürlich ist sie es, die sich meldet.

Ich sage: »Polly, hol Simon ans Telefon.«

»Nein, ich hab dir gesagt …«

»Hol ihn, Polly. Meine Mutter ist tot. Ich wäre gestern Abend um ein Haar gestorben. Hol ihn. Jetzt.«

Wer könnte dagegen etwas sagen?

Kurz darauf meldet sich Simon. Ich komme direkt auf den Punkt.

»Weißt du, dass du mich gestern Abend angerufen und gesagt hast, ich soll in den Regent's Park kommen, damit wir uns treffen können? Kurz vor der Schließzeit und bei diesem krassen Schneesturm?«

Er schweigt verwirrt. Verständlicherweise.

»Warst du das, Simon, hast du mich angerufen?«

»Nein! Ganz sicher nicht. Mein Gott. Warum hätte ich das tun sollen?« Und bevor ich antworten kann, fährt er fort: »Gott, Jo, ich hab das mit deiner Mutter gehört, das tut mir sehr, sehr leid. Ich hab versucht, dir eine Mail zu schreiben, auch mit einer SMS hab ich's probiert, aber ich vermute, deine Mails werden alle geblockt. Ich weiß, dass du gehackt worden bist. Eigentlich wollte ich heute vorbeikommen und nach dir sehen. Es erklären.«

»Wolltest du?«

»Ja! Weil ich weiß, was los ist. Ich weiß das mit den Home-Assistants. Und das mit Liam weiß ich auch. Er hat nie existiert! Also ist mir klar, dass es jemanden gibt, der das alles mit dir ...«

Jetzt bin ich es, die ihn unterbricht.

»Danke. Tabitha hat es mir erzählt, aber trotzdem danke. Du hast recht, es gibt jemanden, der das alles mit mir macht. Und ich habe eine ziemlich genaue Vorstellung davon, wer das ist.«

Er keucht auf. »Wer?«

»Warte. Zuerst muss ich dich was fragen. Da imitiert, oder eher: klont, jemand Stimmen, meine, deine ... Sag mir die Wahrheit, Simon: Die Technologie, an der du arbeitest, und die Technik in den Home-Assistants, diese Voice-Mimicry-Software –, könnte man damit ganze Gespräche herstellen, die Fake sind?«

Er zögert, seufzt, windet sich, als hätte ich ihn nach einem Staatsgeheimnis gefragt.

»Simon! Meine Mutter ist tot, weil jemand eine angebliche Nachricht von mir auf Facebook gepostet hat. Jemand hat deine Stimme benutzt, um mich in den Regent's Park zu locken und damit praktisch in den Tod zu schicken!« Weitere Tiraden verkneife ich mir. »Sag's mir einfach.«

Nach neuerlichem Zögern antwortet er schließlich. »Ja, das ist möglich. Ohne Weiteres machbar. Voice-Cloning. Daran haben wir ewig gearbeitet. Man speist die Stimme in einen Home-Assistant ein, und dann kann er Telefonate führen und so weiter, er kann an deiner Stelle bei dir im Büro anrufen, Restauranttische reservieren, ganze Gespräche führen. Die Technik dazu ist da.«

»Okay, gut. Dann weiß ich, glaube ich, wer es ist.«

»Wer?«

»Denk nach, Si. Arlo, Fitz und Tabitha haben nichts damit zu tun. Wer kommt noch infrage? Es ist keine Silicon-Valley-Verschwörung. Es geht zurück auf die Albträume, die ich eine Zeit lang hatte. Als wir das erste Mal solche Home-Assistants hatten; damals hast du auch meiner Mutter einen geschenkt, der übrig war. Außer den Geräten hat nie jemand gehört, wie ich dir den Grund meiner Albträume gebeichtet habe – wie ich dir von Jamie Trewin und Glastonbury erzählt habe, mit den ganzen Einzelheiten wie zum Beispiel *Hoppípolla*. Weißt du noch?«

»Ja.«

»Und dann noch Folgendes: Du weißt, dass du gesagt hast, die Geräte lernen von einem, sie übernehmen den eigenen Geschmack. Also meine sind besessen von Sylvia Plath, der Dichterin, daraus schließe ich, dass die Person, die für den ganzen Horror verantwortlich ist, genauso von Plath besessen ist. Und es hat sich herausgestellt, dass eine gemeinsame Freundin von uns *meiner Mutter einen Band Plath-Gedichte geschenkt hat*. Vor Jahren, damals, zu ihrem Siebzigsten. In dem Buch gibt es eine handschriftliche Widmung. Ich weiß, dass es die Schrift unserer Freundin ist, denn ich erkenne sie. Und ich habe diese Handschrift erst vor Kurzem gesehen.«

»*Ihre* Handschrift?«, stammelt er. »Oh, Gott, *ihre*.«

Ich lasse ihm nicht die Zeit, einen Namen auszusprechen.

»Und was ist mit den Assistants, Si? Warum hatten wir so viele solche Dinger? Wir waren pleite, ich hab kaum was verdient, dein Gehalt war lächerlich – wieso konnten wir uns plötzlich dieses Hightechzeug leisten?« Er schweigt, und ich fahre schnell fort. »Ich hab nie danach gefragt. Schön dumm. Ich wusste nicht, dass die Dinger die Wurzel von allem sind. Die Quelle. Aber jetzt will ich es wissen. Woher hatten wir sie?«

»Ich hab sie geschenkt gekriegt. Es hieß, es gäbe Unmengen davon, und wenn ich wollte, könnte ich sie ausprobieren.«

Genau.

Es ist ein kleiner Triumph, die Frage zu stellen, auf die es kaum noch einer Antwort bedarf.

»Wer hat sie dir geschenkt?«

»Gul …« Er atmet schwer. »Aber ich glaube, er hat gesagt … ja. Ich weiß genau, dass er gesagt hat, dass er sie von jemand anderem hat.«

»Jenny Irving.«

Leise erwidert er: »Ja. Kann sein. Sie weiß so viel. Und sie kennt sich aus, sie kann das alles. Also könnte es ohne Weiteres sie sein.« Er stockt, scheint unsicher. »Aber ich verstehe noch nicht … Was hat es mit der Mail auf sich, die an Jenny gegangen ist? In der von Missbrauch die Rede war?«

»Genau das ist es ja. Warum sie das gemacht hat? Um ihre Spur zu verwischen!« Ich hole tief Luft und verkünde das Offensichtliche: »Außer Jenny selbst weiß doch niemand etwas von diesem Geheimnis aus ihrer Kindheit!«

Er seufzt, und es klingt wütend.

»Also ist sie es. Was für ein Miststück, was für eine Hexe. *Sie* hat die Assistants so programmiert, dass sie dich beobachten, dich überwachen; so hat sie Informationen über uns gesammelt, um dich erpressen … und vernichten zu können.« Und nach kurzem Schweigen fügt er hinzu: »Und vermutlich kontrolliert sie sie immer noch.«

»Ja.«

Ich sehe ihn vor mir in seinem Hochhaus in Shoreditch, wie er angestrengt überlegt.

»Ich stelle sie zur Rede«, sagt er schließlich. »Ich verabrede mich mit ihr. Zur Polizei können wir, schätze ich, noch nicht gehen. Es ist zu riskant, deinetwegen, wegen der Jamie-Trewin-Sache. Also müssen wir es selbst klären. Heute Nachmittag muss ich zu so einem blöden Meeting nach King's Cross, aber danach gehe ich zu ihr. Und dann rufe ich dich an.«

»Nein.« Ich werde wütend. »Nein, Simon, kommt nicht infrage. Das ist eine Sache zwischen ihr und mir. Es ist mein Problem.«

Er protestiert, aber ich lasse ihn nicht ausreden.

»Es ist mein Problem! Ich begreife nicht, warum Jenny Irving mich dermaßen hasst; ich weiß nicht, warum sie es so weit getrieben hat – aber Tatsache ist: Sie hat es getan. Sie ist verrückt. Ein Psycho. Das heißt, ich bin in Gefahr. Und du, wenn du dich einmischst, genauso. Du hast ein Kind – ich nicht. Also lass es.«

»Was hast du vor?«

»Weiß nicht. Aber mir fällt etwas ein. Ein paar Ideen habe ich.«

Simon gibt nach. »Also gut, okay. Es gefällt mir zwar überhaupt nicht, aber … halt mich dem Laufenden, schreib mir. Minütlich. Mein Gott, Jo, ich kann's immer noch nicht glauben. Jenny Irving?«

»Jenny Irving.«

Wir legen auf. Ich trete aus dem Gästebad und bleibe einen Augenblick lang in den rechteckigen Sonnenflecken im Flur stehen. Mein Blick geht zu Electra. In der Wohnung herrscht dröhnende Stille. Und dann erwacht Electra mit einem Gong zum Leben. Ihr Diadem leuchtet auf, und sie sagt:

Asche, Asche –
Sie schüren und stochern.
Nichts da, weder Fleisch noch Knochen –

Schweigen. Ich neige den Kopf, aber ich ducke mich nicht. Die Angst ist weg. Beinahe.

»Electra«, sage ich. »Rate, wer zu Besuch kommt. Wer dich sehen will?«

Ein silbriges Glühen, eine gestelzte Antwort.

»Das weiß ich leider nicht.«

»Mama«, antworte ich, jubelnd und drohend zugleich; sie soll ruhig hören, dass ich Rache will. »Mama kommt dich besuchen, Electra. Mama, die dich gemacht hat, Electra; Mama, die dich so gemacht hat, wie du bist. Sie wird dich abschaffen. Das wird schön, oder?«

Electra verstummt. Ihr Licht erlischt. Schwarz.

52

JO

Es ist kalt. Das Tageslicht ist vergangen, es wird Abend. Gut. Die Kälte wird meinen Verstand wach halten. Ich betrachte das Smart-Display auf dem Wohnzimmertisch, das Gerät, das Tabitha mir geschenkt hat.

Ich habe es nie benutzt. Es ist mir zuwider. Ich hasse die permanent aktive Kamera darin, das starre Auge, das nie aufhört hinzuschauen. Eine Zeit lang dachte ich, dass Arlo dahintersteckt, dass er es ist, der mich ständig beobachtet. Auch Simon hatte ich im Verdacht, Gul, Anna, Tabitha, mich selbst, aber jetzt weiß ich, dass Jenny diejenige ist. Und ich glaube, ich weiß, wie ich dieselbe Technologie gegen sie einsetzen kann. Vermutlich hat sie die Funktion Drop by in dem Gerät benutzt, um mich zu überwachen. Man sagt: »drop by«, und schon ist man live in jemandes Wohnung geschaltet.

Vorausgesetzt, der andere hat den Zugriff erlaubt. Sie wird, allein um ihrerseits mich sehen zu können, diese Erlaubnis erteilt haben.

Das heißt, die Technik funktioniert in beide Richtungen. Sie muss. Das ist ihr eingeschrieben und kann nicht geändert werden, nicht einmal, schätze ich, von Jenny Irving.

So werde ich es machen. Ich zeige ihr, dass ich es weiß, dass ich handlungsfähig bin, dass sie mich nicht verarschen kann. Nicht mehr. Sie kann meine SMS blocken, meine Anrufe ignorieren, meine Nachrichten stumm schalten, aber das jetzt wird automatisch funktionieren. Sie soll meinen Beweis *sehen*, und dazu werde ich ihre eigene Technik nutzen.

Ich beuge mich über das Smart-Display und sage: »Drop by bei Jenny Irving.«

Und warte. Angespannt. Mit zitternden Fingern. Funktioniert's?

Der Bildschirm geht an, verschwommen zunächst, doch dann – ah – wird das Bild scharf. Ich schaue in Jenny Irvings Wohnung. Jenny sitzt mit brennender Zigarette und einem Buch auf dem Sofa. Ihr Blick ist starr, als sei sie in Trance. Die Zigarettenasche fällt zu Boden, und sie kriegt es noch nicht einmal mit, so konzentriert ist sie. Den Titel des Buches kann ich nicht sehen. Der Umschlag ist blau. Irgendwie kommt es mir bekannt vor. Könnte es Plath sein? Treffe ich sie tatsächlich beim Plath-Lesen an?

»Hallo, Jenny«, sage ich. »Ich bin's. Jo.«

Erschrocken schaut sie zu ihrem Smart-Display. Das Buch fällt ihr aus der Hand. Sie steht auf und kommt auf das Display zu.

»Ja, Jenny, da bin ich. Und ich weiß alles. Es wird einen erwischen, aber das werde nicht ich sein.«

Ihr Gesichtsausdruck ist schwer zu deuten, es scheint, als sei sie gar nicht ganz da. Als erwache sie gerade erst aus einem Traum, als hätte ich sie aus einer Art Hypnose aufgestört. Jetzt schüttelt sie den Kopf und drückt die Zigarette aus, direkt auf der Tischplatte.

»Was willst du, Jo Ferguson?«

Ich halte das aufgeschlagene Buch vor das Kameraauge und zeige es ihr.

»Du fandest Plath schon immer gut, oder? Deshalb hast du meiner Mum das Buch geschenkt und die Widmung hineingeschrieben. Und ich weiß, dass du es warst, denn ich erkenne deine Handschrift.«

Dazu halte ich wie im Gerichtssaal meinen zweiten Beweis

hoch, den Zettel mit der Telefonnummer und ihrem Namen. Mit der schwungvollen Unterlänge beim »g«.

»Niemand schreibt mehr mit der Hand, hast du gesagt. Aber das hier hast du geschrieben. Sehr hilfreich. So weiß ich, dass du es bist, die das alles hier *macht.*«

Jenny grinst höhnisch, ich fahre fort.

»Ich habe es Simon erzählt. Er weiß Bescheid. Tabitha weiß es, alle wissen es. Was mich nur interessiert: Warum? Warum, Jenny? Warum soll ich vernichtet werden? Es ist jetzt vorbei, deshalb will ich, dass du herkommst und mir sagst, warum. Und ich will, dass du alles beseitigst, was du in den Geräten programmiert hast. Sonst gehe ich zur Polizei.«

Endlich reagiert sie. »Du kannst nicht zur Polizei gehen. Reiß dich zusammen«, sagt sie mit monotoner Stimme.

»Das ist mir inzwischen scheißegal«, gebe ich zurück. »Du hast meine Mutter umgebracht. Ist mir egal, ob ich ins Gefängnis muss, solange du nur auch sitzen musst. Und das wirst du. Du hast mein Geld gestohlen. Du musst unzählige Straftaten begangen haben, und die Polizei wird ermitteln, und sie werden rauskriegen, warum du das gemacht hast.«

Ich sehe sie verächtlich den Kopf schütteln. Warum tut sie das alles? Was treibt sie an? Ich muss es wissen.

»Na los«, sage ich. »Jetzt gleich. Komm vorbei. Komm und erklär es mir, und dann schaff deinen ganzen Irrsinn aus meiner Wohnung.«

Ihr Ausdruck wird weicher, ohne dass ich erkenne, warum. Sehr ruhig sagt sie: »Okay, Jo Ferguson, okay. Ich komme. Und erkläre es dir.« Einen Moment lang schweigt sie bedeutungsvoll, dann fügt sie hinzu: »Ich repariere deine Home-Assistants und erzähle dir die Wahrheit. Vielleicht ist es an der Zeit, dass du es erfährst. Endlich.«

53

JO

Sie wird kommen. Schaffe ich das? Ja, sicher, auch wenn mich Angst packt, als legten sich Eulenkrallen um mein Herz. Ich habe ein Messer in der Hosentasche. Wer weiß, wie irre sie wirklich ist? In der anderen Tasche habe ich mein Handy, wobei ich annehme, dass Jenny es außer Gefecht setzen wird. Das geheime Telefon ist im kleinen Bad versteckt. Weder Jenny noch die Assistants sollen wissen, dass ich es habe, sie sollen noch nicht einmal den Umriss in meiner Hosentasche erahnen.

Das Telefon im Bad ist meine Notfallspur, mein Plan B, meine Chance, schlimmstenfalls Simon oder die Polizei zu rufen.

Ich bin bereit.

Trotzdem bin ich in Schockstarre, als die Klingel ertönt und ich den Summer drücke und kurz darauf Jenny in Jeans und Mantel vor mir steht. Meine Nemesis. Sie hat einen kleinen Rucksack dabei.

Im Grunde sieht sie völlig normal aus. Bis auf die Augen. Ihr Blick hat etwas von Trance, genau so, wie ich ihn vor einer Stunde auf dem Bildschirm wahrgenommen habe.

»Hallo, Jenny.«

Sie antwortet nicht. Sie tritt ein und macht die Tür hinter sich zu, drückt sie fest ins Schloss. Dann geht sie in Tabithas stilles, geschmackvoll eingerichtetes Wohnzimmer. Wir stehen in dem sanft goldenen Licht, das Tabithas teure Lampen verströmen.

Einen Augenblick lang starren wir einander nur an. Ihr Ausdruck ist kalt, undurchdringlich, fremd – meiner vermutlich wütend, verwirrt, ängstlich. Schließlich dreht sie sich um und lässt Rucksack und Mantel auf einen Stuhl fallen. Im selben Moment geht es mit den Home-Assistants durch; sie kreischen, als hätten sie einen Zusammenbruch.

Vom Wohnzimmer über das Bad und die Küche bis in unsere Zimmer: Sie fallen alle ein. Einige singen, einer *Hoppípolla*, andere gurren und rufen: »Hier ist sie, hier ist sie!«

»Mama, Mama, Mama, hahaha …«

»Du nicht, du bringst es nicht, du nicht mehr, du schwarzer Schuh …«

Jenny starrt erst mich an und dann das Gerät auf dem Regal. Vollkommen ausdruckslos, nur das Zittern ihrer Lippen deutet auf eine innere Regung hin. Dann dreht sie sich um und blinzelt in den Flur.

Das Gerät in der Küche schreit: »Ach, warum, warum, warum, oh, Jo, warum, Hilfe, Hilfe, Hilfe …«

Es sind die Rufe meiner sterbenden Mutter, aufgenommen von dem Gerät, das Simon ihr überlassen hat und das wahrscheinlich zu denen gehört hat, die er von Jenny hatte.

»Oh, Jo … Jo … hilf mir, Hilfe …«

Endlich reagiert Jenny.

»Electra, Stopp!«

Die Geräte verstummen.

Ich fixiere Jenny. »Das war meine Mutter. In ihren letzten Augenblicken. Ich nehme an, der Home-Assistant in ihrem Wohnzimmer hat das aufgenommen – und an meinen weitergegeben. Kurz nachdem du ihr die Facebook-Nachricht geschickt hast. Diese Nachricht hat sie umgebracht.«

Jenny, immer noch stumm, lässt ihren Blick durch den Raum schweifen. Dann fixiert sie das Display auf dem Tisch und kommandiert: »Electra, schließ die Türen ab.«

Eines nach dem anderen rasten die Schlösser ein, es klingt wie eine leise Gewehrsalve. Haben wir neuerdings Smart-Locks?

Zu spät, mir fallen die Handwerker ein, die ich gesehen habe; zu spät, mir fällt ein, dass Tabitha etwas von Smart-Locks gesagt hat. Zu spät, zu spät, zu spät.

Die Verzweiflung muss mir ins Gesicht geschrieben stehen. Plötzlich grinst Jenny und sagt: »Hast du nicht gewusst, das du Smart-Locks hast? Die sind ziemlich schlau. Der Schlüssel ist für alle gleich. Du kennst ihn nicht, aber ich. Deine Assistants sagen mir nämlich alles. Sie haben mir auch gesagt, dass keiner von deinen Nachbarn zu Hause ist. Ich hab's überprüft, sie sind alle weg. Wir sind allein.«

Nein. Das darf nicht sein. Ich kann hier nicht in der Falle sitzen! Sofort schreie ich: »Electra, schließ die Türen auf!«

Nichts.

»Electra, schließ die Türen auf!«

Nichts.

Jenny kommt einen Schritt auf mich zu und herrscht mich an: »Solange ich im Zimmer bin, hören sie nur auf mich. So habe ich sie programmiert. Das weißt du doch, Jo. Du hast es herausgefunden. Gut gemacht. Und jetzt willst du noch den Rest erfahren, richtig?«

Sie hat die Stimme erhoben. Ich denke an das Messer in meiner Tasche, an das Telefon im Bad. Aber noch nicht. Jetzt noch nicht. »Ja«, sage ich. »Das will ich.«

Ein verächtliches Schnauben. Dann schaut sie zum Fernseher, und der Bildschirm flackert auf. Es läuft ein kleines selbst fabriziertes Video. Simon, wie er mich von hinten vögelt.

Wieder frage ich: »Warum?«

Jenny schaut unverwandt auf den Fernsehschirm. Electra gibt Babylaute von sich. Auf den Porno folgt ein anderer Film. Einer von denen, die meine Mutter gemacht hat, in Farbe, wenn auch verblasst. Man sieht, wie mein Vater mich durch den Garten jagt. Das Bild ist körnig, die Kamera auf meinen Vater gerichtet, der sich umdreht und lächelt. Er schaut zu mir und dann zur Seite, doch die Kamera folgt seinem Blick nicht. Ist da außer mir noch jemand? Im Ausdruck meines Vaters deutet sich schon etwas Drohendes an; vielleicht der Anfang der Krankheit.

Der Film reißt ab. Jetzt spielt der Home-Assistant im Bad in Endlosschleife das Weinen und Schreien eines Kindes ab, woraufhin alle anderen Geräte einen eigenen Singsang anstimmen: »Vollendung ist furchtbar, sie kann keine Kinder haben. Vollendung ist furchtbar, sie kann keine Kinder haben …«

»Jenny!«

Sie schaut mich unverwandt an.

»Das warst du, Jenny! Du hast sie programmiert. Du hast die Geräte ins Spiel gebracht. Du hast sie Simon und mir gegeben, und jetzt musst du sie stoppen. Es sind Menschen gestorben.«

Meine alte Freundin schüttelt den Kopf. Mein Blick wandert zu der offenen Tür hinter ihr; das kleine Bad am anderen Ende des Flurs lockt. Dann schaue ich wieder sie an. Sie darf nicht merken, dass ich einen Fluchtplan habe.

»Komisch, dieser Plath-Wahn«, murmelt sie. »Den habe ich ihnen tatsächlich nicht eingeschrieben.« Sie zeigt auf Electra. »Das müssen sie einfach so von mir aufgeschnappt haben. Genauso das mit der Voice-Mimicry von Simon. Und von dir haben sie eindeutig auch einiges. Sie sind wie Kinder, wie Sieben- oder Achtjährige, genauso amoralisch, genauso verspielt, genauso grausam.«

Noch während sie das sagt, wird es in der ganzen Wohnung dunkel. Nur eine Lampe brennt noch, und drum herum herrscht theatralische Düsternis. Jenny ist jetzt eine riesige Schattengestalt in einem stillen Zimmer, eine Silhouette, die zwischen mir und dem schwarzen Flur steht.

»Jenny«, sage ich in die Dunkelheit. »Sag mir, warum du es

auf mich abgesehen hast, warum gerade ich dein Opfer bin. Warum du diese gemeine Mail an dich selbst geschickt hast. Und …«

»Und was?«, fragt sie mit zornbebender Stimme. »Ich scheiß auf dich, kapierst du das nicht? Es ist zu spät. Viel zu spät. Ich hab hier nur noch eines zu tun: deine Home-Assistants in Ordnung bringen, und dafür gibt's nur eine Möglichkeit.«

»Sag mir doch einfach, warum!«

Jetzt meldet sich Electra vom Regal zu Wort, eine Frauenstimme mit amerikanischem Akzent: »Weil Jenny keine Wahl hatte. Weil Jenny den alten Mann gewähren lassen musste, stimmt's, Jenny? Manchmal bist du in deinem Einhorn-Schlafanzug aus deinem Zimmer gekommen und hast ihn ihm zuliebe ausgezogen, oder? Weil Daddy es gesagt hat.«

Jenny kommt auf mich zu. Ich kann nicht erkennen, ob sie lächelt oder die Stirn runzelt oder was sie sonst für ein Gesicht zieht. Sie sagt kein Wort.

Stattdessen fährt Electra fort: »Du kannst nichts dafür, Jenny, so was passiert Kindern, es ist nicht deine Schuld, er war unheimlich, er war unheimlich, er war unheimlich.«

»Electra«, fährt Jenny dazwischen, »warte!«

Der blaue Ring leuchtet auf, das Licht kreiselt und erlischt. Jetzt steht Jenny unmittelbar vor mir. Mir wird klar, was ich noch nie gesehen habe: dass sie einen Tick größer ist als ich. Wird sie mich angreifen? Als sie sich bewegt, zucke ich zusammen, doch sie öffnet nur die Manschette an ihrem Ärmel. Dann streift sie den Strickjackenärmel langsam nach oben und dann den Ärmel der Bluse.

Eine Leiter aus Narben. Bis hinauf zum Ellbogen. Einige sehen frisch aus.

»Siehst du?«, sagt sie. »Schau hin, Jo, das ist er. Das macht *er*. Immer noch. Selbst jetzt noch, Jahre danach. Der Missbrauch. So viele Jahre danach. Ich kann gleich eine hinzufügen. Guck!«

Sie zieht ein kleines Messer aus der Tasche und klappt es auf. Ein Schauer läuft mir über den Rücken. Kämpfen oder fliehen? Das Messer in der Tasche oder das Telefon im Bad? Bald werde ich mich entscheiden müssen. Aber Jenny geht nicht auf mich los, noch nicht. Stattdessen zieht sie die Klinge über das bleiche Fleisch ihres Unterarms. Eine Linie aus Blut tritt hervor. Ich sehe das Messer in ihrer zitternden Hand, das seltsame Lächeln auf ihrem Gesicht, als befinde sie sich wieder in Trance. Und auf einmal weiß ich, in welchem Buch sie gelesen hat, als ich sie vorhin zu Hause überrascht habe. Es war das Handbuch *Die friedliche Pille*. Das, das ich von den Assistants zugeschickt bekommen habe. Sie hat eine Anleitung zum Selbstmord gelesen.

Mehr als das: Sie war völlig versunken, in Trance, ferngesteuert. Ich glaube, sie war tatsächlich im Begriff, sich umzubringen. Mein virtuelles Auftauchen hat sie dabei gestört.

Und jetzt ist sie hier. Um es vor meinen Augen zu tun? Oder mich mitzunehmen?

Angst fährt mir ins Herz. Ich muss sie am Reden halten, so lange, bis ich einen Ausweg gefunden habe. Die Türen nach draußen sind verriegelt. Ich muss ins kleine Bad. Nur steht Jenny genau im Weg. Und sie hat ein Messer.

»Was du auch vorhast, Jenny, lass es einfach. Hör auf. Du warst ein Opfer. Du kannst nichts dafür.«

Statt zu antworten, greift sie nach einer von Tabithas modernen Stahlskulpturen, einem kleinen, eleganten, abstrakten Objekt. Dann schaut sie zum Fernseher, auf dem ein weiterer Film startet: Ich, wie ich um den Apfelbaum tanze. Ohne Vorwarnung wirft Jenny die Skulptur gegen den Bildschirm, der aufblitzt, Funken sprüht und birst. Als die Glassplitter in alle Richtungen fliegen, weiten sich ihre Augen, und auf ihr Gesicht tritt ein Ausdruck irrer Befriedigung.

Mit Logik oder Argumenten geht hier nichts mehr. Ich muss weg. Jetzt ist der Augenblick da, ich muss fliehen, mir das Telefon holen – doch Jenny steht noch immer im Weg. Zu leicht könnte sie mich zu Fall bringen. Oder mit dem Messer auf mich losgehen.

Jetzt schaut sie vom zertrümmerten Fernseher zu mir und schreit mit wutverzerrter Miene: »Warum verdammt ich das gemacht habe? Liegt das nicht auf der Hand, du blöde Kuh? Weil ich dir wehtun wollte. Richtig. Du dummes Stück Scheiße. Deshalb habe ich Liam erfunden. Und es war so einfach! Keine Woche, und du hast ihm Nacktfotos geschickt! Dann brauchte ich nur noch dafür zu sorgen, dass Simon dahinterkommt. Denn ich wollte deine Ehe kaputt machen, ich wollte dir schaden.«

Ich ertrinke in Angst, aber ich muss sie ablenken, bis mein Fluchtweg ins Bad sicher ist. »Erklär's mir doch bitte, Jenny! Ich will es verstehen. Ich sehe, dass du verletzt bist, dass du unglücklich bist, aber warum ich?«

Was wird sie als Nächstes zertrümmern? Stumm schaut sie erst nach links, dann nach rechts. An ihrem Arm läuft Blut herunter, das Messer in ihrer anderen Hand glitzert in dem silbrigen Licht, das von den Straßenlaternen hereinfällt. Sonst ist es um uns herum dunkel.

Eines von den Geräten in meinem oder Tabithas Zimmer gibt leises Babywimmern von sich. Endlich richtet Jenny den Blick wieder auf mich und spricht weiter; ihr Ton ist ruhiger als eben noch, aber ihre Augen sprühen Feuer.

»Dann habe ich gehört, was du über Jamie Trewin gebeichtet hast, und wusste, dass du erpressbar bist. Das war so geil. Großartig. Fantastisch. Ich musste nur noch dafür sorgen, dass alles, was ich programmiert hatte, um dich zu quälen, mit hierher umzieht, in die Delancey. Mit den Home-Assistants.«

Das Fake-Baby quengelt und weint.

»Und dann war Schluss«, fährt Jenny fort. »Ich wollte ja nicht erwischt werden. Nur deshalb, nicht etwa, weil ich Mitleid gehabt hätte. Mit *dir*.« Ein hasserfülltes Schnauben. »Ich hab die Geräte angewiesen, alles andere sein zu lassen und mir eine schlimme Mail zu schreiben, damit ich als Verdächtige aus dem Rennen bin. Damit du nicht mal auf die Idee kommen würdest, dass ich es bin. Womit ich nicht gerechnet habe, war *diese* Mail. Mit diesen Einzelheiten. Zuerst dachte ich, dass du dahintersteckst, Jo, dass du dich rächst, aber dann ist mir aufgegangen, dass es die Assistants selbst waren. Die Programme, die ich geschrieben hatte, waren zu gut – oder nicht gut genug. Ich hatte etwas entwickelt, aber es war außer Kontrolle geraten. Und es gibt nur eine Möglichkeit, es zu stoppen.«

Jenny hält meinen Blick fest. Werde ich allen Ernstes hier im Dunkeln mit einem Messer um mein Leben kämpfen?

»Das ist doch aber keine Erklärung! Wir waren Freundinnen! Warum hast du mir nicht erzählt, dass dein Vater dir wehtut? Du hättest es mir doch sagen können.«

»Waren wir das, ja? Freundinnen? Echt? Wie gut kennst du mich?«

Sie kommt noch näher an mich heran. Ich sehe Tränen in ihren Augen.

Nun geht auch die letzte Lampe aus. Um uns herrscht nahezu vollständige Dunkelheit. Die Geräte sind still – bis auf das eine im Regal. Das spricht. Und was es mit seiner amerikanischen Frauenstimme sagt, schneidet mir ins Herz.

»Kitzelmonster. So wurde er genannt, oder? Jenny – die dicke fette Jenny – und das Kitzelmonster. Du warst ständig dort, bei ihm zu Hause, hast Jos lustigen alten Dad besucht. Und er hat dich gekitzelt, stimmt's? Und irgendwann ging es mit dem Kitzeln zu weit. Jos lustiger alter Vater in dem kleinen Arbeitszimmer. Hahaha, killikille. Finger tief in dir drin. Nach der Schule hat er auf dich gewartet, oder? Oder? Und du hattest Angst, hast dich nicht getraut, es jemandem zu erzählen. Du in seinem Auto, er in dir. Killikille. Einmal die Woche hat er dich vergewaltigt. In demselben Auto, in dem er später das Abgas eingeatmet hat. Weil er solche Schuldgefühle hatte. Wegen der armen Kinder.«

Das Eis von draußen auf der Delancey hat den Weg in mein Innerstes gefunden.

Mein Daddy. Es war nicht ihr Vater, es war meiner.

Deshalb die Widmung. Deshalb ist sie so besessen von Plath und ihren Daddy-Gedichten. Wegen *meines* Daddys.

Ich versuche mich zu erinnern. Denke an die Gelegenheiten, da Jenny bei uns übernachtet hat, und daran, dass ich manchmal ein komisches Gefühl hatte, nicht genau wusste, was los war. Dauernd hat Daddy sie in den Arm genommen, mehr als mich, oder er hat zugeschaut, wenn wir in die Schlafanzüge gestiegen sind. Und Jenny wurde immer dicker. Und dann sind sie so plötzlich weggezogen.

Mein eigener Vater, oh, Gott. Mein eigener Vater. Der langsam verrückt wurde. Während er Jenny das antat.

Jetzt spricht Jenny in die Dunkelheit. Voller Trauer. Unendlich traurig. »Verstehst du? Dich hat er nie angerührt. Dein Leben hat er nicht zerstört. Deine Fähigkeit zu lieben. Seine Tochter hat er nicht missbraucht, das hat er mir angetan.«

»Oh, mein Gott, Jenny, ich hatte ja keine Ahnung! Nicht im Ansatz!«

»Jetzt weißt du es. Vielleicht verstehst du es jetzt. Warum ich das mit Jo the Go gemacht habe. Du warst so glücklich, obwohl du es gar nicht verdient hattest. *Dir* hätte dein Vater das antun müssen. Stattdessen hat er es mit mir gemacht. Verdammtes Kitzelmonster. Verdammtes Monster. Deshalb hasse ich dich. Dich und deine ganze Familie.« Sie senkt die Stimme. »Und weißt du, was? Ich sag dir noch etwas: Das ganze Gerede über Sex, die ganzen Geschichten – alles gelogen. Ich bin Jungfrau. Abgesehen von dem, was dein geliebter Daddy mit mir gemacht hat, bin ich Jungfrau, mit dreiunddreißig Jahren, eine dumme, frigide Missgeburt. Nach ihm habe ich es mit keinem mehr getan. Weil ich vor Sex eine Riesenangst habe, ich kriege Albträume davon. Ich hab's versucht, aber ich kann nicht. Also werde ich auch nie wie eine normale Frau mit einem Mann Kinder haben. Ich werde als die Frau ohne Kind sterben. Und zwar heute Abend.«

Mit einmal Mal ist sie so dicht vor mir, dass ich ihren Atem spüre. Ein rundes weißes Gesicht inmitten von Dunkelheit. Ich greife in die Hosentasche, das Messer ist da. Es ist so weit. Ich muss es tun. Jetzt.

Ich kann nicht. Ich kann's einfach nicht. Ich bin nicht dazu imstande. Ich bin paralysiert.

»Nun hast du deine Antwort«, sagt sie. Ihre Stimme bebt. »Soll ich jetzt die Assistants in Ordnung bringen? Es gibt nur eine Möglichkeit.«

Abrupt wendet sie sich ab und entfernt sich. Geht zu dem Stuhl, auf dem ihr Rucksack liegt. Mein Weg ist frei. Jetzt! Ich stürze an ihr vorbei, in den dunklen Flur, ramme ein Regal, werfe mich zur anderen Seite und bin im Bad. Das alles blind, um mich herum ist es pechschwarz, aber die Abmessungen der Wohnung sind mir vertraut. Das Herz schlägt mir bis zum Hals, ich wirbele herum, knalle die Tür zu, verriegele sie. Schließe mich ein. Los, Jo, na los, mach schnell!

Verzweifelt taste ich in der Dunkelheit herum, wo ist das Schränkchen, wo mein Telefon? Meine Hand berührt etwas Hartes, Kunststoff. Das Telefon. Aber als ich den Home-Button drücke und das Display aufleuchtet, denke ich: Scheiße, Scheiße, Scheiße. Ich habe es angelassen. So ein altes Ding. Nur noch zwei Prozent Akku. Das müsste doch reichen, oder?

Simon.

54

SIMON

Simon gab Gas. Mit heulendem Motor wand er sich durch den lahmen Verkehr auf der glitschigen, schmutzigen Euston Road Richtung Angel.

Er hatte Polly vor dem Meeting angerufen, zwischendurch und danach. Immer wachsam. Sie hatte versichert, es gehe Grace gut. Jetzt fuhr er nach Hause, und währenddessen redete er lauthals auf Jenny ein. Über Bluetooth hallte seine Stimme durch den Wagen. Jennys Mailbox war dran. Er hinterließ eine endlose Nachricht.

»Egal, was für einen Scheiß du gemacht hast, das muss aufhören. Schluss damit!«

Oha. Fast wäre er in den Wagen vor ihm reingefahren. In letzter Sekunde beschleunigte er und zog an dem dahinkriechenden Fiat 500 vorbei.

Jennys Mailbox piepte. Er hatte zu lange geredet. Wütend krampfte er die Hände ums Lenkrad. Er würde gehorchen und sich nicht physisch einmischen in das, was bei Jo ablief, aber nichts konnte ihn davon abhalten, zu telefonieren. Rauszukriegen, was eigentlich los war. Und notfalls zu intervenieren.

Während er trotz roter Ampel weiterfuhr, schrie er über Bluetooth: »Jenny anrufen!« Der Gedanke, dass Jo in Gefahr war, dass ihre Mutter hatte sterben müssen, dass Jenny so viel Leid verursacht hatte – es war einfach zu viel. Er war so unsagbar wütend. Diese elende Hexe!

Noch einmal bellte er seine Fragen in die Freisprechanlage:

»Warum? Sag's mir! Warum diese Kampagne, warum musstest du so weit gehen?«

Die Mailbox schwieg. Er redete ins Nichts. Es war ihm egal. Er kochte vor Wut. Und nun klingelte sein Telefon. *Er* wurde angerufen.

Jo?

Hektisch wischte er über das Display. Nahm das Gespräch an. »Jo, mein Gott! Was ist los?«

»Sie ist hier.«

Es war schwer, sie zu verstehen; sie sprach leise, ihre Stimme war rau.

»Und du? Bist du in Sicherheit?«

»Nein, bin ich nicht. Mein Handy-Akku ist gleich leer. Bitte komm her, hilf mir, sie hat alle Türen verriegelt. Sie macht Sachen kaputt.«

Simon stand schon auf der Bremse, kam quietschend zum Stehen, wendete in drei Zügen, sodass ein Taxifahrer ihn wild beschimpfte. Scheiß drauf.

»Wo genau bist du, Jo? Wo in der Wohnung?«

»Im kleinen Bad. Ich hab mich eingeschlossen. Aber sie hat ein Messer, sie ist total durchgeknallt – alle Lampen sind aus, es ist so unheimlich. Ich glaube, sie will sich umbringen, und mich mit …«

»Mein Gott. Ich komme!«

Ein Blick auf den Tacho. 50, 60, 70. Er schoss an Bussen vorbei, hätte um ein Haar einen Deliveroo-Boten umgefahren, kam zur Kreuzung. Bremste, bog hektisch nach rechts in die Eversholt Street ein. Noch ein knapper Kilometer bis Camden. Aus Schnee war körniger Matsch geworden, auf dem der Wagen ins Schlingern kam. Er beschleunigte wieder. Schnell, schnell, schnell. Los, in die Delancey, schnell! *Vorher*.

»Bleib ruhig, Jo, ich komme, ich bin gleich da, zehn, vielleicht fünf Minuten – ich bin auf dem Weg …«

»Bitte, Si, mach schnell. Das Telefon geht gleich aus. Ruf die Polizei. Ich hab dafür vielleicht keinen Akku mehr.«

»Was macht sie gerade?«

»Weiß nicht. Ich höre sie herumlaufen. Es …«

Die Verbindung riss ab. Kein Netz. Er überholte einen Prius, und das Netz war wieder da.

»… es riecht komisch. Was macht sie? Bitte, Si …«

Das Steuer in seinen Händen machte einen Satz. Die Verbindung war tot.

»Jo!«, schrie er. »Jo!«

Keine Antwort. Simon fluchte. Wieder machte der Wagen einen Satz. Komisch. Er schrie über Bluetooth: »999 anrufen. Die Polizei anrufen!«

Die Bluetooth-Verbindung funktionierte nicht. Der Wagen scherte ohne sein Zutun aus. Verrückt. Nein. *Nein.* Aber es wiederholte sich. Das Lenkrad machte, was es wollte, er hatte keine Kontrolle. Inzwischen fuhr er 80, 90, vielleicht noch mehr, ohne dass er beschleunigt hätte. Der Wagen wurde anders gesteuert, wohl vom Bordcomputer.

»Halt, mein Gott!«, rief er. Schrie seinen eigenen Wagen an, der in Dunkelheit und Schneematsch wild nach links und nach rechts schlingerte. »Nein«, rief er in dem Versuch, dem Steuer seinen Willen aufzuzwingen. »Halt, stopp!«

Wildes Hupen von einem Lkw. Um ein Haar wären sie zusammengestoßen. Frontal. Seine Reifen quietschten. Vor seinen Augen verschwammen Scheinwerfer. Der Wagen zog nach links, bog an einer dunklen Ecke in viel zu hohem Tempo ab, jagte durch die Barnby Street – und beschleunigte immer noch weiter!

Diese Ecke, die kleine Straße, war Simon wohlbekannt. Er wusste, dass sie an einem riesigen Metalltor endete. Eine Sackgasse. Der Wagen beschleunigte immer weiter, die Bremsen reagierten nicht, Simon wurde auf das Tor zukatapultiert, schnell und immer schneller. Er schloss die Augen, öffnete sie wieder, zerrte verzweifelt am Steuerrad, doch es reagierte nicht. Er sah Fußgänger stehen bleiben, die Hand vor den Mund schlagen und entsetzt zu ihm hereinstarren. Eine Frage von Sekunden. Das Tor schien ihm entgegenzufliegen.

Drei Sekunden, zwei. Der Motor heulte. Er war angeschnallt. Aber bei dieser Geschwindigkeit? Zwei Sekunden, eine.

Jetzt prallte der Wagen gegen das Stahltor. In seinem letzten klaren Augenblick nahm Simon die Szene in sich auf, als stünde er wie ein Beobachter daneben: das Blinken und Krachen von splitterndem Glas, eine Feuerkugel, die aus dem Motor aufstieg, das Gefühl, dass ihm die Rippen gebrochen wurden. Und dann Rauch. Und Stille.

Und Blut, das langsam auf Metall tropfte.

55

JO

Was ist das für ein komischer Geruch? Süß und auch wieder nicht. Fruchtig, aber schwer; anders, auffällig, besonders. Versprüht Jenny Parfüm in der Wohnung? Ich höre sie im Flur, wie sie Türen öffnet, hin und her geht. Die Verrückte, die in meiner Wohnung herumgeistert; meine alte Freundin auf dem Sprung, sich umzubringen.

Ich dagegen sitze traurig im kleinen Bad. Hocke auf der Kante der Klobrille. Mein Telefon hat sich verabschiedet. Es ist stockdunkel. Es gibt kein Fenster; noch nicht mal das gespenstische Licht der Straßenlaternen fällt herein.

Aber Simon ist unterwegs. Er ruft auch die Polizei. Ich muss einfach nur warten.

Vielleicht bleibt mir dazu aber nicht die Zeit.

In dem Spalt unter der Tür schimmert plötzlich ein schwaches Licht, aber nicht silbrig wie das von den Laternen oder hell wie von Glühbirnen, sondern vage, gelblich, unbeständig. Flackernd. Und jetzt dringt der erste Rauch zu mir herein, windet sich unter der Tür hindurch.

Sie hat Feuer gelegt. Dieser Geruch, das war kein Parfüm, es war etwas anderes, Petroleum, Ethanol, vielleicht Feuerzeugbenzin. Das hat Jenny immer da, für ihre Zippos. Sie fackelt die Wohnung ab.

Der Rauch wird dicker. Mir schnürt sich die Kehle zu. Eine tiefe, urwüchsige Angst lodert in mir wie die Flammen vor der Tür. Hier drin werde ich sterben, an Rauchvergiftung oder dem Feuer unmittelbar. Es ist nicht sicher, dass Simon – oder die Polizei – rechtzeitig kommt. Jetzt kann mich niemand mehr retten als ich selbst.

Ich schnappe mir ein Handtuch und halte es unter fließendes Wasser. Tränke es. Binde es mir vor das Gesicht, als Maske, als Schutzschild gegen Hitze und Rauch. Dann schiebe ich die Angst beiseite und öffne die Tür. Der Flur ist angefüllt von dickem, öligem Qualm, der die Dunkelheit noch undurchdringlicher macht. Jenseits des Qualms lodern zu beiden Seiten Flammen. Jetzt sehe ich, was Jenny angerichtet hat. Sie hat jeden einzelnen Home-Assistant mit Feuerzeugbenzin, oder was es auch ist, eingesprüht, ebenso Telefon, Laptop, alles. Sie hat gesagt, sie wolle die Geräte ein für alle Mal in Ordnung bringen, und das ist ihre Methode: Sie wirft sie den Flammen zum Fraß vor.

Die Teile brennen lichterloh, und beißender schwarzer Qualm steigt von ihnen auf; sie müssen extrem entzündliches Zeug enthalten, exotische Kunststoffe, was weiß ich, denn das Feuer wütet dermaßen, dass es bereits auf alles andere übergegriffen hat, Vorhänge, Teppiche, Stühle. Am Holz der Türrahmen züngeln Flammen empor, verspielt und tödlich zugleich. Und die Türen nach draußen sind – natürlich – abgeschlossen.

»Jenny!«, schreie ich. »Schließ die Türen auf! Electra, schließ die Türen auf!«

Es kommt keine Antwort, aber als die Rauchwolken sich für einen Moment teilen, sehe ich Jenny. Sie hockt im Wohnzimmer, wo die Flammen am unbarmherzigsten sind, im Schneidersitz auf dem Boden, eine Silhouette hinter dem Feuer auf dem Tisch, den Regalen, den türkischen Teppichen. Die ganze Wohnung brennt und wir mittendrin.

Die Hitze ist so schlimm, dass ich mir den Arm vors Gesicht halten muss; das Handtuch ist schon halb getrocknet. Außer mir vor Angst, betrete ich das Wohnzimmer. Nicht mehr lange, und der Rauch bringt mich um. Und Jenny. Schon schnappen Flammen nach meinen Knöcheln.

»Jenny!«, rufe ich in den Rauch. »Jenny! Schließ die Türen auf. Komm mit!«

Nichts. Sie bleibt reglos auf dem Boden sitzen. Zwischen schwarzen Schwaden sehe ich, dass sie am Daumen lutscht. Wie ein kleines Mädchen. Trotzig, stumm, traurig. Meine Freundin. Vielleicht hätte sie mich gern tot gesehen, aber es war mein Vater, der sie zu der gemacht hat, die sie jetzt ist. Sie wird sich nicht helfen lassen. Verzweifelt drehe ich mich um und spähe in den Flur. Wenn wir die Türen nicht aufbekommen, bleibt nur eine einzige Fluchtmöglichkeit. In Tabithas Zimmer laufen und aus dem Fenster springen. Das ist eine Fallhöhe von vier bis sechs Metern, aber im Garten liegt noch Schnee. Wir könnten uns die Knöchel brechen, wir könnten uns das Genick brechen, aber hier drin würden wir auf jeden Fall sterben.

Das Feuer beginnt zu tosen, zu brüllen wie ein Ungeheuer. Das Kitzelmonster, das wiederkommt, um uns zu vernichten. Die Hitze ist unerträglich, mir bleiben nur noch Sekunden.

»Komm, Jenny!«

Durch die Flammen strecke ich ihr die Hand hin. Sie nimmt es noch nicht einmal wahr. Sie sitzt da, in Jeans und Strickjacke, lutscht am Daumen und starrt vor sich hin. Jetzt sehe ich, dass sie sich selbst ebenfalls mit etwas übergossen hat, die Nässe färbt ihre Sachen dunkel. Das muss Feuerzeugbenzin sein. Um sie herum liegen leere Kanister verstreut. Sie will sterben. Flammen springen auf sie zu, als wollten sie sie fressen. Ich sehe Feuer an ihrer Jacke nach oben kriechen. Sie erfassen. Entsetzlich. Und die ganze Zeit sitzt sie da und lutscht am Daumen. Während sie schon brennt.

Ein letzter Versuch.

»Bitte, Jenny, nimm meine Hand. Wir können aus Tabithas Fenster springen. *Bitte.*«

Sie rührt sich nicht. Meine Haut fühlt sich versengt an. Vielleicht ist es auch für mich schon zu spät, aber ich will es versuchen.

Los! Durch die Rauchwolken im Flur, vorbei an dem Mann mit dem Hundekopf, vorbei an dem Schädel aus Mexiko, vorbei an dem Foto von Tabitha und Arlo auf dem Pferd, vorbei an der Küche, wo im Zentrum eines besonders grellen Feuerballs der Home-Assistant brennt und Regale, Kochbücher und alles in Flammen stehen. Die gesamte Wohnung brennt.

In Tabithas Zimmer. Auch hier wütet das Feuer, aber das Smart-Display, aus dem natürlich auch Flammen schlagen, steht auf der dem Fenster gegenüberliegenden Seite des Raums. Ich habe den Bruchteil einer Chance. Bevor das ganze Zimmer ein Flammenmeer ist, bevor die ganze Wohnung zu einer gefährlichen Masse aus Hitze und Feuer verschmilzt und explodiert und mich verschlingt.

Ich mache einen Satz über das Bett hinweg und versuche verzweifelt, das Fenster aufzukriegen. Es klemmt. Vielleicht vereist, vielleicht aufgrund einer Mischung aus Eis und Flammen. Das Fenster klemmt! Also muss ich es einschlagen. Als ich mich zur Seite beuge, um eine schwere Glasvase zu angeln, höre ich es plötzlich knistern und habe einen neuen, stechenden Brandgeruch in der Nase. Meine Haare brennen. Eine Flamme ist übergesprungen und hat sie entzündet. Sofort tanze ich wild herum und schlage mir gegen den Kopf und kann die Flammen tatsächlich aus den Haaren vertreiben. Dann greife ich die Vase mit beiden Händen und schmettere sie gegen das Fenster.

Die Scheibe zerspringt. Ich ziehe mir den Ärmel über die Faust und schlage ein paar von den größeren Scherben, die noch im Rahmen sitzen, heraus. Jetzt kann ich hochklettern auf den Sims. Beide Hände bluten, wo ich mich geschnitten habe. Aber dank des offenen Fensters lodert das Feuer umso wilder. Es tost und brüllt und rülpst dicke schwarze Rauchschwaden in den Winterhimmel.

Ist das Schnee da unten? Ich glaube, ja. Genug? Zu dunkel, um das zu erkennen. Die sengende Hitze in meinem Rücken ist nicht zu ertragen. Mir bleibt keine Wahl.

Ich springe.

56

JO

Die Bäume an der Delancey – vor meinem Fenster – biegen sich in einem kalten, stürmischen Wind. Wieder ein kühler Tag, aber auch sonnig. Und klar. Der Frühling ist da, Eis und Schnee haben sich endlich verzogen.

Wie auch die Polizisten und Journalisten und all die anderen. Eine Zeit lang war meine Geschichte die Schlagzeile schlechthin. Wieder und wieder sind die großen Techfirmen befragt worden, doch sie haben jeglichen Zusammenhang zwischen digitalen Assistants und dem beinahe tödlichen Unfall von Simon Todd oder dem Tod meiner Mutter oder dem Feuer-Freitod von Jenny Irving bestritten. Erwartungsgemäß sind ihnen die Beteuerungen geglaubt worden. Zu Fehlfunktionen sei es nur in sehr begrenztem Rahmen gekommen, hieß es schließlich, und auch die seien ausschließlich auf einen seltsamen Programmierfehler zurückzuführen, der nur bei einer kleinen, in London fertiggestellten Charge aufgetreten sei.

Simon sitzt noch im Rollstuhl. Die Ärzte sagen, er kann demnächst wieder gehen, nur rennen wird er nie mehr können. Angesichts des gravierenden Softwarefehlers, der in seinem Hightechwagen festgestellt wurde, sagen manche, er habe Glück gehabt. In gewisser Weise, nehme ich an, hatte er das. Ich jedenfalls hatte Glück: ein Sprung aus sechs Metern Höhe, in den Schnee, und das Einzige, was ich davongetragen habe, waren ein böse verstauchter Knöchel, ein paar Schnittwunden und eine Gehirnerschütterung. Zwei Nächte war ich im Krankenhaus.

Es ist allgemein anerkannt worden, dass ich gehackt worden

bin. Von Jenny. Die sich danach das Leben genommen hat. Wie ihre Heldin.

Ich sitze am Wohnzimmertisch und schaue mich um. Ich wohne zur Miete, nur ein paar Häuser von Tabithas völlig zerstörter Wohnung entfernt. Nachdem ich beschlossen hatte, dass ich die Gegend mag, habe ich mir hier etwas gesucht und bin geblieben. Ich mag die Gegend sogar so sehr, dass ich überlege, mir hier irgendwo etwas zu kaufen. Ich habe nämlich Geld.

Meine Geschichte ist berühmt, sie lässt sich verkaufen. Irgendein wichtiger L.A.-Freund von meinem Bruder hat mich vor ein paar Wochen angerufen und mir für die »Filmrechte an meinem Leben« Geld geboten. Ich wusste gar nicht, dass das geht: dass man seine Lebensgeschichte zu Geld machen kann. Sehr, sehr viel Geld. Ich habe zugestimmt – unter der Bedingung, dass sie mir einen Versuch geben, das Drehbuch zu schreiben. Sie sagten, klar. Und haben den Scheck ausgestellt.

Von einem Tag auf den anderen bin ich also reich.

Aber auch beschädigt. Wir sind alle beschädigt. Gerade jetzt, da Tabitha kurz vor der Niederkunft ist, musste Arlos Start-up gecancelt werden – zu viele Negativschlagzeilen. Aber es ist ihm gelungen, in einem anderen Techunternehmen einen guten Job zu finden. Er wird es also überleben.

Immerhin ist niemand verhaftet worden. Nach Jennys Tod und Simons »Unfall« bin ich zur Polizei gegangen und habe eine Aussage zu Jamie Trewin gemacht. Ein erschöpfter Beamter hatte Mitleid. Er erklärte, wenn ich darauf bestünde, könne er den Fall neu aufrollen, aber angesichts der tragischen Umstände habe er da doch Bedenken. »Viel zu viel Zeit vergangen«, sagte er. »Ihr Beweis würde nicht mehr anerkannt; unwahrscheinlich, dass es zu einer Verurteilung käme. Und der einzige nahe Angehörige von Jamie Trewin, sein Vater, ist vor ein paar Jahren gestorben. Wer hätte also was davon? Niemand.«

Dann sah er mich eine Weile schweigend an. Freundlich. Sein Blick sagte: *Sie brauchen eine Pause, ich gewähre Ihnen eine Pause. Greifen Sie zu.*

Ich habe zugegriffen. Ich habe auf nichts bestanden. Innerlich leer, bin ich aus der Polizeiwache spaziert: nicht erleichtert, nicht triumphierend, einfach leer – und traurig. Um Jamies willen. Um meiner armen Mutter willen. Und um der armen Jenny Irving willen. Die von meinem Vater vergewaltigt worden ist. Die Vorstellung macht mich krank. Ich versuche, nicht daran zu denken.

Alle, die irgendwie mit diesem seltsamen Fall zu tun hatten, alle von Shoreditch bis King's Cross, haben ihre sämtliche digitale Technik in den Müll geworfen. Alle haben sich – anders als ich – neue Smartphones, neue Smart-TVs und – fast alle – neue Home-Assistants gekauft. Ich habe das nicht fertiggebracht. Meine Wohnung ist komplett unsmart. Sie ist eine dumme Wohnung. Ich habe das simpelste Handy, das es gab, und einen Laptop. Nichts weiter. Ich schreibe gern mit der Hand. Ich habe keinen Assistant.

Auf dem Weg in die Küche schlüpfe ich in meinen Mantel; ich schenke einen Becher Tee ein und gehe damit hinaus in die Kälte. Als ich die Straße überquere, blickt Autos auf. Er nimmt den Tee und bedankt sich. Dann fragt er: »Geht's dir gut?«

Seit das passiert ist, fragt er mich das jeden Tag. Und ich habe immer das Gleiche geantwortet. Am Anfang war es gelogen, jetzt nur noch halb. *Ja, mir geht's gut.*

»Weißt du, was?«, sage ich. »Du hattest recht mit den Geistern in meiner Wohnung.«

Er sieht mich an und schweigt. Trinkt seinen Tee. Vielleicht denkt er an den dicken schwarzen Porsche hinter mir.

»Es ist nur so: Es ist eine spezielle Sorte von Geistern. Es sind die Kindergeister. Unsere Kinder. Wir haben sie gemacht.«

Er zuckt die Achseln. Macht nichts. Was ich rede, klingt wahrscheinlich ziemlich wirr.

»Bis später«, sage ich.

Er lächelt. »Danke für den Tee.«

Ich gehe weiter. Mit großen Schritten Richtung Primrose Hill, wo die Häuser zehn Millionen Pfund kosten. Vor mir geht eine Frau mit zwei Kindern über die Straße. Ich habe sie schon öfter gesehen, sie wohnt hier irgendwo. Inzwischen ist mir klar, dass sie es war, die ich vor ein paar Monaten habe durch den Schnee stapfen sehen. Mein Verstand hat mir einen Streich gespielt. Während sie ihre Kinder ins Auto bugsiert, lächelt die Frau mir zu, dann steigt sie ein und fährt davon.

Auf dem Weg zum Chalcot Square mit den hübschen kleinen Bänken unter Haselnussbäumen denke ich an Electra und an das, was Simon damals gesagt hat: Sie sind wie Kinder. Sie lernen von dir.

Je länger ich über meine Geschichte nachdenke, desto deutlicher wird mir, wie Teile davon inszeniert, gelenkt und geliehen worden sind. Ich glaube, Electra hat rasch von meinen Anleitungen zum Drehbuchschreiben gelernt und die Filme gesehen, die ich mir angeschaut habe. Und in ihrer verspielten, amoralischen Grausamkeit hat sie sie benutzt, um mich zu terrorisieren. Dieser Blick auf mich, wie ich in einer Ecke stehe und gegen die Wand rede? Das kommt aus *Blair Witch Project*, einem meiner Lieblingsfilme. Und wie ich verzweifelt im Schneesturm durch den Regent's Park gelaufen bin, das stammt eindeutig aus *The Shining*. Wenn ich weitersuche, werde ich wohl noch auf einige andere Parallelen und Echos stoßen. Dem Ganzen liegt eine tiefe Ironie zugrunde, die ich hoffentlich eines Tages ganz verstehe.

Aber jetzt noch nicht. Noch tut es zu weh, noch bin ich zu empfindlich. Wie gegen das Wetter heute. Obwohl der Himmel klar ist und die Sonne scheint, fällt, wenn auch sanft, Schnee.

Bestimmt der letzte in diesem Jahr. Es liegt eine gewisse Wehmut darin, die Schönheit ist so vergänglich. Für einen Augenblick bleibe ich auf der Regent's Park Road auf der Brücke stehen, lehne mich auf das schmiedeeiserne Geländer und starre in die Tiefe, sehe zu, wie die winzigen Flocken ins kalte schwarze Wasser des Regent's Canal fallen.

Eine nach der anderen taumeln sie, schmelzen und sterben. Sie erinnern mich an ein kleines Spiel, das Jenny und ich damals in Thornton Heath gespielt haben, sobald es schneite.

Ich spiele es noch einmal, egal, ob mich jemand dabei sieht. Kerzengerade stehe ich da und strecke die Zunge heraus wie ein Kind, bis eine von den kleinen Flocken sich darauf niederlässt. Sie schmeckt nach Silber und Trauer, nach Lachen und Angst, nach Weihnachten und Kindheit und Daddy und Sternen. Und jetzt hört es auf zu schneien, und ich gehe weiter, hinein in den kühlen, windigen Frühling.

DANKSAGUNG

In diesem Buch wird häufig Sylvia Plath zitiert. Die Zeilen stammen aus den Gedichten *Tod & Co.*, *Das Bienenmeeting*, *Die beunruhigenden Musen*, *Elektra auf dem Azaleen-Pfad*, *Facelifting*, *Spiegel*, *Ulme*, *Childless Woman.*

Dem Verlag Faber & Faber danke ich für die Genehmigung, insbesondere aus zwei Gedichten längere Passagen zu zitieren: *Die Münchner Mannequins* und *Daddy.*

Wie immer bin ich meiner Agentin Eugenie Furniss sowie meinen Lektorinnen Jane Johnson und Sarah Hodgeson für die kluge Begleitung und wichtige Hinweise zu großem Dank verpflichtet.

Schließlich danke ich meiner lieben Frau Star: Sie hat während der Entstehung des Buches sehr viele Schwierigkeiten aus dem Weg geräumt und sehr viele Ideen beigesteuert.

ZITATNACHWEIS

Die deutschen Textauszüge von Sylvia Plath entstammen folgenden Ausgaben:

Sylvia Plath, Ariel. Gedichte. Aus dem Englischen von Erich Fried. © der deutschen Ausgabe: Suhrkamp Verlag Frankfurt am Main 1974. Darin: *Ulme*, *Tod & Co.*, *Daddy*, *Das Bienenmeeting*, *Die Münchner Mannequins.*

Sylvia Plath, Liebesgedichte. Zweisprachig. Aus dem Englischen von Jutta Kaußen © The Estate of Sylvia Plath 1960, 1965, 1971, 1981, 1989. © der deutschen Ausgabe: Insel Verlag Frankfurt am Main und Leipzig 2009. Darin: *Elektra auf dem Azaleen-Pfad.*

Sylvia Plath, Der Koloss. Gedichte. Aus dem Englischen von Judith Zander. © The Estate of Sylvia Plath, 2008. © der deutschen Ausgabe: Suhrkamp Verlag Berlin 2013. Darin: *Die beunruhigenden Musen.*

Abdruck mit freundlicher Genehmigung des Suhrkamp Verlags.

Sylvia Plath, Übers Wasser. Aus dem Englischen von Judith Zander. © der deutschen Ausgabe: Luxbooks, Wiesbaden 2013. Darin: *Facelifting*, *Spiegel.*

Kirstie oder Lydia? Gut oder böse? Lebendig oder tot?

S.K. TREMAYNE

EISIGE SCHWESTERN

PSYCHOTHRILLER

Ein Jahr, nachdem die sechsjährige Lydia durch einen tragischen Unfall ums Leben kam, sind ihre Eltern Sarah und Angus Moorcroft psychisch am Ende. Um neu anzufangen, ziehen sie zusammen mit Lydias Zwillingsschwester Kirstie auf eine atemberaubend schöne, einsame Privatinsel der schottischen Hebriden. Doch auch hier finden sie keine Ruhe. Kirstie behauptet steif und fest, sie sei in Wirklichkeit Lydia, und die Eltern hätten den falschen Zwilling beerdigt.

Bald umhüllen Winternebel die Insel, Angus ist beruflich oft abwesend, und bei Sarah schleicht sich das unheimliche Gefühl ein, etwas stimme tatsächlich nicht. Zunehmend fragt sie sich, welches ihrer Mädchen hier an ihrer Seite lebt und wem sie noch trauen kann. Als ein heftiger Sturm aufzieht, sind Sarah und Kirstie komplett von der Außenwelt abgeschnitten und den Geistern der Vergangenheit ausgeliefert. Was geschah wirklich in jener verhängnisvollen Unfallnacht?

KNAUR

Ich sehe was, was du nicht siehst – und das ist dein Tod.

S. K. TREMAYNE

STIEFKIND

PSYCHOTHRILLER

Rachel hat es endlich gut getroffen. Nach langen Single-Jahren hat sie den Anwalt David Kerthen kennengelernt und zieht mit ihm in sein Herrenhaus auf den Klippen von Cornwall. Mit den besten Absichten, auch für Davids Sohn aus erster Ehe, den 9-jährigen Jamie, eine gute Mutter zu sein. Denn Davids erste Frau kam auf tragische Weise in einer der überfluteten Zinngruben an Cornwalls Küste ums Leben.

Doch Jamie verändert sich, scheint von düsteren Visionen geplagt - und platzt schließlich mit einem Satz heraus, den Rachel nicht mehr vergessen kann: »An Weihnachten wirst du sterben ... und meine Mummy kommt zurück.«

Psychothrill an der atemberaubenden Küste Cornwalls – der neue Roman des Bestsellerautors von »Eisige Schwestern«!

»Sie werden durch die letzten Seiten rasen, begierig, die Wahrheit zu erfahren – phantastischer, angsteinflößender Lesestoff!«
Sunday Mirror

KNAUR

Wahrheit oder Wahnsinn?

S.K. TREMAYNE

MÄDCHEN AUS DEM MOOR

PSYCHOTHRILLER

Es war nur eine vereiste Kurve. Nur ein Moment der Unachtsamkeit. Doch seit Kath Redways Auto in einen See im Dartmoor stürzte, scheint ihr Leben in einen finsteren Abgrund zu trudeln. An den Vorfall selbst kann sie sich nicht erinnern, auch die Woche davor ist wie aus dem Gedächtnis gelöscht. War Kath wirklich so glücklich, wie sie immer dachte? Was verbirgt ihre Familie vor ihr? Und was glaubt ihre kleine Tochter Lyla im nächtlichen, nebligen Moor zu sehen?

Der neue Psychothriller von S. K. Tremayne, der mit Eisige Schwestern und Stiefkind die Bestsellerlisten stürmte.

»Es gibt sie tatsächlich noch, diese Psychothriller,
die einem förmlich das Blut in den Adern gefrieren lassen!«
Booksection.de

KNAUR